Mein Leben – ein Leben?!

Siegfried Massat

MEIN LEBEN – EIN LEBEN?!

So war ich – so bin ich

Engelsdorfer Verlag
2013

Bibliografische Information durch
die Deutsche Nationalbibliothek:
Die Deutsche Nationalbibliothek verzeichnet diese Publikation in
der Deutschen Nationalbibliografie; detaillierte bibliografische
Daten sind im Internet über
http://dnb.d-nb.de abrufbar.

Alle Namen mussten verfälscht werden.

Gefördert durch den Fonds
„Heimerziehung in der Bundesrepublik Deutschland
in den Jahren 1949 bis 1975"

ISBN 978-3-95488-458-2

Hergestellt in Leipzig, Germany (EU)
www.engelsdorfer-verlag.de

12,80 Euro (D)

Vorwort

Die ersten Berichte über sexuelle Gewalt in den Heimen der fünfziger Jahre waren ein kleiner erster Schritt. Die Folge war: Immer mehr junge Menschen – insbesondere Jungen, die heute alte Männer sind – überwanden ihre Scham und gingen an die Öffentlichkeit. Ohne diese „alten Männer" hätte sich die heutige Sensibilisierung in Bezug auf sexuelle Gewalt gegenüber Kindern nicht herstellen lassen.

Die Befreiung von der damals an mir vorgenommenen sexuellen, psychischen und physischen Gewalt kann ich nur durch meine Bücher erreichen. Mit dem in Band 1 meiner Trilogie Geschriebenen sehe ich mich in der Lage, die Dämonen der Vergangenheit für immer aus meinen Gehirnwindungen zu verbannen.

Nur wenige dieser als Kinder missbrauchten „alten Männer" – betroffen waren teilweise auch Frauen – haben ihre Scham überwunden und sich an die Öffentlichkeit gewandt. Und doch sind es genug, um die Bevölkerung auf dieses Thema aufmerksam zu machen. Bei zahlreichen heute noch lebenden Betroffenen ist die Scham immer noch nicht überwunden und sie schweigen. Viele sind straffällig geworden und sie haben ihren Opfern genau das angetan, was man ihnen in ihrer eigenen Kindheit angetan hat. Kaum ein Gericht hat sich je gefragt, aus welchem Grund diese Straftaten begangen wurden.

Nun auch noch dieses Thema weiter zu beleuchten, würde zu weit gehen, von daher lasse ich es und fahre mit meinem persönlichen Anliegen fort. Ich kämpfe für meine Rechte, das heißt für Freiheit, Gleichheit und Gerechtigkeit.

Leider habe ich bis zum heutigen Tage feststellen müssen, dass vor dem Gesetz noch lange nicht alle gleich sind. Dies muss sich ändern. Irgendwann in der nahen oder fernen Zukunft, so hoffe ich, erhalten alle

Bürger dieselben Rechte und werden vor dem Gesetz tatsächlich gleich sein. Dass ich dies jetzt niederschreibe, zeigt wieder einmal, was für ein träumerischer Optimist ich doch bin. Entgegen jeglicher Vernunft hoffe ich weiter, obwohl mir schon mehr als einmal aufgezeigt wurde, wie sich Gesetze nach Gutdünken zurechtbiegen und richten lassen.

Trotzdem hoffe ich, dass meine Bücher einige wenige Menschen – oder auch mehr – dazu bringen werden, ihr Verhältnis zu den Außenseitern der Gesellschaft zu verändern. Gemeint sind all diejenigen, die unmittelbar oder mittelbar mit den Rechtsbrechern in Verbindung stehen. Also zum einen alle die schon vorab Aufgeführten und zum anderen Polizisten, Staatsanwälte, Richter und Rechtsanwälte. Von den vorab Aufgeführten seien nur einige exemplarisch genannt: das Jugendamt, Sozialarbeiter – Fürsorger –, Pfarrer, Priester oder Pastoren. Und vor allen Dingen die Justizvollzugsbediensteten sowie die Erzieher in den Fürsorgeheimen, die alles und jeden erzogen haben, nur nicht die damaligen Heiminsassen. Wie es heute ist, kann ich nicht beurteilen.

Weiterhin hoffe ich darauf, dass einige wenige – oder auch mehr – Jugendliche, die am Rande der Klippe stehen, durch meine Bücher davor bewahrt werden, diese hinabzustürzen.

Ich wünsche mir, dass ich auf diesem Wege einige Menschen erreichen kann (es wird ja nicht mehr so viel gelesen). Wenn die Leser, die sich angesprochen fühlen, irgendwann einmal zurückschauen, sind sie sicherlich mit dem „Steigbügel" zufrieden, den ich ihnen hingehalten habe.

War dieses Leben ein lebenswertes Leben? – Wenn sich auch nur ein Leser diese Frage stellt und dann sein bisheriges Leben Revue passieren lässt, habe ich schon viel erreicht.

Mein Wunsch, dass niemand meinen Weg gehen möge, wird dadurch gefördert, dass der Leser seine Schlüsse zieht und sich nach Beenden der Lektüre meiner Bücher sagt: „Nein, dies ist kein Lebensweg, den ich beschreiten möchte." Zu dieser Überzeugung kommt der Leser nämlich sehr schnell, wenn er einfach logisch vorgeht und sich die von mir verbüßten Gefängnisjahre vor Augen führt. Er wird merken, dass dies in keinem Verhältnis zu dem Leben steht, das ich „draußen" geführt habe.

Jedes verlorene Lebensjahr – und Gefängnisjahre sind verlorene Lebensjahre! – kann mit keinem Geld der Welt aufgewogen werden.

Niemand kann mir die Momente wiedergeben, die mir in meinem Leben fehlen: die ersten Worte, die meine Kinder gesprochen haben, die ersten Zähne, die sie bekamen, ihre Einschulung, ihren ersten Liebeskummer, gemeinsame Urlaube, überhaupt gemeinsame Erlebnisse. Ich kenne vieles nur von Fotos, und dies ist das wahrhaft Traurige am und im Gefängnis, nämlich dass das echte Leben, das, was wirklich im Leben zählt, an einem vorbeiläuft.

Mit meinen Büchern hoffe ich, Betroffene zu erreichen, die sich Gedanken über ihr bisheriges Leben machen. Wenn sie das nämlich tun, brauchen sie später nicht die verlorenen Momente zu bedauern.

So stellt sich mir heute nicht mehr die Frage: „Mein Leben – ein Leben?!" Nein, ich hatte trotz aller Unbill ein Leben. Und heute habe ich sogar ein erfülltes Leben, weil ich meine Art und Weise, die Dinge zu sehen, geändert habe.

Darüber schreibe ich und in diesem Sinne verbleibe ich

Ihr Siegfried G. Massat

Prolog

Überall sah ich Personen, die mich verfolgten: im Geschäft, bei meiner Geliebten, bei Autofahrten und zu Hause, ich fühlte mich stets verfolgt. Während zu Anfang meiner Kokainzeit der Sex mit meiner Geliebten eine große Rolle spielte, hatte sich nach einem Jahr diese Geschichte so gut wie erledigt. Wir saßen in ihrer Wohnung am Fenster, beobachteten Fenster gegenüberliegender Gebäude – in denen niemand wohnte, denn es waren Geschäftshäuser – und nach einiger Zeit bewegten sich dann in unserer Wahrnehmung auch die Gardinen.
„Die beobachten uns!"
Und wieder brach Hektik aus.

Eine Situation brachte das Fass zum Überlaufen. Mit einem Kumpel stieg ich in eine Polizeiwache ein (ich will jetzt nicht näher erläutern, was wir in der Polizeiwache stehlen wollten). Wir kletterten über das Dach und gelangten auf diesem Wege in die Polizeiwache. Wir waren aber beide voll auf Droge, hatten etliches an Kokain zu uns genommen. Auf jeden Fall hörten wir in der Ferne eine Polizeisirene, die aber mit dem Einbruch nicht das Geringste zu tun hatte. Der Polizeiwagen war auch nicht auf dem Weg zu dieser Wache, sondern fuhr zu einem Einsatz.
Wir beide machten uns gegenseitig verrückt. „Die haben einen Alarm gehabt und wir haben nichts gemerkt. Wir müssen weg!" Also machten wir kehrt, rutschten das Dach herunter und mein Kumpel verschwand nach links, während ich die rechte Seite wählte. Auf meinem Fluchtweg gab es nur schöne Einfamilienhäuser mit Garten. Alle waren durch einen Zaun von einem Weg getrennt, der hinter den Häusern vorbeiführte. Ich kletterte über diesen Zaun und versteckte mich in einem der Gärten unter einigen Sträuchern. Ich weiß nicht, ob die Wirkung des Kokains schuld war, aber ich hörte jedes Geräusch. Ich hörte sogar, wie ein Igel durch das Unterholz trippelte, ansonsten war es totenstill.

In der Gartenanlage gab es auch einen Rasen. Auf diesem stand ein Pfahl, an dem die Frau des Hauses vermutlich ihre Wäscheleine befestigte. Bestimmt gab es auf der anderen Rasenseite noch so einen Pfahl. Dieser eine Pfahl hatte am oberen Ende eine Verdickung. Ich schaute immer wieder dorthin, hörte Geräusche auf dem Weg – obwohl dort niemand war – und auf der fernen Straße. Und der Pfahl war auf einmal kein Pfahl mehr, sondern ein Polizeibeamter, der die Lage peilte. Ich beobachtete ihn, sah, wie er in ein Funkgerät sprach und dann seine Pistole zog. Da sprang ich auf und griff nach einem Knüppel, der dort lag, und lief auf den „Polizisten" zu. Dabei schrie ich immer wieder: „Nun schieß doch endlich! Leg mich doch um! Das wolltet ihr doch schon immer!" Ich wollte mit dem Knüppel zuschlagen, doch dann erkannte ich, dass ich vor einem Pfahl stand. Ich warf den Knüppel weg, als wäre er aus glühendem Eisen, sprang über den Zaun, ging zurück zu meinem Fahrzeug, stieg ein und fuhr auf direktem Weg nach Hause. An meinen Bekannten dachte ich nicht eine Sekunde.
Ich nahm mir vor, kein Kokain mehr zu konsumieren. Jetzt war Schluss, ich drehte ja völlig am Rad.

Keine zwei Wochen hielt ich es aus, dann waren alle guten Vorsätze wieder dahin. Ich ging zu meiner Geliebten und alles fing wieder von vorne an, bis zur bitteren Neige ...

Vorläufig entlassen

Nach meiner vorläufigen Entlassung kümmerte ich mich zusammen mit meiner Ehefrau erst einmal um unser Geschäft. Wir waren mit uns beschäftigt und machten uns Gedanken um unsere Zukunft.
Die Zeit bis zum Haftantritt verging rasend schnell. Ich musste mich in der Auswahlanstalt für Nordrhein-Westfalen stellen. Jeder Deutsche, der eine Strafe von über zwei Jahren abzusitzen hat, muss diese Auswahlanstalt durchlaufen. Auch Ausländer, die nicht abgeschoben werden, die also nach einer Straftat über zwei Jahren in Deutschland bleiben können, müssen – so glaube ich – dorthin.
Ich wurde von einem Freund zur Auswahlanstalt gefahren. Aufgrund der Fürsprache durch das LKA lief es für mich dort sehr gut. Ich sollte in den offenen Vollzug verlegt werden, und wie gesagt, es lief alles sehr gut, zu gut. Aber es wurde nicht gut, es wurde auch nicht schlecht, es wurde eine Katastrophe, eine Tragödie!
Von der Auswahlanstalt ging es zuerst für ein halbes Jahr zur Mutteranstalt und danach sollte ich in den offenen Vollzug kommen.
In der Mutteranstalt kam ich sofort in die Bücherei. Dort war ein Verurteilter beschäftigt, der, als ich später entlassen wurde, immer noch dort war, allerdings nicht mehr als Mitarbeiter. Der andere Inhaftierte, der dann kam, ist noch heute dort und auch noch in der Bücherei zu finden. Beide wurden für Taten verurteilt, die man in ihrer Ausführung kaum niederschreiben kann. Näheres dazu später.
Nach einem knappen halben Jahr wurde ich in den offenen Vollzug verlegt. Da diese offene Anstalt eine Zweiganstalt meiner Mutteranstalt war, wusste ich auch, wer dort Anstaltsleiterin war, nämlich die Polizeiinspektorin, die mir damals meinen Schmuck vorenthalten hatte, der meinem alten Kumpel Pille abgenommen worden war.
Wir machten es so, dass ich in einem freien Beschäftigungsverhältnis arbeiten konnte. Ich ließ mich von meiner Ehefrau einstellen und arbeitete als Verkäufer in unserem Laden, beschaffte Ware und kümmerte mich um unsere Geschäftsbelange.

Mein Gehalt wurde an die JVA überwiesen, wo mir für mein Zimmer monatlich ein gewisser Betrag in Rechnung gestellt wurde. Da ich meine eigene Bettwäsche hatte, eigene Kleidung und mich auch selbst verpflegte, waren die Kosten nicht allzu hoch, zumal ich in einem Zwei-Personen-Zimmer lag. Meinen Zimmergenossen sah ich nur am Abend, wenn ich von der Arbeit kam, oder morgens beim Aufstehen. Er hielt das Zimmer sauber, machte mein Bett und alles, was so anfiel. Dafür brachte ich gelegentlich etwas zu essen mit.
Dieser Mensch war ein Drogenfreak und ich bedaure es bis heute, ihn jemals kennengelernt zu haben. Seinetwegen hatte ich einige Diskussionen mit der Anstaltsleiterin, aber letztendlich kamen wir schon klar.
Mit meinem Auto durfte bzw. sollte ich nicht zur JVA fahren. Ich tat es trotzdem und stellte das Fahrzeug einige Hundert Meter entfernt von der JVA ab. Nach einiger Zeit sagte niemand mehr etwas und es wurde stillschweigend geduldet.
In dieser Zeit war ich wegen eines Herzinfarktes und einer anschließenden Bypass-Operation laufend in ärztlicher Behandlung. Aus diesem Grunde beantragte ich nach einigen Monaten offenen Vollzuges eine Haftunterbrechung, die mir auch gewährt wurde. Auf Anraten meines Arztes sollte es nicht nur eine Unterbrechung sein, sondern er empfahl eine Prüfung, ob ich überhaupt noch haftfähig sei.
Mein Hausarzt und der Kardiologe im Krankenhaus befürworteten meine Haftunfähigkeit und begründeten dies auch. Die Staatsanwaltschaft war nicht grundsätzlich dagegen, bestand allerdings auf eine amtsärztliche Untersuchung. Der Amtsarzt erklärte mich für haftunfähig, die Staatsanwaltschaft überprüfte den Sachverhalt und ich wurde für ein Jahr haftunfähig geschrieben. Diese Haftunfähigkeit musste jedes Jahr neu durch einen Amtsarzt bestätigt werden.
In dieser Zeit begann mein Kamikazeflug in den Abgrund.
Ich habe bereits geschrieben, dass ich während meiner Haftzeit mit einem kokainabhängigen und alkoholkranken Zuhälter in Kontakt kam. Durch diesen kam ich auch selbst in Verbindung mit Kokain.
Auch hier muss ich ganz klar sagen: Ich suche die Schuld für meinen damaligen Kokainmissbrauch nicht bei diesem Menschen. Ich war und bin immer noch Herr über meine Entscheidungen und bestimme

selbst, ob ich etwas tue oder nicht. Die Schuld liegt nicht bei diesem Menschen, bei meinen Bekannten, den Sinti, oder bei meiner damaligen Geliebten. Dies nochmals zur Klarstellung: Nur ich selbst war und bin für meine Taten verantwortlich, niemand sonst. Dass durch den Umgang mit verschiedenen Personen die Weichen in eine bestimmte Richtung gestellt wurden, mag wohl so sein, aber entschieden habe ich selbst, und diese Entscheidung konnte mir auch niemand abnehmen.
Ich erwähne dies nur, weil sonst der Eindruck entstehen könnte, dass ich beim Niederschreiben der verschiedenen Ereignisse jemand anderen als mich selbst als Verursacher hinstellen will. Dem ist nicht so.

Ich fuhr in dieser Zeit oftmals zu Bekannten und dort wurde auch schon mal ein kleines Näschen Kokain genommen. Mit meinen albanischen Bekannten verhielt es sich ebenfalls so.
Meine Ehefrau bekam von diesen kleinen Abstechern nichts mit, sie dachte nicht einmal im Traum daran, dass ich irgendetwas mit Drogen zu tun haben könnte. Allerdings hatte meine Ehefrau ein gestörtes Verhältnis zur Polizei, seit sie gesehen hatte, wie sich Polizisten gegenseitig beglückwünschten, als es ihnen gelungen war, mich zu verhaften. Sie hatten sich gebärdet, als hätten sie ein wildes und zudem gefährliches Tier gefangen. Einfach nicht zu glauben!
Einmal stand meine Ehefrau am Küchenfenster und sah draußen jemanden entlangschleichen. Sie ging auf den Balkon und sah noch andere, die sich hinter einigen Sträuchern auf dem Spielplatz hinter unserem Haus versteckten. Sie rief: „Warum kommen Sie nicht vorn durch die Türe? Schellen Sie einfach und ich mache Ihnen auf.“ Der Polizeibeamte, der mit seinen Kollegen da draußen herumschlich, fühlte sich ertappt und wollte nicht, dass seine Kollegen bemerkten, dass ausgerechnet er aufgefallen war. Er legte den Finger an seine Lippen und gab meiner Frau zu verstehen, sie möge leise sein. Aber sie hörte nicht auf, sodass die Männer schließlich zur Haustüre kamen, die meine Ehefrau ihnen dann öffnete.

Davon, dass meine Ehefrau einmal beschuldigt wurde, gestohlenes Parfüm, also Hehlerware, gekauft zu haben, habe ich schon geschrieben. Wenn es gegen „Massat“ ging, war die Polizei immer schnell bereit, irgendwelchen anderen Personen zu glauben und der Familie Massat nicht. Wobei ich noch einmal erwähnen möchte, dass meine Ehefrau eine der rechtschaffensten Menschen ist, die ich kenne. Und sie hatte auch immer ausreichend Zivilcourage, dies auch zu dokumentieren.

Zwei Beispiele mögen das eben Geschilderte belegen:

Meine Ehefrau schloss eines Morgens um kurz vor 6:00 Uhr den Laden auf. Dabei sah sie auf der anderen Seite auf den dafür eingerichteten Parkplätzen ein Auto stehen. Darin saß ein junger Mann, der offenbar schlief.
Meine Ehefrau wurde unruhig und schaute wiederholt zu dem Fahrzeug. Sie ging zwischendurch immer wieder zur Türe und fragte auch eine Bedienung des Videoverleihs, der sich direkt neben unserem Laden befand und der Tag und Nacht geöffnet hatte, ob sie den jungen Mann im Auto auch gesehen habe. „Ach“, sagte diese, „der steht schon seit etlichen Stunden dort, der ist irgendwann in der Nacht gekommen.
Es wurde 7:00 Uhr, meine Ehefrau sprach mit einigen Kunden und irgendwann gegen 7:30 Uhr rief sie bei der Polizei an, nannte ihren Namen und schilderte den Sachverhalt. Der Polizist hörte sich alles an und sagte: „Was wollen Sie? Der Mann kann in seinem Auto so lange schlafen, wie er will.“ Und damit war die Sache für den Polizisten erledigt.
Für meine Ehefrau war die Sache jedoch nicht erledigt. Eine Stunde hielt sie es aus und danach war ihre innere Unruhe so groß, dass sie wieder bei der Polizei anrief. Dieses Mal versprach man ihr, dass jemand vorbeikomme. Hier muss ich erwähnen, dass die Polizeistreifen nachts immer wieder einmal eine kleine Pause in der Videothek machten und die Bedienung der Polizei schon in der Nacht diesen Vorfall mitgeteilt hatte. Das hatte zu diesem Zeitpunkt jedoch niemanden interessiert und war ohne jeglichen Kommentar zur Kenntnis genommen worden.

Kurz vor 9:00 Uhr fuhr ein Streifenwagen vor und das parkende Fahrzeug mit der darin sitzenden Person wurde begutachtet. Ein Polizeibeamter ging zur Fahrertür, der andere zu der hinteren rechten Tür. Beide rüttelten an den Türen und schaukelten das Fahrzeug, sodass der darin sitzende Mann von der einen Seite zur anderen kippte. Aber es tat sich nichts, er saß dort weiter wie leblos hinter dem Steuer. Die Polizeibeamten lachten und freuten sich wie die Kinder über einen Lutscher. Zu meiner Ehefrau, die im Eingangsbereich unseres Ladens stand, sagten sie: „Der Junge hat einen gesunden Schlaf." Dann fuhren sie immer noch lachend davon.
Meine Ehefrau war wie vor den Kopf geschlagen und verstand die Welt nicht mehr. Dass mit diesem jungen Mann etwas nicht stimmte, war offensichtlich. Warum öffnete die Polizei das Fahrzeug nicht? In dem Moment war sie völlig ratlos, und als eine Stammkundin den Laden betrat und meine Ehefrau dieser den ganzen Sachverhalt schilderte, meinte die Kundin: „Ruf doch die Feuerwehr an." Die Feuerwache war ganz in der Nähe unseres Ladens, ebenso wie die Polizeiwache.
Meine Ehefrau rief bei der Feuerwache an und erklärte dem Mann am Telefon den genauen Sachverhalt. Sie schickten jemanden, der den Wagen aufbrach. Der Feuerwehrmann beugte sich über den jungen Mann, rüttelte ihn und rief sofort einen Krankenwagen. Dieser kam innerhalb kürzester Zeit und es wurde noch vor Ort versucht, den jungen Mann aufzuwecken. Doch jede Mühe war vergebens und der Mann kam ins Krankenhaus.
Später stellte sich heraus, dass der junge Mann eine Überdosis Drogen zu sich genommen hatte und nur durch die Hartnäckigkeit meiner Ehefrau gerettet worden war. Die Mutter dieses jungen Mannes kam mit einem großen Blumenstrauß zum Laden. Da meine Ehefrau aber gerade nicht da war – sie befand sich zu dieser Zeit in der Polizeiwache und gab dort die Anzeige gegen die Polizisten auf –, gab die Frau die Blumen unserer Tochter und ließ ausrichten, dass sie sich sehr bedanke. Sie wollte auch noch wissen, ob meine Frau bereit sei, eine Aussage vor Gericht zu machen.
Meine Ehefrau sagte ihr dies kurz darauf auch zu, aber seltsamerweise verlief die Sache im Sande. Es gab keinen Termin, die Mutter des

Jungen verzichtete auf eine Anzeige, der Junge machte eine Therapie und eine Kundin, die sich ebenfalls als Zeugin zur Verfügung gestellt hatte, kam nicht mehr in unser Geschäft.
Meine Ehefrau erzählte den gesamten Sachverhalt einem meiner Freunde und dieser gab ihr den Rat, die Polizisten wegen unterlassener Hilfeleistung anzuzeigen. Sie ging daraufhin zur Polizeiwache und wollte die Anzeige aufgeben, doch der Polizist versuchte diese mit allerhand Tricks zu verhindern: „Kommen Sie am Montag wieder, ich habe gerade keine Zeit. Der zuständige Beamte ist nicht da ..." Meine Ehefrau setzte sich aber durch und die Anzeige wurde aufgenommen.
Einige Wochen später erhielt meine Ehefrau einen Beschluss von der Staatsanwaltschaft. Das Verfahren wurde eingestellt, weil es hieß, dass der Mann in seinem Fahrzeug schlafen könne, so lange er wolle.
Der Hammer an dieser Geschichte war: Der Staatsanwalt hatte seine Unterschrift und seinen Namen mit Tipp-Ex unkenntlich gemacht. Dieser Sachverhalt regte uns unglaublich auf. Es war nicht zu glauben, dass dieser Mensch eine Straftat vertuschte und dann noch nicht einmal den Mut hatte, dazu zu stehen. Das Schlimme daran war, dass eine „Massat" den Vorfall aufgedeckt hatte, und das konnte die Staatsanwaltschaft nicht hinnehmen.
Ich wollte die Geschichte weiterverfolgen, aber hier gab mir mein Freund den Rat: „Lass es sein, im Endeffekt bringt es dir nur Schwierigkeiten."

Eine andere Geschichte war die mit dem Mord an einer Lehrerin. Es war Kirmes in der Stadt, das genaue Jahr weiß ich nicht mehr, es müsste aber Ende der 1990er Jahre gewesen sein. Da kamen an einem Sonntagmorgen – so schilderte es mir meine Ehefrau später – zwei Typen in unseren Laden, um Süßigkeiten zu kaufen. Zumindest einer der Burschen war aus den Niederlanden, wahrscheinlich aber beide.
Meine Ehefrau hatte gerade den Laden geöffnet, als die beiden eintraten. Ein Blonder mit Brille und außergewöhnlich dicken Brillengläsern sowie ein Schwarzhaariger. Sie machten einen ungepflegten Eindruck und meine Ehefrau hatte bei beiden ein ungutes Gefühl.

Am nächsten Tag, also am Montag, stand ein Artikel in der Zeitung, in dem von dem Mord an einer Lehrerin berichtet wurde und davon, dass nach zwei Personen, deren Beschreibung auf die beiden Männer im Laden zutraf, gefahndet werde.
Meine Ehefrau rief bei der Polizei an. Die erste Reaktion der Beamten war: „Ja, wir wollen mal sehen, wann wir jemanden vorbeischicken können.“ Am Nachmittag kamen dann zwei Beamte, die sich mit meiner Frau unterhielten. Sie wollten ihr unterstellen, sie hätte die Beschreibung aus der Zeitung und nur deshalb angerufen, um etwas aussagen zu können. So ein Quatsch! Die Beamten wollten die Aussagen meiner Ehefrau einfach nicht wahrhaben. Selbst wenn sie zu der Verhaftung hätte beitragen können, wäre ihre Aussage bei der Polizei nicht zur Kenntnis genommen worden.
Nun muss ich sagen, dass ich mit der Polizei in der Stadt, in der wir unser Geschäft hatten und in der wir wohnten, immer schon auf Kriegsfuß gelebt hatte. Dies durfte aber mit einer Spur, die zur Aufdeckung einer schweren Straftat hätte führen können, nicht das Geringste zu tun haben. Hinweisen wie diesen hätte die Polizei nachgehen müssen, egal von welcher Person die Hinweise dazu gekommen waren.
Meine Ehefrau und ich wissen bis heute nicht, ob der Mord an dieser Lehrerin aufgeklärt werden konnte. Meine Ehefrau erinnert sich, dass ihre sachdienlichen Hinweise noch nicht einmal aufgenommen und schon gar nicht protokolliert wurden.

Woher kam diese Animosität der Polizei mir gegenüber?

Nun, ich denke, die Ursache liegt in den 1960er Jahren oder auch Anfang der 1970er Jahre begründet. Da geschah nämlich Folgendes:

Paul, ein Kumpel aus einem Stadtteil des Ortes, in dem ich wohnte, und ich waren unterwegs, tranken etwas und feierten. Ich weiß nicht mehr, was der Anlass war, aber wir zogen durch einige Kneipen. Wir hatten schon einiges intus, als Paul in der Toilette einer Kneipe eine kleine Glasscheibe kaputt machte, warum auch immer.

Der Wirt kam hinzu und es gab ein kleines Palaver, aber es war nichts Gravierendes. Ich bezahlte die Scheibe, wir tranken noch ein Glas und zogen dann weiter.
Die Frau des Wirtes hatte allerdings bereits die Polizei verständigt. Ein Polizist rückte an und fragte bei dem Wirt nach, was geschehen sei. Der versicherte dem Polizisten, es sei alles in Ordnung, wir wären schon weg, aber es sei alles geklärt.
Der Polizist folgte uns trotzdem und ermahnte uns, friedlich zu sein und Ähnliches mehr. „Geht in Ordnung", sagte ich, „geht in Ordnung, wir sind brav."
Wir zogen weiter und Paul fing nun an zu singen. Er sang aus voller Kehle und mit ganzer Inbrunst irgendwelche Wanderlieder. Man muss bedenken, es war schon sehr spät und die meisten unserer Mitmenschen schliefen bereits. Uns störte das nicht besonders, aber diese Menschen sicherlich.
Nun, was soll ich lange erzählen, der Polizist kam erneut auf uns zu und von da an widersprechen sich die Aussagen.
Der Polizist sagte, er habe Paul ermahnt und dann gesagt: „Kommen Sie mit zur Wache, Sie sind verhaftet." Paul und ich sagten aus, der Polizist habe ihn ermahnt und ihm danach einen Tritt gegeben, weil Paul einfach weitergehen wollte.
Ich hatte gesehen, dass der Polizist Paul am Kragen festhielt und ihm dann mit voller Wucht vor das Knie trat. Paul konnte nicht mehr gehen, er knickte immer wieder ein und kroch schließlich an der Wand entlang von dannen. Ich kam hinzu und lange dem Polizisten eine. Dieser saß auf dem Hosenboden und zückte eine Trillerpfeife, auf der er schrille Töne pfiff. Es dauerte nicht lange, bis eine ganze Mannschaft der Polizei vor Ort war, es waren fünf oder sechs Polizisten ohne den, der auf dem Boden saß. Ich war zwischenzeitlich beim Paule angelangt, half ihm auf, doch er sackte immer wieder zusammen, sodass wir noch nicht sehr weit weg waren, als die Polizeiverstärkung am Ort des Geschehens eintraf.
Wie gesagt, Paul kroch an der Wand entlang, ihn beachtete auch niemand und er kam trotz allem prima weg. Ich fing nun an, mich mit der

Polizei zu prügeln, und zwar richtig. Sie bekamen mich nicht zu Boden und ich teilte mehr aus, als ich einsteckte.
Mittlerweile hatte sich auch ein Kreis von Nachtschwärmern um dieses kämpfende Knäuel gebildet, einige Wirte waren dabei und auch einige andere Personen, die ich kannte.
Die Polizisten schafften es, mich in die Wache zu bringen. Dort musste ich mich auf den Boden neben ihre Mülleimer setzen, wo mich ein Schäferhund bewachen sollte. Doch schon kam die nächste Keilerei in Gange und so schleppte man mich mit Mühe in ein Kellerverlies.
Am nächsten Morgen kam die Kripo, um den Sachverhalt aufzunehmen. Einer der Männer staunte: „Was? Dieser kleine Hüpfer hat hier solchen Palaver gemacht?“ Schon war wieder der Palaver da.
Ich wurde angeklagt wegen folgender Straftaten: Widerstand gegen die Staatsgewalt, Körperverletzung, Gefangenenbefreiung, Ruhe störender Lärm, öffentliches Ärgernis, gefährlicher Eingriff in die Straßenverkehrsordnung. Ich meine, es wäre noch eine Sache gewesen, weil ich sieben Anklagepunkte in Erinnerung habe. Für diese Geschichte habe ich im Zusammenzug mit anderen Straftaten zwei Jahre und sechs Monate Gefängnis erhalten, für die oben aufgeführten Delikte sechs Monate.
Von dieser Zeit an hatte ich meinen Namen weg, und als später dann noch einige Einbruchsstraftaten hinzukamen, war ich für alles, aber auch für alles gut, was mit Eigentumsdelikten in Verbindung zu bringen war. Wenn die Polizei etwas von mir wollte, dann rückte immer mindestens ein Mannschaftswagen an – und meistens auch noch ein Streifenwagen zur Verstärkung. Verrückt, sage ich da, einfach nur verrückt! Aber leider war es so und ich vermute, dass in dieser Zeit die Animosität zwischen der Polizei und mir ihren Ursprung hat.

Dies war ein kleiner Rückblick auf längst vergangene Tage. In diesem Zusammenhang noch ein Ereignis:

Ein Geldtransporter der Firma, bei der meine Tochter angestellt war, wurde überfallen. Mein späterer Schwiegersohn war dort Prokurist. Ich war zu dieser Zeit im offenen Vollzug.

Die Polizei ermittelte – und gegen wenn ermittelten sie?
Diese Frage ist überflüssig – sie ermittelten gegen mich! Ich war zwar in Haft, dabei aber in einem freien Beschäftigungsverhältnis tätig, und zwar in unserem eigenen Laden. Was lag also nach Ansicht der Polizei nahe? Natürlich, ich musste es gewesen sein und sie ermittelten gar nicht erst in andere Richtungen. Alles, was sie taten, ging gezielt gegen mich.
Mein Freund vom LKA erzählte mir dann nach sechs Wochen: „Hör mal, weißt du überhaupt, dass gegen dich ermittelt wird?"
Ich war völlig perplex. „Wieso? Weshalb?"
Er erzählte mir von dem Verdacht und wir fuhren zur Polizei und stellten den zuständigen Beamten zur Rede.
Dieser wand sich wie ein Aal: „Du könntest es ja gewesen sein. Wir haben überprüft, wenn du wieder im Knast warst, wie lange du gebraucht hast, wann die Tat stattgefunden hat ..." Und so weiter und so fort.
Es wurde festgestellt, dass ich für den Überfall nicht in Frage kam, weil für mich die Zeit einfach nicht ausgereicht hätte, diese Tat zu begehen. Niemand hatte mir von dem Verdacht etwas gesagt, und was meiner Meinung nach das Schlimmste an der Sache war, ist der Umstand, dass durch dieses einseitige Ermitteln der Polizei gegen mich alle Spuren, die eventuell zum Täter oder zu den Tätern hätten führen können, „erkaltet" waren.
Eines noch: Meine Tochter holte das Geld von der Kripo ab, das in dem Fahrzeug sichergestellt worden war. Als sie mit ihrem Namen unterschrieb, fragte einer der Beamten: „Sind Sie die Tochter von dem Siegfried, der auf der Gerberstraße wohnt?"
„Ja", sagte meine Tochter, „das ist mein Vater."
Der Beamte machte Terz: „Einfach nicht zu glauben! Wie ist so etwas möglich? Die Tochter eines Verbrechers arbeitet in einem so sensiblen Bereich?!" Und dergleichen mehr dummes Zeug.
Meine Tochter musste Rede und Antwort stehen für Dinge, die sie nicht zu verantworten hatte. Was konnte sie für meinen Lebenswandel? Sie hat keine meiner Taten verübt und auch nichts über irgendwelche Straftaten von mir gewusst. Allein der Gedanke, ich könnte meine

Tochter dazu bewegen, mir irgendwelche sicherheitsrelevanten Gegebenheiten ihrer Firma mitzuteilen, war schon abwegig.
Diese Polizisten waren dermaßen verquer in ihren Gedanken und unfähig, Menschen einzuschätzen oder sie zu beurteilen. Sie hätten lieber Steine klopfen oder Sand schaufeln sollen, zu mehr schienen sie mir nicht in der Lage zu sein.
Der Chef der Firma versuchte mich dazu zu bewegen, für ihn tätig zu werden, und zwar im Sicherheitsbereich, was ich aber nach reiflicher Überlegung ablehnte. Ich sprach in dieser Angelegenheit mit meinem Freund und dieser überlegte: „Stell dir einmal vor, es passiert etwas, die Firma wird beispielsweise überfallen. Wenn du bei denen ein- und ausgehst, was meinst du, zu wem sie zuerst kommen?"
Der Rat meines Freundes war genau der richtige gewesen. Der Chef der Firma und die vier zeichnungsberechtigten Prokuristen gingen alle in Untersuchungshaft, als diese Firma bankrott war und rund 400 Millionen Euro in der Kasse fehlten. Diese Personen wurden zu mehrjährigen Haftstrafen verurteilt, aber nach Klärung des Sachverhalts fehlten immer noch gut 90 Millionen Euro.
Man stelle sich vor, ich wäre in dieser Firma beschäftigt gewesen ... Ich denke lieber nicht darüber nach und bin meinem Freund für den guten Rat noch heute sehr dankbar.
Nachdem die Firma in Konkurs gegangen war, wurde meine Tochter von dem Prokuristen geschieden. Wie gewonnen, so zerronnen. Meine Tochter konnte es nicht ertragen, mit einem Mann zusammen zu sein, der sie belogen und betrogen hatte und zudem auch noch eine Gefängnisstrafe absitzen musste. Dass ich einige Zeit im Gefängnis verbringen musste, hatte ihr gereicht. Sie konnte und wollte eine Haftzeit bei ihrem Ehemann nicht auch noch ertragen – neben allem anderen, was er ihr zugefügt hatte.
Na ja, ich hatte zumindest mit dieser Sache nichts zu tun.

In dieser Zeit hatte ich noch immer Kontakt mit meinem Freund vom LKA, auch außerhalb seines Berufes. Ich besuchte ihn zu Hause und nach seiner Pensionierung in seinem Haus in Spanien. Wir pflegten unsere regelmäßigen Kontakte.

Ich hielt auch einen Vortrag über die Vorgehensweise bei Raubüberfällen, und zwar vor Anwärtern, die ihre Ausbildung zum Polizeikommissar machten. Ich tat dies meinem damaligen Freund zuliebe, er wollte den Anwärtern ein möglichst praxisnahes Verhalten eines möglichen Täters nahebringen.
Die Fragen, die sie mir stellten, beschäftigten sich allerdings nur mit meiner Person, nicht mit den Abläufen einer Tat:
„Warum machen Sie das?"
„Was erhoffen Sie sich davon?"
„Haben Sie irgendwelche Vorteile?"
Unter den zwanzig Anwärtern waren vielleicht zwei, die sich tatsächlich für Tatabläufe interessierten und die bemerkten, dass ich ihnen wirklich helfen wollte. Ich hatte doch nichts davon, war ich doch bereits verurteilt.
Das Gespür für eine Person, auf sie eingehen, sich mit der Person beschäftigen, ohne Vorurteile in ein Gespräch gehen, dies alles konnten die jungen Auszubildenden nicht. Sie beschäftigten sich von Berufs wegen mit Menschen, da wäre doch ein Mindestmaß an Einfühlungsvermögen erforderlich gewesen. Doch diese Herren interessierte ihr monatlicher Gehaltsscheck, und das war es.
In der heutigen Zeit heißt es nur noch: ich, ich und nochmals ich.
Ein Mensch, der wie meine Ehefrau über Zivilcourage verfügt und diese auch zeigt, ist nicht gern gesehen. Für die anderen, die sich wegdrehen, die nach dem Prinzip der drei Affen verfahren – nichts sehen, nichts hören, nichts sagen –, hat man Verständnis, bis man in irgendeiner Form selbst betroffen ist.
Ich haue in einer Stadt die Scheibe eines Juweliergeschäfts ein und packe Schmuckstücke in einen Beutel. Eine Familie – Mann, Frau und Kind – kommt aus einer Seitenstraße, die Frau sieht mich, erkennt die Situation und sagt: „Huch! Kommt, lasst uns umdrehen, wir haben nichts gesehen."
Dies ist die Realität, so sieht sie aus. Für mich und meine „Berufskollegen" war so etwas in der damaligen Zeit gut, aber für das tägliche Miteinander, für unsere menschliche Gemeinschaft, ist es Gift.

Nun, ich bräuchte nicht so zu reden, ich bin auch heute noch immer kein Moralapostel, aber meine Sicht, die Dinge zu sehen, ist eine andere geworden und deshalb kann ich so schreiben, wie ich es im Moment tue.

In dieser Zeit, also während der Zeit meiner Haftunfähigkeit, begann ich gewisse Dinge anders zu sehen. Allerdings wurde diese Sicht immer stärker getrübt, je öfter ich Kokain schnupfte. Leider wurde dieses „öfter schnupfen" mit der Zeit zur Normalität.

Im ersten Jahr der Haftunfähigkeit war ich schon mal mit den Sinti oder den Albanern unterwegs und nach unseren erfolgreichen oder auch nicht so erfolgreichen Taten nahm ich ein Näschen. Meine Kollegen rauchten Kokain und es wurde eine erhebliche Menge dieser Droge benötigt. Ich fiel dabei mit meinem bisschen Ziehen überhaupt nicht auf.

Meiner Ehefrau erzählte ich andauernd neue Geschichten. Ich sei für das LKA unterwegs und sollte nach diesem oder jenem schauen. Einmal sollte es Falschgeld sein (das war bei uns auch im Gespräch, aber wir haben keines gekauft), in der nächsten Geschichte waren es Drogen.

In dieser Zeit wurde ich mit einigen Drogenhändlern bekannt gemacht, aber wie gesagt, mein Konsum – meine zwei, drei Nasen – fiel kaum ins Gewicht, und so kaufte ich auch nichts. Durch die neuen Kontakte ergaben sich neue Erwerbsquellen und es wurden oft feucht-fröhliche Feten veranstaltet.

Nach einem Jahr musste ich wieder zum Amtsarzt. Es war derselbe Arzt, der mich für das erste Jahr haftunfähig geschrieben hatte, und so war es nur eine Formsache, dass ich ein weiteres Jahr haftunfähig geschrieben wurde. Nicht dass ich es nicht gewesen wäre, meine Herzprobleme ließen schließlich nicht nach, aber diesmal verlief die Prozedur reibungsloser.

In diesem Jahr kam der Typ, der mit mir im offenen Vollzug ein Zimmer bewohnte, zu mir und jammerte mir die Hucke voll, seine Kinder hätten nichts zu essen. Er hatte ein Kind, die anderen drei hatte seine Frau von anderen Männern. So gab ich ihm ein paar Euro und ließ ihn mit meinem Wagen nach Holland fahren, um Kokain zu beschaffen. Diesem Drecksack hatten meine Ehefrau und ich bisher nur Gutes getan, wir hatten ihm geholfen, ihm für die Kinder Spielzeug gegeben – und was machte dieser Müllhaufen?

In dem späteren, noch zu schildernden Prozess gegen meine Ehefrau sagte er gegen sie aus und log, um sich selbst eine geringere Strafe zu erkaufen. Dass dieser Typ gegen mich aussagte, nahm ich gar nicht zur Kenntnis; es war, als ob sich eine Sau an einem Baumstamm rieb.

Das, was er zusammen mit mir an Straftaten verübt hatte, erwähnte er nicht. Er sprach in Gegenwart der Polizei nur von den Drogen, die er angeblich für mich hatte holen müssen. Wieso „müssen"? Ich wusste nicht einmal, wo es in Holland einen Koksdealer gab. Ich hatte den Typen nicht gezwungen, Drogen für mich zu besorgen, er selbst war es gewesen, der mit mir koksen wollte. Ich hatte ihn bezahlt, und nachdem er von seinen Touren zurückgekommen war, hatten wir gekokst. Irgendwann verkaufte er Hasch, klaute ein Auto und wurde prompt in Holland erwischt. Seine Frau bat uns um Hilfe. Und wer chauffierte sie und gab ihr Geld für ihre Kinder? Richtig – meine Ehefrau und ich!

Während ihr Mann im holländischen Gefängnis einsaß, wollte die Frau mich zu sexuellen Handlungen animieren. Ich machte aber nicht mit, weil ich immer noch im Kopf hatte, ihr Mann sei mein Kumpel.

Einmal wollte ich ihr Geld und ein paar Sachen für die Kinder bringen. Sie brachte gerade die Kleinen zu Bett und setzte sich anschließend in einen Sessel. Sie trug einen Minirock, aber kein Höschen. Mein Kumpel hatte mir lang und breit von seinen Bettgeschichten mit dieser Frau erzählt. Ein früherer Ehemann von ihr hatte sich angeblich an seinem Sohn vergangen – auch einer von diesen menschlichen Tieren, die während ihrer Räusche in irgendwelche Ecken pinkelten und spuckten, egal wo sie gingen oder standen. Geschichten, von denen ich nichts mehr hören wollte.

Weil ich das Angebot ablehnte, mit ihr intim zu werden, sagte die Frau später bei der Polizei aus: „Den Siggi, den kenne ich, aber ich kann ihn nicht leiden. Und mein Mann tut alles, was der sagt." Selbst nach dieser Aussage versuchte sie immer noch, bei uns etwas abzustauben. Mir war ihre Aussage allerdings bekannt.

Nachdem mein Kumpel aus dem holländischen Gefängnis entlassen worden war, begann er mit Amphetaminen zu handeln. Er hatte während seiner Haftzeit ein paar Leute kennengelernt, die in diesem Metier tätig waren. Als er dann wegen dieser Geschichte verhaftet wurde, sagte er gegen meine Ehefrau und mich aus. Nein, nicht nur gegen uns, er zinkte alles und jeden an. Zum Schmuggeln der Drogen setzte er seine Kinder mit ins Auto, um beim Grenzübergang als unauffällig zu gelten. Ein Mensch ohne jegliche Moral. Er hätte und hat für Drogen alles und jeden verkauft, genauso, wie er später alle Menschen bei der Polizei verkaufte, nur um einige Monate Straferlass zu erhalten. Er war später Hausarbeiter in der Untersuchungshaftanstalt, als ich von der Stadt, in der ich nach meiner Verhaftung einsaß, dorthin kam. Zu dem, was er bei der Polizei aussagte, komme ich später.

Dies war das eine Elend, das ich mir selbst zugefügt hatte, das andere war dieser fürchterliche Typ, der Alkoholiker und Drogensüchtige, der mit mir in der Ausbildung gewesen war. Ich hatte ihn im Gefängnis wiedergetroffen, wo er einem kleinen Zuhälter seine Partie ausspannte. Mit dieser war er auch zusammen, als ich als haftunfähig aus der Haft entlassen wurde. Die Frau betrieb einen Club in Köln und er war wieder im Geschäft, weil seine Frau einfach das größte Arschloch hatte, (wortwörtlich gemeint!), so etwas habe ich später nie wieder gesehen. Egal. Dort im Club wurde kräftig gekokst und bald war der Laden wieder weg vom Fenster. Ich kaufte eines Tages für 1.000 Amerikanische Dollar Kokain für den Typen und mich, etwas anderes nahm ich nicht. Diese Dollar waren falsch, sie waren zwar von guter Qualität, aber immer nur von einer Seite. Um einen „guten Schein“ zu machen, mussten die Hälften zusammengeklebt werden. Der Dealer bemerkte es nicht.

Dieser Typ war und ist so hartnäckig und penetrant aufdringlich, dass ich erst seit einigen Jahren nichts mehr mit ihm zu tun habe. Wegen solcher Typen gebe ich meine Adresse nicht preis, nicht, weil ich Angst hätte, jemals noch irgendetwas Krummes zu machen, sondern weil ich dauernd Anrufe bekäme. Hunderte hätten Fragen. Doch ich will auch mit den „guten“ Ganoven nichts mehr zu tun haben.

Meine Erinnerungen an diese Zeit sind nicht verblasst, im Gegenteil! Durch das Aufschreiben rufe ich mir alles noch ein einziges Mal zurück, um es dann endgültig wegpacken zu können.

***

Die unmenschlichen Regeln im Heim, die Strenge im Jugendgefängnis und die heutigen Regeln, die keine sind, die aber doch den Gesetzen des Vollzuges unterworfen sind ...

Fünfzig Prozent der Inhaftierten – zumindest in der JVA, in der ich mich eine Weile aufhalten musste – sind ohne Arbeit und liegen bis zur Freistunde oder bis zum Mittagessen im Bett – aber alle haben ein Fernsehgerät. In eine Freizeitgruppe kommt man kaum noch, weil diese schon von Lebenslänglichen oder Langstrafen-Häftlingen belegt sind. Deren Gehirne haben sich während ihrer langen Haftzeit in Gefängnisbrei verwandelt. Ausnahmen bestätigen auch hier wieder nur die Regel.

Es ist immer hell im Knast, überall das elektrische Licht. Egal wo du gehst, egal wo du stehst, überall sind Neonröhren eingeschaltet, Licht und Enge bleiben dir in Erinnerung, nicht weiter sehen können als vielleicht fünfzig Meter. In deiner Zelle kannst du das Neonlicht ausschalten. Du schaltest deine kleine Tischlampe an, die du als Vergünstigung erhalten hast, kannst dir durch dein vergittertes Loch die Wolken anschauen, den Himmel. Und nach einer Minute schmerzen deine Augen. Dies bleibt in Erinnerung, und so soll es auch bleiben.

Ich werde nicht daran denken, aber wenn die Erinnerung sich meldet, lasse ich es zu und ich weiß, dass diese Erinnerungen immer schwächer werden.

Unser Laden

In diesem zweiten Jahr meiner Haftunfähigkeit lernte ich meine spätere Geliebte näher kennen. Sie war als Sekretärin bei der SPD beschäftigt, der Partei, der auch ich meine Stimme gab. Sie kam in den Laden, holte sich Zigaretten und auch schon einmal eine Flasche Wein. Mit dieser ging sie dann zu einem Mann, der über unserem Geschäft wohnte, er war ein Neffe der Besitzerin des Hauses. Der Mann war verheiratet und die Eheleute hatten zwei Söhne. Der Mann war ebenfalls Mitglied in der SPD, zumindest so lange, bis die Polizei Kinderpornos auf seinem Computer entdeckte. Ich vermute, da wurde ein Kinderpornoring entdeckt und dabei erwischten sie auch diesen Mann. Soweit ich weiß, bekam er nur eine Geldstrafe, musste aber die Mitgliedschaft in der Partei aufgeben.

Meine Geliebte lebte zu dieser Zeit mit einem Engländer zusammen und hatte zwei Töchter von verschiedenen Vätern. Zudem hatte sie einen enormen Bekanntenkreis. Das jüngere Mädchen stammte aus der Ehe mit einem Syrer, der sehr jung an Krebs verstorben war. Das Mädchen war etwa elf Jahre alt und musste immer mitgehen, wenn seine Mama diesen Mann besuchte. Die ältere Tochter, die zwei Jahre älter war, weigerte sich, ihre Mutter dorthin zu begleiten. Eines Tages wollte auch die Jüngere nicht mehr mitgehen. Ich weiß nicht, ob der Mann sie bedrängt hatte – aber das hätte ihre Mutter auch nicht zugelassen.

Wie dem auch sei, ich kam mit dieser Frau ins Gespräch. Zuerst ging es um Gott und die Welt und später waren ihre persönlichen Probleme an der Reihe. Wie schon mehrfach erwähnt, war ich ein guter Zuhörer und Ratgeber.

In diesem Zusammenhang muss ich meinen Sohn erwähnen. Er war manchmal bei mir im Laden und sagte eines Tages zu mir: „Mensch, Papa, du musst bald Honorar verlangen für deine Sprechstunden. Was du dir so alles reinziehst, ist ja kaum zu glauben. Da würde ein Psychologe oder Therapeut richtiges Geld für verlangen.“ Ich weiß wirklich

nicht warum, aber alle Frauen, die mir irgendwann einmal ihr Leid klagten, hatten sexuell bedingte Probleme.
Unser Laden war an Wochentagen bis 23:00 Uhr geöffnet, an den Wochenenden bis 1:00 Uhr morgens, bei Bedarf auch länger. Wir hatten eine Schankkonzession, benutzten diese aber nicht, weil wir keine Trinker im Laden haben wollten. Es gab keinen Fensterverkauf, bei uns kamen die Kunden in den Laden. Da ich es meist war, der am Abend und in der Nacht im Laden war, luden die Kunden während ihres Einkaufs gleichzeitig ihre Sorgen und Probleme bei mir ab. Ich finde das im Dienstleistungsgewerbe auch ganz in Ordnung, bei uns war der Kunde noch König.
Das Wichtigste war und ist für mich die Verschwiegenheit. Wenn ich hier irgendwelche Geschichten niederschreibe, dann stimmen sie zwar, aber niemand kann damit etwas anfangen, außer der Betroffene selbst, oder es ist eine Sache, die in der Öffentlichkeit behandelt wurde. Dies gilt bis zum heutigen Tage und darüber hinaus.
Eines Abends kam eine junge Frau zu mir und begann zu erzählen. Sie war Mutter eines kleinen Sohnes, hatte wechselnde Beziehungen und lebte mehr schlecht als recht von Sozialunterstützung. Jetzt aber hatte sie einen Mann um die vierzig kennengelernt. Dieser hatte ihr angeboten, bei ihm zu wohnen. Sie brauche keine Miete zu bezahlen, hieß es, sie müsse nur sauber machen und ihm sexuell zur Verfügung stehen. Sie war schon in der Wohnung gewesen. Diese sei so groß und so schön, auf so etwas habe sie schon immer gewartet. Der Mann sei auch sehr erfolgreich und verdiene sehr viel Geld in seinem Beruf, er mache etwas mit Chemie. Sie sei inzwischen zwei Monate mit ihm zusammen und sie solle jetzt zu ihm ziehen. Dies wolle sie auch tun, aber, so erzählte sie mir, es gebe da ein Problem im sexuellen Bereich.
Ich sagte: „Wenn du etwas nicht willst, dann tust du es eben nicht."
Sie entgegnete: „Aber er kann nur so kommen!"
Mein Gesicht muss ein einziges Fragezeichen gewesen sein. „Wie kommen?!"
Und dann erzählte sie die folgende Geschichte, die offenbar in verschiedenen Variationen geschah: Der Mann würgte sie, einmal mit den Händen, einmal mit einer durchsichtigen Plastiktüte über dem Kopf,

und jetzt zuletzt hatte er ihren Kopf unter Wasser gedrückt. Als sie zu zappeln begonnen hatte, hatte er sich mit ihr vereinigt und war auch sofort gekommen.
Sie hat Angst, wollte aber die Wohnung nicht aufgeben. Er gab ihr stets genug Geld zum Einkaufen und sie war gut versorgt bei ihm. „Was soll ich nur machen?“, fragte sie mich.
Ich riet ihr: „Geh wieder in deine alte Wohnung und warte, bis du den richtigen Mann findest. Mit dem ziehst du dann zusammen. Bei diesem Mann weißt du doch gar nicht, wie sehr sich sein Verlangen noch steigern wird, dich zappeln zu sehen. Irgendwann liegst du da und es hat sich ausgezappelt.“
Es dauerte noch ein paar Wochen, bis der endgültige Bruch vollzogen war. Die Frau kam zu mir und sagte: „Gut, dass ich weg bin, das letzte Mal war es wirklich schlimm!“
Für mich war das wieder eines dieser Beispiele, wie sich Frauen erniedrigen, demütigen und misshandeln lassen, um ihr „gutes Zuhause“ nicht zu verlieren. Leider sind diese Frauen, die keinen Beruf erlernt haben, unselbstständig und wenig selbstbewusst.
Es ist die gleiche Geschichte mit den Müttern missbrauchter Kinder. Diese Frauen kommen ihren „Müllhaufen“ auch noch im Knast besuchen! Und warum? – Ganz einfach: Ihr Typ gibt ihnen finanzielle Sicherheit, sie sind versorgt, haben ein Häuschen, ein Auto oder was weiß ich. Ihr Kind tut ihnen zwar leid und sie sind auch nicht damit einverstanden, was der Mann da anrichtet. Aber sie unternehmen nichts. „Wenn er sich von mir trennt, habe ich gar nichts mehr. Ich muss zum Amt, vom Amt leben und außerdem ... so schlimm ist es auch nicht für das Kind. Wir müssen doch – ich muss doch – leben!“
Ja, diese Frauen müssen leben und somit haken sie alles andere ab mit der Entschuldigung: „Das muss ich billigend in Kauf nehmen.“
Ich habe in den Akten gelesen, dass in diesen Familien oft nicht nur die Kinder, sondern auch die Mütter missbraucht wurden. Das macht es für mich noch schlimmer.

Zurück zu meiner psychologischen „Nebentätigkeit“ in unserem Laden: Eine Dame – sie war ein paar Jahre älter als ich – kam eines Morgens, um Brötchen zu kaufen. Sie sah, dass außer mir niemand im Laden war, kam an der Ladentheke vorbei in unseren Aufenthaltsraum, hob ihren Rock und zeigte mir ihre blank rasierte Vagina: „Schau mal, Siegfried, ich bin gefallen. Hier habe ich mich gestoßen." Sie zeigte mir die Innenseite der Oberschenkel und ihre Schamlippen. Ich dachte, mich tritt ein Pferd, doch ehe ich mir die angeblichen Blessuren genauer anschauen sollte bzw. konnte, klingelte die Türglocke und eine zweite Kundin kam in den Laden.

„Meine Frau kommt gleich und löst mich ab, wir sehen uns morgen früh wieder", rettete ich mich aus der Situation und wandte mich der neuen Kundin zu.

Dieser Dame hatte ich keinerlei Avancen gemacht und trotzdem zeigte sie mir ihre rasierte Vagina, einfach weil ich immer gut zuhörte und mich über kein noch so seltsames Thema mokierte.

An den Wochenenden kamen manchmal gut situierte Damen, warteten, bis kein anderer Kunde mehr im Laden war und kauften dann ein Sexheftchen. Zwangsläufig drehte sich das anschließende Gespräch um ein sexuelles Thema.

Schräg gegenüber von unserem Geschäft war ein Frauenhaus. Die Bewohnerinnen besorgten sich ihre Zigaretten oder Süßigkeiten in unserem Laden und früher oder später hörte ich dann auch ihre Geschichten. Was manche Frauen über sich hatten ergehen lassen, spottete jeder Beschreibung. Es dauerte auch nicht lange, bis die Frauen Vertrauen zu mir fassten und mir die Gründe darlegten, die dazu geführt hatten, dass sie sich im Frauenhaus aufhielten.

Es wären noch einige dieser Gespräche und Vorfälle zu schildern, aber ich will diese Thematik nicht weiter ausschmücken.

Zum Abschluss möchte ich einen Vorfall schildern, der erklärt, warum ich schon einige Male den Begriff der „menschlichen Tiere" verwendet habe.

Zur Erklärung: Wie gerade erwähnt, unterhielt ich mich mit verschiedenen Kundinnen oft und ausführlich auch über ihr Sexualleben. Mit diesen Damen ging ich dann in unseren Aufenthaltsraum. Hier gab es bequeme Sitzgelegenheiten, einen Elektroherd, einen Kühlschrank, einen Fernsehapparat, Vorräte an Tabakwaren und Spirituosen und hier konnten wir uns ungestört unterhalten, nur unterbrochen von weiteren Kunden. Wenn mein Sohn da war, blieb er vorn im Laden, aber zu später Stunde war ich mit den Damen allein. Oft tranken wir etwas. Hier wurde so mancher Flasche Sekt oder Champagner der Garaus gemacht.

Es kam auch immer mal wieder eine „Dame", die in der Nähe unseres Geschäftes in einer In-Kneipe bediente. An einigen Tagen brachte sie ihre Freundin aus Düsseldorf mit und dann saßen wir zu dritt und plauderten über die Altstadt oder das Milieu.

Eines Abends kamen die beiden in den Laden, die eine orderte eine Flasche Schampus und ich – aus Erfahrung klug geworden – ließ sie gleich bezahlen. „Lasst uns nach hinten setzen", schlug sie vor, „und etwas trinken." Warum nicht, dachte ich. Champagner verkaufte ich nicht jeden Tag.

Nun, das Gespräch ging hin und her und wurde von Seiten der Frauen eindeutig. Ich wollte aber nicht mit den beiden intim werden und sagte: „Ich mache Feierabend und werfe euch jetzt raus. Nach einigem Palaver verkaufte ich ihnen noch einige Flaschen und musste dabei feststellen, dass sich eine der beiden Frauen, vor der Ladentheke stehend, in die Hose pinkelte. Jetzt hatte ich die Faxen dicke und ich sagte zu der anderen: „Da hinten ist die Toilette, mach wenigstens du gefälligst dein Geschäft dort. Und hol einen Eimer mit Wasser, und dann putzt ihr den Mist hier weg."

Wir hatten eine große Schaufensterscheibe und von draußen konnte man gut in den Laden schauen, also schaltete ich im gesamten Geschäft das Licht aus, damit niemand dieses Schauspiel mitbekam.

Die eine der beiden stand breitbeinig an der Theke, ihre Hose, alles war nass. Die andere bekam ihre Hose nicht mehr hochgezogen, auch sie war vorn durchnässt.

„Ausziehen, alles ausziehen!", rief ich.

Dies ging sehr zügig vonstatten. Sie konnten so blau sein, wie sie wollten und nichts mehr geregelt kriegen, aber ausziehen ging offenbar immer. Ich ließ sie mit ihren Jeans den Urin aufwischen, steckte anschließend die Jeans in die eine, die Getränke in eine andere Tüte und schickte sie nach Hause. In allen Einzelheiten muss ich diese Nacht nicht unbedingt schildern, oder? So viel lässt sich noch sagen: Sie kamen unbeschadet, nur mit Unterhose und Bluse bekleidet und ohne dass sie von jemanden gesehen wurden, nach Hause.

Meine Geliebte

Viel schlimmer war, dass ich in dieser Zeit meine zukünftige Geliebte näher kennenlernte. Sie erzählte mir immer mehr Einzelheiten aus ihrem Leben, wie zum Beispiel die Tatsache, dass der Engländer, der bei ihr wohnte, sie schlug und misshandelte. Wenn sie zusammen ausgingen, gab es regelmäßig Palaver. Egal wo sie waren, der Streit begann schon in der Gaststätte. Der Engländer fing mit anderen Gästen Streit an, nur weil sie sich mit seiner Begleitung unterhalten hatten.
Sie erzählte mir von ihrer Ehe, ihren Männerbekanntschaften, ihrer Zeit in Holland bei den Arabern und ließ dabei auch ihren Drogenkonsum nicht aus. Zuerst kam sie tagsüber, später schaute sie immer erst in den Laden, um zu sehen, wer im Geschäft war. Wenn sich meine Frau im Laden befand, kam sie gar nicht erst herein. Ansonsten kam sie abends mit ihrem Hund vorbei, insgesamt etwa drei bis vier Mal in der Woche.
Wir unterhielten uns, wie schon erwähnt, auch über Drogen, insbesondere über Kokain. Eines Tages sagte sie: „Lass uns nach Holland fahren. Dort kenne ich jemanden, der uns etwas verkauft." Tatsächlich fuhren wir los – das war der Anfang vom Ende ...

Wir kauften und konsumierten Kokain und danach wurde ich mit der Frau intim. Wir begannen ein Verhältnis, zuerst nur aus Spaß. Wir waren beide der Ansicht: Solange es Spaß macht, lassen wir es laufen.
Sie trennte sich von dem Engländer und wir trafen uns heimlich überall dort, wo uns niemand kannte. Unser Kokainverbrauch steigerte sich stetig.
Meine Ehefrau hatte zu dieser Zeit noch keine Ahnung von diesem Verhältnis. Ich wollte, dass es auch so blieb, aber da kannte ich die perfide Art meiner Geliebten noch nicht. Es war und gab ständig Stress. Wenn sie bei mir im Laden war, ließ sie beispielsweise die Hundeleine auf dem Stuhl liegen oder es waren kleinere Spuren von Kokain

auf dem Tablett zu entdecken. Und das, nachdem sie gesagt hatte: „Du brauchst nichts mehr sauber zu machen, ich habe schon alles gereinigt.“
In der ersten Zeit war es so, dass ich mit ihr abends im Laden saß. Manchmal fuhren wir in eine andere Stadt, ich war auch oft bei ihr zu Hause, wo wir tranken, spielten und redeten. Allerdings stieg mit dem Kokainkonsum auch das Bedürfnis, die Droge gemeinsam zu konsumieren und dadurch öfter zusammen zu sein.
Wir teilten uns die Kosten für das Kokain und sie nahm später auch noch Pep. Dies vertrug ich überhaupt nicht, allein vom Geruch bekam ich das Würgen. Mit der Zeit konsumierte meine Geliebte immer mehr davon, während ich auf Kokain blieb, dieses auch beschaffte und ihr von meinem Vorrat immer etwas abgab, damit sie es mit ihrem Pep mischen konnte.
Vor diesem ständigen – ich muss sagen: täglichen – Gebrauch kam ich mit der Situation gut klar. Erst war es etwa einmal im Monat mit dem Zuhälter, später dann alle drei Monate mit den Sinti. Mit meiner Geliebten fing es an, dass wir das Zeug regelmäßig an den Wochenenden nahmen. Das hielten wir einen oder zwei Monate durch.
Dann hieß es: „Wir können uns doch heute Abend treffen und gemeinsam eine Nase nehmen.“ So etwas geschah meistens Mitte der Woche. Danach musste auch am Montag etwas genommen werden, damit überhaupt weitergearbeitet werden konnte.
Wir waren auch gemeinsam unterwegs, gingen zu Parteiveranstaltungen und trafen uns auch bei ihr zu Hause. Mit ihren Töchtern verstand ich mich gut. Die Ältere ging ihre eigenen Wege, während die Jüngere für mich wie eine Tochter war. Ich mochte sie beide.
Auf der einen Seite musste ich meiner Ehefrau allerhand Geschichten erzählen und ihre Fragen beantworten, wo ich schon wieder gewesen sei, wo ich hinwolle und dergleichen mehr. Ich weiß nicht warum, aber jetzt begann ich zu lügen, was ich vorher und auch später, nach der Affäre, nie getan hatte. Mal abgesehen von einigen Verhandlungen vor Gericht.
Ich hatte keine Ahnung davon, dass meine Geliebte es darauf anlegte, dass meine Ehefrau von unserem Verhältnis erfuhr. Sie wollte mit Gewalt erreichen, dass ich mich von meiner Ehefrau trennte. Ich hatte

ihr gesagt, dass eine Scheidung für mich nicht in Frage kam. Ich war zum damaligen Zeitpunkt dreißig Jahre mit meiner Ehefrau verheiratet. Sie hatte immer zu mir gehalten und ich konnte und wollte mich nicht von ihr trennen. Ich musste mir Sprüche anhören wie: „Du bist nicht ihr Eigentum, du kannst dich trennen, wann immer du willst. Auch wenn sie auf dich gewartet hat und dir immer treu war, musst du das doch nicht auch sein."
Obwohl ich mich offiziell nicht von meiner Ehefrau trennen wollte, tat ich Dinge, die mir heute noch die Schamesröte ins Gesicht treiben. Beispielsweise verabreichte ich ihr eines Tages Tabletten, die meiner Geliebten gehörten. Wir wollten, dass meine Ehefrau fest schlief, damit ich die Nacht in Ruhe mit meiner Geliebten verbringen konnte. Ich wusste allerdings nicht, was für Tabletten es waren, die meine Geliebte zerkleinert hatte. Trotzdem schüttete ich diese meiner Ehefrau in ein Getränk.
Meine Geliebte hatte alle Telefonnummern: von unserem Geschäft, von unserem Zuhause und auch die Mobiltelefonnummern von meiner Ehefrau und mir. Einmal lag ich mit ihr im Bett, als sie heimlich die Telefonnummer von meinem Zuhause wählte – die Nummern waren alle in ihrem Mobiltelefon gespeichert – und das Telefon in unmittelbarer Nähe ablegte. Meine Ehefrau ging ans Telefon und hörte alles, was meine Geliebte und ich daraufhin sagten und taten ...

Hier ein Ausspruch von Friedrich Nietzsche:

In der Rache und in der Liebe ist das Weib barbarischer als der Mann.

Ich kam in dieser Nacht – von dem Anruf hatte ich keinerlei Kenntnis! – nach Hause, wo mich meine Ehefrau bereits erwartete. Ich konnte mir gerade noch mein Jackett ausziehen, da ging es auch schon los: „Wo warst du? Wo kommst du her? Wo bist du gewesen?" Daraufhin beruhigte sie sich einen Moment, um mir Zeit zu geben, ihre Fragen zu beantworten.
Ich holte aus, um ihr ein Märchen zu erzählen, wo ich überall gewesen sei und wie viel Zeit dies doch gekostet habe. Aber sie unterbrach mich

und sagte: „Ich weiß alles! Sie wiederholte einige Sätze, die sie am Telefon gehört hatte, wortwörtlich. Im Prinzip konnte sie etwa eine Stunde des Gespräches wiedergeben, welches ich mit meiner Geliebten geführt hatte. Von den Nebengeräuschen ganz zu schweigen.
Ich log mich rein und wieder raus und merkte einfach nicht, wie sehr meine Ehefrau unter meinem Verhalten litt.

Das Verhalten meiner Geliebten wurde dann noch viel schlimmer. Sie hängte eine meiner Unterhosen, die sie mit einem ihrer Unterhöschen zusammengeknotet hatte, an unsere Ladentür. Als meine Ehefrau gegen 5:30 Uhr das Haus verließ und kurz darauf am Geschäft ankam, bemerkte sie natürlich den Gruß an der Ladentür und erkannte auf der Stelle, dass eine der beiden Unterhosen von mir war.
Meine Geliebte rief kurz darauf bei meiner Ehefrau an und sagte: „Meine kannst du auch behalten. Er ist doch lieber bei mir, warum gibst du nicht auf? Merkst du nicht, dass er nur noch aus Gewohnheit bei dir bleibt? Er meint, er wäre dir das schuldig, weil du immer auf ihn gewartet hast. Aber das stimmt nicht, du hast kein Recht auf ihn." In dieser Tonlage ging es noch eine Weile weiter, bis meine Ehefrau auflegte.
Oder sie ging in der Nacht zu unserem Balkon, stellte auf das dort stehende Tischchen eine Vase mit zwölf Rosen, daneben eine geöffnete Sektflasche und zwei Sektgläser. Wieder rief sie meine Ehefrau an und sagte: „Schau doch einmal auf dem Balkon nach. Für jeden Monat, den ich mit Siegfried zusammen bin, steht da eine Rose. Gefällt dir das?"
Ein anderes Mal kam sie mit einer Freundin in den Laden – meine Ehefrau war allein im Geschäft – und sagte: „Lass endlich den Siegfried in Ruhe! Was willst du überhaupt noch von dem? Der will so ein Klappergerüst wie dich doch gar nicht haben. Nur damit du es weißt: Was ich im letzten halben Jahr mit ihm gefickt habe, das hast du in den letzten fünf Jahren nicht geregelt bekommen."
Diesen Verbalinjurien stand meine Ehefrau völlig hilflos gegenüber. Sie wusste nicht, was sie tun und lassen sollte. Sie sorgte dafür, dass meine Geliebte Ladenverbot erhielt, hatte sie sie doch zuvor schon einmal aus dem Geschäft geworfen.

Meine Ehefrau stand an einem Tag vor der Wohnung meiner Geliebten und an einem anderen Tag vor dem Büro der SPD. Sie versuchte alles und jedes, aber nichts half. An diesem Sachverhalt war ich mehr als mitschuldig, denn ohne mein Zögern und Zaudern, ohne mein ständiges Nachgeben konnte meine Geliebte meine Ehefrau immer weiter aufs Neue beleidigen.

Meine Geliebte und ich fuhren gemeinsam zu ihren Eltern. Auch dort erzählte sie mir von einigen Erlebnissen, die ich aber hier nicht wiedergeben möchte. Sie war nicht ohne Grund so geworden, wie ich sie nun immer mehr kennenlernte. Ihr Vater war krank gewesen und viel zu früh verstorben. Doch auch vor seiner Krankheit, schon in der Kindheit meiner Geliebten, hatte die Erziehung in den Händen der Mutter gelegen. Mutter und Tochter waren allein nach Österreich in den Urlaub gefahren. Dort hatte das Mädchen ihre ansonsten ziemlich strenge Mutter von einer ganz anderen Seite kennengelernt – Einzelheiten erspare ich Ihnen und mir. Ihre Mutter war eine sehr lebhafte Frau, und als ich sie kennenlernte, verstanden wir uns gut.
Wir besuchten einige Veranstaltungen der SPD, wo mich meine Geliebte als ihren zukünftigen Ehemann vorstellte. Bei diesen Besuchen lernte ich auch einige ihrer vorherigen Liebhaber kennen, unter anderem einen Marokkaner, von dem sie erzählte, dass er außergewöhnlich kräftig ausgestattet sei und dass sie während ihres Zusammenlebens ständig Schmerzen gehabt hatte. Seltsamerweise hatte sie zu allen früheren Liebhabern auch nach Jahren immer noch einen guten Kontakt. Dies nur nebenbei bemerkt.

Ohne dass ich es merkte, glitt mir diese Affäre irgendwann endgültig aus den Händen. Alles, aber auch alles lief aus dem Ruder, und das Schlimme daran war, dass ich es noch nicht einmal bemerkte. Meine Geliebte war bereits seit Jahren an den Gebrauch von Drogen gewöhnt, sie war vertraut mit dem Umgang von Kokain, Pep oder Alkohol. Ich war nichts von all dem gewohnt. Ich spürte nicht, dass meine Ehefrau litt wie ein Hund, ich nahm nicht wahr, dass sie immer dünner wurde,

ich hatte nur noch die Frage im Kopf, wo und wie ich das Kokain besorgen konnte, das meine Geliebte und ich benötigten.
Einmal entdeckte meine Ehefrau dieses „weiße Pulver“ im Laden. Und wieder versuchte ich mich an einer halbwegs plausiblen Erklärung. Für meine Ehefrau war jetzt klar, was mit mir los war. Zuerst hatte sie gedacht, ich sei vielleicht krank und auf bestem Wege, den Verstand zu verlieren. Nach dem Fund des weißen Pulvers kontaktierte sie Beratungsstellen für Drogensüchtige. Sie nahm telefonisch Kontakt auf, aber es wurde ihr mitgeteilt, dass es auf diesem Weg keine Hilfe gab. Ich müsse schon persönlich vorbeikommen, hieß es.
Ja, wie sollte meine Ehefrau mich überreden, wenn ich doch gar nicht wollte? Sie erhoffte sich Rat. Ihr wurde ein Ansprechpartner genannt, den sie um Hilfe bat, aber auch dort kam sie nicht weiter.

Nun, warum schreibe ich das?
Im Folgenden zähle ich ein paar Beispiele auf, die ich zu vertreten hatte und die meine Ehefrau mitbekam. Es soll nur ein kleiner Einblick sein, denn viele der unmöglichen Dinge, die ich im Rausch veranstaltete, sind nicht geeignet, hier in aller Ausführlichkeit genannt zu werden. Ein Drogenabhängiger – damals war ich voll abhängig, ich konnte und wollte es nur nicht zugeben – ist und bleibt die Hölle für seine Familienangehörigen und für sich selbst.

Voll auf Droge

Eines Abends – Dennis lag schon im Bett und schlief, unsere beiden älteren Kinder Simone und Daniel waren bereits außer Haus – fragte ich: „Brigitte, sind alle Rollläden runter?"
„Wieso, was ist denn los?"
Flüsternd sagte ich: „Sei leise und bleib im Bett liegen." Dann kroch ich ins Kinderzimmer, schaute unter dem halb geschlossenen Rollladen der Balkontüre hindurch, um zu sehen, ob jemand auf dem Balkon lag, und ließ dann den Rollladen ganz herunter. Beim Fenster verfuhr ich genauso.
Ich robbte über den Flur bis zur Wohnungstür, schaute durch den Spion und sah dort eine mobile Einsatztruppe der Polizei (oder besser: ich meinte, eine zu sehen, in Wirklichkeit befand sich kein Mensch im Flur. Ich murmelte vor mich hin: „So bekommt ihr mich nicht, so nicht!"
Durch mein Verhalten beunruhigt, stand meine Ehefrau auf und sagte: „Siegfried, es ist doch niemand hier, auch im Flur ist niemand, ebenso draußen vor den Balkonen. Komme doch bitte ins Bett, was hast du nur?"
Ich entgegnete: „Bist du endlich leise! Sei ruhig und leg dich ins Bett. Die sollen nicht wissen, dass jemand hier ist." Ich robbte ins Wohnzimmer, schaute dort auf den Balkon und ließ dann am Fenster und an der Balkontüre ebenfalls die Rollläden ganz herunter.
Ich muss hier erwähnen, dass ich an den Balkontüren, den Fenstern und an der Haustüre zusätzliche Sicherungen angebracht hatte, in der Haustüre hatte ich ein KESO 2000 eingebaut – für mich eines der besten Türschlösser überhaupt. Zusätzlich gab es noch ein Sicherheitsschloss in der Haustüre, welches – ebenfalls von KESO – nachträglich eingebaut worden war. Die Rollläden waren mit einer Sicherung gegen unbefugtes Hochschieben gesichert. Wer, wenn nicht ich, sollte über Einbruchsicherung Bescheid wissen, ich musste ja schließlich diese

Sicherungen überwinden, wenn ich irgendwo hineinwollte. Dies nur zur Information.

Ich robbte wieder zur Haustüre, schaute durch den Spion und sah vermummte Gestalten, die mit einem Rammbock auf unsere Haustüre zukamen – diese Gestalten mit Gesichtsmaske wie von einer SEK-Truppe gab es aber nur in meiner Fantasie. Ich öffnete die Schlösser und mit einem Ruck riss ich die Türe auf und schrie: „Ja, dann kommt doch! Das wollt ihr doch! Legt mich doch um, ihr habt schließlich lange genug darauf gewartet!" und allerhand anderes konfuses Zeug. Meine Ehefrau kam nun zu mir und versuchte mich zu beruhigen: „Siehst du, Siegfried, es ist niemand hier, du kannst jetzt ins Bett kommen." Ich blieb aber dabei und sagte: „Ich habe die Bullen gesehen, du nicht. Die waren hier!"

Ein anderes Mal ging ich in unserem Laden auf einen Kunden zu und fragte ihn: „Warum sind Sie schon wieder hier? Ich beobachte Sie seit einiger Zeit, was wollen Sie von mir? Wenn Sie mich beobachten möchten, müssen Sie das schon etwas geschickter anstellen. Hauen Sie ab, verlassen Sie unser Geschäft und kommen Sie nicht wieder." Ich vergraulte so ganz normale Kunden, die einfach nur ihre Zigaretten oder eine Zeitung kaufen wollten.

Ich litt, so muss man sagen, unter Verfolgungswahn und ich muss heute in der Nachbetrachtung sagen, dass ich wirklich gelitten habe. Überall sah ich Personen, die mich beobachteten oder verfolgten. Dies zeigte sich besonders bei Autofahrten. Wenn ich zum Großhandel fuhr, musste ich etliche Kilometer über die Autobahn fahren, und auf dieser sah ich Fahrzeuge, die mich verfolgten, um mich zu beschatten. Dass dichter Verkehr auf einer Autobahn in der Natur der Sache liegt, kam mir nicht in den Sinn. Aber auch auf Landstraßen sah ich überall Verfolger. Ich sagte zu meiner Ehefrau: „Siehst du diesen Wagen? Der verfolgt uns schon die ganze Zeit, es ist die Nummer, die mir aufgefallen ist, sie ist mir schon seit Längerem bekannt." So manches Mal schrieb ich mir auch die Autokennzeichen auf, um sie später mit den mich verfolgenden Autokennzeichen zu vergleichen. Nach einiger Zeit hatte sich ein Wust von Zetteln angesammelt und meine Ehefrau durfte diese nicht wegschmeißen.

Einmal waren wir zusammen unterwegs und ich hatte im Kofferraum eine Thermolanze und etliche Brennstäbe liegen. Dieses Material hatte ich zum Aufbrennen von Tresoren benötigt. Ich hatte es am Abend zuvor einem Kollegen bringen wollen, doch aus irgendeinem Grund war es nicht mehr dazu gekommen. Auf jeden Fall fühlte ich mich mit dieser Fracht an Bord schon wieder verfolgt. Ich verließ die Autobahn, bis ich einige Straßen weiter ein Kornfeld sah. Dort hielt ich an, holte voller Panik die Lanze und die Brennstäbe aus dem Kofferraum und warf alles in das Kornfeld. Nun war ich ruhiger und wir fuhren zum vorgesehenen Ziel. Bereits in der Nacht dachte ich schon wieder darüber nach, ob mich jemand gesehen haben könnte, der die Lanze dort wegholte. Wenn ich komme, ist die Lanze weg! Ich konnte mich von diesem Gedanken nicht befreien. Am nächsten Tag holte ich selbst die Lanze und versteckte sie an einem – wie ich dachte – sicheren Ort. Als ich sie später wieder abholen wollte, war sie nicht mehr da. Irgendjemand musste sich sehr darüber gefreut haben.

Das Verhältnis zu meiner Geliebten hatte sich auch verändert. So manches Mal saßen wir am Fenster und beobachteten das gegenüberliegende Fenster, weil wir der Meinung waren, es hätte sich dort etwas bewegt. Diese Beobachtungen zogen sich oft über Stunden hin. Wenn ich lange genug auf ein Fenster gestarrt hatte, dann war ich der Meinung, dass sich die Gardine tatsächlich bewegte. Ich rief meine Geliebte, die gerade ein anderes Fenster beobachtete, und wir stierten dann gemeinsam auf dieses eine Fenster. Wir machten uns total verrückt.
Einmal ging ich in der Nacht zu einem Bekleidungsgeschäft und klingelte. Natürlich machte niemand auf, es war ja auch niemand da. Ich wandte mich ab und fiel offenbar einem anderen Nachtschwärmer auf.
In manchen Nächten sahen wir einen Fußgänger auf der gegenüberliegenden Straßenseite und fingen sofort an: „Der war gestern auch schon hier. Wir müssen aufpassen, wohin der geht!“
Mit dem Geschlechtsverkehr war es auch nicht mehr weit her, es spielte sich so gut wie nichts mehr ab, selbst wenn wir gewollt hätten – es ging nicht mehr. Was am Anfang zu viel gewesen war, war nun zu wenig. Um es genau zu sagen: Es ging gar nichts mehr, da war nichts als „tote

Hose", im wahrsten Sinne des Wortes. Meine Geliebte und ich hatten nur noch eines gemeinsam: unseren Verfolgungswahn.
Bei ihr war es nicht ganz so schlimm wie bei mir. Ich las in der späteren Zeit im Knast einiges darüber und erkannte, dass es bei mir wohl so gewesen war, dass sich mein permanent schlechtes Gewissen gemeldet hatte. Mein ungutes Gefühl, das ich in dem Moment wegen einer Sache hatte, wurde durch den Konsum der Droge um ein Vielfaches verstärkt. Ich hatte ja immer irgendwo noch eine „Lampe" brennen. Sicherlich fühlte ich mich unbewusst auch meiner Ehefrau gegenüber schuldig, so war ich auch immer sehr ruhelos und unruhig.

Meine Geliebte und ich hielten uns einige Nächte im Büro der SPD auf und spielten dort verschiedene Spiele am Computer. Weil sie aber nach solchen Nächten nicht mehr in der Lage war, ihrer Arbeit nachzugehen, musste wieder Nachschub her und so wurden die Mengen, die wir an Drogen verbrauchten, immer größer und ich wurde immer verrückter.
Wie bereits erwähnt, hatte ich einen Kollegen, der hin und wieder für mich über die Grenze fuhr und ein paar Gramm holte. Oder dieser Lumpenhund, von dem ich auch schon geschrieben habe, fuhr für mich über die Grenze und brachte etwas mit. Natürlich konsumierte jeder mit, der etwas von dem Zeug brachte. Genauso natürlich war es auch, dass ich das Kokain bezahlte.

Eine Situation brachte das Fass zum Überlaufen. Mit einem Kumpel stieg ich in eine Polizeiwache ein (ich will jetzt nicht näher erläutern, was wir in der Polizeiwache stehlen wollten). Wir kletterten über das Dach und gelangten auf diesem Wege in die Polizeiwache. Wir waren aber beide voll auf Droge, hatten etliches an Kokain zu uns genommen. Auf jeden Fall hörten wir in der Ferne eine Polizeisirene, die aber mit dem Einbruch nicht das Geringste zu tun hatte. Der Polizeiwagen war auch nicht auf dem Weg zu dieser Wache, sondern fuhr zu einem Einsatz.
Wir beide machten uns gegenseitig verrückt. „Die haben einen Alarm gehabt und wir haben nichts gemerkt. Wir müssen weg!" Also machten wir kehrt, rutschten das Dach herunter und mein Kumpel verschwand

nach links, während ich die rechte Seite wählte. Auf meinem Fluchtweg gab es nur schöne Einfamilienhäuser mit Garten. Alle waren durch einen Zaun von einem Weg getrennt, der hinter den Häusern vorbeiführte. Ich kletterte über diesen Zaun und versteckte mich in einem der Gärten unter einigen Sträuchern. Ich weiß nicht, ob die Wirkung des Kokains schuld war, aber ich hörte jedes Geräusch. Ich hörte sogar, wie ein Igel durch das Unterholz trippelte, ansonsten war es totenstill.
In der Gartenanlage gab es auch einen Rasen. Auf diesem stand ein Pfahl, an dem die Frau des Hauses vermutlich ihre Wäscheleine befestigte. Bestimmt gab es auf der anderen Rasenseite noch so einen Pfahl. Dieser eine Pfahl hatte am oberen Ende eine Verdickung. Ich schaute immer wieder dorthin, hörte Geräusche auf dem Weg – obwohl dort niemand war – und auf der fernen Straße. Und der Pfahl war auf einmal kein Pfahl mehr, sondern ein Polizeibeamter, der die Lage peilte. Ich beobachtete ihn, sah, wie er in ein Funkgerät sprach und dann seine Pistole zog. Da sprang ich auf und griff nach einem Knüppel, der dort lag, und lief auf den „Polizisten" zu. Dabei schrie ich immer wieder: „Nun schieß doch endlich! Leg mich doch um! Das wolltet ihr doch schon immer!" Ich wollte mit dem Knüppel zuschlagen, doch dann erkannte ich, dass ich vor einem Pfahl stand. Ich warf den Knüppel weg, als wäre er aus glühendem Eisen, sprang über den Zaun, ging zurück zu meinem Fahrzeug, stieg ein und fuhr auf direktem Weg nach Hause. An meinen Bekannten dachte ich nicht eine Sekunde.
Ich nahm mir vor, kein Kokain mehr zu konsumieren. Jetzt war Schluss, ich drehte ja völlig am Rad. Bei diesem Vorfall merkte ich wenigstens selbst, dass ich nicht mehr normal war (die Frage ist: Was ist normal? Ich kannte einige, die ihr Verhalten unter Kokaineinfluss als völlig normal betrachteten, also lag die Frage nahe: Ist das Verhalten unter Kokain nur eine Frage des Betrachters oder gibt es objektive Kriterien für eine Beurteilung des Verhaltens? – Natürlich gibt es objektive Kriterien, aber welcher Kokainkonsument sieht diese?). Es war ein guter Vorsatz, den ich gefasst hatte – wie manch andere gute Vorsätze –, aber ich hielt es keine zwei Wochen aus, bis ich wieder so weit war. Ich hatte den festen Vorsatz gefasst, nicht mehr zu meiner Geliebten zu gehen. Ich hatte ihren Haustürschlüssel in den Briefkasten

geworfen und war auch nicht ans Telefon gegangen, wenn sie anrief. Nun stand ich doch wieder vor ihrer Türe und wir machten dort weiter, wo wir aufgehört hatten.
Egal wie es auch klingen mag, aber ich bin mir absolut sicher, dass meine Ehefrau mir das Leben gerettet hat. Denn hätte ich noch ein halbes Jahr so weitergemacht, läge ich schon etliche Jahre unter der Erde.
Meine Geliebte wurde nun immer drängender, sie forderte, dass ich mich endlich von meiner Frau trennen sollte. Ich wusste aber in meinem tiefsten Innern, dass es diese Trennung nie geben würde. Ich hielt meine Geliebte hin und versprach ihr, meiner Ehefrau bald reinen Wein einzuschenken. Wir bekamen uns immer öfter in die Haare, prügelten uns auch, es war immer ein ungleiches Geschehen und ich bedauere mein damaliges Verhalten sehr. In fast vierzig Jahren Ehe habe ich – selbst als ich nicht mehr ich selbst war – meine Ehefrau nie geschlagen. Mit meiner Geliebten war es leider anders. Diese Frau war ein so anderer Mensch, sie war in ihrem Verhalten ungezügelt, völlig anders als meine Ehefrau. Sie war extrovertiert und führte – genau wie ich in der damaligen Zeit – ein exzessives Leben, trieb alles auf die Spitze, ging keine Kompromisse ein. Dies führte zwangsläufig zu Reibereien, die oft in körperlichen Auseinandersetzung endeten. Meine Geliebte wollte es immer wissen, wollte stets provozieren, mich und meine Ehefrau herausfordern.

Diese Provokationen sind eine endlose Geschichte und würden allein ein Buch füllen. Also beschränke ich mich auf einige wenige Vorfälle.

Ich hatte vor unserem Geschäft einen Parkplatz. Als eines Tages meine Ehefrau und ich aus dem Geschäft kamen, saß meine Geliebte mit ihrem Hund und einigen Bekannten unter einem Baldachin vor einem Lokal, das sich in unmittelbarer Nähe unseres Geschäftes befand, und schaute uns zu, als wir zum Auto gingen. Es regnete leicht und meine Ehefrau setzte sich schon in unser Auto, während ich die Türen zum Geschäft abschloss. Auch ich beeilte mich, ins Fahrzeug zu kommen, startete den Motor und schaltete die Scheibenwischer ein. Dann hörten wir ein Kratzen und sahen, dass unter den Blättern der Scheibenwischer zwei Sektgläser klemmten. Meine Ehefrau stieg aus und sah sofort, dass es zwei Gläser waren, die sie selbst gekauft hatte. Sie nahm die Gläser, sagte: „Die will ich nicht mehr“ und stellte sie auf ein Mäuerchen, welches sich direkt gegenüber von unserem Geschäft befand. Meine Geliebte konnte diese Gläser auch gekauft haben, aber bei all dem, was ich inzwischen zu meiner Geliebten getragen hatte, stellte sich diese Frage nicht. Ich war der Einzige, der ihr diese Gläser hatte geben können. Sie können sich sicher vorstellen, dass diese Nacht nun vorbei war.

Eines Nachts – ich war gerade mit meiner Ehefrau auf dem Weg nach Hause – stand plötzlich meine Geliebte mitten auf der Straße. Sie war, als sie uns hatte kommen sehen, zwischen anderen Fahrzeugen hindurch auf die Straße gelaufen. Ich fuhr knappe 30 Stundenkilometer und konnte gerade noch rechtzeitig abbremsen. Ich betätigte den elektrischen Fensteröffner und fragte sie, was sie vorhabe.
Sie sagte: „Bring mich ins Krankenhaus, ich habe Schmerzen. Mein Hund hat mich gebissen! Lass mich einsteigen und schmeiß die Frau da aus dem Auto.“ Sie meinte meine Ehefrau und diese reagierte wie folgt: „Fahr weiter und unterhalte dich nicht mit ihr. Siehst du nicht, was sie will?“
Natürlich sah ich, dass meine Geliebte die Konfrontation wollte. Sie hatte es mal wieder auf die Spitze getrieben, und obwohl diesmal die Entscheidung – wie auch schon in manch anderen Fällen – zu ihren Ungunsten ausfiel – ich fuhr mit meiner Ehefrau weiter –, gab sie nicht auf und dachte sich gleich etwas Neues aus.
Meine Ehefrau und ich hatten gerade die Haustüre hinter uns geschlossen, da klingelte das Telefon. „Ich bin auf der Straße zusammengebrochen!“, jammerte meine Geliebte. „Du musst mich abholen und ins Krankenhaus bringen.“ Ich lehnte ab, aber sie rief immer wieder an und schließlich sagte meine Ehefrau: „Also gut, holen wir das Auto und fahren hin. Aber ich fahre mit!“
Gesagt, getan. Wir fuhren zu der angegebenen Stelle, diese lag bestimmt zwei Kilometer entfernt von dem Ort, an dem meine Geliebte

zuvor auf der Straße gestanden hatte. Sie wartete auf dem Bürgersteig. Als sie unseren Wagen kommen sah, kam sie uns entgegen und wollte einsteigen, doch dann sah sie meine Ehefrau, schrie auf und haute ab. Ich machte wieder Schluss mit ihr, aber danach häuften sich die Anrufe derart, dass es nicht mehr auszuhalten war. Also ging ich wieder ans Telefon und somit hatte sie ihr immer gleiches Ziel erneut erreicht.
„Du bist ein Feigling!“, warf sie mir vor. „Soll sie sich doch vor den Zug schmeißen, soll sie vom Dach springen, dann bist du sie los, so kannst du dich ja doch nicht von ihr trennen, du Feigling.“ Ach, ich kann und will nicht alles wiederholen, was sie gesagt und auch getan hat. Es war einfach zu viel.
Ich ging wieder zu ihr, besichtigte mit ihr und den Kindern ein Haus, mietete es, kaufte Farbe, zahlte 500 Euro für eine Küche an – ein wahres Drama. Der Vermieter des Hauses rief bei uns zu Hause an, um etwas nachzufragen. Meine Ehefrau war am Telefon und sie sagte ihm, dass ich weder aus- noch umziehen wolle. Prompt rief er mich einige Male auf meinem Mobiltelefon an und drohte mir damit, was alles an Kosten auf mich zukäme, wenn ich einen Rückzieher machen würde. Also sagte ich, dass ich das Haus doch mieten wolle. Eine einzige Lügerei, ich wusste manchmal nicht, wo mir der Kopf stand, so hatte ich mich rein- und rausgelogen.
Mit der Küche war es genauso. Ich hatte mit meiner Geliebten bei einem Möbelhaus eine Küche für das neu gemietete Haus gekauft. Zu blöd, denn auch meine Ehefrau und ich hatten uns vor Jahren von diesem Möbelhaus unsere Küche einrichten lassen. Ergo kam die Rechnung zu uns nach Hause. Meine Ehefrau dachte sich: Wieso? Was kommt denn da von dem Möbelhaus? Wir haben doch nichts gekauft! Sie öffnete den Brief und es traf sie der Schlag: Es ging um eine Küche, so und so groß, die zu der angegebenen Adresse geliefert werden sollte. Als Adressat waren meine Geliebte und ich angegeben.
Nun, ich weiß nicht, warum das so ist, aber bei Küchen drehen Frauen ganz besonders am Rad. Auf jeden Fall war meine Ehefrau wie durchgedreht. Sie raste sofort zu dem Möbelgeschäft – ich war gerade nicht zu Hause – und bestellte die Küche umgehend wieder ab. „Die nimmt mein Mann nicht und er bezahlt diese Küche auch nicht!“

„So einfach geht das nicht“, protestierte der Verkäufer. „Da müssen Sie schon mit Ihrem Mann kommen. Schließlich hat er die Küche bestellt und somit kann auch nur er die Bestellung widerrufen.“
Als ich nach Hause kam, erwarte mich ein Riesentheater. Das Ende vom Lied war, dass ich mit meiner Ehefrau zu diesem Möbelhaus fahren musste, um die Bestellung zu widerrufen.
Nachdem dies geschehen war, ging der gleiche Palaver bei meiner Geliebten los: „Meine Küche? Ich habe die ausgesucht, die ist für uns! Und dein Knochengerüst kann die nicht einfach abbestellen. Die Küche wird in unser neues Haus geliefert!“ Ich fuhr daraufhin mit meiner Geliebten erneut zum Möbelgeschäft und bestätigte die Bestellung. Das erfuhr aber auch meine Ehefrau (ich glaube, der Verkäufer rief bei uns an, doch genau weiß ich das nicht mehr). Die Bestellung wurde nun endgültig storniert und die Anzahlung war futsch.

Als ich einmal mit meiner Ehefrau in einem Café saß, und zwar in der Stadt, in der sich auch das angemietete Haus befand, erhielt ich einen Anruf von meiner Geliebten: „Siegfried, ich stürze mich vom Dach. Komm sofort, ich halte das nicht mehr aus. Unser Haus ... ich brauche dich, ich brauche etwas ...“
Ich fuhr mit meiner Ehefrau zu diesem Haus. Dort sprach mich eine Nachbarin an: „Ihre Frau ist gestern durch unseren Garten gewankt. Sie muss eine Flasche Wodka geleert haben und wusste nicht, wie sie in ihr Haus kommen sollte.“ Meine Geliebte hatte jedem, den sie kannte, von „unserem“ neuen Haus erzählt, sogar ein Bekannter aus Stuttgart hatte sie dort besucht. Auch die Kinder hatten von dem neuen Haus erzählt, es war ein einziges Durcheinander und für die Betroffenen eine Katastrophe.
Ich ging in das Haus sah dort einige leere Flaschen liegen: Weinflaschen, Sektflaschen und auch leere Schnapsflaschen. Als meine Geliebte mich hörte, kletterte sie aus dem Dachfenster auf das Dach und befahl: „Du bleibst jetzt bei mir, sonst stürze ich mich vom Dach.“ Es war eine unerträgliche Situation.
Dann war meine Geliebte schwanger, zumindest sagte sie das. „Du musst zu mir ziehen“, forderte sie.

Aber meine Ehefrau entgegnete: „Musst du nicht! Wir nehmen das Kind, wenn es von dir ist, und ziehen es auf. Ein Kind kann nichts für seine Erzeuger."
Später hieß es, sie hätte das Kind verloren. Sie hatte auf einmal wer weiß was für Krankheiten, beispielsweise Unterleibskrebs, und musste ins Krankenhaus. Natürlich war alles nur gelogen.
Eines Tages wurde ich von der Besatzung eines Krankenwagens angerufen. Sie waren bei meiner Geliebten in der Wohnung und baten mich zu kommen, es sei etwas passiert. Ich fuhr hin, betrat die Wohnung und sah meine Geliebte im Flur in einer Blutlache sitzen. Sie wurde von den Sanitätern in einem Stuhl nach unten getragen. „Ich habe unser Kind verloren", sagte sie, „wahrscheinlich durch meine Krebskrankheit."
Ich weiß bis heute nicht, was wirklich geschehen war und ob sie sich selbst eine Verletzung zugefügt hatte. Es gab jeden Tag neue mehr oder weniger große Dramen und alles steuerte auf die eine große Katastrophe zu. Doch weder meine Geliebte noch ich bemerkten etwas. Sie wollte sowieso nicht sehen, dass irgendetwas nicht stimmte. Wir bekamen nichts von den seelischen Qualen meiner Ehefrau mit, sahen nicht, unter welchem Druck sie stand, merkten nicht, dass der Dampfkessel kurz vor dem Explodieren war. Fast alle Kunden, auf jeden Fall die Stammkunden, sprachen meine Ehefrau auf ihr Aussehen an, weil sie so viel abgenommen hatte. Nur ich, ich bemerkte nichts.
Ich muss hier auch einmal unseren Alkoholkonsum erwähnen. Dass meine Geliebte jeden Tag trank, war für sie normal. Sie hatte mit jedem ihrer Lebensabschnittpartner getrunken, und wenn sie keinen gehabt hatte, dann war sie allein in eine Gaststätte gegangen und hatte diesen oder jenen Mann mit nach Hause genommen. Solange ich mit ihr zusammen war, trank ich logischerweise mit – wieso eigentlich logischerweise? Damals war es einfach logisch. Mit meiner Geliebten tranken – nein, ich muss sagen: soffen – alle. Mit dem Engländer hatte sie ab und zu einen Joint geraucht, denn der mochte keine harten Drogen. Dafür hatten sie gesoffen, ohne ein Ende zu finden. Und das, obwohl der Mann immer gearbeitet hatte.
Die meisten männlichen Gaststättenbesucher aus meiner Stadt waren sauer, dass ich mit ihr zusammen war, denn so standen deren Chancen

nicht besonders gut, irgendwann bei ihr im Bett zu landen. Wenn wir in einem Lokal waren, hörten wir schon einige Male die Frage: „Was willst du mit dem Opa? Komm zu mir. Mit mir hast du es besser" oder ähnliche Sprüche. Ich war schnell mit diesen Leuten fertig und nach kurzer Zeit hatten sich solche Themen erledigt.

Meine Geliebte hatte vor meiner Zeit – und auch während der Zeit mit mir – öfter Männer mit nach Hause genommen. Wir sprachen über diese Dinge und stellten fest, dass die Ursache dafür in ihrer Kindheit und Jugendzeit lag. Mehr will ich darüber nicht schreiben. Außerdem war sie unzufrieden mit dem, was sie aus sich gemacht hatte. Sie hatte studieren wollen, wäre gerne Politikwissenschaftlerin geworden, aber Mama hatte es ihr verboten. Nun, es kamen die Männer und das erste Kind – und aus war es mit Studieren. Sie war unzufrieden mit sich und der ganzen Welt, ihr Verhalten war ein permanenter Protest und Ausdruck ihrer Unzufriedenheit. Meine Geliebte erzählte mir von ihrer Zeit in Holland, als sie bei Arabern gelebt hatte. Dies war eine sehr extreme Zeit gewesen, die einige Monate gedauert hatte. Die Kinder waren noch klein gewesen und hatten ihre Zeit teilweise bei den Eltern und ansonsten im Kindergarten verbracht. In dieser Zeit hatte meine Geliebte viel gekokst.

Sie erzählte mir von ihren Männerbekanntschaften, einige von ihnen lernte ich sogar kennen. In der letzten Konsequenz wollten sie alle nur mit ihr ins Bett, taten aber so, als ob sie nur zum Besuch kämen, um alte Erinnerungen auszutauschen. Sie gaben sich den Anschein des Intellektuellen. Zwei von ihnen waren es sicherlich auch. Hier muss ich erwähnen, dass meine Geliebte ein klasse Abitur hingelegt hatte. Ihr Notendurchschnitt hatte 1,1 oder 1,2 betragen. Sie hätte studieren können, hatte es ja auch gewollt, aber die Umstände hatten es nicht zugelassen. Und mit all dem haderte sie während unserer gemeinsamen Zeit.

Wir diskutierten über alles Mögliche, aber vieles von dem, was sie bewegte, konnte ich nicht nachvollziehen.

Sehen Sie, das ist die Krux, ich könnte noch jede Menge über meine Geliebte und mich schreiben, aber vieles hätte einen negativen Touch, was meine Geliebte betrifft, und schon würde es wieder heißen: Jetzt, wo die Frau tot ist, wird so etwas geschrieben. Also lasse ich es, wie es ist. Dass ich etwas geschrieben habe, ist allgemein bekannt. Doch über ihre Exmänner erwähne ich nichts, obwohl es jede Menge zu sagen gäbe.

Es kommt auch hier wieder der Ausspruch der Römer zum Tragen: „De mortius nil nisi bene." – Über die Verstorbenen soll man nur Gutes reden. Ob dieser Spruch überall und jederzeit Gültigkeit hat, ist fraglich.

Über diesen Ausspruch und über einiges andere sprach ich zu einem späteren Zeitpunkt mit einem inhaftierten Mediziner. In der Zeit, als ich mit meiner Geliebten zusammen war, versuchte – wie bereits geschrieben – meine Ehefrau alles, um mit meiner Geliebten eine Klärung der verfahrenen Situation herbeizuführen. Sie wollte lediglich mit ihr reden und suchte das Gespräch, aber auch dabei wurde sie nur gedemütigt und seelisch verletzt.

So ging zum Beispiel meine Ehefrau zum Büro der SPD, um mit meiner Geliebten zu sprechen, aber der Leiter des Büros – gleichzeitig der Spitzenkandidat der SPD für diesen Wahlkreis – „kanzelte" sie nach allen Regeln der Kunst ab. Dieser Spitzenkandidat, rhetorisch geschult, fuhr ihr einfach über den Mund, ließ sie gar nicht erst zu Wort kommen, wollte nicht hören, was sie etwas zu sagen hatte. Für meine Ehefrau war es wie immer in den letzten Monaten: Niemand hörte ihr zu. Auch bei diesem Mann, der ja ein offenes Ohr für die Probleme seiner Mitbürger haben sollte, stieß sie auf taube Ohren. Ich weiß jetzt nicht, warum er sie so behandelte, aber für mich gibt es nur den einen Grund, nämlich den, dass ich von meiner Geliebten wusste, wie ihr Verhältnis zu diesem Mann war. Ob aus diesem oder einem anderen Grund, es war meiner Ehefrau egal, sie spürte nur, dass auch dieser Mann sie nur noch tiefer in ihren eigenen Abgrund drückte. Zur Polizei ging sie nicht, denn auch dort wäre sie gegen eine Wand gelaufen.

Einzig ein Schiedsmann, an den sie sich wandte, hörte ihr zu und sprach auch ein Geschäftsverbot aus, aber meine Geliebte hielt sich nicht daran. Es war ihr egal. „Was will dein Klappergestell von Frau von dir? Soll sie sich doch vom Dach stürzen, soll sie sich vor einen Zug schmeißen", waren ihre Standardsprüche. Diese Beleidigungen und

die Demütigungen setzten sich bis zum katastrophalen Finale fort, und das Schlimmste daran war, dass ich nichts unternahm, um dies zu ändern. Ich war doch der Einzige, der an dieser Situation etwas hätte ändern können.
Eines Nachts klingelte das Telefon. Meine Ehefrau nahm den Hörer ab. Sie musste aus Sorge um ihre gesundheitlich stark angeschlagenen Eltern jedes Telefongespräch annehmen. Die Arbeitskollegin meiner Geliebten meldete sich am anderen Ende. Sie forderte meine Ehefrau ultimativ auf, meiner Geliebten Zigaretten zu bringen. Meine Ehefrau legte den Hörer auf, aber die restliche Nacht war für sie gelaufen.

Heute kommen wir dazu, über diese Demütigungen zu sprechen, doch damals, als es nötig gewesen wäre, gab es niemanden, der meiner Frau zuhörte, und so entluden sich die angestauten Demütigungen und seelischen Verletzungen in dieser unglaublichen Eruption physischer Gewalt.
Heute kommen wir in unseren Gesprächen zu den Ursachen. Einen Anlass dafür liefern uns die täglichen Ereignisse und Vorfälle in den Medien. Missbrauchsfälle, Versagen des Jugendamtes beim Unterbringen von Kindern, Einbrüche oder Drogenvorfälle, all diese Ereignisse lösen bei uns eine gedankliche Assoziation aus, die uns mit den damaligen Ereignissen sofort einen Zusammenhang herstellen lassen.
Heute fragt sich meine Ehefrau, wieso sich bei meiner Geliebten nie das Jugendamt eingeschaltet hat. Dass die Kinder so gut geraten sind, ist nicht der Verdienst des Jugendamtes, aber auch nicht der der Mutter.
Meine Ehefrau fragt sich auch heute noch, wieso niemand im Büro der SPD danach fragte, was mit meiner Geliebten los war, wenn sie – vollgedröhnt mit Drogen – dort saß und nicht fähig war, auch nur halbwegs vernünftige Arbeit abzuliefern! In diesem Zusammenhang fragt sich meine Ehefrau heute, warum der unmäßige Drogenkonsum meiner Geliebten während des Termins nicht zur Sprache kam. Nicht dass es etwas für meine Ehefrau geändert hätte, sie war und ist sich ihrer Schuld immer bewusst, aber um festzustellen, warum es zu dieser Tat kam, wäre eine Erörterung des Drogenkonsums meiner Geliebten

unbedingt nötig gewesen. Die Kammer hätte dies bei der Urteilsfindung berücksichtigen müssen.

Ich belasse es bei dem, was ich bisher geschrieben habe, und sage es einmal mit den Worten des Psychologen aus meiner Mutteranstalt. Als ich in meine Mutteranstalt verlegt wurde, bat ich ihn um ein Gespräch. Darin berichtete ich ihm von meinen Schuldgefühlen und er sagte mir Folgendes: „Sehen Sie, es ist so: Sie sind nicht allein für die Tat Ihrer Ehefrau verantwortlich. Auch sie trägt nicht die alleinige Schuld. Die getötete Frau hat ihren Tod sicherlich auch nicht allein zu verantworten. Aber ich sage Ihnen: Jeder von Ihnen trägt einen Teil der Schuld an dem, was geschehen ist. Dass ein Mensch bei diesen Verstrickungen gestorben ist, ist sehr bedauerlich, aber leider nicht mehr zu ändern. Deswegen müssen Sie mit Ihrem Teil der Schuld leben lernen, und Ihre Frau muss es auch. Sie sollten allerdings daran denken: Auch die getötete Frau trägt einen Teil der Schuld. Es ist wirklich müßig, nach einer solchen menschlichen Katastrophe noch nach Schuldigen suchen zu wollen. Natürlich sucht ein Mensch, der nicht total verroht ist, nach den Ursachen. Wie konnte es so weit kommen? Aber ich habe Ihnen schon gesagt: Jeder trägt einen Teil der Schuld, und mit Ihrem Teil müssen Sie klarkommen, genauso wie Ihre Frau ihren eigenen Teil zu bewältigen hat. Die Tat als solche ist rein strafrechtlich gesühnt worden, mit allen persönlichen Problemen müssen Sie und Ihre Ehefrau nun allein fertigwerden."
Ich empfand und empfinde die Aussagen dieses Psychologen durchaus als zutreffend. Ihm zuzuhören hat mir sehr geholfen.

Bei all diesem Theater mit meiner Geliebten und meiner Ehefrau war ich auch noch anderweitig unterwegs. Ich machte hier ein kleines Geschäft und dort ein kleines Geschäft, denn mein Erspartes verbrauchte sich mit einer immensen Geschwindigkeit. Meine alten Kontakte hatten immer noch Bestand, das heißt, ich war mit Sinti und Kosovo-Albanern unterwegs.
Außerdem hatte ich regelmäßig Arzttermine und musste trotz allem auch ab und zu im Geschäft sein, obwohl wir mittlerweile eine Aushilfe

hatten. Diese Aushilfe betrog uns bereits im ersten Jahr um knapp 11.000 DM und wir bekamen ein Schuldanerkenntnis. Aber wo nichts ist, da hat der Kaiser sein Recht verloren, nicht wahr?!

Eine schier unglaubliche Geschichte möchte ich Ihnen nicht vorenthalten: Ein Sinti, den ich schon länger kannte, kam in unregelmäßigen Abständen zu mir in den Laden. Er war auch einmal dabei gewesen, als ich mit anderen Sinti in einer anderen Stadt ein Näschen Kokain genommen hatte – er übrigens auch. So kam es, weil er öfter ins Casino ging, dass er mich mit etwas Kokain im Laden besuchte und wir eine Nase nahmen. Beim nächsten Mal gab ich eine Nase aus. Wir sprachen über dies und das und ein anderes Mal brachte er einen Perser mit, der mit uns Koks konsumierte. Dieser Mann hatte eine sehr schöne Frau und eine ebenso schöne Tochter. Wir unterhielten uns über schöne Frauen und der Sinti rückte mit einem Problem raus, welches ich in dieser Form noch nie gehört hatte:
Ein Bruder seines Vaters war verstorben. Dieser hatte einige Töchter. Sie waren fleißig, gingen „auf Geschäft" und verdienten auch nicht schlecht. Eine der Töchter verliebte sich in einen Harlo, also einen Deutschen, und wurde wohl auch mit diesem intim. Dies wurde von der Sippe allerdings nicht geduldet und die junge Frau musste sich von dem Deutschen trennen. Etwa ein halbes Jahr später setzte dann ihr seltsames Verhalten ein. Es war ein Verhalten, das die Familie bzw. die Sippe in allergrößte Verlegenheit brachte. Die Frau – sie war etwa Mitte zwanzig – steckte bei Festen plötzlich einige Finger in ihre Vagina, und es war ihr offenbar egal, wie viele Leute dabei zuschauten. Die Frau befriedigte sich selbst und es war für die anderen Frauen äußerst schwierig, sie dazu zu bringen, ihre Hand aus ihrer Vagina zu nehmen.
Der Sinti bat mich: „Siggi, du musst mir helfen!"
„Tja", sagte ich, „ich würde dir ja gerne helfen, aber ich weiß nicht wie."
„Nun", sagte er, „es ist doch ganz offensichtlich. Hier hat der Teufel seine Hand im Spiel. Diese Frau ist vermutlich verhext worden, und zwar von der Familie des Deutschen." Die Frau war in einen Deutschen verliebt, der sie offenbar auch liebte. Doch offiziell waren sie

einfach nur befreundet. Und weil man ihnen das verboten hatte, hatte man sie verhext, damit sie keinen anderen Mann fand, denn wer wollte schon mit einer Frau zusammen sein, die sich in der Öffentlichkeit auf diese Weise präsentierte.
„Okay", sagte ich, „das verstehe ich. Aber was kann ich dabei tun, wie kann ich dir helfen?"
„Das Problem ist Folgendes", erklärte der Sinti. „Wir kennen einen Doktor, der wohnt in dieser großen Stadt und treibt für uns auch schon mal jemandem den Teufel aus. In der letzten Zeit hat dies aber nicht mehr so gut geklappt, trotzdem verlangt er eine Stange Geld – und bekommt es auch. Bitte tu mir den Gefallen und treibe du für mich den Teufel bei der jungen Frau aus. Du bekommst die gleiche Summe Geld dafür, die der Doktor bekommen würde."
Ich war überfragt. „Das ist ja alles schön und gut, aber ich weiß nicht, wie man jemandem einen Teufel austreibt. Ich habe zwar schon einiges gemacht, aber so etwas noch nie."
„Das kann ich dir erklären", entgegnete der Sinti geschäftig. „Du musst einfach einige Dinge beachten. Zuerst einmal musst du einen Anzug anziehen, mit Fliege oder zumindest Krawatte, eine große schwarze Aktentasche solltest du dabeihaben und am besten ein Brille tragen. So weit zum äußeren Erscheinungsbild. Dazu kommen noch zwei große Seidentücher, ein weißes und ein schwarzes, und dann musst du allerhand auf Lateinisch murmeln oder zumindest so tun als ob. Und natürlich hat all dies mit dem nötigen Ernst zu geschehen."
„Da muss ich erst einmal drüber nachdenken." Ich fühlte mich zunächst überfordert. „So einfach geht das auch nicht."
Nachdem wir beide noch eine Nase genommen hatten, stimmte ich dem Vorschlag zu und versprach, es zu versuchen. Hier muss ich hinzufügen, dass ich eine solche Aktion im normalen Zustand niemals zu Wege gebracht hätte. Unter dem Einfluss von Kokain allerdings waren auch solch aberwitzige Dinge möglich.
Vierzehn Tage später kam der Sinti wieder vorbei und verkündete: Für den kommenden Montag habe ich dich angekündigt. Ich habe gesagt, du wohnst außerhalb in einem Hotel. Pass auf, dass niemand dein Kennzeichen sieht, stell also dein Auto weiter entfernt ab."

Na, darin hatte ich Erfahrung. Trotzdem musste ich hier besonders vorsichtig sein, weil keiner der Beteiligten erfahren sollte, woher ich kam. Offiziell war ich ein Doktor, wenn nicht sogar ein Professor, der schon einige Teufelsaustreibungen hinter sich gebracht hatte. Da ich aber nicht die geringste Ahnung von dieser Prozedur hatte, ging ich dieses Theater mit reichlich Bammel an.
Ich betrat das Haus und wurde schon erwartet. Ich bekam sogleich mein Geld von einer Frau – es war die ältere Schwester der jungen Frau. Übrigens waren in dem Haus nur die beiden Frauen zu sehen. Dann führte mich diese Frau in ein Zimmer, in dem sich nichts als ein großer Teppich befand. Auf diesem lag eine gut gewachsene junge schwarzhaarige Frau, die mit einem Morgenmantel bekleidet war. Es gab keine Begrüßung. Ich stellte meine große schwarze Aktentasche auf den Boden und schaute mir die Frau an. Sie sah zur Seite und fragte mich, ob sie den Morgenmantel ausziehen solle. „Ja", sagte ich und zog mein Jackett aus. Die Frau musste zum Ausziehen des Morgenmantels aufstehen. Dann bat ich sie, sich wieder hinzulegen. Sie tat es ohne jede gezierte Schamhaftigkeit und sie bewegte sich natürlich und anmutig. Dann schaute sie mich ängstlich an, sagte aber nichts. Ich fragte mich, wer von uns beiden mehr Angst hatte: sie oder ich.
Die Frau lag nun nackt vor mir. Ein enormer schwarzer Haarbusch verdeckte ihre Scham. Sie bemerkte, wohin ich schaute und wollte die rechte Hand zu ihrer Vagina führen. Ich sagte: „Lassen Sie Ihre Hände an den Seiten liegen und bewegen Sie sich nicht." Meine anfängliche Unsicherheit war einer sich steigernden Geilheit gewichen. Ich wurde erregt und achtete darauf, dass die Frau das nicht bemerkte. Ich wandte mich zur Seite, um meinen Penis in eine Lage zu bringen, in der die Erektion nicht sofort auffiel. Sobald ich anfing, darüber nachzudenken, wie nun vorzugehen war, hatte sich meine Erregung auch schon erledigt. Aufgrund des Kokainkonsums, der Hitze in dem Raum und der gesamten Situation standen mir die Schweißperlen auf der Stirn. Obwohl ich ansonsten nur beim Sport oder anderen körperlichen Anstrengungen transpirierte, brachte es hier die gesamte Situation mit sich, dass ich mir öfter die Stirn trocken wischen musste. Zuletzt benutzte ich die Seidentücher.

Ich murmelte: „Urian, verlasse diesen Körper. So, wie du in diesen Körper einfuhrst, so sollst du ihn auch wieder verlassen." Dabei legte ich zuerst das schwarze Seidentuch auf den Körper der Frau und ließ es einen Moment dort liegen. Ich überlegte, was ich noch an lateinischen Weisheiten oder Redensarten kannte, und dann fuhr ich fort: „Honesta turpido est pro causa bona." – Für eine gute Sache wird eine Schändlichkeit zur Tugend. Na, dachte ich, ist doch beinahe passend. Es war eine Schändlichkeit, was ich gerade tat, aber ich hoffte doch, es würde etwas Positives bewirken. Nachdem ich das schwarze Tuch von dem Körper der jungen Frau gezogen hatte, nahm ich das weiße Seidentuch, legte es auf sie und sagte: „Wenn ich dieses weiße Tuch von dem Körper ziehe, dann ziehe ich dich, Beelzebub, mit aus diesem Körper." Unter allerlei Gemurmel zog ich dann das weiße Tuch über ihren Körper und danach sprach ich klar und deutlich: „Quod non est in actis, non est in mundo." – Was nicht in den Akten ist (steht), ist nicht in der Welt (bekannt). Die Frau sah mich ehrfurchtsvoll an und ich sagte zu ihr: „Wenn du dein Handeln veränderst, wirst du auch bald einen Ehemann finden. Wenn du weitermachst wie bisher, wirst du, obwohl du eine schöne Frau bist, allein bleiben und keine Nachkommen haben." Dann forderte ich sie auf: „Zieh deinen Morgenmantel an und höre gut auf meine Worte. Beherzige sie und du wirst ein erfülltes Leben haben."

Damit war meine Arbeit als Heiler beendet. Später hörte ich von meinem Bekannten, dass sich die Frau ungefähr ein halbes Jahr lang in der Öffentlichkeit nicht mehr befingert hatte. Was später geschah, weiß ich nicht.

Mein Bekannter konnte mich nicht den anderen Sinti vorstellen, obwohl es dort auch Probleme gab, die ich hätte „heilen" können, wie man ihm sagte. Aber die Gefahr, dass mich einer von ihnen erkannte, war zu groß. Und so blieb es bei dieser einmaligen Angelegenheit.

Warum schreibe ich diese Geschichte auf? Nicht um Effekthascherei zu betreiben, sondern um aufzuzeigen, was ich während meiner Drogenzeit für irrwitzige Dinge ausführte. Ich schäme mich für alles, was ich damals gemacht habe, und betrachte es heute als unentschuldbar. Aber ich kann es nicht mehr ändern! Ich möchte gern verschiedene Personen um Verzeihung bitten, aber ich denke, dass wohl keiner von ihnen an diese Zeit erinnert werden will. Diese Geschichte ist nicht beispielhaft für andere Sinti-Familien, ich kenne die meisten Familien als gastfreundlich und als angenehme Zeitgenossen.

Irgendwo habe ich einmal gelesen:

Ein Dichter kann uns nicht die Wahrheit bringen, ohne in seiner Dichtung das Problematische, Schmerzliche, Ungeordnete und Hässliche einzulassen.

Ich frage mich heute: Muss der Mensch so viel Leid ertragen und muss der eine dem anderen Menschen so viel Leid antun, wie ich es getan habe? Pieter Breugel der Ältere (niederländischer Maler, 1525–1569) betrachtete „das Leiden als menschliche Bedingung". Ich sehe das heute erheblich anders und erfahre auch, dass es anders geht.

Die Streitereien mit meiner Geliebten und meiner Ehefrau gingen weiter. Einmal holte mich meine Ehefrau aus der Kirche. Meine Geliebte und ich waren zu einer Hochzeit eingeladen und meine Ehefrau hatte davon erfahren, von wem, weiß ich nicht, aber die „lieben Mitmenschen" ließen keine Gelegenheit aus, meiner Ehefrau irgendwelche Nachrichten in Bezug auf mich und meine Geliebte zukommen zu lassen.
Wie gesagt, sie holte mich während der Trauzeremonie aus der Kirche: „Du kommst jetzt sofort mit!"
Meine Geliebte fuhr dazwischen: „Nein, du bleibst hier!"
Meine Ehefrau wiederholte, diesmal lauter: „Du kommst jetzt sofort mit!"
Die Anwesenden schauten zu uns und ich stand auf und ging mit meiner Ehefrau, in dieser Beziehung war sie äußerst resolut. Meine Geliebte war allerdings auch recht aggressiv, vor allen Dingen, wenn sie Pep genommen oder Alkohol getrunken hatte.

Einmal traf mich meine Ehefrau auf einem Parkplatz vor dem SPD-Büro. Ich hatte noch Farbe für das angemietete Haus im Auto und

wollte diese in dem Büro deponieren. Sie sah die Farbeimer im Auto, griff sich einen und schmiss ihn auf den Boden. Die Farbe ergoss sich und breitete sich großflächig aus. Dieser Farbfleck war noch lange dort zu sehen. Da ich eine weitere Streiterei vermeiden wollte, setzte ich mich ins Auto und fuhr weg.
Meine Geliebte hatte vom Fenster aus zugesehen. Sie kam nach draußen gelaufen, hielt auf meine Frau zu und trat ihr im Sprung vor ihren Oberschenkel. Dieser Tritt muss äußerst schmerzhaft gewesen sein und war noch nach Monaten als blauer Fleck zu sehen.

Mich hatte meine Geliebte auch schon zu treten versucht. Als einer ihrer früheren Liebhaber zu Besuch gekommen war – wir trafen uns in einer Gaststätte –, war dieser angebliche Intellektuelle dermaßen neben der Spur, dass ich keine Lust verspürte, mich weiter mit ihm zu unterhalten. Er wurde dann auch noch ausfällig, weil er seine Felle davonschwimmen sah. Ich wollte nicht darauf antworten und ging. Meine Geliebte war voller Wut, weil sich ihr Intellektueller nur als Fremdgänger entpuppte – er war inzwischen mit einer Schriftstellerin verheiratet. Sie rannte hinter mir her und wollte mich im Sprung treten. Ich konnte sie allerdings abwehren, wie auch ihre weiteren Versuche, mich zu treten.
Meine Geliebte behauptete immer voller Stolz, dass sie Karate könne und sich immer gut zu wehren wisse. Dies betonte sie oft genug und es war auch allgemein bekannt. Auch hier frage ich mich, warum dies kein Thema während ihrer Hauptverhandlung war.

Weil meine Ehefrau mich überall aufspürte, gingen oder fuhren wir immer öfter in den Wald, was meiner Geliebten eines Tages zum Verhängnis wurde.
Es war nämlich so, dass sogenannte „gute Freunde“ meiner Ehefrau mitteilten, wo ich mich gerade mit meiner Geliebten aufhielt oder wo man uns gesehen hatte. So gehörte auch dieser Mensch, der in Holland im Knast gewesen war und dem wir in fast jeder Lage geholfen hatten (ich war nur seiner Frau nicht zu Diensten gewesen, als er im Knast war; ich nehme einmal an, dass deswegen der Groll der Frau gegen

mich vorhanden war), zu denjenigen, die meiner Frau im Vertrauen zutrugen, dass ich mit meiner Geliebten häufiger im Wald zu einer Schutzhütte ging. Dort tranken wir ein, zwei Fläschchen Schampus oder Sekt, natürlich nach der obligatorischen Nase. Aufgrund dieser Information versuchte meine Ehefrau uns dort aufzuspüren. Doch als sie an der Hütte ankam, waren wir schon wieder weg. Meine Geliebte und ich hatten allerdings keine Ahnung, dass meine Ehefrau Kenntnis von diesem Ort hatte.

Einmal war ich mit meiner Geliebten in dieser Hütte, und als wir zurückkamen, hatte meine Tochter ihr Auto so dicht vor meinem Wagen abgestellt, das ich nicht zurücksetzen konnte. Offenbar hatte sie auf uns gewartet. Sie sagte: „Papa was machst du? Komm wieder zurück zu Mama. Du machst alles kaputt, was soll dieser Blödsinn? Siehst du nicht, dass diese Frau dich zerstört?"
Ich hörte nicht auf meine Tochter, und nachdem meine Geliebte und ich eingestiegen waren, startete ich den Wagen und entfloh dieser Situation vorwärts durch die Sträucher.
Nach diesem Vorfall sprach meine Tochter fünf lange Jahre nicht mit mir. Sie schrieb mir nicht einen einzigen Brief, als ich im Gefängnis war. Ich schrieb ihr einmal, aber als ich keine Antwort erhielt, ließ ich es dabei bewenden. Allerdings litt ich wie ein getretener Hund. Als meine Tochter mir endlich, nach fünf Jahren, eine wunderbare Karte schrieb, heulte ich wie ein kleiner Junge und benahm mich auch so. Zuerst war ich mit meinem Glück allein in der Zelle, doch schon am nächsten Tag konnte ich meine Freude nicht für mich behalten, und als meine Tochter mir danach in regelmäßigen Abständen Fotos schickte, musste ich einige andere an meinem Glück teilhaben lassen.

Eine andere Geschichte fiel auch in diese Zeit. In dem Haus, in dem ich wohnte, lebte auch eine Frau mit zwei Kindern, einem Jungen und einem Mädchen. Der Junge war so alt wie mein Sohn Daniel und die beiden waren einige Zeit sehr viel zusammen unterwegs. Auf jeden Fall rauchte Daniel dort Hasch. Er erzählte einiges über mich und der Mann, mit dem die Mutter der beiden Kinder zusammenlebte – ein

Türke –, sagte zu Daniel: „Hör mal zu, du kannst hier nicht immer umsonst rauchen. Du musst auch etwas kaufen, und wenn du kein Geld hast, dann nimm doch einfach etwas von deinem Alten. Der merkt das sowieso nicht, so wie der drauf ist. Du hast mir doch gesagt, dass der auf Koks ist. Du hast die Waage gesehen und hast ihn einmal überrascht, also brauchst du dir keine Sorgen zu machen, der merkt sowieso nichts."

Mein Sohn bediente sich daraufhin bei mir. Mal war es eine goldene Münze, mal ein paar andere Münzen, eine teure Uhr, ein Eisberg- oder ein Bogner-Pullover. Mein Sohn war in dieser Zeit immer öfter bei dieser Familie. Eine Nachbarin rief eines Tages bei der Polizei und auch bei mir an – ich war gerade mit meiner Ehefrau unterwegs. Daniel hatte angeblich versucht, bei mir einzubrechen.

Daraufhin kam die Polizei zu mir und sagte: „Also, jetzt erstatten Sie eine Anzeige gegen Ihren Sohn wegen versuchten Einbruchs, nicht wahr?"

„Den Teufel werde ich tun", entgegnete ich, „aber nicht meinen Sohn anzeigen! Wenn er tatsächlich einen Einbruchsversuch begangen hat, dann habe ich ihn beauftragt, dies zu tun. Einfach nur, um das Sicherheitsglas zu testen. Ich wollte wissen, ob die Scheiben wohl einem Einbruchsversuch standhalten."

Eines Tages – ich stand im Laden – sah ich diesen Türken (ich nenne ihn einmal Kennan), der mit dem Bekannten meines Sohnes – damals war es wohl der Freund meines Sohnes – an meiner Schaufensterscheibe vorbeiging. Ich dachte, ich sehe nicht richtig. Da trug dieser Mensch doch tatsächlich einen meiner Pullover und an seinem Handgelenk entdeckte ich eine meiner Uhren. Weil sie ein auffällig blau gefärbtes Haifischarmband hatte, erkannte ich sie sofort. Ich rannte aus dem Laden und schrie diesem Mann hinterher: „Eh, Kennan, komm zurück! Ich glaube, wir haben da was zu klären."

Er hörte aber nicht, sondern lief zügigen Schrittes mit dem Jungen von dannen. Ich ging ans Telefon, rief bei Kennans Frau an und sagte: „Ich möchte nur meine Sachen wiederhaben. Rauchen könnt ihr, so viel ihr wollt, das interessiert mich nicht. Aber meine Sachen, die der Daniel

euch gegeben hat, möchte ich wieder zurückhaben." Danach legte ich auf.
Bei mir im Laden saß in diesem Moment der Thomas im Hinterzimmer und bekam die ganze Geschichte mit. Auf einmal klingelte das Telefon und Kennan meldete sich: „Was willst du? Ruf nicht meine Frau an!"
Ich sagte daraufhin: „Du hast noch eine Möglichkeit. Bring mir meine Sachen wieder zurück und ich vergesse die Sache. Aber sprich mich nicht mehr an."
„Was willst du, alter Mann?", musste ich mir nun anhören. „Ich ficke dich und deine ganze Familie, ich ficke deine Frau, deine Tochter, deine Söhne. Hau bloß ab, von mir bekommst du nichts."
Ich war sehr aufgebracht und entgegnete: „Weißt du, was du ficken kannst? Ein Kamel oder einen Esel. Sonst nichts! Bring gefälligst meine Sachen, sonst komme ich vorbei und hole sie." Damit legte ich den Hörer auf.
Die Familie wohnte nicht mehr bei uns, sondern war umgezogen. Ich rief meine Ehefrau an und berichtete ihr von dem Vorfall. „Du musst sofort kommen, ich fahre dahin."
„Warte, ich komme gleich", sagte meine Ehefrau, aber sie wollte nicht kommen, um im Geschäft zu bedienen, sondern um mich davon abzuhalten, zu diesem Kennan zu fahren.
Auf einmal hörte ich die Türglocke und Kennan betrat mit dem Jungen den Laden. „Schön", sagte ich, „dass du kommst. Hast du mir meine Sachen mitgebracht?"
„Was willst du, alter Mann? Ich schlage dich tot, wenn ich das will. Komm mir nicht mehr in die Quere."
Hier muss ich sagen, dass dieser Kennan ein großer und kräftig gewachsener Mann von einem Meter neunzig war, wenn nicht mehr. Ich vermute, er wog etwa einhundertzehn Kilo.
„Kennan", sagte ich, immer noch freundlich, „du verlässt jetzt meinen Laden. Du hast Hausverbot."
„Was ist dein Laden? Ich mache, was ich will, und wenn ich mir etwas nehme, dann ist es meins." Kennan gab einfach nicht nach.
An diesem Punkt war es aber gut. Wenn gut, dann gut! Ich nahm den Baseballschläger, den ich stets unter der Ladentheke liegen hatte, wenn

ich im Laden war, ging auf ihn zu und forderte: „Raus! Jetzt aber raus! Ich komme schon noch zu dir, dann reden wir über meine Sachen. Aber nicht hier im Laden."
„Ich stecke dir den Baseballschläger in den Arsch, wenn ich das will", konterte er, „und damit ist die Sache für mich erledigt." Dabei kam er auf mich zu und wollte mich schlagen.
Ich wich ein Stück zurück, so dass er mich nur noch so eben am Brustkorb traf. Jetzt reagierte ich wieder ganz automatisch, nun war es wieder nur noch eine reflexartige Bewegung von mir. Ich schlug ihm den Baseballschläger unterhalb eines seiner Ohren vor den Hals und damit hatte sich die Sache für ihn endgültig erledigt. Er sackte zu Boden und ich sagte zu dem Jungen: „Raus mit ihm, aber zügig raus mit ihm!" Kennan hatte schon halb im Flur gelegen, bis dahin war er nämlich bereits ausgewichen, bevor ich ihn mit dem Baseballschläger traf. Kennan kroch aus dem Laden und der Junge half ihm dabei. Er schaffte es nach draußen bis unter das Schaufenster. Dort lag er dann.
Neben unserem Laden befanden sich eine Videothek, ein Frühstückskaffee, ein Döner-Laden, in dem sich naturgemäß viele Türken aufhielten, und eine Gaststätte. Wir kamen alle miteinander klar – bis zu diesem Tage. Nun war plötzlich das Geschrei groß, die Landsleute von Kennan holten diesen dort weg und riefen die Polizei.
Kurz darauf kamen die Polizisten in den Laden und fragten: „Mit was haben Sie zugeschlagen? Wo ist der Baseballschläger?"
„Hallo!?", sagte ich. „Wenn Sie wissen, dass ich mit einem Baseballschläger zugeschlagen haben soll, warum fragen Sie dann noch, womit ich zugeschlagen habe?"
Die Polizisten hatten noch viele andere Fragen. Das Ende vom Lied war: Ich bekam eine Strafanzeige wegen gefährlicher Körperverletzung und mein Baseballschläger wurde eingezogen. Bevor die Polizisten den Laden verließen, befragten sie noch meinen Zeugen, Thomas, der bei mir im Hinterzimmer saß, kurz zu dem Sachverhalt, hielten aber nichts schriftlich fest (hatte er doch zu meinen Gunsten ausgesagt).
Wir diskutierten noch mit einigen Kunden, die sich mittlerweile im Laden eingefunden hatten, über den Vorfall, als es plötzlich einen Knall gab. Ein Junge, der sich mit seinem Vater im Laden befand, wurde von

ein paar Glassplittern leicht am Hals verletzt. Ein anderer, ein Mann aus einer Großstadt, der sich zufälligerweise im Laden aufhielt, warf sich hinter die Ladentheke. Er und alle anderen dachten, es hätte jemand aus der Gruppe, die sich auf dem Bürgersteig vor unserem Geschäft befand, auf bzw. durch die Schaufensterscheibe geschossen. Diese Gruppe bestand aus Kennan und etwa acht seiner Landsleute. In der Scheibe war ein großes Loch. Ich rief die Polizei und kurz darauf hatte sich die Gruppe vor dem Geschäft aufgelöst.

Ich suchte nach einem Einschussloch in der Holzvertäfelung oder dem Projektil, fand aber nur einen Schlüsselbund in einem der Regale. Diesen hatte, so stellte sich später heraus, Kennan mit aller Wucht durch die Scheibe geworfen. Aufgrund dieses Sachverhaltes erstattete nun auch ich Anzeige, und zwar wegen Sachbeschädigung und Körperverletzung.

Ich werde die Geschichte jetzt nicht in allen Einzelheiten wiedergeben. Nur noch so viel: Kennan ging zur Polizei und sagte dort Folgendes aus: Ich, der Vater von Daniel, würde Kokain konsumieren, dies habe zumindest Daniel erzählt. „Der dealt bestimmt auch! Aber schreiben Sie das nicht nieder, sondern behandeln Sie es vertraulich, weil der alle Akten liest."

Mein Sohn erzählte mir die ganze Geschichte und nun ging er zur Polizei. Dort trug er den Sachverhalt vor, wie er ihn kannte. Er sagte, dass Kennan ihn aufgefordert habe, bei mir verschiedene Sachen zu stehlen, um sie ihm dann zu geben. Von dem Erlös beim Verkauf dieser Dinge kaufte er Haschisch.

Wie schon erwähnt, ging mein Sohn in Kennans Familie ein und aus und war mit Kennans Stiefsohn befreundet. Dass ihn die Familie nur ausnutzte, bemerkte er nicht. Er bekam von dort seine Streicheleinheiten, aber dass dies der falsche Weg war, bemerkte er erst viel später.

Seltsam an der Geschichte war nur, dass gegen Kennan nicht ermittelt wurde. Die Polizei sah keinen Anlass, aufgrund der Aussagen meines Sohnes tätig zu werden. Warum wohl nicht?!

Die Geschichte ging folgendermaßen aus: Als der Termin gegen mich staatfand, befand ich mich bereits ein Jahr in Haft. Doch das Verfahren gegen mich wurde eingestellt, weil ich noch das Verfahren wegen

unerlaubten Drogen- und Waffenbesitzes vor mir hatte. Kennan musste uns eine neue Schaufensterscheibe bezahlen (dies geschah sofort) und erhielt noch eine Geldstrafe wegen Sachbeschädigung.
Ich erzähle diese Geschichte, um aufzuzeigen, wie mir einfach alles entglitt. Wenn ich mich mehr um meinen Sohn gekümmert hätte, wäre dies alles unter Umständen gar nicht erst passiert.

Dieser Vorfall geschah Anfang des Jahres 2002. Mittlerweile hatte ich durch einen Sinti, einen anderen Drogenfreak, aber auch durch meine Geliebte etliche Dealer in Holland kennengelernt und so fuhr ich mit meiner Geliebten auch nach Holland.
Einmal waren wir im Winter nach Rotterdam unterwegs. Während der Fahrt befriedigte mich meine Geliebte oral, während auf dem Rücksitz dieser Drogenfreak saß. Um ihn von dem, was vorn im Auto passierte, abzulenken, schlug ich ihm vor: „Leg dich ein bisschen aufs Ohr, damit du beim Dealer fit bist." Das tat er dann auch, doch kurz darauf hätte ich beinahe einen Unfall auf der Autobahn gebaut.
In Rotterdam angekommen, trafen wir bei dem Dealer auch auf einige Algerier, die sich mit meiner Geliebten auf Französisch unterhielten. Für die Algerier war eine Frau beim Drogendeal ungewöhnlich, aber gleichzeitig auch interessant. Dieser Umstand beinhaltete offenbar eine kostenlose Nummer. Sie wollten mit meiner Geliebten nach nebenan gehen, aber ich hielt sie auf: „Wenn du dich jetzt von dem ficken lässt oder ihm einen bläst, kannst du direkt hierbleiben." Sie tat es nicht, aber ansonsten nahm sie es in der Beziehung nicht so genau. „Es nutzt sich doch nichts ab!", war ihr Spruch. Oder: „In der Liebe und im Krieg sind alle Mittel erlaubt." Sie hielt sich auch weidlich daran.
Ich bin nicht der Typ des Zuhälters, ich kann so etwas nicht vertragen. Wenn ein Mensch allein lebt, kann er tun, was er will. Und wenn er seinen Körper verkauft, dann ist das seine Sache und geht niemanden etwas an. Aber wenn man in einer Beziehung lebt, geht dies meiner Meinung nach nicht. Deswegen wäre ich als Zuhälter nicht zu gebrauchen gewesen, obwohl ich einige Angebote hatte.

An dem, was ich gerade geschrieben habe, erkennt der Leser wieder einmal, wie sehr ich „durch den Wind“ war. Während der Zeit, in der ich Drogen nahm, betrog ich meine Frau nach Strich und Faden, aber bei meiner Geliebten wollte ich so etwas nicht dulden. Meine Ehefrau hat mich nie betrogen und ich habe – abgesehen von meiner Drogenzeit – meine Ehefrau ebenfalls nicht betrogen. Meine Geliebte konnte im Grunde machen, was sie wollte, aber dies wollte ich nun doch nicht zulassen.
Meine Geliebte befriedigte auch schon mal einen Mann, der im Rollstuhl saß, mit dem Mund, weil er ihr leidtat. „Sonst bekommt er doch von keiner Frau einen geblasen“, rechtfertigte sie sich. „Also tue ich ihm diesen Gefallen, ist doch nichts dabei.“ In dieser Beziehung war sie sehr großzügig.
Ich könnte noch viele Geschichten aufschreiben, doch ich werde mich beschränken. Zwei noch und dann ist Schluss damit.

Ich kam eines Tages in die Wohnung meiner Geliebten, ging ins Schlafzimmer und sah einen Farbiger im Bett liegen – auf der Seite, wo ich sonst schlief. Ich schaute ins Zimmer eines der Mädchen, doch es schlief, und zwar allein. Ich warf einen Blick in das andere Zimmer und sah dort meine Geliebte bei ihrer jüngsten Tochter schlafen. Als sie mich hörte, stand sie auf und erzählt mir folgende Geschichte:
Die Schwester des besagten Farbigen sei bei dem Wirt, bei dem meine Geliebte schon einmal als Aushilfe gekellnert hatte. Der Wirt habe sie aus Cuba geholt und der Bruder sei mitgekommen, um auf sie aufzupassen. Es stellte sich allerdings heraus, dass der Farbige nicht der Bruder, sondern der Mann der Frau war.
„Er kann doch nicht bei uns schlafen!“, protestierte ich.
„Ist doch nicht schlimm“, entgegnete meine Geliebte. Der Mann hatte sich wohl eine schnelle Nummer versprochen, und wenn ich nicht gekommen wäre, hätte er sie auch erhalten.

Und hier die letzte Geschichte im Zusammenhang mit meiner Geliebten: Einer der Söhne meines Vermieters war homosexuell, keine aufregende Sache. Wenn er mit seinem damaligen Freund in der Stadt war, ging er mit anderen Männern zu meiner Geliebten. Dort konnten sie sich so geben, wie sie es wollten. Als Dank schnitten sie meiner Geliebten die Schamhaare. Näher will ich jetzt nicht auf diese Dinge eingehen. Ich hoffe, diese Schilderungen reichen aus, damit Sie sich ein Bild machen können.

Mit meiner Geliebten konnte ich mich besonders gut über Literatur, über Maler und ihre Bilder unterhalten. Dies alles kann ich heute auch mit meiner Ehefrau. Mit ihr kann ich auch darüber reden, warum ich ein so besonderes Interesse an der Kunst, an schönen Dingen habe. Es ist eigentlich ganz einfach zu erklären: Weil nur Müll um mich herum war, nur Armut, Drangsal und Pein, hatte sich das Bedürfnis nach dem Schönen, der Anmut, der Weite der Gedanken, dem Beschäftigen mit diesen Dingen, dem Vergessen der traurigen Situation, in der ich mich jahrzehntelang befand, so in mir festgesetzt, dass ich diese Sehnsucht mein ganzes Leben lang nicht mehr verloren habe. Ich habe mich – besonders in jungen Jahren – in die Welt meiner Bücher hineinversetzt und entfloh so meiner traurigen Wirklichkeit.
Als ich über meine damalige Haftzeit in diesem alten Gefängnisbau geschrieben habe und über die Gespräche, die ich mit dem ehemaligen Gefängnisarzt führte, habe ich dieses Thema, insbesondere das Thema der Literatur, schon gestreift. Was während des langen gehassten Gefängnisalltags um mich herum geschah und was von den Einzelnen gesprochen wurde, erreichte mich nur selten. Den größten Teil des Tages herrschte bei mir Stille, um mich herum nur Stille, für mich und in mir Stille, in der ich meinen Gedanken nachging. Das Gewäsch und Gefasel der anderen um mich herum kam mir vor wie die Brandung des Meeres am Uferrand und unterbrach meine Stille nicht, sie diente nur noch der Untermalung und unterstrich meine Stille. Das Geschwafel nahm ich kurzfristig wahr, wenn mich jemand direkt ansprach und ich eine Antwort geben sollte, aber wenn man mich gebeten hätte: „Schreib doch einmal auf, was heute bei der Arbeit gesprochen wurde", hätte ich ein leeres Blatt Papier abgegeben.
Ich ermöglichte mir also durch mein Verhalten eine Flucht aus der traurigen Realität. Dies war – wenn ich es heute betrachte – für mich

lebenswichtig, insbesondere während meines Heimaufenthalts. Viele Kinder, die während der 1950er Jahre im Heim waren, kriegten die Kurve nicht zum Lernen, also zum Wissen. Ihnen fehlte der regelmäßige Schulunterricht – mir zwar auch, doch ich konnte die schulischen Defizite ausgleichen. Ich kann mich heute als Autodidakt bezeichnen. Der Spruch: „Wer nicht arbeitet, soll auch nicht essen!" hat mich damals nicht wirklich berührt. Natürlich hat man uns bildungsmäßig vernachlässigt, und was ich da an Unrecht und Menschenverachtung erfuhr, wurde von mir in meinem ersten Band ausführlich geschildert. Dies kann und darf nicht vergessen werden. Ich wurde durch meinen Heimaufenthalt um eine vernünftige Zukunft gebracht. Ich wurde nicht nur bildungsmäßig vernachlässigt, nein mir wurde Bildung in jeglicher Form verweigert. Wie der geneigte Leser weiß, holte ich mir meinen „Erfolg" und meine „Streicheleinheiten" auf unrechtmäßigem Weg, und es dauerte lange, sehr lange, bis ich merkte, dass auch dieser Weg eine Sackgasse war.
Auch hier schreibe ich: Die Sehnsucht nach den schönen Dingen des Lebens zieht sich wie ein roter Faden durch mein Leben. Nicht wie es ein voreingenommenen Richter einmal über mich sagte: „Die Diebstähle ziehen sich wie ein roter Faden durch sein Leben", sondern hier kommt dieser Ausspruch Goethes aus meinem Herzen:

Von der Frauenkirche und dem grünen Gewölbe in Dresden konnte ich mich kaum lösen, ebenso wenig von der Klosterkirche in Ettal, ich bräuchte Monate (wenn nicht Jahre), um alles mit der gebührenden Aufmerksamkeit zu betrachten und zu genießen.

Nach diesem kurzem Abstecher wieder zurück zu der damaligen traurigen Realität. Was meine Geliebte und mich verband, war – abgesehen von der ersten sexuellen Neugier, die allerdings bald vorbei war – der gemeinsame Kokainkonsum – bei meiner Geliebten kam noch Pep hinzu –, sonst nichts. Von diesen gemeinsamen, unter Koks wahrgenommenen Erlebnissen konnte ich mich nicht lösen.

Hierzu eine Geschichte, die ich bei den Sinti erlebte:

Ich hatte mit meinem – ich muss schon sagen: Freund – Koks in Holland gekauft. Mein Freund hatte auch für einen anderen Sinti einiges mitgebracht.

Eine kurze Erklärung dazu: Wenn es gegen Deutsche oder andere Volksgruppen ging, hielten die Sinti immer noch zusammen. Heute ist dies allerdings immer seltener der Fall. Untereinander herrschen zwischen den einzelnen Familien oft Zank und Streit, manche Fehde zieht sich über Jahrzehnte hin und die Kinder wissen oft nicht, warum sich immer noch bekriegt wird. Viele Sinti nehmen Drogen, sehr viele Kokain. Oft sitzen mehrere Personen in einem Raum, um gemeinsam Kokain zu konsumieren. Tja, und dann wartet ein jeder darauf, bis er an der Reihe kommt, um seinen Zug aus der Kokainpfeife nehmen zu können.

Ich rauchte das Kokain nicht, ich schnupfte es. Zwei Stunden später nahm ich die zweite Nase, je nachdem, wie gut das Koks war.

Wie gesagt, es wurde auch Kokain für andere mitgebracht und so kamen etliche Personen zusammen. Diese konnten wir aber nicht alle zu meinem Freund nach Hause einladen, sonst hätte es Ärger mit dessen Frau gegeben, zumal Personen mitkoksten, mit denen sie noch nicht einmal sprach. So gingen wir zu einem Bekannten, dessen Frau ebenfalls Kokain rauchte. Einmal waren etwa zehn Personen anwesend, darunter auch drei Frauen. Vier Personen saßen auf einer Couch, vier andere auf verschiedenen Sitzgelegenheiten, die im Raum verteilt standen. Mein Freund und ich standen, während ich ihm beim Abkochen des Kokains half.

Ich hatte meine Nase bereits genommen, als mein Freund eine kleine Pfeife nahm, erst Asche und dann mit Ammoniak abgekochtes Kokain hineinfüllte und sie anzündete. Er zog kräftig an der Pfeife und füllte seine Lungen mit dem Rauch. Alles war prima. Danach kam der Nächste dran, dann der Dritte. Spätestens nach dem Vierten nahm mein Freund wieder einen Zug und so ging es reihum immer weiter. Niemand sprach ein Wort, acht Augenpaare starten wie gebannt auf das, was mein Freund tat. Mir behagte dieses Schweigen und das Starren nicht und so sagte ich: „Ich erzähle euch jetzt die Geschichte unseres Sonnensystems – also, ich bin beileibe kein Astronom, aber unser

Sonnensystem kenne ich schon." Ich sagte das deshalb, weil mich die Menschen ansonsten auch immer fragten, wenn sie etwas nicht wussten oder die Kinder für die Schule eine Frage beantwortet haben wollten. Ich sprach also über Lichtgeschwindigkeit, Planeten, Sterne und Ähnliches, bis mich mein Freund unterbrach: „Glaubst du etwa im Ernst, einer der dort sitzenden Personen hört zu oder weiß, was du gerade erzählst?"

Ich antwortete: „Aber die hören doch alle ganz gespannt zu!"

„Quatsch", sagte er, „die hören und sehen nur, was ich gerade tue, und sonst nichts."

Das wollte ich jetzt aber wissen. Und so fragte ich mit provozierendem Unterton: „Seid ihr eigentlich alle zu doof zum Autofahren?"

Sie nickten, als hätten sie aufmerksam zugehört. Dies zeigte mir unter anderem, wie sehr diese Droge den Menschen zerstörte.

Eine Geschichte noch zu diesem leidigen Drogenthema:

Ich war an einem Wochenende bei meinem Freund. Mit sechs Gramm Kokain in der Tasche machten wir uns auf den Weg in eine Diskothek. Dort trafen wir eine junge Frau, die mein Freund schon länger kannte. Er hatte bereits Geschlechtsverkehr mit ihr gehabt, alles unter dem Einfluss von Kokain. Er sagte zu mir: „Ohne Koks ist nichts los mit der, dann schiebst du keine Nummer mit ihr. Aber mit Koks, ha, da geht die ab wie Schmidts Katze. Ich werde einmal mit ihr reden, vielleicht machen wir eine Nummer zu dritt."

Die Frau hatte eine Tochter, die etwa fünf Jahre alt war. Als wir in ihre Wohnung kamen, war das Zweite, was sie sagte: „Seid nicht so laut, meine Tochter schläft nebenan." Das Erste, was sie von sich gegeben hatte, war die Frage nach einer Linie Koks. Ich muss sagen, nachdem ich das wieder gehört hatte, war mir fast alles vergangen.

Es wurde dann ein bisschen rumgefummelt, aber eine gute Stimmung kam nicht mehr auf. Es stieß mich ab, was die Frau uns alles anbot, damit sie etwas Kokain bekam. Irgendwann erregte mich das dann doch und ich wollte zur Sache kommen, aber es war kein Kokain mehr da. Sechs Gramm verballert! Mein Kumpel wurde sauer: „Du bist wohl

bescheuert! Meinst du etwa, du kannst hier umsonst koksen und ich habe dich noch nicht einmal gefickt?"
Durch den Krach wurde ihre kleine Tochter wach. „Es reicht", sagte ich genervt. „Du bringst jetzt deine Tochter wieder ins Bett und wir beide gehen Nachschub holen. Ich habe noch etwas im Auto."
„Nein", entgegnete sie. „Ich komme mit euch. Nachher kommt ihr nicht wieder! Ihr könnt ja machen, was ihr wollt."
Auch hier sieht man, wie diese Droge Menschen zerstören kann, wie man seine Würde, sein Schamgefühl verliert.
Die Frau wiederholte: „Ich mache alles mit, aber lasst mich jetzt nicht ohne Koks zurück." Sie kannte mich kaum, meinen Freund schon etwas besser, aber zu sagen: „Ihr könnt ja machen, was ihr wollt", und die Tochter liegt nebenan ...
Im Nachhinein muss ich sagen: Solche Dinge geschehen nur unter Drogeneinfluss, zumindest sagt mir das meine Erfahrung.

Drogen und Alkohol – wobei dieser ja auch eine fürchterliche Droge ist – berauben dich jeder Würde. Das ist mir während meiner letzten Haftzeit mehr als deutlich bewusst geworden. Es ist nicht zu fassen, wozu man unter dem Einfluss von Drogen fähig ist. Ich habe Menschen gesehen, die sich für diesen Dreck nicht nur verkauften, sondern bereit waren, alles, aber auch wirklich alles, zu tun. Ich schäme mich dieser Dinge, aber alles, was ich getan habe, auf die Drogen zu schieben, ist auch nicht korrekt. Ich belasse es dabei, denn das Thema ist mir auch heute noch sehr unangenehm.

Nun ja, ich überzeugte die Frau davon, dass wir zurückkommen würden. Auf der Straße sagte ich zu meinem Freund: „Komm, lass uns abhauen, es reicht! Ich habe eh kein Kokain im Auto."
„Mensch", sagte er, „ich kann noch etwas besorgen. Jetzt, wo sie so weit ist und wir richtig loslegen könnten."
„Nein, für mich ist Schluss. Ich habe keinen Bock mehr, ich fahre nach Hause."

Mein Verhalten an diesem Abend hat mir mein Freund nie ganz verziehen. Wir sind tatsächlich beide nicht mehr zu der Frau gefahren und somit war diese Braut auch für meinen Begleiter erledigt.

Während ich im offenen Vollzug war, kaufte dieser eine Drogenfreak und Alkoholiker für mich ein halbes Gramm Kokain, und als ich dies ablehnte, legte er es mir hinten in den Wagen und sagte: „Du weißt, ich bin dein Freund (dass dieser Mensch sich erdreistete, das Wort „Freund“ auch nur zu benutzen, war schon ungeheuerlich, aber bei ihm konnte und durfte ich mich nicht wundern, denn er war ohne jeden Skrupel). Ich habe das für dich getan, damit du dir einen schönen Abend machen kannst. Du bekommst es geschenkt; du weißt, ich denke immer an dich.“ Er hatte gehofft, mich auf diese Art dazu zu bringen, neue Straftaten zu begehen, an denen er hätte partizipieren können.
Dies war für mich die letzte Prüfung in Bezug auf Drogen. Ich weiß mit absoluter Sicherheit, dass ich nie mehr irgendwelche Drogen zu mir nehmen werde, egal was auch immer es sein sollte. Ich kann zu diesem Thema bald nichts mehr schreiben oder hören, so sehr schäme ich mich und bereue die damalige Zeit. Aber da will und muss ich durch.

Es kam auch wieder ein Schreiben der Staatsanwaltschaft. Diese hatte einen neuen Amtsarzt angefordert, der meine Haftunfähigkeit bescheinigen sollte. Tatsächlich wurde ein neuer Amtsarzt zur Untersuchung abgestellt, und auch dieser kam zu dem gleichen Ergebnis wie der erste und ich wurde für ein weiteres Jahr haftunfähig geschrieben.
Übrigens betreute mich ein Jahr später wieder ein anderer Amtsarzt, diesmal war es die stellvertretende Leiterin des Amtes. Diese, eine sehr forsche Dame, sagte mir zu Beginn der Untersuchung: „Also, wenn Sie auch nur den kleinen Finger bewegen können, dann sind Sie für mich haftfähig.“ Nach der Untersuchung – ich konnte mehr als nur den kleinen Finger bewegen – wurde ich für ein weiteres Jahr haftunfähig geschrieben.

Die letzten beiden Jahre waren katastrophal, ich wurde immer verrückter, meine Ehefrau immer dünner, immer einsamer, wir waren beide nicht mehr wir selbst.
Der Laden ging rapide den Bach runter, mir war mittlerweile alles scheißegal, ich kümmerte mich nur noch um den Erwerb von Pep für meine Geliebte und Koks für uns beide. Ich legte mich mit allen Leuten an, vergraulte jeden, nur meine „Koksfreunde" nicht, aber das waren, wie ich heute weiß, auch keine Freunde.
Es kam also alles, wie es kommen musste ...

Auf dem Weg in die Katastrophe

An diesem Tage hatte ich mit meiner Geliebten schon einige Nasen genommen, aber es war trotzdem schon wieder zu der üblichen Streiterei gekommen. Ich fuhr zum Laden, meine Ehefrau war nicht da, eines der Kinder war im Laden.

Einer meiner letzten Freunde war auf dem Weg nach Holland und besorgte dort Koks und Pep. Dieser „alte Freund" war oft bei mir und wir waren auch oft zusammen unterwegs und konnten uns aufeinander verlassen. Er – ich nenne ihn mal Ortwin – hatte auch schon einige Jahre wegen Bankraubs abgesessen und war das, was die Kripo immer über mich sagte, ein „alter Dino", wir gehörten einer ausgestorbenen Spezies an, leider.

Ortwin sagte oft zu mir: „Siggi, lass den Scheiß mit deiner Geliebten. Das bringt nichts, es gibt nur Stress. Bei dir läuft doch alles aus dem Ruder."

In diesem Zusammenhang muss ich noch erwähnen, dass es noch jemanden gab, auf den ich mich verlassen konnte. Nein, es gab sogar mehrere Menschen, auf die ich mich verlassen konnte, unter anderem einen Kosovo-Albaner, der später zu meiner Ehefrau ging und sie fragte, ob er ihr helfen solle, man könnte doch der Frau eine Abreibung verpassen, damit sie mich in Ruhe lasse. Dieses Angebot lehnte meine Frau aber ab.

Ein anderer, der stets für mich da war, war ein junger Mann, er war der Freund meines Sohnes. Es würde zu lange dauern, die Zusammenhänge zu erklären. Fakt ist, dass dieser Mann von der Polizei (also von einem Beamten, der mit seinen Eltern verkehrte) gehört hatte, was ich angeblich für ein „großes Kaliber" sei. Diese Information brachte ihn dazu, sich von mir Ratschläge über irgendwelche Einbruchsarten zu holen, zumindest wollte er dies. Zwei Jahre lang lehnte ich es ab, ihm irgendetwas in Bezug auf irgendwelche Straftaten zu erklären. Ich sagte ihm, er solle weiter zur Schule gehen, eine Lehre anfangen und dergleichen mehr.

In dieser Zeit verstarb sein Vater und so kam er fast jeden Tag zu mir ins Geschäft. Thomas – so nenne ich ihn hier – war ein guter Sportler, außerdem sehr wissbegierig und ein intelligenter Bursche (obwohl dies, wenn ich nur die angeblichen schulischen Leistungen zugrunde lege, nicht zum Tragen kommt).
Schließlich ließ ich mich breitschlagen und zeigte ihm etwas, beispielsweise wie mit einem Ziehfix gearbeitet wird und wie Schlösser sonst noch geöffnet werden können. Wir machten auch einige kleinere Einbrüche, für die wir später verurteilt wurden, aber nichts, was ich bei klarem Verstand getan hätte.
Als er frech gegenüber seiner Mutter wurde, griff ich ein und verdeutlichte Thomas mit Nachdruck, dass die eigene Mutter immer den nötigen Respekt verdient, besonders wenn es so eine fleißige und anständige Frau ist wie seine Mutter.
Dieser Thomas war, obwohl er noch so jung und unerfahren war, ein absolut loyaler Freund. Er belastete mich zwar später mit diesen kleinen Einbrüchen bei der Polizei, aber da war er hinters Licht geführt worden. Ich las später das Schreiben des Rechtsanwaltes, der ihm zu dieser Aussage geraten hatte. Leider wurde er nach einiger Zeit zu einer langen Haftstrafe verurteilt und schlug die Laufbahn des Zuhälters ein, aber dies weiß ich nur vom Hörensagen. Übrigens hatte er eine sehr gute Verteidigerin bei diesem Verfahren.
Diesen Thomas bat ich nun auch immer öfter darum, im Laden zu bedienen. Thomas kannte alle Preise und ich konnte immer öfter bei meiner Geliebten sein, ohne den Laden schließen zu müssen.
Allerdings war dies auch nicht gerade der Weisheit letzter Schluss. Meine Geliebte und ich hatten uns dauernd in den Haaren, besonders seit wir das Haus, welches ich gemietet hatte, nicht beziehen konnten, weil die bereits geschilderten Vorfälle dem Vermieter bekannt geworden waren. Auch hier: Außer Spesen nichts gewesen. Außerdem war ja die Bestellung für die Küche endgültig storniert worden und diese Themen kamen täglich zur Sprache. Ohne Streit kamen wir nur aus, wenn wir gekokst hatten und sie obendrein noch Pep konsumiert hatte.
Jetzt bin ich an dem Punkt, an dem diejenigen, die diese Geschichte kennen, sagen könnten: „Jetzt macht er sie wieder schlecht!“ Doch wer

meine Geliebte kannte, der weiß, dass ich sogar noch untertreibe. Es ist einfach schwierig, über einen Menschen, der auf diese Weise zu Tode gekommen ist, die Wahrheit zu schreiben. Es ist sowieso müßig, jetzt darüber nachzudenken, und so schreibe ich das, was ich meine, schreiben zu müssen.

Eines Tages waren wir bei ihr in der Wohnung, da fing sie auf einmal an und forderte: „Jetzt trenne dich endlich von deinem Klappergestell!"
Ich sagte darauf: „Du weißt, dass ich mich nicht scheiden lasse."
Daraufhin ergriff sie einen Topf und wollte mich schlagen. Ich nahm ihr den Topf weg. Dabei bekam sie auch einiges ab und es ging wieder los: „Du hast mich geschlagen! Ich gehe zur Polizei und zeige dich an!"
„Ach, jetzt reicht es!" Mir wurde es zu bunt. „Komm, ich fahre dich zur Polizei und dann auf Nimmerwiedersehen."
So ging das oft. Wir bekamen nichts Normales mehr auf die Reihe.
An diesem Tag fuhr ich wieder zurück nach Hause und traf dort meine Ehefrau an. Da ich nicht wusste, was ich hätte sagen sollen, machte ich kehrt und fuhr zurück zu meiner Geliebten. Bei ihr angekommen sagte sie: „Lass uns etwas zu trinken holen. Komm, wir fahren zur Tankstelle und holen uns zwei Flaschen Wein und dann gehen wir in unsere Hütte, trinken, reden und machen uns einen schönen Abend. Aber zuerst nehmen wir noch jeder eine gute Nase."
Meine Geliebte hatte noch genügend Amphetamin – also Pep – unter dem Bett auf einem Tablett liegen und ich hatte auch noch einiges an Kokain, welches mir mein Freund an diesem Tage gebracht hatte. Für meine Geliebte kauften wir Pep immer als Paste, es war also noch weich und wurde auf einem Tablett auf der Heizung erst zu Pulver. Und damit ihre Töchter nicht zufällig über das Tablett stolpern konnten, schob meine Geliebte dieses tagsüber immer unter das Bett, dort schaute keines der Kinder hin.
Ich gab meiner Geliebten auch noch Kokain, welches sie mit Pep zu ihrer eigenen Mischung verarbeitete. Im Nachhinein denke ich, dass es vielleicht dieses Zeug war, was sie so aggressiv machte. Sie verlor einfach die Kontrolle über sich.

Wenn wir die Drogen genommen hatten, spielten wir entweder Backgammon, Schach oder legten eine Patience.
Als wir die ersten Male gemeinsam Kokain genommen hatten, spielte der Sex noch eine große Rolle. Ich kann aber sagen, dies war der Anfang und auch das Ende unserer Beziehung. Allerdings ging mit dem steigenden Kokainverbrauch die sexuelle Aktivität zurück und nach einem Jahr spielte sich kaum noch etwas ab. Wir waren zwar beide geil, aber dies hatte keinerlei Auswirkungen auf unsere körperliche Aktivität, der Sex spielte sich nur im Kopf ab. Wir waren oft nur durch Gespräche oder Gesten sexuell erregt, aber wenn wir sexuell aktiv werden wollten, ging gar nichts. Um es ganz deutlich zu sagen: Ich bekam keine Erektion mehr, mein Penis versteifte sich nach übermäßigem Kokaingebrauch nicht. Ich kann mich an Situationen erinnern, wo wir alle zwei Stunden eine Nase nahmen und Sex haben wollten, aber es tat sich nichts. Und dann saßen wir nackt im Zimmer und spielten irgendein Spiel. Zwischendurch versuchte meine Geliebte, meinen Penis dazu zu bringen, dass er sich zur vollen Größe aufrichtete, aber das war vergebene Liebesmühe. Nach einiger Zeit gaben wir auch diese Bemühungen auf, Sex spielte fast gar keine Rolle mehr. Eine umso größere Rolle spielte unser Drogenkonsum.
An diesem Nachmittag war es auch so: Wir hatten ein paar Nasen genommen, hatten gespielt und dummes Zeug erzählt. Das Einzige, was fehlte, war Wein, Sekt oder Champagner, also eines der drei Getränke, die wir bevorzugt konsumierten. Während der Zeit mit meiner Geliebten trank ich jeden Tag. Wenn ich hingegen allein oder mit meiner Ehefrau zusammen war, trank ich nichts. Zuerst brachte ich die Getränke aus unserem Geschäft mit und schon bald musste ich bei jedem Einkauf die Menge an Wein, Sekt und auch Champagner verdoppeln. Und doch hatte ich nach einiger Zeit immer zu wenig von „unseren Getränken" im Laden. Also fuhren wir vermehrt zu irgendwelchen Tankstellen, zumal wir sehr oft die Getränke erst am späten Abend oder in der Nacht kauften.
Hier muss ich erwähnen, dass ich mein Auto immer ein ganzes Stück entfernt von der Wohnung meiner Geliebten parkte, weil meine Ehefrau stets Ausschau nach unserem Auto hielt. Wenn es irgendwo in der

Nähe der Wohnung meiner Geliebten stand, kam meine Ehefrau sofort zu der Wohnung und machte Rabatz. Einmal – ich war in der Wohnung meiner Geliebten – hatte meine Ehefrau wohl unser Auto entdeckt und wusste dadurch, dass ich nicht, wie angekündigt, weggefahren war, sondern irgendwo in der Stadt sein musste. Da ich ansonsten nicht zu irgendwelchen Leuten ging, konnte ich nur bei meiner Geliebten sein. Der Hauseingang war diesmal abgeschlossen und meine Ehefrau hämmerte so laut und wütend an die Türe, dass die Nachbarschaft auf dieses Theater aufmerksam wurde. Ich glaube auch, dass meine Geliebte die Polizei angerufen hatte, denn kurz darauf erschienen die Ordnungshüter und ein Beamter bat mich, mit meiner Ehefrau zu sprechen. Ich tat dies, und das Ende vom Lied war, dass ich mit ihr nach Hause fuhr. Kurz danach ging wieder der Telefonterror los.

Ansonsten war es nämlich so, dass die äußere Eingangstür tagsüber offen war, weil in diesem Hause die Büros der Bewährungshilfe untergebracht waren. In den obersten Stockwerken wohnte meine Geliebte mit ihren Töchtern. Es kam schon mal vor, dass ein Proband, der zur Bewährungshilfe musste, plötzlich bei meiner Geliebten vor der Türe stand. Und manchmal war es auch meine Ehefrau gewesen, die dort stand und Krawall machte, teilweise so laut, dass die Polizei anrücken musste. Meine Geliebte hatte sich mit dem Eigentümer in Verbindung gesetzt und es war am letzten Treppenabsatz ein Gitter eingebaut worden, welches den Aufgang zu ihrer Wohnung verhinderte. Für diese Tür hatten nur meine Geliebte, die Kinder und ich einen Schlüssel.

Mittlerweile war es schon später Nachmittag bzw. früher Abend geworden und meine Geliebte und ich gingen aus dem Haus, um uns zwei Flaschen Wein zu kaufen. Manchmal gingen wir zusammen, manchmal jeder für sich. Es war nämlich so, dass viele Leute das Theater, welches sich zwischen meiner Ehefrau und meiner Geliebten abspielte, mitbekommen hatten. Also legte sie es geradezu darauf an, gemeinsam mit mir in der Öffentlichkeit zu erscheinen, damit meine Ehefrau von unserem Auftritt erfuhr. Meine Geliebte plante offenbar, meine Ehefrau in den Wahnsinn zu treiben, sie wollte sie psychisch zerstören, weil sie wusste, wie emotional diese reagierte, wenn sie von unseren Treffen erfuhr. Es gab auch genügend Personen, die meiner Ehefrau gerne eine

Nachricht überbrachten – aus welchen Gründen auch immer –, die meine Geliebte oder mich betraf.
Wir gingen also gemeinsam aus dem Haus zu der Stelle, an der mein Auto stand. Wir stiegen ein und fuhren zu einer am Rande der Stadt gelegenen Tankstelle und kauften dort zwei Flaschen Wein. Auf der Fahrt zurück bekamen wir uns wieder in die Haare, meine Geliebte wollte auf einmal doch wieder nach Holland fahren, um noch Kokain zu kaufen, aber ich wollte nicht mehr, ich saß mit Pantoffeln im Auto und hatte einfach keine Lust, über die Grenze zu fahren. Ein Wort gab das andere und ich sagte: „Austeigen, einfach aussteigen und dich nicht mehr melden. Ich habe die Schnauze voll, ich bin es einfach nur noch leid." Mit diesen Worten fuhr ich an den Straßenrand und ließ meine Geliebte aussteigen. Sie stieg tatsächlich aus, jedoch nicht, ohne mir noch einige „Nettigkeiten" an den Kopf zu werfen.
Ich fuhr nach Hause und traf dort auf meine Ehefrau. Sie war bis auf den Mantel ausgehfertig und sagte kein Wort. Ich hatte keine Lust auf Stress oder irgendwelche Streitereien und dachte: Gut, also fahre ich eben wieder zurück und suche meine Geliebte. Dann fahre ich mit ihr zu ihrer Wohnung und wir werden uns ein paar Gläschen genehmigen.
Gedacht, getan. Ich fuhr zuerst zu der Stelle, wo ich meine Geliebte aus dem Fahrzeug gelassen hatte. Von da aus folgte ich der Straße, die zu ihrer Wohnung führte, in der Hoffnung, sie noch anzutreffen. Ich sah sie allerdings nicht, fuhr einen Parkplatz an, der ein ganzes Stück von der Wohnung meiner Geliebten entfernt lag und ging zu Fuß weiter.
Als ich in der Wohnung ankam, schaute ich in alle Räume. Die Kinder schliefen schon und der Hund war auch da. Ich ging nach oben in den Partyraum, weil ich vermutete, dass sich meine Geliebte versteckt haben könnte, um mich zu ärgern oder zu bestrafen. So war es schon einige Male geschehen, nachdem wir uns gestritten hatten. Doch auch im Partyraum war sie nicht, sie war nicht zu Hause. Ich setzte mich und überlegte, wo sie hingegangen sein könnte. Möglicherweise war sie in eine der Gaststätten gegangen, in denen sie öfter einkehrte. Diese Möglichkeit verwarf ich aber bald wieder, weil wir in der letzten Zeit kaum noch irgendwo hingegangen waren. Es hatte nur noch das Thema „Stoff" gegeben und darüber war alles andere vernachlässigt worden.

Die Arbeit hatte darunter gelitten, der Haushalt war verkümmert, es war nur das gegessen worden, was gerade da war. Wenn nichts im Haus gewesen war, hatten wir so viel eingekauft, dass wir zwei Wochen lang nicht mehr aus dem Haus mussten. Wir waren nur noch rausgegangen, um mit dem Hund spazieren zu gehen. Meist war unser Ziel der Wald gewesen und „unsere Hütte".

So vermutete ich nun, meine Geliebte sei im Wald bei der Hütte. Gewiss wartete sie dort auf mich, weil sie annahm, dass ich schon wüsste, wo sie war, wenn ich sie zu Hause nicht antraf.

Was ich jedoch nicht wusste, war folgender Sachverhalt: Meine Ehefrau hatte auch Kenntnis von dieser Hütte. Einer meiner angeblichen „Freunde" hatte ihr erzählt, dass ich mich dort mit meiner Geliebten traf, wenn wir nicht wollten, dass uns jemand sah. Auf der einen Seite war meiner Geliebten die Aufmerksamkeit wichtig, auf der anderen Seite wollte sie aber auch ihre Ruhe haben und einfach nur mit mir zusammen sein.

Dieser „Freund" – ich habe schon von ihm und seiner Ehefrau geschrieben – war, nachdem die Polizei ihn wegen Drogenhandels verhaftet hatte, auch zu meiner Ehefrau und mir vernommen worden. Seine erste Aussage über und gegen mich bei der Polizei betraf die Frage nach Drogen und wie oft er für mich über die Grenze gefahren sei, um Kokain zu holen. Die Aussage, die er dazu machte, stimmte fast mit der tatsächlichen Anzahl an Fahrten überein. Seine zweite Aussage jedoch war auf einmal viel ausführlicher, er konnte Details und Daten nennen, die vorher nicht präsent gewesen waren. Er konnte sich plötzlich an viel mehr Fahrten erinnern, die er angeblich für mich gemacht hatte, alles im Sinne der Polizei. Die Polizei suchte nach möglichst viel belastendem Material gegen mich und dieser Unmensch war sehr bemüht, diese Erwartungen zu erfüllen. Das war mir zum damaligen Zeitpunkt jedoch fast egal. Dieser Typ war leider auch so ein menschlicher Müllhaufen, nicht nur, weil er viele andere Drogenabhängige, die er belieferte und für die er auch über die Grenze fuhr, belastete, um sich freizukaufen. Nein, er log auch ganz bewusst, um meine Ehefrau lebenslänglich hinter Gitter zu bringen und sich selbst so darzustellen, dass er eventuell ein paar Monate weniger zu sitzen hatte. Er machte eine

Falschaussage, die unter Umständen meiner Ehefrau für immer ihre Freiheit genommen hätte. Er behauptete, ich hätte ihm gesagt, meine Ehefrau habe vorgehabt, meine Geliebte zu töten. Angeblich sollte sie mir von ihren Plänen erzählt haben. Wenn man sich einmal überlegt, was ein Mensch mit einer solchen Aussage anrichten kann, nicht auszudenken!

Ich schreibe dies, damit noch einmal ersichtlich ist, um was für einen Typen es sich hier handelte, denn mit dieser Information über den Treffpunkt, nämlich die Hütte im Wald, war es erst möglich, dass meine Ehefrau und meine Geliebte sich in dieser Nacht im Wald trafen und dass es zu dieser verhängnisvollen Aussprache kam, die zum Tode meiner Geliebten führte.

Ich weiß, dass all dies keine Entschuldigung für das nun Kommende sein kann. Das soll es auch nicht, denn meine Ehefrau hat sich immer zu ihrer Tat bekannt und nie nach Entschuldigungen gesucht, obwohl es derer viele gegeben hätte. Diese Informationen dienen lediglich dem besseren Verständnis und der Erklärung, wie meine Ehefrau Kenntnis von der Hütte erhielt. Diese Informationen sollen allerdings auch wieder aufzeigen, welche Methoden die Polizei anwendete, um zu dem von ihr gewünschten Ergebnis zu kommen.

Die Katastrophe

Zwischenzeitlich waren einige Stunden vergangen und ich fuhr zu dem Parkplatz, auf dem ich immer parkte, wenn ich mit meiner Geliebten zu der Hütte fuhr. Dieser Parkplatz lag vor einem Gelände, zu dem verschiedene Sportplätze gehörten. Hier trug unter anderem der ansässige Fußballverein seine Spiele aus. Von diesem Parkplatz ging ich an einer Sportwiese vorbei Richtung Hütte. Auf der linken Seite befanden sich neben dieser Sportwiese einige Felder, unterbrochen von Bauminseln und einzeln an der Seite stehenden Bäumen. Auf der anderen Seite war Gebüsch und es begann der Wald.

Es war dunkel und es war still. Ich hörte nichts, sah auch nicht viel. So holte ich meine kleine Taschenlampe aus der Tasche. Ich hatte immer eine Taschenlampe bei mir, hatte überall eine liegen, im Auto, einfach überall hatte ich eine Taschenlampe bei mir, wenn ich unterwegs war.

Ich leuchtete den Feldweg, der von Bäumen umsäumt war, aus. Auf einmal sah ich etwas. Es sah so aus, als ob jemand auf diesem Waldweg stand, etwas seitlich unter einem Baum. Ich beschleunigte meine Schritte, ging etwas schneller und dann sah ich sie, ich sah meine Ehefrau. Sie stand halb unter einem Baum und ich hatte das Gefühl, als ob die Zweige des Baumes ihre Haare streichelten. Doch beim Näherkommen sah ich noch mehr, ich sah, dass sie etwas in der Hand hielt, aber ich konnte nicht erkennen, was es war.

Ich war nun in unmittelbarer Nähe meiner Ehefrau, und dann sah ich die roten Spritzer in ihrem Haar und ihrem Gesicht und ich sah auch, dass sie meinen Mantel anhatte, meinen dunkelblauen Kamelhaarmantel, und auch dieser war mit dunklen Flecken gesprenkelt. Sie trug einen Lederhandschuh, auch dieser war fleckig. Und dann sah ich es, ich sah zwei Dinge fast gleichzeitig. Einmal sah ich mein Zimmermannsbeil, es war in Brigittes Hand und diese hing seitlich an ihren Körper herab, aber ich sah auch, dass dieses Zimmermannsbeil voller Blut war.

Wieso hatte meine Ehefrau mein Zimmermannsbeil? Allerdings hatte ich das Beil nie gebraucht und schon lange lag es ungenutzt im Keller.

Es lag auch sonst allerhand ungenutztes Zeug bei mir im Keller. So wie jetzt kannte ich mein Beil allerdings nicht, und ungenutzt war es auch nicht mehr. Es war voller Blut und erst vor kurzer Zeit benutzt worden. Und dann sah ich noch etwas, ich sah es mehr aus den Augenwinkeln. Da war ein Paar Füße. Und an diesen Füßen befanden sich Schuhe. Und diese Schuhe kannte ich auch, sie gehörten meiner Geliebten, mit der ich seit etwa zwei Jahren ein Verhältnis hatte.
Ich sah zu meiner Ehefrau, mit der ich zu dieser Zeit fast dreißig Jahre verheiratet war. Ihr Gesichtsausdruck war leer, ihre Augen waren leer, sie starrte einfach geradeaus. Aber wohin? Was sah sie? Sah sie überhaupt etwas? Ich weiß nicht, ob ich mich umdrehte, um zu erkennen, ob sie etwas sah, aber eines kann ich ganz sicher sagen: So hatte ich meine Ehefrau noch nie gesehen.
Ich ging auf sie zu und nahm ihr das Zimmermannsbeil aus der Hand. Sie reagierte noch immer nicht, ich hatte den Eindruck, sie schaute durch mich hindurch.
Es war eine unwirkliche Szene, das reinste Horrorszenario, ein Schreckensbild, wie Stephen King es nicht besser hätte beschreiben können. Ich kann mich nicht erinnern, ein ähnliches Bild jemals in Form eines Gemäldes gesehen zu haben. Weder Breughel noch Hieronymus Bosch hatten so etwas gemalt, keiner von ihnen hatte eine so grauenvolle Fantasie gehabt. Sah ich Trugbilder? War ich durch den Kokaingebrauch verrückt geworden?
Spielte mir meine Fantasie einen Streich?
Nein, nichts von alledem stimmte. Es war alles real, alles war wirklich da, die Bilder waren echt, alles war echt, auch die Leiche meiner Geliebten. Zwischenzeitlich war ich an meiner Ehefrau vorbeigegangen zu den Füßen, zu den Beinen. Und da lag meine Geliebte, die Beine auf dem Waldweg und der Körper unter dem Baum, dessen Zweige – wie ich meinte – die Haare meiner Ehefrau streichelten.
Ich sah, dass sie tot war. Fragen Sie mich nicht, woher ich es wusste, ich fühlte nicht ihren Puls und legte auch nicht meine Finger an ihre Halsschlagader. Ich sah einfach, dass sie tot war.
Ihr Gesicht war nicht verletzt. Vom ersten Augenblick an, als ich sie dort sah, sah ich, dass ihr Gesicht nicht verletzt war, für mich war es

unverletzt. Bei meiner späteren Vernehmung warf mir die Polizei vor, ich hätte sehen müssen, dass ihr Gesicht stark verletzt gewesen sei. Ich kann nur sagen, für mich war ihr Gesicht unverletzt und deswegen kann ich heute nichts anderes schreiben.

Nachdem ich meine tote Geliebte betrachtet hatte, richtete ich mich wieder auf. Nun war auch mein Kopf leer und ich bin davon überzeugt, dass ich genauso schaute wie meine Ehefrau.

Dieses grauenvolle Bild hat sich in meinem Gehirn festgefressen, es ist dort eingebrannt und wird erst mit meinem Tode gelöscht werden.

Ich sah meine Ehefrau an und fragte: „Brigitte, was hast du gemacht, Brigitte was hast du getan?"

„Sie hat mich beleidigt, schon wieder hat sie mich beleidigt. Ich wollte sie doch nur erschrecken, nur erschrecken. Sie sollte dich in Ruhe lassen, sie sollte dich doch nur in Ruhe lassen, uns sollte sie in Ruhe lassen. Ich wollte nur meine Ruhe wiederhaben, ich wollte, dass wir unsere Ruhe wiederhaben und alles wieder so wird, wie es früher war. Warum kann sie dich nicht in Ruhe lassen, uns nicht in Ruhe lassen? Warum muss sie mich immer wieder beleidigen, immer nur beleidigen? Ich wollte doch nur mit ihr reden, einfach nur reden, aber sie muss mich immer wieder beleidigen." Diese Worte sprudelten nur so aus dem Munde meiner Ehefrau. Sie sagte es nicht laut, auch nicht hektisch, die Worte entflohen aus ihrem Munde wie entweichender Atem.

Diesen Moment der absoluten Hilflosigkeit kann und werde ich nicht vergessen, diese absolute Trauer – falls es so etwas überhaupt gibt.

Meine Ehefrau war leer wie ein Eimer Wasser, den man ausgeschüttet hatte. Sie war innerlich total leer, zerbrochen und zu nichts mehr fähig, einfach zerstört. Sie hatte sich selbst zerstört, nicht nur meine Geliebte war tot, nein auch meine Ehefrau war innerlich total zerstört, auch sie war tot, es kam mir so vor, als sähe ich nur noch ihre Hülle.

Hier muss ich heute einfügen, was mir meine Ehefrau in unseren späteren Gesprächen – nach unserer Entlassung – gesagt hat. Sie hat bei der Tat ihren eigenen Arm gesehen, wie er die Initiative übernahm. Sie konnte nichts machen, der Arm handelte von allein und sie beobachtete, wie er mit dem Zimmermannsbeil zuschlug. Sie sah alles wie in Zeitlupe, als ob der Arm von weit her kam, aber sie konnte ihn nicht aufhalten. Als sie nach der Tat auf dem Feldweg stand, sah sie, wie eine Nebelwolke ihrem Mund entwich. Sie sagte mir: „Ich hatte das Gefühl, meine Seele würde mir entweichen."

Noch eine Sache dazu: Als meine Ehefrau in Haft war, hatte sie einen Traum, der sich einige Male wiederholte: „Sie stand auf einer Klippe und stürzte sich hinab. Aber meine Geliebte kam von unten, fasste sie an der Hüfte, drückte sie wieder nach oben und sagte dabei: „Ich habe auch Schuld." Nach einiger Zeit war dieser Traum vorbei und wiederholte sich nie mehr.

Und was war mit mir? Ich war auch leer, unfähig, einen klaren und logischen Gedanken zu fassen. Habe ich überhaupt gedacht? Ich weiß es nicht. Logisch habe ich auf keinen Fall gedacht, denn plötzlich sagte ich: „Komm, Brigitte, wir müssen die Leiche wegschaffen, wir müssen die Sachen wegschmeißen." Ich war wieder einmal dabei, eine Sache an mich zu reißen, für die ich zwar ursächlich verantwortlich war, die ich aber nicht begangen hatte.
Es war der 28. Mai 2002 und wir Verlierer rafften uns auf, um zu retten, was zu retten war. Aber es gab nichts mehr zu retten. Wir alle hatten verloren. Meine Geliebte, sie lag tot zu unseren Füßen. Meine Ehefrau stand zwar neben mir, war aber ebenfalls innerlich tot. Und ich? Ja, ich wusste nicht, was mit mir, mit uns geschah, ich hätte brüllen können vor Schmerz. Ich wusste nicht, wohin mit meiner Pein. Aber in diesem Augenblick der größten Not, der größten Hilflosigkeit sagte ich plötzlich: „Komm, Brigitte!" Und meine Ehefrau ging wie ein Zombie neben mir her, unfähig, etwas zu tun oder zu handeln. Auch ich war nicht Herr meiner Sinne, sonst hätte ich gesagt: „Ich rufe jetzt die Polizei. Wir müssen die Polizei anrufen!" Aber nichts dergleichen tat ich. Vielmehr nahm ich ihren Handschuh und mein Zimmermannsbeil und wickelte alles in den Mantel – meinem Mantel – und sagte: „Komm, lass uns gehen." Und wir verließen diesen Ort des Grauens und des Unheils und gingen zu meinem Auto.
Heute frage ich mich: Warum bin ich nicht zur Polizei gegangen? Warum habe ich sie nicht angerufen? Nun, wenn ich es getan hätte,

wäre uns beiden – meiner Ehefrau und mir – viel Ärger erspart geblieben. Mich hätte man nicht verhaftet, meine Ehefrau wäre wegen Totschlags angeklagt worden und nicht wegen Mordes und was weiß ich noch alles. Wenn man aber meinen Lebensweg betrachtet und das daraus resultierende Verhältnis zu den Polizeibehörden, dann ist es ziemlich logisch und nachvollziehbar, warum ich die Polizei nicht gerufen habe. Heute bedauere ich das, egal wie ich zur Polizei stehe.

Meine Ehefrau war wie eine aufgezogene Puppe, so ging sie, so saß sie und sagte kein Wort. Aber dann hörte ich, wie sie murmelte: „Warum hat sie mich beleidigt? Immer muss sie mich beleidigen."

Der Weg von dieser grauenvollen Stätte bis zu meinem Auto war nicht sehr weit, und trotzdem kam mir der Weg vor, als dauerte er eine Ewigkeit. Ich wollte unbedingt und sofort die Sachen entsorgen: den Mantel, dass Zimmermannsbeil, die Handschuhe. Ich fuhr zu einem kleinen Fluss, den ich sehr gut kannte, hatte ich mich dort doch schon in meinen Jugendzeiten herumgetrieben. Auf einer Brücke, die über diesen Fluss führte, hielt ich an und warf das Zimmermannsbeil, den Mantel und die Handschuhe in den Fluss und schaute zu, wie der Mantel mit der Strömung wegtrieb.

Von diesem Fluss aus fuhren wir nach Hause und meine Ehefrau sagte: „Siegfried, ich muss mich duschen, muss mich baden, komm bitte mit!" Von diesem Augenblick an bis zu meiner Verhaftung konnte meine Ehefrau keinen Moment allein bleiben, sogar wenn sie zur Toilette ging, musste die Türe einen Spalt aufbleiben.

Meine Ehefrau zog sich nach dem Bad vollkommen neu an und ich sagte: „Ich nehme den großen Bundeswehrsack mit. Wir können meine Geliebte dort nicht liegen lassen, ich muss sie fortschaffen."

Wir fuhren wieder zurück und ich stellte das Auto an derselben Stelle ab wie ein paar Stunden zuvor. Wir gingen zurück zu diesem fürchterlichen Ort, aber meine Ehefrau konnte nicht mehr bis zu meiner toten Geliebten mitgehen, sie blieb ein Stück zurück. Ich versuchte dann die tote – meine tote – Geliebte in den Bundeswehrsack zu legen. Dies gelang mir jedoch nicht und meine Ehefrau konnte mir nicht helfen. Also nahm ich die Tote auf die Arme und trug sie so zum Auto. Zwischendurch musste ich meine Last einige Male zu Boden legen, weil ich sie so nicht den ganzen Weg bis zum Auto tragen konnte. Und sie einfach hinter mir herziehen mochte und konnte ich nicht. Also dauerte es eine Weile, bis ich meine tote Geliebte ins Auto verbracht hatte. Ich schaffte es gerade einmal, sie bis zur Hälfte in den Bundeswehrsack zu schieben. Später machte mir die Polizei den Vorwurf, dass ich spätestens da hätte sehen müssen, wie sehr die Frau am Kopf verletzt gewesen war.

Ich habe mich da einmal kundig gemacht. Es gibt dieses Phänomen, dass der Mensch manche Dinge einfach verdrängt. Das Gehirn weigert sich, diese schrecklichen Bilder bewusst aufzunehmen. Es weigert sich auch, diese Bilder in Erinnerung zu behalten. Es gibt allerdings auch die andere Seite. Diese Personen behalten jede Einzelheit ihrer Taten, aber sie wollen diese Einzelheiten auch behalten.
Bei mir sieht es so aus, dass mir bis heute diese schrecklichen Bilder nicht gegenwärtig sind. Polizisten, Gutachter und was weiß ich für Personen haben glaubhaft bekundet, dass der Kopf der Frau schwerste Verletzungen aufwies. Meine Ehefrau hat dies bestätigt. Aber ich – obwohl ich sie damals trug, sie in das Fahrzeug legte, sie später wieder aus dem Fahrzeug heraushob und in einem trockenen Graben neben einem Waldweg ablegte – sah ihre schweren Kopfverletzungen nicht. Vielleicht habe ich sie ja gesehen, aber mein Gehirn hat das Gesehene nicht registriert, nicht aufgenommen.

Ich wusste nicht, was ich tun sollte oder tun konnte. Wohin mit meiner toten Geliebten? Weder meine Ehefrau noch ich hatten mit solch einer Situation je rechnen können.
Wie denn auch!
Nachdem wir die mit Blutspritzern verunreinigte Kleidung entsorgt hatten und ich – nachdem wir wieder zum Tatort zurückgekehrt waren – die Tote in unser Fahrzeug verbracht hatte, wussten wir nicht, wie es weitergehen sollte. Ich weiß nicht mehr, wie spät es war, auf jeden Fall ziemlich spät, ich würde sagen, es war mitten in der Nacht.
Ich sagte einfach: „Komm, Brigitte, steig ein, wir fahren."

Meine Ehefrau fragte nicht, wohin wir denn fahren würden. Sie fragte nichts, sagte nichts, sie rückte nur ganz nah an mich heran, sie musste mich einfach berühren.
Ich startete das Fahrzeug und fuhr auf die nahe gelegene Autobahn Richtung Holland. Zuerst fuhr ich noch mit normalem Tempo, also mit etwa 120 Stundenkilometern, aber je näher wir der niederländischen Grenze kamen, desto langsamer wurde ich, und als ich über die Grenze fuhr, schlich ich mit rund 30 Stundenkilometern dahin. Ich fuhr eine Straße entlang, die um die Stadt herumführte, und dann wieder auf eine Autobahn. Auf dieser schlich ich auch nur so dahin, ich fuhr wohl maximal 60 Stundenkilometer. Auf der Gegenfahrbahn kamen uns zwei, drei Autos entgegen, und ob uns ein Fahrzeug überholte, kann ich heute nicht sagen.
Was ich als Nächstes tun wollte, wusste ich immer noch nicht. Meine Ehefrau brauchte ich überhaupt nicht anzusprechen, die sagte sowieso nichts, sie wusste nichts, saß nur neben mir.
Nachdem ich bestimmt ein bis zwei Stunden über die Autobahn gekrochen war, nahm ich eine Ausfahrt, und zwar dort, wo ich einen kleinen Waldbestand entdeckt hatte. Ich fuhr in einen asphaltierten Feldweg, hielt an und legte die Frau, mit der ich so eine schicksalhafte Beziehung gehabt hatte, in einen neben der Straße befindlichen trockenen Graben. Meine Ehefrau war auch aus dem Fahrzeug gestiegen. Sie konnte nicht allein im Auto sein, obwohl sie mich doch auf der Straße sah und ich keine zwei Meter entfernt von ihr war.
Ich wusste, man würde die getötete Frau nach kurzer Zeit finden, und dann fiel mir ein, dass ich ihren Ausweis und ihre Scheckkarte mitnehmen musste. Auch die Kette, die ich ihr geschenkt hatte, nahm ich an mich, damit man nicht sofort herausfand, um wen es sich bei der Toten handelte. Ich ging also zu meiner Geliebten, fasste in ihre Gesäßtasche und nahm erst Ausweis und Scheckkarte an mich, dann das Kettchen. Auf der Rückfahrt warf ich alles – Ausweis, Scheckkarte und Kettchen – bei einem Autobahnkreuz in ein Waldstück, das sich innerhalb dieser Autobahninsel befand. Dort wurden die Sachen später von der Polizei gefunden. Den Bundeswehrsack entsorgte ich auf einer Autobahnrast-

stätte, indem ich ihn dort in eine Mülltonne steckte. Der Sack tauchte später nicht wieder auf.

Auch bei dieser Geschichte erlebte ich die Polizisten ohne jegliches Einfühlungsvermögen. Bei meiner Verhaftung war das Erste, wonach sie fragten, wo denn die Scheckkarte meiner Geliebten sei. Diese hätten sie nicht in den Taschen der Toten gefunden. Und ohne vorab zu überprüfen, ob nach ihrem Tod Geld von ihrem Konto abgehoben worden war, tauchte als Erstes die Frage auf: „Hast du Geld von ihrem Konto abgehoben?“
Ja, da bleibt einem erst einmal die Luft weg. Das waren also ihre ersten Gedankengänge. Auch als Polizist, der von Berufs wegen seinem Mitmenschen misstrauisch gegenübertreten muss, halte ich mich doch wohl mit solchen Vorwürfen zurück, bis ich den Sachverhalt überprüft habe! Vielleicht war da bei einigen Polizisten der Gedanke an einen Raubmord der Wunsch der Vater des Gedankens.
Ich will mich jetzt nicht über Polizisten und andere bei der Justiz Beschäftigte äußern, sonst finde ich wieder kein Ende und schweife zu sehr ab.

Als meine Ehefrau und ich wieder zu Hause angekommen waren, irrten wir dort ziellos durch die Gegend. Wir konnten nicht schlafen, legten uns aber trotzdem ins Bett. Wenn ich aufstand, stand meine Ehefrau ebenfalls auf. Wie bereits beschrieben konnte sie keine Minute allein sein.
Die nun folgenden Tage waren für mich mit das Schlimmste, was ich je erlebt habe. Meine Ehefrau war in dieser Zeit einfach nur noch körperlich vorhanden, geistig war sie nicht da, und ich weiß bis heute nicht, wo sie mit ihren Gedanken war.
Am nächsten Tag gingen wir beide ins Geschäft. Ich bediente die Kunden und meine Ehefrau saß im hinteren Raum. Ich sagte: „Brigitte, geh nach Hause. Und heute Mittag löst du mich ab.“
„Nein“, sagte sie, „nein, ich gehe nicht allein, ich bleibe nicht allein!“
In dieser Zeit kam unser jüngster Sohn in den Laden und ich fuhr mit meiner Ehefrau Ware holen. Ich reinigte auch das Auto, indem ich es

auswischte. Dabei vergaß ich die Pedale beim Fahrersitz. Den Kofferraum wischte ich nur aus und auch sonst reinigte ich nicht, um Spuren zu verwischen. An diesen vielen Kleinigkeiten hätte später jeder normale Mensch feststellen können, dass die Tat meiner Ehefrau eine Tat im Affekt gewesen war, sie war nicht geplant. Ich säuberte das Auto, aber nicht gründlich. Ich warf die Kleidung in den Fluss in der Nähe unseres Zuhauses. Ich legte meine Geliebte in einen Graben, wo sie in kürzester Zeit gefunden werden konnte. Kein geplantes Vorgehen, kein überlegtes Handeln, es war einfach nur ein Handeln nach einer Affekttat.
So vergingen die Tage schleppend und qualvoll. Einmal kamen die Kinder der Frau in den Laden und fragten mich, ob ich wüsste, wo ihre Mutter sei, sie sei schon ein paar Tage nicht zu Hause gewesen. Ich wusste nicht, was ich sagen sollte und wäre am liebsten im Boden versunken. Ich erzählte irgendeinen Blödsinn, es war absolut unvorstellbar. Schließlich wusste ich, was mit ihrer Mutter geschehen war, doch ich belog sie, einfach nicht zu glauben!
Am nächsten Tag kam die Mutter meiner ehemaligen Geliebten – ich war schon einmal bei ihr zu Hause gewesen und kannte sie von daher. Ich konnte ihr nicht in die Augen sehen und war froh, als sie ging.

Zwischenzeitlich war auch der Platz entdeckt worden, an dem meine Geliebte getötet worden war. Eine Spaziergängerin mit ihrem Hund fand Blutreste und, so meine ich mich zu erinnern, einige Knochenstückchen. Diese wurden von der Gerichtsmedizin als menschliche Knochen dokumentiert.
Eine Zeitung veröffentlichte ein Foto von meiner ehemaligen Geliebten und nun dauerte es nicht mehr lange, bis mich die Polizei verhaftete. Auf meine Ehefrau als Täterin kam kein Mensch. Wie auch, schließlich war ich es, der immer und überall der Übeltäter gewesen war. Doch lassen wir das.

Meine Verhaftung

Kommen wir nun zu meiner Verhaftung. So eine schäbige Posse hatte ich noch nicht erlebt.

An diesem Tage – meine Ehefrau und ich waren im Laden – sah ich in einiger Entfernung mehrere Männergrüppchen stehen, und zwar vor dem Gebäude, in dem meine ehemalige Geliebte gewohnt hatte (von unserem Geschäft konnte ich zu ihrer Wohnung schauen). Ich ging zur Eingangstüre und schaute hinüber. Wie auf Kommando traten die Männer etwas auseinander oder drehten sich weg. Sie blickten überall hin, nur nicht in meine Richtung.

Meine Ehefrau warnte mich: „Das ist die Polizei. Gehe nicht dorthin."

Ich entgegnete: „Ich gehe auf jeden Fall hin und du bleibst im Laden."

Bevor ich mir allerdings Schuhe angezogen hatte – ich diskutierte währenddessen immer noch mit meiner Ehefrau –, sah ich, wie sich einer der Männer auf unser Geschäft zubewegte. Als er vor mir stand, sagte er: „Herr Massat, können Sie einmal mitkommen und mir die Wohnung von Frau Zumspick öffnen, Sie haben doch sicherlich einen Schlüssel!"

Die anderen Männer hatten sich etwas von dem Gebäude entfernt und standen in verschiedenen Hauseingängen herum, es waren schätzungsweise sieben oder acht Kriminalbeamte.

Also, so einen lächerlichen Vortrag hatte ich noch nie gehört. Beide Töchter hatten einen Schlüssel und die Mutter besaß auch einen.

Ich sagte: „Ich kann Ihnen den Schlüssel geben, dann können Sie rein."

Er wand sich wie ein Aal und bat: „Können Sie nicht mitkommen und uns zeigen, was für eine Haarbürste Frau Zumspick hatte? Wir haben da etwas gefunden und wollen nun die DNA vergleichen."

„Ich ziehe mir eben meine Schuhe an und dann komme ich mit."

„Nein, das brauchen Sie nicht, es ist ja nur auf der anderen Seite und Sie sind doch gleich wieder zurück."

Meine Herren, was für ein Clown!, dachte ich mir und ging voraus zur Wohnung meiner ehemaligen Geliebten.

Meine Ehefrau hatte während dieses Gespräches neben mir gestanden. Sie war wie erstarrt und bewegte sich nicht, sie war in diesem Moment einfach wie gelähmt und konnte kein Wort sagen.
Auf dem Bürgersteig vor dem Gebäude angekommen kamen von links und rechts die anderen Beamten hervor und einer von ihnen sagte: „Sie kommen mit uns zur Wache, wir müssen Sie zu dem Verschwinden von Frau Zumspick vernehmen."
„Warum macht ihr dann so einen Zirkus?", fragte ich. „Warum sagt ihr nicht einfach: ‚Herr Massat, wir möchten oder müssen Sie zu der Frau Zumspick vernehmen.' Warum sollte ich denn nicht mitkommen?" Danach sagte ich nichts mehr, bis wir in der Polizeiwache waren.

Ja, und dann ging es los, von verschiedenen Seiten wurde auf mich eingeredet. Wenn ich heute darüber nachdenke, dann frage ich mich oft, wie einige dieser Menschen dort zu ihrem Job gekommen waren. Nachdem einige der Männer den Raum verlassen hatten, begannen jetzt die „Experten" zu fragen, frei nach der Methode: „guter Polizist, böser Polizist". Es war einfach lächerlich, wenn es nicht so ein trauriger Anlass gewesen wäre. Der Böse sagte: „Du hast sie angefahren, vorne an deinem Nummernschild ist eine Beule, etwa in Wadenhöhe/Kniehöhe. Und dann, als sie dort gelegen hat, hast du sie getötet."
Ich war zu dieser Zeit zwar immer noch verstört bzw. gestört und nicht auf der Höhe, aber mir so einen Müll, solche Anschuldigungen zu unterstellen, war für mich der Gipfel der Unverschämtheit. Zumal diese Anschuldigungen sofort hätten widerlegt werden können. Ich konnte mit dem Auto nicht am Tatort gewesen sein. Wenn in der Nähe des Tatortes Autospuren gewesen wären, hätte man diese entdeckt. Am Nummernschild befand sich weder etwas von ihrer Hose noch war die Getötete an den Beinen verletzt. Alles Müll!
Ich wollte keine Aussage machen. Also sagte ich nichts mehr und wartete ab, bis sie mich schließlich in das Untersuchungsgefängnis brachten. Dieses kannte ich zur Genüge, denn dort war ich schon einmal vier Jahre wegen des Verdachts, einige Einbrüche begangen zu haben, in Untersuchungshaft gewesen. Hierzu habe ich einiges in Band 2 meiner Trilogie geschrieben.

Der Untersuchungsrichter verkündete mir den Haftbefehl, und zwar wegen des Verdachts des Totschlags an meiner Geliebten. Da ich keine Aussage machen wollte – ich wollte meine Ehefrau nicht belasten –, kam ich also wegen des Verdachts, einen Totschlag begangen zu haben, in Untersuchungshaft.
Nun hatten die Herren ein erneutes Problem, denn ich war ja vom Amtsarzt haftunfähig geschrieben worden. Also wurde ich gefragt: „Bist du haftfähig?"
Ich antwortete: „Bin ich der Arzt? Gebt mir erst einmal meine vom Arzt verschriebenen Medikamente."
Diese wurden auch besorgt.
Der für diese Untersuchungshaftanstalt zuständige Arzt erklärte mir dann kurz darauf: „Wenn Sie einen Herzanfall bekommen sollten, können Sie sofort in eines der umliegenden Krankenhäuser verbracht werden. Diese sind auf alles eingerichtet und somit erkläre ich Sie für haftfähig."
Ich ließ alles teilnahmslos über mich ergehen, fühlte mich schuldig und wollte nicht, dass meine Ehefrau für diese Sache zur Rechenschaft gezogen wurde. Ich wusste zwar, dass dies ein hoffnungsloses Unterfangen war – schließlich kannte ich meine Ehefrau –, aber ich wollte es zumindest versuchen.
Zwei Beamte kamen zu mir und sagten: „Wir wissen zwar nicht, was los ist und was hier abgeht, aber das, was man dir vorwirft, hast du mit Sicherheit nicht getan, dafür kennen wir dich viel zu gut."
Die anderen dachten – wenn sie überhaupt etwas dachten –: Nun gut, dann ist er wenigstens die nächsten zehn Jahre weg vom Fenster.
Mir war egal, was sie dachten, ich wollte nur meinen Anwalt sprechen. Als dieser mich besuchte, bat ich ihn: „Sagen Sie meiner Ehefrau, sie soll keine Aussage machen. Sie hat mit der Sache nichts zu tun." Das war alles, was ich sagte.

Jeden Tag holte mich die Polizei zum Verhör, drei Tage lang von 9:30 Uhr bis etwa 17:00/18:00 Uhr, teilweise mit Staatsanwalt.
Wieder stellten sie mir so wahnsinnige Fragen: „Hast du sie in die Maas geworfen?"

Auf diese Fragen gab ich keine Antwort. Man muss sich das einmal überlegen: Ich bin mit einem Menschen mehr oder weniger intensiv zwei Jahre lang zusammen, also habe ich doch auch etwas für ihn empfunden. Und dann soll ich ihn einfach in einen Fluss werfen!? Ja hallo, kannte mich denn überhaupt niemand bei der Polizei? Eine gewisse Grundeinstellung mussten sie nach den vielen Jahren doch von mir kennen.
Also, es ist leider nicht anders zu sagen: Drei, vier Leute halten so einen Haufen über Wasser. Der Rest wäre besser Bäcker oder Anstreicher geworden, leider – wieso leider? – muss ich das so sagen, ohne den Bäckern oder Anstreichern zu nahe zu treten.
Was soll es, ich habe mit diesen Personen nichts mehr zu tun.

Zwischenzeitlich war meine Ehefrau bei unserem Anwalt gewesen und hatte ihm gestanden, dass sie diejenige war, die meine Geliebte getötet hatte. Meine Ehefrau hat mir Jahre später diese Situation geschildert: Unser Rechtsanwalt ist förmlich in sich zusammengesackt. Jahrzehntelang war er mein Anwalt gewesen, meine Ehefrau hatte auch ungezählte Gespräche mit ihm gehabt. „Frau Massat", sagte er, „wissen Sie, was Sie da sagen!?"
Ich muss das hier einmal deutlich zum Ausdruck bringen. Alle, die uns näher kannten, hätten es lieber gesehen, wenn ich derjenige gewesen wäre, der meine Geliebte getötet hatte. Von der Justiz her sowieso, meine Ehefrau hatte ja nie etwas Ungesetzliches getan, während bei mir – zumindest unterschwellig – gedacht wurde: Ach, der Siggi, der war doch schon so oft im Knast. Der kennt sich aus, dem wird es sicherlich nicht so schwerfallen. Natürlich würde niemand diese Gedankengänge zugeben, aber einige Personen haben tatsächlich zu meiner Ehefrau gesagt, dass es besser gewesen wäre, wenn ich für diese Geschichte ins Gefängnis gegangen wäre. Aus heutiger Sicht muss ich sagen, dass ich diese Personen zum Teil sogar verstehen kann.
Ich habe mit meiner Ehefrau öfter über diese damalige Zeit gesprochen und die eben geschilderte Situation beim Rechtsanwalt ist ihr in jeder Einzelheit im Gedächtnis geblieben. Als sie offenbarte, dass sie die Frau getötet habe und der Rechtsanwalt sagte, dass er nun tätig werden

müsse (er war zu der Zeit noch nicht ihr Rechtsanwalt und deswegen hat er das sicherlich gesagt. Als ihr Anwalt unterliegt er ja der Schweigepflicht), gingen ihr ganz prosaische Dinge durch den Kopf, zum Beispiel: Ich muss mir noch einige Paar Strümpfe kaufen! Sie dachte dabei an ganz bestimmte Strümpfe, die es in unserer Stadt nicht zu kaufen gab und für die sie in die nächste Großstadt fahren musste.
Klinken sich in bestimmten Situationen gewisse Teile des Gehirns einfach aus oder warum passiert so etwas? Nun, ich vermag diese Frage hier und jetzt nicht zu beantworten, für die richtige Antwort gibt es sicherlich kompetentere Personen. Allerdings beschäftigt sich meine Ehefrau auch heute noch sehr oft mit dieser Frage.

Eine Episode aus dieser Zeit: Meine Frau war gerade auf der Kriminalwache, als man mich durch den Raum führte. Ein Beamter schaute über meine Ehefrau hinweg zu mir und fragte: „Siggi, willst du, dass deine Frau für dich in den Knast geht?"
Ich kann gar nicht sagen, was ich in diesem Moment fühlte. Ich hatte meine Geliebte nicht erschlagen, wollte aber auch nicht, dass meine Ehefrau für ihre Tat ins Gefängnis ging. Ich fühlte mich mitschuldig, ohne strafrechtlich schuldig zu sein, aber für mich war die moralische Schuld ein Berg, den ich bis heute nicht erstiegen habe.
Meine Ehefrau nahm mir hier die Entscheidung ab. Sie hatte sich bereits kurz nach der Tat dazu entschlossen, zu ihrer Tat zu stehen. Sie wollte keine Ausflüchte, keine Winkelzüge, wollte nichts schönen, wollte sich nicht von ihrer Schuld freireden und vor allen Dingen wollte sie ihre Schuld nicht auf mich abwälzen. Nachdem sie beim Anwalt gewesen war, ging sie nach Hause und traf auf ihrem Weg einen meiner Bekannten, Ortwin, einen ehemaligen Bankräuber, mit dem ich auch schon einiges an Kokain konsumiert hatte. Ortwin fragte meine Frau, ob er sie irgendwohin fahren könne. Meine Verhaftung – im Zusammenhang mit dem Tode meiner Geliebten – war durch die Medien gegangen und infolgedessen wusste auch Ortwin davon. So kaufte meine Ehefrau zuerst einige Strümpfe und danach fuhren sie wieder zurück. Zwischenzeitlich hatte unser Anwalt die Staatsanwaltschaft und diese wiederum die Polizei verständigt. Obwohl der Anwalt angegeben

hatte, dass sich meine Ehefrau stellen wolle, suchte die Polizei bereits nach ihr. Ein befreundetes Ehepaar war in der Zwischenzeit bei uns zu Hause angekommen, ebenso die Polizei. Zusammen warteten sie auf meine Ehefrau. Diese hatte bereits alles für ihre Fahrt in die Untersuchungshaft bereitgestellt, es waren ja nur noch die Strümpfe gewesen, die fehlten. Ihr Plan war es gewesen, sich gleich nach ihrer Rückkehr zu stellen. Dazu kam es aber nicht, denn die Polizei stoppte und verhaftete sie während der Rückfahrt kurz vor unserer Wohnung. Wie man sich vorstellen kann, wurde mein vorbestrafter Kollege gleich mit ins Visier genommen. Dieser hatte nun wirklich nichts mit dieser Angelegenheit zu tun, was meine Ehefrau auch deutlich zum Ausdruck brachte. So konnte Ortwin weiterfahren.

Meine Ehefrau war zu dieser Zeit nur noch Haut und Knochen, hatte Magengeschwüre, eine entzündete Speiseröhre und dergleichen mehr. Sie war psychisch und physisch total am Ende.

Obwohl sie verhaftet worden war, blieb ich noch zwei Tage in U-Haft, ehe man mich entließ. An beiden Tagen brachte die Polizei mich jeden Tag zur Polizeiwache, wo ich auch auf meine Ehefrau traf. Ich weiß nicht, was man von mir wollte. Ob sie wohl hofften, mich doch noch irgendwie strafrechtlich verfolgen zu können, oder dass wir beide uns bei irgendwelchen Aussagen widersprechen würden – ich weiß es einfach nicht.

Zwischenzeitlich war meine Geliebte gefunden worden und ich hatte, nachdem meine Ehefrau die Tat gestanden hatte, keinen Grund mehr zu schweigen. Ich erklärte, wo ich die Tote niedergelegt hatte und wie wir dorthin gelangt waren. Doch das genügte der Polizei nicht. Sie setzte sich mit der niederländischen Polizei in Verbindung und so fuhren wir zur Grenze, wo wir in Empfang genommen wurden. Die Polizisten begleiteten uns bis zu dem Ort, wo ich meine Geliebte niedergelegt hatte. Ich zeigte der Polizei die Stelle, wo ich Scheckkarte, Ausweis und Kettchen weggeworfen hatte – es lag noch alles an Ort und Stelle –, und auch den Rastplatz, wo ich den Bundeswehrsack weggeworfen hatte – dieser war nicht mehr auffindbar.

Es war ungefähr ein Jahr später, da bekam ich vom Niederländischen Staat eine Nachricht, dass ich innerhalb der nächsten drei Jahre nicht in das Land einreisen dürfe, weil ich gegen dortige Gesetze verstoßen habe, indem ich eine Tote auf niederländischem Gebiet niedergelegt habe. Ansonsten erhielt ich weder von einem deutschen noch von einem niederländischen Gericht eine Strafe. Strafrechtlich konnte man mich nicht zur Rechenschaft ziehen, weil die Beseitigung von Beweismitteln unter Eheleuten nicht strafbar war. Zu dem Zeitpunkt wusste ich das aber nicht.

Nach dieser Tour, die meine vorherigen Aussagen bestätigt hatte, wurde ich noch am selben Tag aus der Untersuchungshaft entlassen. In der anderen Sache galt ich ja noch immer als haftunfähig und in dieser Sache hatte die Polizei nun endlich festgestellt, dass ich mit dieser Tat nichts zu tun hatte.

Was sollte ich jetzt tun? Ich fuhr zuerst einmal nach Hause. Dazu musste ich jedoch den Bus nehmen, denn mein Auto war noch von der Polizei beschlagnahmt. Es war gründlich untersucht worden und die Polizei hatte festgestellt, dass meine Geliebte im Kofferraum gelegen hatte, dass ich blutige Fußabdrücke auf den Pedalen hinterlassen hatte und einiges mehr. Trotzdem gab es einiges, was ich nicht verstehen konnte. Ich ging, nachdem ich einige Tage später benachrichtigt worden war, dass ich mein Auto abholen könne, zur Polizei und fand mein Fahrzeug auf dem Hof. Ich stieg ein und wollte losfahren, aber das Auto erschien mir total zerstört. Es ging nicht, ich konnte nicht losfahren. Die Verkleidung unter der Amaturenkonsole war teilweise abgerissen, kaum ein Teil war an seinem vorgesehenen Platz, aber das Schlimmste war, dass an allen Rädern die Schrauben gelöst worden waren. Ich ging zu einem Beamten, der auf dem Hof stand und sagte: „Warum habt ihr die Radmuttern gelöst? Ich hätte einen schlimmen Unfall haben können!"

„Ja, mach das", erwiderte der Beamte, „tu uns den Gefallen und fahr doch gegen einen Baum. Während er sich umdrehte und in das Polizeigebäude ging, rief er mir zu: „Und sieh zu, dass du vom Hof kommst!"

Ich empfand die ganze Situation mehr als befremdlich. Sie hätten sich gefreut, wenn ich verunglückt wäre?! Polizisten, die für Recht und Ordnung einstehen, die unseren Gesetzen Geltung verschaffen sollten,

hätten sich gefreut, wenn ein Mensch verunglückt wäre? War das unsere Exekutive, die die Gesetze der Legislative durchsetzte?
Ich kenne einige, die bei mir am liebsten die Exekution durchgeführt hätten, wobei ich mir bis heute immer wieder die Frage stelle: Warum eigentlich? Was habe ich diesen Menschen getan? Ich kenne sie noch nicht einmal persönlich. Für mich ist dieses Thema mit dem Niederschreiben meiner Bücher zwar erledigt, aber trotzdem muss ich mich auch heute im Nachhinein noch fragen: Was geht eigentlich in einem solchen Kopf vor? Ein Mann wie dieser ist Polizist und man vertraut ihm. Ich sage immer zu meinen Enkeln: „Wenn du allein bist und es gibt ein Problem, geh zur Polizei." Wenn ich mir aber vorstelle, meine Enkel treffen auf einen Polizisten, wie ich ihn gerade geschildert habe, oh weh, oh weh!
Ich brachte mein Auto zur Werkstatt – es war ja immer noch ein gutes Auto, knapp drei Jahre alt. Wir hatten es durch unsere Ratenzahlungen und die teuren Zinsen, die aufgrund verschiedener Unterbrechungen berechnet worden waren, mittlerweile schon zwei Mal bezahlt. Aber das ist ein anderes Thema. In der Werkstatt wurde der Wagen wieder vollständig hergerichtet. Die Reparatur war teuer und nach einigem Hin und Her verkaufte ich es für kleines Geld an die Werkstatt. Ich hätte das Auto ja behalten, aber ich hatte, wenn ich mich darin aufhielt, immer diesen Geruch meiner toten Geliebten in der Nase. Ich konnte das Auto trotz der Alcantarasitze, der Niederquerschnittreifen, einem CD-Wechsler und der Tatsache, dass es tiefer gelegt war, einfach nicht mehr ertragen. Ich konnte es nicht mehr riechen, im wahrsten Sinne des Wortes. Ich hätte es irgendwo stehlen lassen können, dann wäre es auch weg gewesen, aber ich wollte mit diesem Fahrzeug einfach nichts mehr zu tun haben. Ich fuhr danach einen Audi, einen Kombi, Benziner – bis zu meiner erneuten Verhaftung ...

Kehren wir wieder zurück zu dem Tag, als ich aus der Untersuchungshaft entlassen wurde. Als ich nach der Busfahrt zu Hause ankam, traf ich auf unseren jüngsten Sohn. Er ging damals in die zehnte Klasse und ich muss sagen, dass es auch für ihn eine schwierige und harte Zeit gewesen sein musste. Er war übrigens nicht unser leiblicher Sohn,

sondern unser Enkel – für meine Ehefrau und mich bleibt er aber für immer unser Sohn. Unsere älteste Tochter kam mit dem Kind nicht klar, sie konnte ihren Sohn nicht akzeptieren. Und so hatten wir unseren Enkel von Geburt an bei uns und zogen ihn als unseren Sohn groß. Meine Ehefrau hatte die Vormundschaft und die Bestallungsurkunde, der Junge hatte nur einen anderen Nachnamen. Als Dennis vierzehn Jahre alt war, kamen zwei Personen vom Jugendamt und wollten sich erkundigen, ob bei uns und unserem Sohn alles in Ordnung sei. Und was taten sie? Sie taten das, was sie immer taten: quatschen und Kaffee trinken. Ich weiß bis heute nicht, wer sich beim Jugendamt gemeldet hat, damit sie bei uns erschienen. Ob es jemand aus der Familie seines Vaters oder irgendjemand aus dem Bekanntenkreis war, wissen wir nicht. Es ist uns aber auch egal. Als die Abordnung des Jugendamtes merkte, dass es nichts zu beanstanden gab, ging sie wieder. Vier Wochen später jedoch musste unser Sohn zum Jugendgericht. Ich begleitete ihn, musste allerdings das Richterzimmer wieder verlassen, weil die Richterin mit ihm allein sprechen wollte. Nach einer Stunde kam er blass, aber gefasst wieder. Die Richterin hatte ihm gesagt, dass wir nicht seine Eltern, sondern die Großeltern seien. Sie ließen ihm die Entscheidung, ob er zu seiner leiblichen Mutter oder zu der Familie väterlicherseits gehen wolle. Doch all dies lehnte Dennis ab und erklärte, dass er bei uns, seinen Großeltern, zu bleiben gedenke, weil wir es gewesen seien, die ihn groß gezogen hätten.
Danach gab es keine Einwände mehr und er konnte bleiben. Allerdings erschienen danach noch einmal zwei Mitarbeiter des Jugendamtes. Sie wollten sich nach Dennis' Befinden erkundigen. Dummes Zeug! Als ich ihnen keinen Kaffee anbot und sie fragte, warum sie nichts gesagt hätten, und als ich ihnen vorwarf, dass sie versuchen würden, uns über das Jugend- oder Familiengericht unseren Sohn aus der Familie zu holen, wurde der Typ auch noch laut. Doch ich behielt die Ruhe und so mussten sie wieder von dannen ziehen.
Wir verstehen bis heute nicht, was das sollte. Bei uns war und ist zu Hause alles in Ordnung, unsere Kinder lieben uns und sie fühlten und fühlen sich bis heute bei uns geborgen. Sie wissen, dass sie von uns immer geliebt wurden und geliebt werden, solange wir leben. Als

Kinder haben sie Liebe, Zuwendung und Geborgenheit erhalten und sind zu rechtschaffenen Menschen erzogen worden. Was zu bemängeln wäre und auch zu bemängeln ist, sind meine Zeiten der Abwesenheit von der Familie. So hat unser mittlerer Sohn einige Defizite, die er noch aufarbeiten muss, aber in welcher Familie gibt es keine mehr oder weniger großen Probleme?! Meine Ehefrau und ich können sagen, dass wir unsere Kinder nach bestem Wissen und Gewissen großgezogen haben. Wir haben sie nicht geschlagen oder misshandelt – der Einzige, der geschlagen und misshandelt wurde, war ich. Der Einzige, der mit den Behörden im Clinch lag, war ich, ansonsten waren und sind wir eine normale und anständige Familie. Trotzdem – oder gerade deshalb – waren wir dem Jugendamt und anderen Behörden immer suspekt, sie haben uns nicht getraut! Dort, wo sie misstrauisch hätten sein sollen, waren sie auf beiden Augen blind, und die Erfahrung, die ich gemacht habe, ist die, dass diese Behörde gern Jasager um sich hat, Personen die nichts hinterfragen. Diejenigen, die selbstständig und eigenständig sind, mögen sie nicht. Ich habe es ja schon einige Male geschrieben: Wenn ich es nicht selbst so oft erlebt hätte, wenn ich nicht so viel von dieser Behörde gelesen hätte, könnte ich ja sagen, es seien Einzelfälle und bei einer so riesigen Behörde einfach nicht zu vermeiden. Aber das kann ich nicht. Was ich jedoch heute sagen kann, ja sagen muss, ist, dass ich auch andere Personen beim Jugendamt kennengelernt habe, zwar erst in der jüngsten Vergangenheit, aber immerhin, es gibt sie, die korrekten, die geraden, die, die sich kümmern und die ihre Arbeit ernst nehmen, obwohl ich auch in diesem Bundesland schon so einiges gelesen habe. So, jetzt wollen wir dieses Thema auch gut sein lassen.

Eine chaotische Zeit

Eines Nachts schellte es. Ich ging zur Türe und stand einem Kamerateam von RTL gegenüber. Der Reporter stellte einige Fragen, aber ich habe nur geantwortet: „Sprechen Sie mit der Polizei, ich habe nichts zu sagen." Was ich nicht wusste: Die Kamera lief während dieses kurzen Gespräches und zeigte mich und auch etwas vom Flur und der Garderobe. Noch in der Nacht liefen diese Aufnahmen über die Fernsehbildschirme.

Irgendwann klingelte das Telefon und die jüngere Tochter meiner Geliebten war am anderen Ende der Leitung. Es sprudelte nur so aus ihr heraus und sie sagte: „Ich habe dich gerade im Fernsehen gesehen. Nun weiß ich, dass du wieder zu Hause bist. Ich komme zu dir." Es gelang mir, ihr dieses Vorhaben vorerst auszureden, aber am nächsten Tag war sie bei mir. Sie war ein kluges und hübsches Mädchen und wir redeten viel. Sie wollte bei mir bleiben. „Ich kann selbst entscheiden, wo ich leben und aufwachsen will", erklärte sie. Aber ich sagte ihr, dass dies nicht gehe, weil ich noch wegen meiner alten Geschichte ins Gefängnis müsse und ich mich niemals von meiner Ehefrau scheiden lassen würde. Außerdem sei sie noch minderjährig und könne nicht allein entscheiden, dies müsse ihre Großmutter tun.

Wie dem auch sei, sie kam fast jeden Nachmittag zu uns. Eines Tages saß sie bei mir auf der Couch und wir unterhielten uns, als es klingelte und die Polizei vor der Türe stand. Ich weiß nicht mehr, welchen Grund es gab, ob es wegen irgendwelcher Kleidung war oder weil sie zu unserem jüngsten Sohn wollten. Auf jeden Fall schaute einer der Beamten ins Wohnzimmer und sah die Tochter der Getöteten dort sitzen. Ihm fiel fast die Kinnlade runter und ich sah förmlich, welche Gedanken sich in seinem Kopf abspielten. Ich sagte: „Einfach hingehen und fragen, was sie hier macht. Und dann mich fragen." Wenig später rief die Polizei bei der Großmutter des Mädchens an und versuchte ihre Besuche bei mir zu verhindern. Doch das war nicht möglich. Solange ich zu Hause war, kam sie fast täglich zu Besuch – ein braves, intelligentes Mädchen, das Verständnis und Geborgenheit suchte.

Ein anderes Mal kam die Polizei und wollte meinen jüngsten Sohn vernehmen. Sie kamen in die Wohnung und sagten: „Komm mit, wir müssen dir einige Fragen stellen."
Mein Sohn stand im Flur und schaute mich fragend an.
Ich sagte zu den Polizisten: „Habt ihr nicht etwas vergessen?"
„Was sollen wir vergessen haben?", war die Antwort.
„Nun", sagte ich, „erstens müsst ihr mich fragen, ob ich damit einverstanden bin, dass ihr ihn mitnehmt, er ist nämlich noch minderjährig. Und zweitens habt ihr ihn darauf aufmerksam zu machen, dass er gegen seine Mutter – die ja nicht seine Mutter, sondern seine Großmutter ist und die das Sorgerecht hat – nicht auszusagen braucht."
„Das hätten wir auf der Wache getan", hieß es dann.
„Und wenn er nicht aussagen würde, hättet ihr ihn wieder zurückgebracht?! Wer's glaubt, wird selig", spottete ich.
Mein Sohn sah mich an und ich schüttelte leicht mit dem Kopf. Er sagte: „Ich möchte nicht aussagen."
Ich fügte hinzu, dass er gern aussagen könne, aber weil es nichts auszusagen gebe, sei es schon besser so und unser Sohn habe seine Sache gut gemacht.
Bei den Durchsuchungen schwitzte ich so manches Mal Blut und Wasser, weil ich in dieser Zeit auch noch Kokain nahm und das Zeug manchmal auf dem Tisch lag, nur von einer Zeitung bedeckt, und die Polizisten entdeckten es nicht. Wenn mein Sohn zu Hause war, musste ich aufpassen, dass er nichts bemerkte, und dann nahm ich auch nichts und wartete, bis er ins Bett gegangen war.

Ich besuchte meine Ehefrau in der Untersuchungshaft, brachte ihr ein Fernsehgerät und Bekleidung und zahlte zudem noch Geld ein, weil sie nur verpackte Lebensmittel aus der Anstaltsküche aß, und zwar Joghurt, Quark oder Obst. Diese Besuche konnte ich etwa drei oder vier Monate lang durchführen, ich schickte auch Pakete und tat, was möglich war.

Es war eine fürchterliche Zeit. Unser Laden war geschlossen und das Geld ging zur Neige. So musste ich auch da für Nachschub sorgen. Ich suchte einen Käufer für unseren Laden, aber es kamen nur Türken zu mir, die hofften, sich einen gut eingeführten und ebenso gut eingerichteten Laden billig schnappen zu können. Der Laden war komplett eingerichtet und es hätte sofort mit dem Verkauf weitergehen können, wenn ein neuer Besitzer gefunden worden wäre. Ich jedenfalls wollte den Laden auf keinen Fall weiterführen.

Ich verkaufte ihn schließlich an ein spanisches Ehepaar zu einem – für sie – sehr günstigen Preis. Dann kaufte ich meinem jüngsten Sohn einen Motorroller, zahlte einen Betrag für meine Ehefrau ein, und ehe ich mich versah, war auch das Geld schon wieder weg.

Es war mir klar, dass es so nicht weitergehen konnte. Meine Sorge galt – neben meiner Ehefrau – meinem jüngsten Sohn. Was geschah mit ihm, wenn ich wieder ins Gefängnis musste? Und es war ja nur eine Frage der Zeit, bis ich wieder „einfahren“ würde.

Diese Frage hatten sich – in diesem Falle muss ich sagen: Gott sei es gedankt – ein, zwei Mitarbeiter des Jugendamtes auch gestellt und sie setzten sich mit mir in Verbindung. In der Stadt, in der ich wohnte, gab es ein Don-Bosco-Heim. Eine Dame vom Jugendamt, mein Sohn und ich gingen dorthin und schauten uns die Zimmer an. Später fuhr ich noch zwei Mal mit meinem Sohn zu dem Heim, wo wir uns mit einer Erzieherin unterhielten. Mein Sohn erhielt dort ein Einzelzimmer, konnte es nach eigenem Gutdünken einrichten und war damit einverstanden, dass er das letzte Jahr seiner Schulzeit und die ersten beiden Lehrjahre dort verbringen würde. Er konnte kommen und gehen, wie es ihm beliebte – im Rahmen der bestehenden Hausordnung, versteht sich.

Ich hatte nie gedacht dass jemals einer meiner Söhne mit meiner Zustimmung in ein Jugendheim verbracht werden würde. Dieses Heim war zwar in keiner Weise mit den Heimen, mit denen ich als Kind zu tun gehabt hatte, zu vergleichen, aber es war trotzdem ein Heim und ich tat mich mit dem Heimaufenthalt meines jüngsten Sohnes sehr schwer. Dennis allerdings fand sich mit den Gegebenheiten ab und machte das Beste daraus. Er schaffte seinen Abschluss in der Schule und kam gut durch seine Lehre. Heute telefonieren wir ab und zu, besuchen uns auch gegenseitig und sind miteinander im Reinen.

Diese Angelegenheit hatte ich halbwegs zufriedenstellend geklärt, aber ansonsten gab es überall Brandstellen. Meine Tochter sprach nicht mehr mit mir und hatte jeglichen Kontakt abgebrochen. Mein ältester Sohn befand sich zum ersten Mal in Haft. Er war bei der Bundeswehr abgehauen, hatte dort seinen Wachposten verlassen und war mit Haschisch aufgefallen. Was dabei für mich neben seiner Inhaftierung am schwersten zu verarbeiten war, das waren die dummen Sprüche der Beamten. Sie machten mich total fertig – wenn ich denn klaren Kopfes war und klare Gedanken hatte. „Der Apfel fällt nicht weit vom Stamm!“, „Wie der Vater, so der Sohn!“ und dergleichen Müll mehr. Ich legte mich wegen derartiger Sprüche mit verschiedenen Justizbediensteten an. Meine Ehefrau und ich hatten alles, was in unserer Macht gestanden hatte, versucht, damit aus unserem ältesten Sohn ein rechtschaffener Mann wurde. Aber Daniel machte sein eigenes Ding. Ich weiß nicht, ob aus Protest gegen meine Person – schließlich hatte ich ihn im Stich gelassen – oder aus einem anderen Grund. Daniel beendete alles, was wir für ihn in die Wege geleitet hatten, bevor das eigentliche Ende erreicht war.

Es begann mit der Bundeswehr: Daniel wollte zum Bund, also redete ich mir beim Kreiswehrersatzamt den Mund fusselig, damit er mit siebzehn Jahren zum Bund kam. Er verpflichtete sich freiwillig für vier Jahre, und zwar mit dem Ziel, Navigator zu werden. Es kostete erhebliche Überzeugungskraft meinerseits beim Kreiswehrersatzamt, bis man bereit war, Daniel dort einzusetzen und auszubilden. Der Grunddienst verlief prima und bei der Vereidigung waren wir sehr stolz auf unseren Sohn, aber schon mit der Verlegung nach Koblenz fing der Mist an. Ich möchte hier keine Einzelheiten nennen, nur dies: Meine Ehefrau und ich fuhren damals mehrmals nach Koblenz, um mit dem Kompaniechef zu sprechen, nachdem die geschilderten Dinge passiert waren. Wir baten darum, dass man Daniel wieder aufnahm. Der zuständige Oberstleutnant war überrascht: „Also, solche Eltern habe ich noch nie erlebt, die so für ihren Sohn kämpfen, damit er eine sichere Zukunft hat!“

Beim dritten Versuch unsererseits sagte er: „Gut, noch eine letzte Chance für Ihren Sohn. Aber dieses Zugeständnis mache ich Ihnen und nicht Ihrem Sohn zuliebe. Ein solcher Einsatz muss einfach belohnt werden."
Doch es geschah wieder. Daniel haute erneut ab, er verließ für seine Freundin und einen Kumpel – der aber keiner war – seinen Wachposten. Und somit war das Thema „Bundeswehr" für ihn Vergangenheit.
Dann wollte Daniel eine Lehre als Metzger und Koch machen. Wir fanden eine Lehrstelle in einem kleinen Dorf. Der Arbeitsbeginn war um 5:00 Uhr in der Frühe. Ich fuhr Daniel jeden Morgen hin. Das hieß, um 3:30 Uhr aufzustehen, damit er rechtzeitig da war. Nach etwa acht Wochen rief mich eines Morgens der Meister an und erkundigte sich, ob Daniel krank sei.
„Wieso?", fragte ich.
„Nun, Daniel ist nicht zur Arbeit erschienen."
„Das kann nicht sein, ich habe ihn heute Morgen selbst hingefahren."
„Seltsam", sagte der Meister. „Daniel ist auf jeden Fall nicht hier."
Was soll ich lange erzählen: Nachdem ich Daniel abgesetzt hatte, war er auf den Hof gegangen, hatte gewartet, bis ich nicht mehr zu sehen war und hatte dann kehrtgemacht und war ein, zwei Kilometer zu Fuß bis zu einer Bushaltestelle gegangen und von dort aus zu seinem angeblichen Freund gefahren. Es war übrigens der Junge, dessen Mutter mit diesem Kennan zusammenlebte, den ich zu einem späteren Zeitpunkt mit dem Baseballschläger zur Räson bringen musste. Die Jungen rauchten Hasch und dieser „Freund" brachte Daniel schließlich so weit, dass dieser bei mir verschiedenen Gegenstände entwendete, um sie Kennan für den Kauf von Haschisch zu geben. Der Junge arbeitete nicht und so sollte Daniel auch nicht arbeiten gehen.
Daniel wollte auf einmal kein Koch oder Metzger mehr werden, er wollte etwas mit Computern machen. Also fanden wir auch in diesem Bereich einen Ausbildungsplatz in einem Computerkurs. Nun musste Daniel wieder jeden Tag zur Schule gehen und lernen. Nach rund drei Monaten war auch das vorbei. Er hielt sich fast nur noch bei dieser Familie auf und ist uns, insbesondere mir, immer mehr entglitten. Schließlich landete er in derselben Untersuchungshaftanstalt, in der ich

viele Jahre meines Lebens verbracht hatte. Eine für mich fast unerträgliche Geschichte.

Meine Ehefrau befand sich also in Untersuchungshaft. Während der ersten drei Monate war ich noch in geduldeter Freiheit. Im September erhielt ich die Aufforderung, mich in der JVA, und zwar in der Pflegeabteilung, zu stellen, obwohl ich noch immer als haftunfähig galt und der Beschluss der Haftunfähigkeit bis zur nächsten Untersuchung in acht Monaten Gültigkeit hatte. In dieser Zeit war ich nach wie vor auf Kokain – bis zu meiner Verhaftung, da hörte es zwangsläufig auf. Ich bin mir nicht sicher, vielleicht hätte ich mich sogar gestellt, wer weiß!? Aber was ich von dieser Pflegeabteilung gehört hatte, war der reinste Horror und so verhielt ich mich still.
Ich besuchte ja in dieser Zeit regelmäßig meine Ehefrau, aber die Besuche in der Großstadt brachten mich an meine damalige Belastungsgrenze. Ich wollte ihr ein Fernsehgerät samt Antenne bringen: Beim ersten Mal lag keine Genehmigung vor und ich musste alles wieder mitnehmen. Meine Frau sollte erst einen Antrag stellen. Beim zweiten Anlauf war zwar der Antrag gestellt, jedoch lag noch immer keine Genehmigung vor. Erst beim dritten Mal wurde das Gerät angenommen und ihr auch ausgehändigt.
Die Besuche dort waren sowieso eine kleine Odyssee: Parken war reine Glückssache. Dann ging es weiter: Vor der Pforte gab es ein offenes Wartehäuschen, in diesem musste ich eine Nummer ziehen und warten, bis die Nummer aufgerufen wurde.
Und dann: Eintreten in eine erste Schleuse. Personalausweis und Besuchserlaubnisschein vorlegen, dann wieder warten, diesmal im unteren Warteraum. Anschließend erneut eine Schleuse, Geld für die Einzahlung und Hartgeld für Zigaretten und/oder Süßigkeiten entnehmen, anderes Geld und Papiere in einem Schließfach deponieren. Aufgang in die obere Etage – und wieder warten. Geld einzahlen und warten ...
Ich fragte mich besorgt: Habe ich genug Kleingeld? Zum dritten Mal zählte ich es nach. Wie viel durfte ich noch mal mitnehmen? Waren es 12 Euro oder waren es 15 Euro?

Dann ging es los. Die meisten Besucher gingen in einen großen Besuchsraum. Hier standen zehn Tische, an denen je ein Gefangener und seine Besucher Platz hatten. Einzelbesucher gingen in einen kleinen Raum, in dem sich ein Tisch und auf jeder Tischseite ein Stuhl befand, ein weiterer Stuhl stand in einer Ecke. Es gab zwei Türen, durch die eine betrat der Besucher den Raum und durch die andere der oder die Untersuchungsgefangene und eine Beamtin oder ein Beamter.

Beim ersten Besuch meiner Ehefrau war die Begrüßung schmerzlich, leidvoll, herzzerreißend, voller Not und Pein. Wir versuchten uns gegenseitig Mut zu machen, obwohl wir beide brüllen wollten vor Schmerz und Not. Wir wollten uns trösten, sprachen tröstliche Worte, aber unsere Stimmen verrieten uns, sie zitterten, bangten und bebten, waren nicht beherrschbar, die Stimmbänder ließen sich nicht von den durch sie formulierten Worten täuschen. Wir wollten nicht weinen, wollten stark sein. Wir würden das schon schaffen. Doch es ging ans Eingemachte und erst die letzten zehn Minuten der Besuchszeit wurden mit sinnvollen Worten gefüllt.
Der Abschied und die Umarmung, wie sollte ich das überstehen? Wir hielten uns, drückten uns und ich fühlte nur Knochen. Brigitte, meine Ehefrau, war in den letzten zwei Jahren extrem abgemagert. In der JVA hatte sie auch nicht gegessen, zumindest nicht das, was dort als Essen gereicht wurde. Ihre Speiseröhre war nicht in Ordnung und sie hatte durch die Verweigerung der Nahrung und dann durch ihr unregelmäßiges Essen Magengeschwüre bekommen. In der JVA lebte sie von dem Essen, das sie selbst einkaufte, und von den Brötchen, die ihr ab und zu von Damen des Frisörsalons mitgebracht wurden. In diesem Salon arbeitete sie aus therapeutischen Gründen – einer richtigen Arbeit konnte sie in den ersten Monaten ihrer Haftzeit nicht nachgehen. Doch dann war es wie bei jeder Arbeitsstelle, man wollte sie nicht mehr gehen lassen.
Meine Ehefrau hatte Angst. Sie dachte, ich würde etwas Unüberlegtes tun, um Geld zu besorgen. Und ich dachte: Oh mein Gott, in ihrem Zustand übersteht sie die Haft nie, dass hält sie niemals durch! Wir

hatten beide zu viel Angst um den jeweils anderen, und heute weiß ich, wir haben uns beide getäuscht, denn jeder von uns hat es geschafft!

Meine Ehefrau hatte Glück im Unglück, weil sie insbesondere auf zwei Personen traf, die sie stärkten und die ihr in dieser schweren Zeit halfen und beistanden. Zum einen war es der Malpädagoge, mit dessen Hilfe sich meine Ehefrau ihre Ängste von der Seele malte. Zum anderen eine ehrenamtliche Betreuerin, die meine Ehefrau in vielen und langen Gesprächen in ihrem Durchhaltewillen unterstützte. Diesen Personen gebührt mein Dank, denn die Zeit in dieser JVA war für meine Ehefrau eine einzige riesengroße Katastrophe und sie konnte sie nur aus dem Grunde überstehen, weil sie sich selbst als schuldig erkannte. „Ich habe diese Strafe verdient. Ich habe einen Menschen getötet und dafür musste ich bestraft werden." Zu keinem Zeitpunkt suchte sie nach einer Entschuldigung. Dieses Anerkennen einer gerechten Strafe und das Annehmen der eingestandenen und anerkannten Schuld brachten meiner Ehefrau ihren Seelenfrieden zurück und es führte dazu, dass sie diese für sie unsäglich schwere Zeit schadlos überstehen konnte.
Die Anfechtungen ihrer Mitgefangenen überstand sie ebenso wie Einsamkeit und Traurigkeit, Schmerz, Trauer und Kummer. Nichts konnte sie zerstören, weil sie ihr Urteil, ihre Strafe akzeptierte. Selbst die daraus entstandene Unbill akzeptierte sie klaglos.
In diesem Zusammenhang möchte ich noch erwähnen, dass die Bilder meiner Ehefrau in der Heilpädagogischen Fakultät der Universität zu Köln ausgestellt wurden, und zwar unter dem Titel: „Selbstbegegnung in Bildern – Zeichnungen und Malereien einer inhaftierten Frau". Hierüber hat eine Kunsttherapeutin ihre Diplomarbeit geschrieben: „Kunsttherapie im Strafvollzug, Fallstudie einer inhaftierten Frau". Diese Arbeit hat mich sehr berührt. Und auch meine Ehefrau ist bis heute von den einfühlsamen Worten und der Interpretation ihrer Bilder sehr beeindruckt. Sie sagte mir: „Diese Frau gibt mit Worten wieder, was ich mit meinen Bildern darzustellen versucht habe. Was ich durch meine Bilder ausdrücken wollte und konnte. Für mich ist diese Diplomarbeit das Beste, was ich jemals über die Maltherapie gelesen habe."

Für mich war das Urteil, das über meine Ehefrau gefällt wurde, zu hoch. Mit ihr kann ich darüber nicht diskutieren. Wer meine Ehefrau ein paar Jahre vor der Tat kannte und sie auch nach der Tat erlebt hat, der weiß, welche Wesensveränderung bei ihr eingetreten ist. Sie war nicht sie selbst und sowohl mein Verhalten als auch das meiner Geliebten haben diesen Kessel explodieren lassen.
Wenn ich einige Urteile lese – sogenannte Beziehungstaten oder Ehrenmorde – kann ich nur mit dem Kopf schütteln, und da bin ich beileibe nicht allein mit meiner Meinung. Aber diese Stimmen zählen nicht. Meine Ehefrau wird nie wieder ein Gewaltdelikt begehen, da hätte auch eine Strafe von sechs Jahren ausgereicht. Aber auch hier wurde – wegen des großen Öffentlichkeitsinteresses und des Medienrummels – die Öffentlichkeit so „bedient", wie es erwartet wurde. Für die große Strafkammer des Landgerichts war „so eine Angeklagte" ja geradezu ideal. Sie widersprach nicht, brachte keine Einwendungen und keinerlei Rechtfertigungsargumente vor und wäre mit allem und auch mit jedem noch so aberwitzigen Urteil einverstanden gewesen. Wenn man allerdings die Vorgeschichte betrachtet und vor allen Dingen meine Person mal nicht als Berufsverbrecher sieht, sondern einfach als einen Ehemann, der fremdging, und dazu das Verhalten der Getöteten berücksichtigt und ihre Provokationen, dann wäre ein Urteil von sechs Jahren mehr als ausreichend gewesen. Obwohl die Kammer während der Verhandlung feststellen konnte, dass meine Ehefrau nicht log und stets bei der Wahrheit blieb, folgte man ihrer Einlassung nicht. Meine Ehefrau sagte nämlich aus, dass sie nicht vorgehabt hätte, meine Geliebte zu töten. Sie wollte nur mit ihr reden und hat zur Einschüchterung mein Zimmermannsbeil mitgenommen. Erst als meine Geliebte sie wieder beleidigte, schlug meine Ehefrau mit dem Beil zu, das meine Geliebte übrigens vorher gesehen hatte. In den anderen Punkten folgte die Kammer den Aussagen meiner Ehefrau, komischerweise bei dieser Aussage nicht, denn dann hätte man sie nicht wegen Mordes anklagen und verurteilen können, sondern „nur" wegen Totschlags. Es ist müßig, hier irgendwelche Spekulationen anzustellen. Meine Ehefrau sagt dazu: „Siegfried, ich habe einen Menschen getötet und dafür musste ich

bestraft werden. Ob das Urteil gerecht war oder nicht, diese Frage stellt sich mir nicht und damit ist dieses Thema für mich erledigt."
Nach ihrer Hauptverhandlung hätte ich es gern gesehen, wenn meine Ehefrau in Revision gegangen wäre. Auch ihr Rechtsanwalt war dieser Meinung, doch sie widersprach: „Es muss ein Ende haben. Ich akzeptiere meine Strafe, egal ob du sie als gerecht empfindest oder nicht. Ich muss damit klarkommen und ich sage dir, ich komme damit klar."
Damit war das Thema beendet. Weder ihr Rechtsanwalt noch ich konnten sie von etwas anderem überzeugen.

Ich habe etwas vorgegriffen. Kehren wir jetzt zurück zu der Zeit, wo meine Ehefrau in Untersuchungshaft und ich noch in Freiheit war.
Um meine Ehefrau besuchen zu können, brauchte ich eine Besuchserlaubnis von dem Untersuchungsrichter. Ich hätte gern eine Dauerbesuchserlaubnis gehabt, bekam aber immer nur eine für das jeweils angegebene Datum.
Obwohl ich zu der Zeit noch haftunfähig war, bekam ich einen Stellungsbefehl für eine JVA, in der es eine Pflegeabteilung gab. Dort sollte ich mich melden. Ich hatte noch über fünf Jahre zu verbüßen und für den Kokainkonsum würde ich eine weitere Strafe erhalten. Also war mir klar, dass ich mich auf gar keinem Fall stellen würde, schon gar nicht in dieser JVA. In der dortigen Pflegeabteilung befanden sich sicherungsverwahrte Lebenslängliche und ältere Gefangene. Sie alle hatten lange Strafen zu verbüßen oder bereits verbüßt. Manche hofften, aufgrund ihrer Krankheit in den nächsten Jahren entlassen zu werden. Sie ließen keine Gelegenheit aus, die Pfarrer zu bearbeiten und zu jeder passenden und unpassenden Gelegenheit zu betonen, dass sie zu Gott gefunden und wie sehr sie sich doch geändert hätten. Alles Mist, alles Müll! Es ist doch klar, dass die Gefangenen nur eins wollten: raus! Und hier, wo die meisten Gefangenen nur noch totgepflegt wurden, waren diese Auswüchse besonders schlimm.
Es war eine offene Abteilung. Man konnte sich innerhalb der Abteilung frei bewegen, konnte spielen oder was weiß ich noch alles machen. Hier stört mich das Jammern und das Klammern an die Kirche. Die Ganoven im Knast sind sowieso die beste Betgemeinde und abgesehen von

der oben geschilderten Situation sind die „Knastbrüder" eine leichte Beute für jedwede Religion. Man kann sie bis zum Überdruss mit Religion vollstopfen, nur hat ein gewaltsames Vollstopfen noch nie etwas Gutes hervorgebracht (auch nicht bei der Gans, denn sie muss ihr Leben lassen für die feine Gänseleber, wobei der Gourmet, der die Gänseleber verspeist, dies sicherlich aus einem anderen Blickwinkel sieht ...), zumindest nicht bei den Gefangenen, wobei der Pfarrer (der Gourmet) dies sicherlich ganz anders sieht. Er wird immer mächtiger, je größer die Betgemeinde ist, und er pickt sich die Rosinen aus dem Kuchen (siehe Band 1: Pater Paulus und ganz besonders Pfarrer Drangsal).

Hier passt die Geschichte des evangelischen Pfarrers, der Seelsorger in der JVA war, in der ich meine letzte Strafe verbüßte. Dieser Pfarrer ich nenne ihn Pfarrer Kneter – hatte ein Faible für sein eigenes Geschlecht, obwohl er verheiratet und auch Vater war. Er massierte die Körper junger sportlicher Gefangener und insbesondere deren Penis. Es war klar, dass er dergleichen Annehmlichkeiten auch an sich vornehmen ließ. Es ist nicht mehr als logisch, dass es nur eine Frage der Zeit war, bis er erpresst wurde. Die russische „Knastmafia" erkannte als Erste die Möglichkeit einer regelmäßigen und von ihnen kontrollierten Drogeneinfuhr. Und so wurde ein junger sportlicher Russe zur „Massage" abkommandiert.

Im Gefängnis ist es aber so, dass nichts, aber auch gar nichts über einen längeren Zeitraum hinweg verborgen bleibt. Es wurden nun Pakete an den evangelischen Pfarrer geschickt und in diesen Paketen befand sich vor allen Dingen Heroin. Daraufhin machten die anderen Drogendealer kaum noch Geschäfte und es wurde Ursachenforschung betrieben. Der junge sportliche Russe machte das, was man von ihm forderte, auch nicht ganz freiwillig und wurde langsam gesprächig. Auch ein anderer erzählte eine Kleinigkeit – und dann kam der Küster. Ich will das nicht alles in epischer Breite schildern, nur so viel noch: Im Pfarrerzimmer wurden einige Überwachungsgeräte installiert und so konnte die Abteilung für Sicherheit und Ordnung feststellen, was da vor sich ging. Ich habe dieses Wissen vom damaligen Küster, einem Lebenslänglichen,

dieser befand sich an vorderster Front und durch ihn wurde letztendlich die Sache auch aufgedeckt.
Nun, so weit, so gut. Oder besser: nicht gut. Aber was passierte mit dem evangelischen Pfarrer? – Nichts passierte mit ihm, nein, das ist nicht ganz richtig: Im Gefängnis konnte er nicht mehr arbeiten und so ging er vorzeitig in Pension. Ansonsten wurde die Geschichte unter den – nicht berühmten, aber berüchtigten – Teppich gekehrt. Später hieß es, dass er aufgrund gesundheitlicher Probleme vorzeitig in den Ruhestand gegangen sei.
Nach einem halben Jahr kam ein neuer Pfarrer und heute ist die Geschichte nur noch ein paar Zeilen wert. Es gibt allerdings im Gefängnis aber auch andere Pater oder Pfarrer, Personen, die aus Überzeugung für die Gefangenen da sind.

Zu diesem Thema noch eine Geschichte und dann ist es gut mit der kirchlichen Berieselung.
Ins Gefängnis kamen auch kirchliche Gemeinschaften, unter anderem auch eine Gruppe, die sich die „Wuppertaler Amseln“ nannte. Mit dieser ereignete sich folgende Geschichte, die mir meine Ehefrau erzählte: Es war in der Zeit, als meine Ehefrau im Untersuchungsgefängnis einsaß. Die „Wuppertaler Amseln“ kamen regelmäßig, sangen mit den Frauen und versuchten, sie, wie sie selbst sagten, „auf den rechten Weg“ zu bringen. Eine ältere Sektiererin setzte sich neben meine Ehefrau und sagte ihr Folgendes: „Ich war auch böse, böse, böse, aber Jesus hat mich an- und aufgenommen. Man muss zu Jesus finden. Ich weiß, Sie können nichts dafür, dass Sie böse sind. Alle werden böse geboren und wir müssen erst lernen und erkennen, dass wir böse sind, damit wir zu Jesus finden. Dann werden wir von dem Bösen befreit, ansonsten bleiben wir böse und der Satan ist überall.“
Nach diesem Geschwafel stand meine Ehefrau auf und kehrte dieser Sekte – oder wie sonst soll man sie nennen? – auf Dauer den Rücken zu. Andere waren nicht so stark und eine Inhaftierte wurde von dieser Gruppe so beeinflusst und geschädigt, dass sie nachts am Fenster stand und mit dem Teufel sprach, woraufhin ihr die Mitgefangenen das Leben zur Hölle machten. Meine Ehefrau sprach über dieses Thema

mit einer Sozialarbeiterin und diese sagte ihr: „Wir können gegen solche kirchlichen Vereinigungen nichts unternehmen, sie haben aufgrund unserer Gesetze die Möglichkeit, in Gefängnissen tätig zu werden, egal wie schädlich sie für die Gefangenen auch sind. Wie soll man dies beweisen?"
Eine Bestätigung dieser Aussage erlebte ich in dem Gefängnis, in dem ich zuletzt war. Ein Russe und ein Deutscher wurden Anhänger dieser Sekte und ich muss sagen, es war nicht auszuhalten. Ich konnte dieses Geseier nicht mehr ertragen. Zu allem Überfluss traf ich den Russen auch noch ständig in der Bücherei.

So, damit sollte es wirklich genug sein mit Kirche, Sekte und Pfarrer. Halt, eines noch: Der neue evangelische Pfarrer kam gelegentlich in die Bücherei und unterhielt sich mit dem fromm gewordenen Doppelmörder. Ich sprach mit dem Seelsorger und fragte ihn, ob er einmal mit meiner Ehefrau sprechen könne. Diese hatte ein Problem in Bezug auf ihre Arbeitsstelle und ich konnte einige Punkte postalisch nicht klären. Er verneinte und erklärte, er könne das nicht tun. Auf meine Frage: „Warum nicht?", erhielt ich leider keine Antwort. Meine Mutter würde sich heute fragen: Ja, für was sind die Pfarrer denn da, wenn nicht dafür? Hilfe in der Not, Beistand sollte es sein. Aber auch hier nur quatschen, quatschen und quatschen, zwischendurch einmal ein gespendetes Päckchen Tabak verschenken, und schon sind sie personifizierte Gutmenschen? Dass ich nicht lache, alles nur Gequatsche!

Ich hatte meine Ehefrau beim letzten Besuch gebeten, mir Paketmarken zu schicken, auch von Mitgefangenen, die kein Paket erhielten. Sie tat dies und so konnte ich ihr zusätzlich etwas Nahrung und Zigaretten zukommen lassen.
Bevor ich mich stellen musste, besuchte ich meine Ehefrau noch einmal. Ich sagte ihr, dass ich vorläufig nicht mehr kommen könne, weil ich nicht vorhätte, mich zu stellen. Meine Ehefrau redete mir zu und sagte: „Bitte stelle dich. So schlimm sich das auch anhört, dann weiß ich wenigstens, wo du bist, und ich weiß, dass dir nichts passiert."

„Ich werde es mir überlegen“, sagte ich, aber wir wussten in dem Moment beide, dass ich mich nicht stellen würde.
Später, als auch ich dann in Haft war, besuchte ich meine Ehefrau noch einmal in dieser Untersuchungshaftanstalt. Und wieder ging es los: Besuchsantrag stellen, Genehmigung abwarten (bei Eheleuten fast nie ein Problem) Transporttag abwarten, Transport wie immer schlimm, dann in einer Transportzelle warten, bis man abgeholt wird. Durch kilometerlange Gänge (so kam es mir zumindest vor) gehen und im Besuchshaus wieder warten (aber in der Zelle und nicht im Besuchsraum), Ehefrau kommt, Freude auf beiden Seiten. Ich packe die kleinen Geschenke aus, die ich in „meiner Haftanstalt“ organisiert habe, etwas Schokolade, eine CD und Zigaretten. Ich bin mir nicht sicher, ob sie alles erhält. Eine schnelle Stunde, und dann ist es auch schon vorbei und es geht wieder zurück und alles wiederholt sich in umgekehrter Reihenfolge ...
Später waren die Besuche einfacher, lesen Sie weiter unten mehr darüber.

Und wieder auf der Flucht

Ich ging also wieder einmal auf Flucht.

Während meiner Fluchtzeiten kamen immer wieder Gedanken an die menschenverachtende Fürsorgeerziehung in mir hoch. Wie ich mich dem Grundrechtsverlust und der totalen Fremdbestimmung durch Flucht entzogen hatte und was ich dann, wenn ich als entflohener Zögling wieder gefasst und zurückgebracht wurde, erleiden musste. Die erniedrigenden Appelle, die Zwangsarbeit, dieser Religionszwang – schließlich befand ich mich in einem evangelisch geführten Heim und musste an der Besinnungsstunde und dem Konfirmandenunterricht teilnehmen –, die täglichen Beleidigungen und permanente Gewalt. Die Sanktionen, die ich bei den geringsten Anlässen zu erwarten hatte, dies alles mit dem Ziel, mich als „Gebrochenen" zu hinterlassen, bereit, jegliche Menschenverachtung hinzunehmen. Ich hatte mich damals dagegen aufgelehnt und tue dies bis zum heutigen Tag. Die damals in den Heimen stattfindende menschenverachtende Behandlung spürte ich allerdings auch in meinen Gefängniszeiten, es war damals wie heute eine seelische Grausamkeit. Heute wird sie kaschiert, die Personen gehen geschickter vor, aber das ändert nichts an der sozialen Kälte und der Grausamkeit, mit der dies alles durchgeführt wird.

Wie bereits erwähnt, hatte ich meine Angelegenheiten geregelt, allerdings mehr schlecht als recht. Unser gesamter Hausstand war nicht untergebracht worden, es verschwand einiges auf damals unerklärliche Weise; heute weiß ich, wo die Sachen verblieben sind.

Zuerst hielt ich mich bei meinem damaligen Sinti-Freund auf. Dort blieb ich etwa drei Wochen, um dann zu einer anderen Sinti-Familie zu wechseln. Aber auf Dauer war das keine Lösung, obwohl wir uns gut verstanden. Also kaufte ich mir einen auf einem Campingplatz fest installierten Wohnwagen und bezahlte die Standgebühren für zwei Jahre im Voraus. Ich kaufte jede Menge Duschmarken. Außerdem erstand ich im Kaufladen des Campingplatzes Dosen und allerhand überflüssiges Zeug. Der Besitzer, der mir beim Kauf des Wohnwagens

noch gesagt hatte, dass ich darin keinesfalls wohnen dürfe, erklärte mir, wo ich mein Auto parken könne. Zudem wünschte er mir viel Erfolg beim Schreiben. Ich hatte ihm erzählt, dass ich Schriftsteller sei und Ruhe brauche, und nachdem ich mich als sehr großzügig erwiesen hatte und so reichlich bei ihm eingekauft hatte, war die Frage nach dem ständigen Wohnen auf diesem Campingplatz nicht mehr relevant.
Der Wohnwagen war groß, hatte einen Vorbau mit Vorzelt und einen separaten Werkzeugschuppen. Dort baute ich Alarmanlagen auseinander, probierte meine Spezialwerkzeuge aus und dergleichen mehr. Nur zwei Menschen wussten von dem Wohnwagen, aber das waren schon zwei zu viel, denn nach meiner Verhaftung verschwand mein spezielles Werkzeug genauso wie meine Uhren, meine Bekleidung oder einiges an Schmuckstücken. Sogar mein Auto tauchte nicht mehr aus der Versenkung auf. Es war wieder das alte Lied: Weil ich einfach nicht schlecht von den Menschen dachte, passierten mir diese Geschichten. Aber ich kann doch nur schlecht von einem Menschen denken, wenn ich es selbst im Sinn habe. Ich wollte niemandem meine „Papiere in die Schuhe schieben".
In dieser Zeit, der Zeit meiner Flucht, nahm ich noch immer Kokain zu mir, zwar nicht mehr in dem Maße wie zu Lebzeiten meiner ehemaligen Geliebten, aber es war trotzdem noch einiges, was ich konsumierte. Und einige andere kleinere Geschichten erledigte ich auch noch zwischendurch. Es war eine chaotische Zeit. Durch meine Sinti-Bekannten fuhr ich zu einigen Madonnen- und Heiligenfiguren, verbrannte dort einige Kerzen und schickte meiner Ehefrau von einigen Wallfahrtsorten Ansichtskarten, weil mir meine Bekannten versicherten, dies würde meiner Ehefrau bei dem bald stattfindenden Prozess helfen. Ich wollte in meiner damaligen Gemütsverfassung nichts unversucht lassen. Wenn die Kerzenspenden bei den Heiligen helfen würden, meiner Ehefrau zu helfen, dann sollte es so sein.
Ich ging zu einem sogenannten „Staranwalt" und wollte ihn mit der Verteidigung meiner Ehefrau beauftragen, aber er zögerte, weil von dem Fall schon zu viel an die Öffentlichkeit gelangt war. Er war der Ansicht, ein solcher Fall müsse ohne viel Aufsehen verhandelt werden und dann käme meine Ehefrau auch mit fünf bis sieben Jahre davon.

Und auf einmal wollte er 30.000 Euro als Anzahlung haben – als Anzahlung! – und die hatte ich nicht parat. 15.000 Euro wären ja noch in Ordnung gewesen, aber das Doppelte hatte ich nicht zur Verfügung und damit war diese Sache auch erledigt. Im Übrigen war ich mir noch nicht einmal sicher, ob meine Ehefrau überhaupt mit diesem Rechtsanwalt zusammengearbeitet hätte. Sie hatte ihren Anwalt, war zufrieden mit ihm und dadurch stellte sich die Frage nach einem Wechsel für sie auch nicht.

Wie bereits erwähnt, hätte ich mich stellen müssen. Weil ich das jedoch nicht tat, wurde ich zur Fahndung ausgeschrieben. Es war keine großartige Personenfahndung, aber bei einer Personenkontrolle hätte man mich verhaftet. Und wenn mich in meiner Heimatstadt jemand erkannt und daraufhin die Polizei verständigt hätte, wäre ich auch geliefert gewesen. Um das Risiko zu mindern, veränderte ich vorübergehend mein Aussehen. Ich ließ mir einen Kaiser-Wilhelm-Bart wachsen – bei meinem spärlichen Bartwuchs dauerte das eine Ewigkeit, wie ich meinte – und trug eine große Brille. Diese Verwandlung reichte aus, damit ich nicht erkannt wurde.
Ich fuhr zu dem Rechtsanwalt meiner Ehefrau, der mittlerweile auch dreißig Jahre lang der meinige gewesen war, und sprach mit ihm über den Fall. In der Stadt und im Büro des Anwalts erkannte mich niemand. Auch unser Anwalt erkannte mich erst, als ich ihm gegenübersaß und zu sprechen begann. Wir unterhielten uns über den Fall meiner Ehefrau, der indirekt auch der meinige war, und waren gemeinsam der Meinung, dass eine Strafe von maximal acht bis neun Jahren in Betracht gezogen werden könnte. Auf keinen Fall mehr, eher weniger.
Als dieser Gang erledigt war, taumelte ich ziemlich haltlos durch die Wochen und Monate. Ich war innerlich zerrissen und wusste nicht so recht, was ich nun tun sollte. Oft überfielen mich Ängste, wenn ich allein in dem überheizten Wohnwagen lag. Mittlerweile war es draußen eisig kalt, es war Winter und der Campingplatz lag in der Eifel. Ich fing wieder an, viel und täglich zu lesen, zumindest wenn ich im Wohnwagen war. Beim Lesen tauchten immer wieder Fragen auf. Zum Beispiel behauptete George Orwell in seinem Buch „1984“, dass jeder Mensch

eine deutliche Vorstellung von dem habe, was für ihn das Äußerste und Fürchterlichste an Entsetzen darstellt. Winston Smith verabscheute Ratten am meisten, also verfügte O`Brien, dass er diese in Raum 101 vorfinden würde. Für einen anderen Gefangenen wäre es etwas anderes gewesen. Ist dies Grauen? – Nun, für manch einem mag es das sein, für mich war das Grauen schlechthin die Nacht, als ich meine Ehefrau neben meiner getöteten Geliebten stehend vorgefunden hatte. Mein Zimmermannsbeil in ihrer handschuhbewehrten Hand, die blutbespritzten Haare, der blutbespritzte Mantel, meine geistig leere Ehefrau – dies alles war für mich das Grauen, es war grauenvoll! Wir sind alle Gefangene, oder nicht, wenn auch nur die unserer jeweiligen Albträume. Mein Albtraum war erlebte Realität und ich hatte manchmal das Gefühl, meinen Verstand zu verlieren. Wie schrieb Friedrich Nietzsche:

Und wenn du lange in einen Abgrund blickst,
blickt der Abgrund auch in dich hinein.

So war, im Nachhinein betrachtet, meine Verhaftung meine Rettung.

Die letzte Verhaftung

Es war Silvester, als mich zwei Sinti anriefen und fragten, ob ich ihnen bei einem Einbruch behilflich sein könne. Ich sagte zu. Zu dieser Zeit besaß ich noch immer eine „Glock", eine schwere Pistole, die ich gerade so in der Brusttasche meines Parkas verstauen konnte, sechzehn Patronen im Magazin und eine im Lauf, dann noch fünfundzwanzig Patronen in der Tasche und zusätzlich ein Pfefferspray. Heute frage ich mich, ob ich „noch alle Tassen im Schrank" hatte. Was wollte ich mit dieser Ausrüstung, und dann noch bei einem Bruch!? Es ist absolut idiotisch, bei einem Einbruch überhaupt eine Waffe mitzunehmen. Wie gesagt, ich nahm immer noch Kokain und litt sicherlich wieder an Verfolgungswahn, zwar nicht so extrem wie zusammen mit meiner ehemaligen Geliebten – wir hatten uns gegenseitig aufgepuscht –, aber es reichte aus, dass ich ein solches Arsenal an Waffen mit mir herumschleppte. Den Sinti hatte ich nichts von dieser Ausrüstung erzählt.

In diesem Viertel gab es eine Bürgerinitiative mit dem Titel: „Hier wacht der Nachbar." Ich dachte: Meine Herren! Der Nachbar ... Wie soll das gehen? Die Häuser, nein die Villen, waren hier durch Gärten und Gartenanlagen getrennt.

Wir stiegen an einem Rosengitter hoch auf einen Balkon, öffneten die Balkontür und durchsuchten die einzelnen Räume. Ich hatte schon einige Geldtaschen auf ein Bett gelegt, als der Ruf kam: „Polizei!" Wir beeilten uns, nach unten in den Garten zu gelangen. Die Sinti flohen über einen Zaun in Nachbars Garten und ich über den Rasen zur Straße. Handschuhe, Mütze, und Schraubendreher hatte ich bereits entsorgt, nun trug ich nur noch die Pistole, die Munition und das Pfefferspray mit mir herum.

Ich hatte einige Meter auf der Straße hinter mir, als ich den Ruf hörte: „Bleiben Sie stehen, Polizei! Stehen bleiben!"

Ich beschleunigte meine Schritte und fing dann an zu laufen. Ein jüngerer Polizist verfolgte mich. Ich bog an der nächsten Straßenkreuzung um die Ecke und wollte mich in einem Garten verstecken. Aber dazu kam es nicht mehr. Der junge Polizist hatte mich eingeholt und sprang mir in den Rücken – das scheint eine Art Standardsprung bei der Polizei zu sein. Ich ging zu Boden. Kaum lag ich dort, kam auch schon ein Streifenwagen angefahren. Der Polizist zwang mir die Hände auf den Rücken, legte Handschellen an und verfrachtete mich auf den Rücksitz des Streifenwagens. Das Fahrzeug wendete und fuhr zurück zum Tatort, wo bereits fünf andere Streifenwagen standen. Bis auf einen Polizisten waren die Wagen leer, weil alle anderen auf der Suche nach meinen Mittätern waren.

Nach und nach kamen die Polizisten zu ihren Autos zurück, jedoch ohne meine Kollegen. Die hatten sich offenbar erfolgreich aus dem Staub gemacht. Über Funk wurde Verstärkung mit Hund angefordert und kurz darauf ich wurde ich zur Polizeiwache gebracht.

Dort angekommen wurde ich kontrolliert. Man fand die Pistole, die Munition und das Pfefferspray, befanden sich diese Gegenstände doch noch in meinem Parka. Einer der Polizisten gab meinen Namen, den er von meinem Führerschein ablas, in den Computer ein und auf einmal waren sie alle wach. Einige Beamten kamen gerade von der Nachtschicht und die Wache füllte sich. Und jeder von ihnen trat an den Computer, um zu sehen, wen man da gefasst hatte.

Schnell stellten sie fest, dass ich gesucht wurde und welche Vorstrafen ich hatte. Der junge Polizist, der mich zu Boden gerissen hatte, wurde beglückwünscht, aber er schien noch nicht zufrieden mit sich zu sein, denn er nahm die Pistole, ging in den Nebenraum und ich hörte die Polizisten miteinander sprechen. Man ließ mich jedoch nicht allein, zwei Polizisten blieben stets bei mir im Raum und passten auf, dass ich das „Lokal" nicht verließ.

Ich saß einfach nur so da, denn ich kannte das Prozedere und wusste, dass ich für die nächsten Jahre nur noch „gesiebte Luft" atmen würde. Nach einigen Minuten kam der junge Polizist wieder in den Raum und fragte: „Was wolltest du mit dieser Pistole?"

Ich antwortete nicht, was hätte ich auch sagen sollen?

In diesem Moment – ist das nicht total irre? – dachte ich nur an Friedrich von Schiller und an sein Gedicht „Die Bürgschaft".

Sicherlich war dieser Gedanke hervorgerufen durch die blöde Frage: „Was wolltest du mit dieser Pistole?“
Plötzlich trat der Polizist an mich heran und schlug mir mit dem Handballen vor die Stirn. Ich kippte mit dem Stuhl ein kleines Stück nach hinten, war völlig überrascht und griff instinktiv, als ich mich wieder nach vorn bewegte, in einer fließenden Bewegung eine große Tasse, die auf einem Tisch direkt vor mir stand, und schlug dem Polizisten diese Tasse auf den Kopf. Sofort blutete die dadurch entstandene Wunde wie verrückt. Wunden am Kopf bluten wie bei einem Schwein, das gerade abgestochen wird.
Und wieder einmal ging es los: „Der hat mich angegriffen!“, schrie der junge Polizist und die anderen kamen aus dem Nebenraum und stürzten sich alle gleichzeitig auf mich.
Die beiden Polizisten, die im Raum saßen, hielten sich zurück, sie hatten ja gesehen, dass der erste Angriff von dem jungen Beamten ausgegangen war. Es entwickelte sich eine kräftige Schlägerei und auch ich teilte gut aus. Am Ende sah es für mich nicht gut aus. Ich hatte einen Zeh gebrochen, mein Ellbogen war dick geschwollen, ich hatte ein blaues Auge, Blessuren im Gesicht und aufgrund einiger Tritte waren meine Körperseiten mit blauen Flecken übersät. Einige der Polizisten hatten auch etwas abbekommen und sie erstatteten Strafanzeige gegen mich, während ich Strafanzeige gegen sie erstattete.
Hier muss ich anfügen, dass man bei der für mich zuständigen Staatsanwaltschaft, die auch den Haftbefehl ausgestellt hatte, sehr erfreut war, als man von meiner Verhaftung erfuhr. Und obwohl meine Verhaftung in einer anderen Stadt stattgefunden hatte und dort auch der Einbruch und der unerlaubte Waffenbesitz als Straftat zu verhandeln war, beantragte diese Staatsanwaltschaft, auch diese neuerlichen Verfahren anzuklagen. Dies geschah dann auch, natürlich aus ökonomischen Gründen und nicht deshalb, weil die Staatsanwaltschaft möglichst viele Delikte anklagen wollte, um eine höhere Strafe beantragen zu können. Übrigens beantragte die Staatsanwaltschaft auch hier eine Untersuchung bezüglich meiner Gefährlichkeit für die Allgemeinheit. Sie wollte

die Sicherungsverwahrung für mich beantragen, der dritte – und mit Sicherheit – letzte Versuch, denn nie wieder wird eine Staatsanwaltschaft Gelegenheit bekommen, mich für eine Straftat anzuklagen. Nun, wie dem auch sei, mir war das alles zu dem Zeitpunkt ziemlich egal.
Von dieser Polizeiwache wurde ich zwecks Untersuchungshaft in das alte Gefängnis verbracht, wo ich mich einst ins Oberlicht gelegt hatte, um mich zu bräunen (mehr dazu in Band 2 meiner Trilogie). Mittlerweile standen in diesem Gefängnis auch keine Kübel mehr und es gab Toiletten mit Wasserspülung.
Dort angekommen wurde ich zuerst auf eine Gemeinschaftszelle gelegt. Wir waren zu dritt und am Nachmittag kam noch ein Zugang. Es war ein Farbiger, der am Grenzübergang wegen Drogenschmuggels verhaftet worden war. Und zugedröhnt war er auch noch!
Wir hatten kein Fernsehgerät auf der Zelle, nur ein Radio, und ich stellte einen Sender ein, der, wie ich dachte, uns allen gefiel. Dies stellte sich aber als Irrtum heraus, denn dem Farbigen gefiel unsere Musik nicht. Er nahm sich das Radio und stellte einen Sender mit afrikanischer Musik ein. Dann nahm ich das Radio und stellte wieder den ursprünglich ausgesuchten Sender ein. Wir konnten uns mit dem Farbigen nicht verständigen, er sprach zwar Französisch, aber dieses Französisch verstand keiner von uns. Ansonsten sprach er einen afrikanischen Dialekt, dem wir auch nicht folgen konnten. Schließlich nahm er wieder das Radio zur Hand und stellte seinen Wunschsender ein. Ich hatte kurz darauf das Radio schon in der Hand, um unsere Musik einzustellen, doch dazu kam ich nicht mehr, den der Farbige trat an meinen Stuhl heran und gab mir einen Kinnhaken, so dass ich mit dem Stuhl nach hinten kippte. Ich sprang auf und griff mir eine Knastkanne – das ist eine kleine Porzellankanne, die jeder Gefangene bei der Erstausstattung erhält – und schlug sie dem Farbigen auf den Kopf. Schon wieder eine Schlägerei, die zweite in zwei Tagen. Er blutete wie Sau und schrie: „Blood, Blood!“, wobei ich mich fragte, warum er nun doch englisch sprach. Er hielt sich den Kopf und schrie immer wieder dasselbe, woraufhin ich ihm noch ein paar Hiebe verpasste. Er schmiss sich auf den Boden und hörte nicht auf zu schreien.

Einer der Zellenkollegen hatte mittlerweile das Lichtsignal gedrückt und das Geschrei tat ein Übriges. So waren sehr schnell die Beamten zur Stelle. Nach einigem Hin und Her war der Sachverhalt geklärt und der Farbige kam ins Loch, zumindest für diese Nacht.
Am nächsten Tag kam ich zum Arzt, in diesem Fall war es eine Ärztin, und diese war entsetzt: „Wie sehen Sie denn aus? Wer hat das gemacht?" Nachdem ich ihr den Sachverhalt erklärt hatte, notierte und dokumentierte sie meine Verletzungen, außerdem wurde ich ins Krankenhaus gefahren, wo mein Zeh geröntgt und geschient wurde.
Die Polizei hatte ja Strafanzeige gegen mich gestellt und außerdem sollte ich die Reinigung für eine Uniform bezahlen. Aufgrund meiner Gegenanzeige und des ärztlichen Attests konnten sich die Anwälte schließlich einigen. Ich bezahlte die Reinigung der Uniform und damit war die Sache für beide Seiten erledigt.

Mittlerweile hatte es sich herumgesprochen, dass ich in Untersuchungshaft war. In der Freistunde ging es los, weil ich dort sehr viele Albaner traf, die ich von draußen kannte und mit denen ich auch schon unterwegs gewesen war und zusammengearbeitet hatte.
„Wie siehst du denn aus?"
„Wer hat das gemacht?"
Um ihre Fragen zu beantworten, erzählte ich die Geschichte meiner Verhaftung und sprach über die letzte Schlägerei mit dem Farbigen. Das hätte ich besser nicht getan.
Zuerst ging es los:
„Was brauchst du?"
„Hast du einen Tauchsieder, Kaffee, Tee, Esswaren oder Tabak?"
„Liegst du auf einer Einzelzelle oder willst du zu uns?"
„Hast du ein Fernsehgerät?"
Nachdem ich alle Fragen verneint hatte, wurde ich noch am selben Tag verlegt. Einer meiner Bekannten war Hausarbeiter, einer arbeitete auf der Kammer, der andere war Duschwart. Diese Beziehungen bescherten mir eine Einzelzelle. Ich bekam ein Fernsehgerät, einen Tauchsieder, Kaffee und alles andere. Die Dinge wurden mir einfach gebracht und keiner sagte mir, wann ich sie zurückzugeben hätte. Diese Unter-

stützung war eine Selbstverständlichkeit, und wenn ich meine eigenen Sachen bekommen hätte, wären all diese Gaben wieder an ihre Besitzer zurückgegangen. Aber das war keine Voraussetzung, ich bekam die Sachen, weil ich nichts hatte. Und gut war es.

Am nächsten Tag war Duschen. Der Farbige war wieder aus dem Loch zurück und ging duschen, tja, und plötzlich war er ganz allein in der Dusche und bekam eine Tracht, die er wohl sein Leben lang nicht vergessen wird. Die Kosovo-Albaner hatten dort alles im Griff und sorgten dafür dass „man unter sich war". Ich wollte das nicht, aber für sie war ich der ältere Mann, der Respekt verdiente und sich nicht von einem jungen Burschen wie dem Farbigen schlagen lassen musste. Sie hielten es für nötig, ihn zu bestrafen. Wie dem auch sei, heute berichte ich über die damaligen Vorfälle. Ich kann sie bedauern oder verurteilen, doch ändern kann ich sie nicht mehr.

In dieser JVA blieb ich nicht lange. Die Staatsanwaltschaft der Stadt, in der auch meine Verhandlung stattfinden würde, sorgte dafür, dass ich in die dortige Untersuchungshaftanstalt verlegt wurde. Ich regelte meine Angelegenheiten, die hauptsächlich darin bestanden, dass ich mich verabschiedete und die Sachen zurückgab, die mir die anderen Inhaftierten zur Verfügung gestellt hatten. Und schon war ich wieder auf Transport.

Der Vollständigkeit halber: Meine Kollegen, die mit mir den Einbruch verübt hatten, wurden nicht gefasst.

In der JVA angekommen, bekam ich eine Einzelzelle. Ich packte meine spärlichen Sachen aus und dann gab es auch schon Abendessen. Und wer gab das Brot aus?! Es war dieser menschliche Müllhaufen, der meine Ehefrau zu Unrecht bezichtigt hatte. Dieses zu verachtende Subjekt, das von uns nur Gutes erfahren hatte, das allerdings schon so verseucht war, dass es nicht mehr zwischen Gutem und Schlechtem unterscheiden konnte, war und ist für mich einfach Abfall – die Bezeichnung „menschlicher Müllhaufen" trifft es tatsächlich am besten. Als ich ihn sah, schlug ich auch schon zu. Doch er erkannte mich sofort und war ruck, zuck weg. Einen Schlag kassierte er zwar noch, doch der war nicht der Rede wert.

Nach diesem Vorfall war es für mich klar, dass ich so schnell wie möglich wieder verlegt werden würde. Ihren willfährigen Vasallen würden sie nicht verlegen, war er doch ein willkommener Zinker. Ich sorgte allerdings dafür, dass seine Machenschaften im dortigen Knast bekannt wurden. Ich kannte einfach so viele Personen und man kannte mich. Und so wusste man auch, dass ich niemanden falsch beschuldigte.

Fünf Tage war ich in dieser JVA und dann ging es wieder zu dem Gefängnis, in dem ich lange Zeit als Revierarbeiter tätig gewesen war (siehe Band 2 meiner Trilogie). Dieses Gefängnis war wie immer überfüllt und so kam ich in eine Einzelzelle, die schon mit einem Farbigen belegt war. In dieser Einzelzelle stand also ein Doppelbett und in diesem Hundezwinger musste ich mit einer weiteren Person leben, essen, trinken, hier musste ich meine Notdurft verrichten, mich waschen und dergleichen mehr.

Ich sah immer noch aus, als ob ich unter eine Dampfwalze gekommen wäre. Mein Ellbogen nahm langsam, aber sicher die Größe eines Handballs an. Ich beantragte sofort eine Einzelzelle nur für mich und meldete mich beim Arzt an. Es gab dort einen neuen Arzt, aber „mein" persischer Arzt von damals war auch noch dort, zwar kam er nur noch sporadisch, aber ich war froh, dass er mich behandelte. Er operierte meinen Ellbogen, der mittlerweile entzündet und voller Eiter war, und sorgte dafür, dass ich allein auf eine Einzelzelle kam.

Bis es so weit war, waren allerdings etwa vierzehn Tage vergangen. In dieser Zeit half ich dem Farbigen, eine Haftbeschwerde zu schreiben. Er kam dann auch vier Wochen später frei und das war gut so.

Die Gemeinschaftszelle

In dieser JVA wollte man mich auch nicht haben, und da ich noch über fünf Jahre Haft zu verbüßen hatte, kam ich in die für mich zuständige JVA, meine Mutteranstalt. Hier kannten mich die meisten Beamten und auch sehr viele Gefangene. Das nützte jedoch nichts und ich kam auch zunächst auf eine Vier-Mann-Zelle, woraufhin ich sofort einen Antrag auf eine Einzelzelle stellte.
Ich war Nichtraucher und hatte vier Bypässe. Auf der Zelle waren allerdings drei Raucher und so war der Palaver wieder vorprogrammiert, wobei ich sagen muss, dass das Rauchen noch nicht einmal der wunde Punkt war, sondern die Unsauberkeit. Einer zog sich abends aus, behielt aber Unterhose und Unterhemd an und stieg dann mit nackten Füßen auf den Stuhl und den Tisch, um in sein Bett zu gelangen. Die Füße dieses Mannes hauten mich vom Hocker. Er war ein älterer Serbe, ein guter Schachspieler, aber ansonsten ... Ich sagte es ihm einmal, dass die Füße nicht auf den Tisch gehörten, weil wir von dem Tisch aßen. Ich sagte es ihm ein zweites Mal und es half nicht. Beim dritten Mal schlug ich ihm die Beine vom Tisch. Und wieder Palaver, Schlägerei und Geschrei. Der Beamtin, die hinzukam, sagte ich, dass ich diese Woche meine Einzelzelle haben wolle, ansonsten könnten sie mich in die Arrestzelle bringen. Ich kam zum Flügelleiter und dieser versprach mir eine Einzelzelle. Er bat mich, beim Arzt vorzusprechen und mir aus medizinischen Gründen eine Einzelzelle verordnen zu lassen. Und so geschah es dann auch.
Insbesondere diese Zeiten in den Gemeinschaftszellen ließen mich am Leben verzweifeln. Ich konnte nicht schreiben, nicht lesen, nicht ruhig essen, mich nicht richtig waschen, nicht in Ruhe zur Toilette gehen. Es war alles eine einzige Katastrophe.

Ich möchte hier einmal einen Tagesablauf schildern. Daran können Sie, liebe Leserin, lieber Leser, den Unterschied und die Veränderung im Vergleich zu meiner ersten Haft als Jugendlicher (dazu lesen Sie mehr in Band 1 meiner Trilogie) feststellen. Dreiundvierzig Jahre später hatte sich sehr viel verändert.

Zuerst einmal die „Belegschaft“: Ein Serbe, der seine Lebensgefährtin fürchterlich misshandelt hat. Ein Kroate, ein noch junger Mann, ein guter Mann, ein Bankräuber. Ein älterer Deutscher, der seine Schwägerin mit einem Schraubendreher erstochen hat, als sie mit ihm nicht mehr sexuell verkehren wollte. Ein richtiges Herzchen – er war krank, was er hatte, konnte ich nicht eruieren und ging dauernd zum Psychologen. Dort erzählte er dann: „Der Siggi ist gefährlich, der hat eine Pistole gehabt und wer weiß, ob er noch eine hat und was er damit gemacht hat!“ Der Psychologe hat mir davon erzählt, aber ich ließ diesen Kranken im Ungewissen, dass ich von seinen Anschuldigungen wusste. Tja, und dann war ich noch da.

Für mich hatten einige Bekannte Geld einbezahlt und ich hatte auch noch eigenes Geld, also war ich schnell wieder komplett ausgestattet mit Fernsehgerät, Radio, Büchern, Fotos, Wasserkessel, Trainingsanzug, Turnschuhen und dergleichen mehr. Auch die anderen Inhaftierten hatten jede Menge Dinge in ihrem Besitz, zumindest hatte jeder ein Fernsehgerät, und diese waren alle angeschlossen. Ich besaß einen Kopfhörer, ebenso wie der Alte, die beiden anderen hatten keinen. In unserer Zelle gab es vier große Spinde, einen großen und einen kleinen Tisch, vier Stühle und einen abgetrennten Toilettenbereich. Ich lag wegen des Tabakqualms oben am Fenster. Der Serbe lag in dem anderen oberen Bett. Unter mir lag der Kroate und auf der anderen Seite der Alte im unteren Bett. Es gab einen Antennenanschluss, an dem zwei Personen ihre Geräte anschließen konnten, der Serbe und der Alte. Ich besorgte also Koaxialkabel und Stecker mit zwei Anschlüssen für die Antennenbuchse und nun konnte jeder von uns „seinen Mist“ sehen. Es gab achtundzwanzig Sender in den verschiedensten Sprachen: Türkisch, Italienisch, Spanisch, Russisch, Serbokroatisch und Arabisch. Alles war zu empfangen und um jeden einzelnen Sender wurde verbittert mit der GMV gerungen, damit diese die Sender der Anstaltsleitung vortragen konnten. Die Polen wollten ein Programm sehen und bekamen es auch, die Engländer, die Franzosen, einfach alle. Als ich von dort entlassen wurde, gab es zwei russische und vier türkische sowie die

oben aufgezählten Sender. Wie ich gehört hatte, war vom Türkischen Konsulat eine gewisse Summe für die Fernsehanlage gespendet worden. Zu den Fernsehgeräten habe ich ja schon einiges geschrieben. Das Fernsehgerät war der Friedensmacher, der Stillmacher. Später kamen noch die DVD-Geräte dazu. DVDs mit Filmen konnten sich die Gefangenen in der Bücherei ausleihen. Damit waren dann alle ruhiggestellt – ich empfand es als Katastrophe. Wie Sie sicherlich wissen, hatte es für mich auch noch die anderen Zeiten gegeben, die Zeiten ohne Fernsehgerät. Damals lernte ein jeder zu lesen, auch derjenige, der es bis dahin noch nicht konnte. Ein jeder versuchte zu schreiben, zu basteln, ein jeder lernte früh aufzustehen, sich zu waschen, vollkommen angezogen sein Frühstück zu empfangen, seinen Müll und seine Post abzugeben. Und jetzt, Jahrzehnte später, wurde das Frühstück für den nächsten Tag schon mit dem Abendbrot serviert und beim morgendlichen Aufschluss betrat der Bedienstete die Zelle und schaute nur noch in die Betten, um nachzusehen, ob alle am Leben waren. Aber sonst ...!? Ich war auf dieser Zelle derjenige, der morgens an der Tür stand und die Post rausgab. Am Samstagmorgen gab ich die Wäsche raus und auch den Müll stellte ich vor die Türe. Mir war es recht, dass ich morgens eine Stunde für mich hatte. Da ging ich zur Toilette, wusch mich, zog mich an, machte mein Bett und kochte Kaffee – für mich und auch für die anderen. Beim Einkauf sagte ich: „Wer morgens Kaffee trinken will, bringt ein Paket Kaffee mit; wer keinen mitbringt, bekommt auch nichts. Der Serbe und der Kroate kauften je ein Paket, der Alte jedoch nicht, also gab es auch keinen Kaffee mehr für ihn. Es dauerte nicht mehr lange, bis ich eine Einzelzelle bekam, aber die kurze Zeit reichte aus, dass ich einige Monate brauchte, um mich zu davon erholen.
Nach dem Aufschluss kamen die anderen nach und nach aus ihren Betten, und kaum waren die Augen auf, ging auch schon das erste Fernsehgerät an. Ich schaltete dann das Radio ein, setzte die Kopfhörer auf und las. Die Betriebe rückten zur Arbeit aus, aber auf meiner Zelle hatte keiner Arbeit. Der Verwalter eines anderen Flügels kam zu mir und fragte mich, ob ich für ihn als Hausarbeiter tätig sein wolle. Ich musste ablehnen, weil ich aufgrund meiner Bypässe die schweren Wäschekörbe nicht mehr schleppen konnte. „Egal“, sagte er, „für die

schweren Arbeiten gebe ich dir noch einen Mann dazu.“ Doch ich blieb bei meinem Nein, wollte ich doch viel lieber in die Bücherei. Die anderen Inhaftierten bekamen das mit und fragten mich: „Warum wollen die dich? Ich könnte das doch auch machen!“
„Ja“, sagte ich, „das könntest du, aber mich kennen diese Leute und dich nicht.“

Gegen 9:00 Uhr kamen die einzelnen Flügel in die Freistunde. Es gab zwei große Freistundenhöfe, auf einem der beiden befand sich ein Sportplatz, auf dem Handball gespielt werden konnte. Der dritte Flügel konnte dann gegen 10.30 Uhr raus, nachdem die anderen Flügel wieder eingerückt waren.
Ich ging regelmäßig in die Freistunde. Später, als ich den ganzen Tag auf dem Hof war, nicht mehr. Mir war es am liebsten, wenn alle Bewohner meiner Zelle in die Freistunde gingen, doch der Alte ging fast nie mit. Eines Tages bemerkte ich, dass er in meinen Sachen geschnüffelt hatte. Beim zweiten Mal stellte ich ihn zur Rede. Er stritt alles ab, und als er von dem Kroaten auch noch Kontra bekam, ging er wieder zum Psychologen und zu den Beamten und weinte sich über mich aus. Möglicherweise trug dies zu meiner schnelleren Verlegung auf eine Einzelzelle bei.
Nach der Freistunde versuchte ich einige Male duschen zu gehen. Ansonsten war für uns Unbeschäftigte zwei Mal in der Woche Duschen vorgesehen. Manchmal klappte es, manchmal wiederum nicht.
Ich besorgte einige Spiele – Kartenspiele und Brettspiele – und begeisterte den Serben und den Kroaten für Sport. Der Serbe war ein guter Schachspieler und wir spielten auch später noch miteinander, als ich nicht mehr auf dieser Zelle lag.
Wenn wir Karten spielten, liefen ausnahmsweise nicht mehrere Fernsehgeräte gleichzeitig. Aber auch beim Kartenspielen gab es Streit. Nur abends, wenn wir Sport machten, gab es nichts als Sport, und so bekam ich den Laden in den Griff. Als ich dies erreicht hatte, wurde ich verlegt.

Beim Spielen ging die Zeit sehr schnell vorbei. Ich wurde mit der Zeit auch immer „normaler“, denn seit meiner Verhaftung am Jahresende 2002 hatte ich keine Drogen mehr zu mir genommen und hatte auch absolut kein Verlangen danach.
Das Mittagessen empfand ich zu Beginn meines Daseins auf dieser Vier-Mann-Zelle als sehr schlimm. Es wurde geschlürft, gerülpst und es waren Geräusche zu hören, die nicht zu beschreiben sind. Es dauerte bis zu meiner Verlegung, dass man von einem halbwegs gesitteten Mittagstisch sprechen konnte. Meine Herren, ich bin bestimmt nicht „Knigge“ persönlich, aber es konnte doch nicht zu viel verlangt sein, dass sich meine Mitbewohner beim Essen normal verhielten! In diesem Moment, wo ich all das niederschreibe, frage ich mich allerdings: Was ist normal? Gelten die allgemein gültigen Verhaltensregeln auch für diese Subkultur, für diesen Mikrokosmos? Welches sind überhaupt die allgemein gültigen Verhaltensregeln? Wer macht sie, wer bestimmt sie? Ein Herr Knigge etwa? Ich mochte es jedenfalls nicht, wenn mein Essen von Blähungen anderer Personen begleitet wurde. Dies waren meine Verhaltensregeln und nach diesen richtete ich mich.
Ein Staatsanwalt warf mir einmal vor, ich würde nach meinen eigenen Regeln leben und mir meine eigenen Gesetze machen. Da hatte er recht und ich konnte und wollte ihm nicht widersprechen. Heute ist das anders. Ich kann mir nicht einfach etwas nehmen, wenn ich meine, ich könnte es gebrauchen. Geld konnte ich immer gebrauchen, also nahm ich es von der Bank und hob es mit Waffen ab. So geht das natürlich nicht! Aber es war ein langer Weg, bis ich zu dieser, meiner heutigen Erkenntnis gelangt bin.
Mit meinen Verhaltensregeln eckte ich natürlich oft an, denn die meisten Inhaftierten kannten gar keine Regeln, und wenn einer dazwischen war, der wusste, wo es lang ging, dann war sein Weg ganz sicher ein anderer als meiner. Die meisten lebten so, als wenn sie im Wald hausten. Dem Herrn sei Dank gab es aber auch andere. Hier waren alle Extreme versammelt und normal waren die wenigsten. Doch auch hier wieder die Frage: Was ist normal?

Streit war an der Tagesordnung. Streitigkeiten verbaler Art, mehrmals am Tag auf jeder Gemeinschaftszelle, es kam letztendlich immer auf die Belegung an. Gewalt, also brutale, nackte Gewalt, spielte sich eher im Untergrund ab. Diejenigen, die sie erdulden mussten, trauten sich nicht, darüber zu sprechen, weil es dann nur noch schlimmer für sie wurde. So meinten sie zumindest.

Obwohl ich in meiner Jugend viel Gewalt erfahren habe, ich mich im späteren Knastleben immer durchsetzen musste, so manches Mal auch mit Gewalt, kann ich sagen, dass ich kein gewaltbereiter Mensch bin, ein gewalttätiger Mensch schon gar nicht. Ich war immer sehr sportlich und muskulös. Dies sowie meine geistige Präsenz hielten viele davon ab, sich mit mir anzulegen. Ich war selbstbewusst, mir meiner körperlichen und geistigen Stärke sehr wohl bewusst, und dies strahlte ich auch aus. So hatte ich als Erwachsener auch nur sehr wenige körperliche Auseinandersetzungen. Es ist sehr verwunderlich, dass ich nicht gewaltbereiter war, wenn ich meinen Lebensweg betrachte und ich, angefangen bei den absolutistischen Herrschern des Jugendamtes über den absolutistischen Herrscher des Heimes bis hin zu den absolutistischen Herrschern der Gefängnisse immer Willkür und Gewalt erfahren musste. Da verwundert es so manch einen, dass ich diese nicht „weitergegeben“ habe.

Es verwundert auch, dass ich bei meinen eigenen „Regeln und Gesetzen“ immer von meinem persönlichen Gerechtigkeitsgefühl ausging, weil ich seit frühester Jugend – angefangen beim Jugendamt – nie gerecht behandelt worden war und sich dies bis zu den ordentlichen Gerichten fortsetzte (dazu mehr in Band 2).

Ich weiß, dass eine Behörde öffentlich sein muss. War bzw. ist das Jugendamt öffentlich?! Nur mit und nach „Kampf“ werden Entscheidungen öffentlich gemacht. Ich muss sagen, dass ich feststellte, dass es zwischen den Jugendämtern und der Jugend nie ein Vertrauensverhältnis gegeben hat. Die damaligen Jugendämter verstanden sich als Familien- und Jugendpolizei. Völlig autark betrieben sie unter den Augen desinteressierter Vormundschaftsrichter an Staatsanwaltschaften und Jugendrichtern vorbei Strafverfolgung.

Ich habe bei meiner Recherche zu meinen Büchern lediglich einen Eintrag gefunden, der eine Einweisung in dieses erste Heim bestätigte. Aus welchem Grunde diese Einweisung erfolgte, ist nicht mehr feststellbar. Akten über meine Person sind nicht oder angeblich nicht mehr aufzufinden. Lediglich einige Entweichungen wurden in diesen Belegbüchern notiert. Eine Anhörung oder gar rechtliches Gehör gab es nicht. Die Akten und Berichte, die ich aus der damaligen Zeit lesen konnte, bestanden in der Regel nur aus Verdächtigungen und äußerst laienhaften Bewertungen. „Verwahrlosung" hieß das Credo, nach dem sich die Jugendämter richteten.
Obwohl – oder gerade deswegen? – meine Heimeinweisung mehr als dubios war und unter fadenscheinigen Gründen erfolgte, „verfolgte" mich der Heimaufenthalt ein Leben lang.
Der typische Weg eines Gewohnheitsverbrechers, nicht wahr? Es ist doch alles folgerichtig und nachvollziehbar, so sieht der Weg eines Gewohnheitsverbrechers aus: Heim, Jugendgefängnis, Gefängnis. Was fehlt, ist die Sicherungsverwahrung. Lesen Sie dazu später noch einige Ausführungen über die Auswahlanstalt.
Doch so sehe ich mich nicht. Ja, ich war ein Gewohnheitsverbrecher, habe gestohlen und geraubt, aber nie war ich eine Gefahr für die Allgemeinheit.
Diesen Weg hat mir das Jugendamt nicht nur gewiesen, sondern zugewiesen, ich bekam diesen Stempel aufgedrückt und erst in der letzten Zeit habe ich ihn abwaschen können.
Auch bei meinen Straftaten habe ich nie körperliche Gewalt angewandt, dies habe ich immer verabscheut und auch meine Ehefrau ist und war ein absoluter Gegner irgendeiner Form von körperlicher oder geistiger Gewalt. Umso unerklärlicher ist ihre Tat, dieser brutale Ausbruch an physischer Gewalt ist ihr bis heute nicht richtig erklärbar und sie ist noch immer über ihre Tat und sich selbst entsetzt.
Wir beide Gegner von Gewalt – und dann so eine Tat! Wie ist das zu erklären?
Es ist für uns beide nicht nachvollziehbar: dieser Ausbruch, diese Eruption der Gefühle, die umgeschlagen sind in nackte, brutale Gewalt. Damit kommen wir beide sehr schwer zurecht. Meine Ehefrau wird mit

der Schuld, einen Menschen getötet zu haben, ihr restliches Leben verbringen müssen, sie muss damit leben und so manches Mal sagt sie zu mir: „Siegfried ich muss raus, muss an die frische Luft, muss gehen, muss Weite um mich haben, sonst werde ich erdrückt, von meinen Schuldgefühlen erdrückt.“ Sie geht dann spazieren (laufen kann sie wegen einiger Probleme an ihren Beinen nicht, sonst würde sie laufen) und wenn sie müde wird, setzt sie sich hin, hängt ihren Gedanken nach und kommt nach einigen Stunden wieder zurück. Ich wünsche mir, dass sie wieder anfängt, Bilder zu malen. Ich denke, dass das Malen ihr hilft, diese Zustände am besten zu verarbeiten. Es ist nicht so, dass ich jetzt jeden Tag und jede Stunde an diese schreckliche Zeit denken muss – meine Ehefrau allerdings denkt zumindest ein, zwei Mal am Tag an die Getötete oder deren Kinder , nein, bei mir werden die Abstände immer größer und der Alltag mit seinen täglichen Aufgaben hilft mir bei der Ablenkung. Allerdings werden die Momente der Trauer und der Schuld bei meiner Ehefrau und auch bei mir immer präsent sein – mal stärker und mal weniger stark – und es auch immer bleiben, aber damit werden wir leben müssen. Bei dem Thema „Gewalt“ taucht zwangsläufig dieses Geschehen wieder auf.

Ich kenne die Mechanismen und kann ihre Ansätze schon im Keim ersticken. Meine Ehefrau kann und konnte das nicht, aus diesem Grunde hat sie in ihrer Haftzeit alles an Demütigungen durch das Anerkennen ihrer Schuld ertragen, ohne zu klagen oder zu lamentieren. Mit der Zeit gewann sie so die Achtung ihrer Kolleginnen, obwohl ihr das ziemlich egal war, aber der Umgang war einfach problemfreier. Mit Beamtinnen oder Beamten kam meine Ehefrau sowieso klar, diese wussten, dass ihre Tat absoluten Einmaligkeitscharakter hatte und sich niemals wiederholen würde, aber das war für meine Ehefrau auch nicht das Entscheidende. Entscheidend war ihr, sich selbst über die Beweggründe für diese Tat klar zu werden. Dazu gehörte – wie schon oft geschrieben – zuallererst die Anerkennung der Schuld, dies war für sie die Voraussetzung für das Überleben in der Haft. Die Gespräche mit ihrer Psychologin und ihrer ehrenamtlichen Betreuerin und auch die Gespräche mit einigen Beamtinnen brachten sie dazu, sich auch über

die Ursache, über die Entstehung der Tat bewusst zu werden. In diesem Prozess befindet sie sich auch heute noch.
Ja, bei dem Thema „Gewalt“ ist und wird es schwierig, deswegen regen mich die Entschuldigungen des Jugendamtes heute immer noch sehr auf, wenn wieder einmal gesagt oder geschrieben wird: Wir haben das Beste für das Kind gewollt.“ Gewollt vielleicht, aber getan haben sie nicht das Beste, wenn sie ein Mädchen in eine drogenabhängige Familie geben. Wenn sie Familien besuchen und ein Kind haust im Keller auf einer bepissten Matratze, ohne Bekleidung und ohne ausreichende Nahrung ... Ich könnte endlos erzählen.
Es ist nun einmal so, dass der einzelne Mensch durch Anerkennung seiner Schuld in die Lage versetzt wird, wieder mit sich selbst zu leben, mit sich im Reinen zu sein, ohne zu verzweifeln. Aber was macht jemand, der eine solche Einweisung getroffen hat, der eine Entscheidung zu Ungunsten des Kindes getroffen hat? Erkennt er an, dass er eine Schuld auf sich geladen hat, weil er nicht gründlich genug gearbeitet, nicht genau genug geprüft hat!?
Nein, ganz sicher tut er das nicht. „Ich habe alles getan, doch damit konnte ich nicht rechnen.“
Menschen, die die Aufsicht über Kinder und Jugendliche haben, müssen sich darüber im Klaren sein, dass ihre Entscheidungen ganze Lebenswege beeinflussen oder im schlimmsten Fall sogar Leben beenden. Dies gilt nicht nur für das Jugendamt, die anderen Personengruppen habe ich ja schon mehrmals aufgeführt. Aber leider verhallt mein Rufen scheinbar ungehört.
Die Heimkinder, die jugendlichen Straftäter, die erwachsenen Straftäter, die in forensischen oder psychischen Kliniken Einsitzenden und die alten Heimbewohner, die ohne ausreichende finanzielle Mittel versehenen Bewohner, sie alle sind ihren Betreuern, Fürsorgern, Strafvollzugsbediensteten, Ärzten, Pflegerinnen und Pflegern ausgeliefert. Hier ist anzusetzen. In der Familie und in diesen Institutionen müssen die Weichen anders gestellt werden. Das Land, der Staat ist nicht nur der Brötchengeber und ein großer Selbstbedienungsladen, nein, wer hier tätig wird oder ist, hat auch eine Verpflichtung diesem Land, diesem Staat gegenüber.

Ich berichte von den Randgruppen, weil ich drinnen wie draußen einer Randgruppe angehörte und auch noch immer angehöre, aber diese Menschen haben keine Lobbyisten im Bundestag. Ich bin nämlich der Meinung, dass man an den Randgruppen erkennt, in welchem Staat sie leben müssen. Werden sie akzeptiert? Nein. Werden sie toleriert? Insofern sie andere nicht belästigen, schon! Solange sie unsichtbar bleiben, sich nicht melden, nicht aufmucken, sind sie tolerierbar. Hat ein kranker Mensch ein Verbrechen begangen, ist das Geschrei groß, dann heißt es: wegsperren, und zwar für immer, nicht wahr? Aber ein Land ohne Verbrechen ist ein Land ohne Freiheit. Insofern muss ein Land seine Verbrechen verkraften können und mit ihnen auch seine Randgruppen, denen ein halbwegs lebenswertes Dasein ermöglicht werden sollte. In der Bevölkerung gibt es Ausnahmen, die auch Angehörige von Randgruppen akzeptieren, aber Ausnahmen bestätigen nur die Regel.

Wenn der Staat seine Gefangenen, die regelmäßig arbeiten gehen, anständig bezahlen würde, bräuchten diese im Alter nicht von der Grundsicherung zu leben. Aber hier beißt sich die Katze in den Schwanz, da drehen wir uns im Kreis und da sind wir wieder beim Thema „Knast“. Weil nach der Haftentlassung für den Einzelnen kein Geld da ist, werden Drogen gekauft und auch verkauft, und es ist nur eine Frage der Zeit, bis der ehemalige Gefangene wieder ein gegenwärtiger Gefangener ist. Bei mir war es etwas anders, ich wollte leider etwas mehr, von allem etwas mehr, etwas mehr Geld, etwas mehr Streicheleinheiten etc. etc. etc. pp.

Zurück zur Vier-Mann-Zelle: Der Nachmittag verlief genauso wie der Vormittag, nur ohne Freistunde. Nach der Abendkostausgabe war eine Stunde Ruhe, es gab keinen Umschluss, keine Gruppe oder andere Aktivitäten, die Beamten machten Pause (ich hätte beinahe „Pause von der Pause“ geschrieben, aber so schlimm war es auch wieder nicht, einige machten schon ihre Arbeit) oder hatten eine Besprechung.

Nach dieser Stunde wurden die Gruppen ausgerufen. Es gab an jedem Abend Sportgruppen für die Arbeiter – tagsüber machten die Insassen, die ohne Arbeit waren, Sport – und an verschiedenen Tagen eine

Schach-Gruppe, einen evangelischen oder katholischen Gesprächskreis, einige Gruppen zur Fortbildung, beispielsweise für das Erlernen von Fremdsprachen, oder eine Literaturgruppe. Dann gab es noch einige spezielle Gruppen, die von Ehrenamtlichen geleitet wurden. Unter anderem die „Gruppe Danek" mit Margret Danek. Über sie und ihren Mann Günter habe ich schon einiges geschrieben, aber auch ihr Bruder – auch sein Name war Günter – engagierte sich. Er betreute die Schachgruppe. Die meisten Gruppen wurden stark frequentiert, die meisten – oder besser gesagt: alle – wegen eines persönlichen Vorteils.
Worin bestand ein solcher Vorteil? Bei einer Sportgruppe oder einem Englischkurs verstand es sich von selbst: Die dort Angemeldeten wollten etwas lernen oder ihre körperliche Kondition verbessern. In die Literaturgruppe kamen auch nur diejenigen, die zumindest schon zwei oder drei Bücher gelesen hatten. Ansonsten erhofften sich die Interessierten in dieser Gruppe einige Tassen Kaffee, ein paar Gespräche mit einer hübschen Frau und eventuell Zuwendungen in Form von Gebäck, Büchern oder was auch immer. Wer zu tumb war, wurde relativ schnell entlarvt. Ansonsten fand ich, dass die Literaturgruppe eine gute Gruppe war und es auch noch ist.
Die Kirchengruppen sind ein besonderes Thema. Wer sich in einer dieser Gruppen befindet, kann am Familiengottesdienst teilnehmen. Das bedeutet, dass auch Familienangehörige dazukommen können. Es findet ein gemeinsamer Gottesdienst statt und danach gibt es ein gemeinsames Essen, entweder mit Kaffee und Kuchen oder ein Frühstück mit Brötchen, Brot, Butter, Käse, Wurstwaren und allem, was dazugehört. Und dies bis zu sechs Mal im Jahr. Ich habe das einmal mitgemacht, aber nach einem Streitgespräch mit der Pfarrerin bin ich ausgetreten, wie später auch aus allen anderen Gruppen. In den Gruppen ist der eine des anderen Teufel oder wie schon ein altes lateinisches Sprichwort besagt: „Homo homini lupus" – Der Mensch ist für den Menschen ein Wolf.
Warum schreibe ich das?
Es wird gelogen und falsch bezichtigt, Verdächtigungen werden ausgesprochen und es wird dies oder jenes angedeutet. Das alles geschieht natürlich unter dem Siegel der Verschwiegenheit, was aber mit Sicher-

heit nicht passiert. So ist es aber auch gewollt, denn dies ist der Sinn der Sache, um missliebige vermeintliche Konkurrenten auszuschalten. In diesen Gruppen sind zum großen Teil Inhaftierte mit Langstrafen. Diese blockieren die Neuaufnahme anderer Gefangener, die sich gern anmelden würden. Aber es kann nur eine bestimmte Anzahl Gefangener in einer Gruppe sein. So werden Gerüchte gestreut: „X hat Drogen!“, „Y will abhauen!“, „Z will eine Beamtin als Geisel nehmen!“ oder Ähnliches. Diesen Vorwürfen muss nachgegangen werden, und schon ist derjenige, den es betrifft, erst einmal weg vom Fenster.
Die Lebenslänglichen, aber auch die, die zu langen Zeitstrafen verurteilt wurden, werden mit der Zeit krank und sie merken es noch nicht einmal.
Es ist doch so: Was ich „unter den Teppich kehren“ nannte, spielt sich hinter den hermetisch abgeschirmten Gefängnismauern ab und es bleibt außerhalb jeglicher demokratischer Kontrolle. Die bei Besichtigungen gezeigte Freiheit innerhalb einer JVA ist eine bewusste Täuschung und Augenwischerei. Niemand sieht die täglichen – scheinbar banalen – Erniedrigungen und Demütigungen, die ich als Strafgefangener hinnehmen musste. Mein „Selbst“ als Bestrafter wurde zentral getroffen. Selbstständigkeit und Selbstachtung, Möglichkeiten zur Selbstbestimmung und Selbstverwirklichung, die freie Wahl der Mitmenschen, mit denen ich umgehen kann bzw. möchte, sowie mein Anspruch auf Privatsphäre wurden massiv verhindert und ausgeschaltet.
Ich wurde mit diesem System aus verschiedenen, teilweise bereits geschilderten Gründen fertig, doch viele Gefangene sind nicht in der Lage, diesen Gefängnisalltag mit seinen einschneidenden Zwangsmaßnahmen zu bewältigen, es macht sie regelrecht krank.

In unserem Land ist Strafvollzug steingewordene Isolierung.

Dies ist die tägliche Realität. Eine andere Realität aber, die ich auch nicht verschweigen will, ist die der Gefangenen. Diese Menschen – ich kann es nicht ändern, es sind Menschen! – sind Individuen mit ungezügeltem Appetit und sie alle kehren ausnahmslos immer wieder zu den

Gifttrögen zurück, die sie krank machen. Ich weiß nicht warum, aber wir alle sind bzw. waren zu dumm, um aus unseren Fehlern zu lernen. Das Einzige, was seit undenklichen Zeiten wahrhaft dokumentiert ist, ist, dass es Menschen gibt, die immer wieder Menschen töten, ohne das Fleisch ihrer Opfer zu benötigen. Sie lügen, um der Verantwortung zu entkommen, sie stehlen und streben endlos danach, sich zu bereichern, egal auf wessen Kosten. Diese Menschen treiben Unzucht in jeder Form, um sich ein Vergnügen zu verschaffen. So könnte ich fortfahren mit der Aufzählung verschiedenster Straftaten, aber ich denke, dass es nun genügt. Zu den genannten Menschen gehörte auch ich, denn ich war ja nicht zu Unrecht in Haft. Ich will nur aufzeigen, um welche Klientel es sich hier handelt. Doch auch die rechtmäßige Inhaftierung dieser Menschen ändert nichts an dem Strafvollzug, an diesem inhumanen System des Strafvollzuges.
Deswegen: „Homo homini lupus" – Der Mensch ist für den Menschen ein Wolf.
In den zuvor erwähnten Gruppen (evangelischer oder katholischer Kirchenkreis) sitzt dann der Stiefvater – seine Stieftochter, die er jahrelang missbraucht hat, auf seinem Schoß – und genießt den Gruppentag. Da kann ich nur sagen: „Lustig ist das Familienleben."
Ich habe über diese Problematik schon etliche Male geschrieben, aber der Grund, warum diese Wölfe in diese Kirchengruppen wollen, sind die Familienbesuche. Das ist auch alles legitim und nicht verwerflich, aber bei Missbrauch in der Familie muss meiner Meinung nach darauf geachtet werden, dass Opfer und Täter nicht wieder so zusammen kommen können.

Die evangelische Kirchengruppe wurde von einer Pfarrerin geleitet, die ansonsten bei Frauen tätig war. Ich persönlich empfand ihre Auftritte in der Gruppe als nicht ganz passend, aber dies war meine ganz persönliche Ansicht. Eines Tages trug ich ein Anliegen an sie heran. Ich fragte sie, ob sie von mir selbstgedrehte Zigaretten für meine Ehefrau, die ja im geschlossenen Frauengefängnis war, mitnehmen könne. Ich wurde für etwa sechs Wochen ins Justizvollzugskrankenhaus verlegt und konnte daher meine Ehefrau nicht besuchen und ihr auch nicht helfen.

Gerade zu Beginn ihrer Haft war das aber meiner Meinung nach nötig. Die Pfarrerin lehnte meine Bitte ganz entschieden ab, obwohl ich wusste, dass sie so etwas in anderen Fällen schon gemacht hatte, und diejenigen waren noch nicht einmal miteinander verheiratet gewesen. Bei der anschließenden Diskussion erklärte ich meinen Austritt aus der Gruppe, und obwohl sie mich später noch in meinem Haftraum aufsuchte, blieb ich bei meinem Austritt. Die Pfarrerin erzählte mir, dass einer aus der Gruppe vorher bei ihr gewesen sei, um ihr zu sagen, dass ich irgendetwas zu meiner Frau schmuggeln wolle. Er hätte zwar nicht gewusst was, aber es sei etwas Verbotenes. Ich glaubte ihr das sogar, aber es änderte nichts daran, dass sie offensichtlich ein Bild von mir hatte, das nicht der Wirklichkeit entsprach, denn sonst hätte sie gewusst, dass ich meine Ehefrau niemals in Schwierigkeiten bringen würde und auch, dass meine Ehefrau niemals etwas Unerlaubtes annehmen würde. Hier traten wieder die bekannten Mechanismen in Kraft, und ohne nachzudenken oder den Sachverhalt zu überprüfen, wurde zuerst einmal Nein gesagt.
Ich habe gerade eine problematische Gruppe angesprochen, aber da gibt es noch etwas anzusprechen, nämlich die Gruppen, die von ehemaligen Inhaftierten geleitet werden. Es wird dann problematisch, wenn der Gruppenleiter die Frau, Verlobte oder Freundin eines Inhaftierten zu Hause aufsucht, Blumen mitbringt und der zehnjährigen Tochter ein Fahrrad schenkt, wenn die Mama nicht zu Hause ist. Ich habe mir eine solche Geschichte einmal von einem Betroffenen bis zum Überdruss anhören müssen. Er war zusammen mit mir in der Gruppe Danek und dort konnte ein jeder seine Probleme darlegen. Er bekam auch von mir die entsprechende Literatur, also das StGB, um Strafanzeige zu stellen. Die Gruppe wurde nach dem gerade geschilderten Vorfall eingestellt. Ich weiß nicht, ob etwas dran war, aber problematisch war es auf alle Fälle.
Problematisch ist es auch, wenn sich Ehrenamtliche mit Strafgefangenen einlassen, egal auf welche Art auch immer. Dies ist dann Wasser auf die Mühlen der Justiz, denn die Ehrenamtlichen sind der JVA und insbesondere der Abteilung für Sicherheit und Ordnung ein Dorn im Auge. Warum? Die Ehrenamtlichen sind, obwohl sie überprüft und

jedes Mal beim Eingang einer Kontrolle unterworfen werden, ein potenzielles Sicherheitsrisiko. Dabei vergessen die Damen und Herren der JVA, dass die Ehrenamtlichen einen großen Anteil daran haben, dass Menschlichkeit, Höflichkeit sowie ein angenehmer Umgangston erhalten bleiben, ganz abgesehen davon, was eine Gruppe, wie z. B. die Gruppe Danek, bei dem einzelnen Gefangenen bewirken kann.
Auf der anderen Seite gab es auch hier eine Studentin der Sozialpädagogik, die sich, als sie im Gefängnis ein Praktikum in der Drogenabteilung machte, mit einem Drogenfreak einließ. Dieser Mensch bequatschte die wirklich nette und anständige Frau so lange, bis sie mit ihm eine Ausführung machte. Und das war dann das Ende vom Lied. Sie war nicht stark genug, konnte nicht Nein sagen – im Gefängnis, aber auch draußen ein ganz großer Fehler! –, und so blieb sie auf der Strecke. Dieser Drogenfreak prahlte noch mit seiner Eroberung, eine arme Wurst, was soll ich sonst dazu sagen?!

Zu sagen wäre noch, dass die offenen Abteilungen das Schlimmste sind, was man sich unter einer Gefängnisabteilung vorstellen kann. Und der Gipfel, die sogenannte Krönung der offenen Abteilungen, ist die SOTA, die Sozialtherapeutische Abteilung. Direkt danach kommt die sogenannte „Drogenfreie Abteilung". Wenn ich das nur höre, kann ich schon nicht mehr lachen, muss nur noch weinen, weinen ohne Ende, denn auf keiner Abteilung gibt es so viele Drogen wie hier. Auf dieser Abteilung befinden sich nur Drogenabhängige, die in Kürze in Therapie gehen sollten. Auf diesen Abteilungen trifft es zu 100 Prozent zu: Der Mensch ist für den Menschen ein Wolf – Homo homini lupus. Dies gilt nicht nur für den Männerbau, nein auch im Frauenhaus und insbesondere im offenen Vollzug des Frauenhauses trifft das zu.
Ich kann nicht alles aufschreiben, was ich gehört und erlebt habe. Ich schreibe, wie schon mehrmals erwähnt, nur das auf, was mir persönlich zugetragen wurde bzw. was ich selbst erlebt habe.

Lesen Sie nun von einigen Vorkommnissen, die sich im offenen Frauenhaus dieser JVA abspielten.

Meine Ehefrau war, wie erwähnt, nicht die Frau, die sich mit anderen Frauen über Männergeschichten, Straftaten oder Knastgerüchte unterhielt. Sie brachte keinerlei verbotene Gegenstände in die JVA, war pünktlich, fleißig und immer zuverlässig und passte somit einfach nicht in das Schema, das im Allgemeinen in Bezug auf eine inhaftierte Frau gilt.

In den ersten Jahren ihrer Haftzeit wurde meine Ehefrau oft ausgenutzt, weil ihr hinterlistiges Verhalten nicht bekannt war. So erhielt sie beispielsweise verliehenen Tabak oder Kaffee oft nicht zurück. Es war also nur eine Frage der Zeit, bis sich meine Ehefrau immer mehr zurückzog, sich mit ihrer Tat beschäftigte und sich auf ihre Familie konzentrierte. Sie gewann auf ihre ganz eigene Art in den nächsten Jahren die Achtung einiger weniger Mitgefangener, die anderen allerdings versuchten ihr Fallen zu stellen und sie zu triezen, wo es nur ging.

Eines Tages, meine Ehefrau war mit der Reinigung der Toilettenräume an der Reihe – jede Inhaftierte kam turnusmäßig dran –, hatten einige Mitgefangene die Wände der Toilettenräume, die Toilettendeckel und alles andere mit Kot beschmiert. Warum das so war, wusste angeblich niemand. Wahrscheinlich wollte irgendjemand der „unliebsamen" Mitgefangenen eins auswischen. Für diejenigen, die dafür verantwortlich waren, war dies sicher nicht gerade angenehm gewesen, aber sie hatten es getan.

Nachdem meine Ehefrau den Dreck gesehen hatte, ging sie in den Aufenthaltsraum. Dort saß eine der Frauen, die meine Ehefrau so akzeptierten, wie sie war. Diese bemerkte sofort, dass etwas nicht stimmte. Meine Ehefrau erzählte ihr den Sachverhalt und diese Frau ging mit, schaute sich alles an und sagte: „Das machst du nicht sauber, es wird gemeldet und dann sehen wir weiter."

Meine Ehefrau hätte diese Toilettenräume – wenn auch mit Widerwillen – gesäubert, ohne etwas zu sagen, aber dann wäre es in Zukunft sicherlich noch schlimmer geworden.

Ja, solche Aktionen traut man Inhaftierten zu, sie sind doch alle asozial, nicht wahr? Solche Vorfälle bestätigen nur die gängige Meinung der Bevölkerung, aber so sind nicht alle Gefangenen.

Die Beamtin verschloss die Toilettenräume und schrieb über diesen Vorfall einen Bericht, der natürlich Folgen hatte.
Jetzt fragt sich doch jeder normale Mensch, was das sollte. Meine Ehefrau hätte die Wände und alles andere mit dem Schlauch abspritzen können, und fertig! Die Verursacher trafen doch mit einem solchen Vorgehen nicht meine Ehefrau, sondern sich selbst, denn die Reinigungspläne wurden verschärft, die Toilettenräume abgeschlossen und Ähnliches.

Ein anderer Vorfall: Einige Frauen saßen im Aufenthaltsraum, aßen oder lasen. Auf einmal sahen sie, wie ein Beamter (verheiratet, eigene Kinder) auf allen Vieren kriechend die Treppe hochschlich (er war scharf auf eine junge neue Beamtenanwärterin, die im Beamtenraum saß, und diese wollte er überraschen bzw. erschrecken). Er kroch unter dem Fenster durch und sprang dann zur Türe, riss diese auf und erschreckte die dort sitzenden weiblichen Vollzugsbediensteten. Meine Ehefrau erzählte mir von diesem Vorfall und sagte dazu: „Es war ein so jämmerlicher erbärmlicher Anblick, nicht zu glauben!“ Und dieser Beamte saß an der Pforte und kontrollierte die zurückkommenden Gefangenen. Ein Witz! Einige der Damen sagten ihm dann auch die entsprechenden Takte.

Die Bediensteten oder die Gefangenen untereinander machten schon einmal einen Spaß, warum denn auch nicht?! Egal wie schlecht es einem Menschen auch geht, man versucht doch immer, einen Moment des Vergessens zu schaffen, einen Moment, an dem nicht an die Not oder Pein gedacht wird. Aber da wir in einem Gefängnis mit „echt schweren Jungs“ saßen, wurde jede Schwäche gnadenlos ausgenutzt.
Die „alten“ Bediensteten haben ein anderes Verhältnis zu älteren Gefangenen als die jüngeren, das ist auch völlig normal. Doch was bei den „Alten“ möglich ist, geht bei den Jungen nicht, und da wird es gefährlich.
Die alteingesessenen Gefangenen haben sich im Laufe der Jahre gewisse Privilegien erworben, weil sie sich laufend mit den Vorgängen im Gefängnis auseinandersetzen. Der eine kümmert sich um die Probleme

der Kammer – wer zählt die Bettwäsche, wer macht dies, wer macht das? Der andere kümmert sich um die Belange eines Betriebes, um die Belange der Küche oder was weiß ich. Sie haben sich arrangiert, sind ein Teil des Systems, sie wollen nicht an sich arbeiten und haben auch keine Lust, sich mit sich selbst oder ihrer Tat auseinanderzusetzen. Sie wollen ihre Zeit so bequem wie möglich absitzen, kommen hier prima zurecht, haben alles, wissen alles. Draußen wird es für sie schwierig werden, im Gefängnis nicht.

Zu diesem Personenkreis habe auch ich jahrelang gehört. Ich habe Mitgefangene erlebt, die sich mit der Zeit Phrasen und Worthülsen angeeignet und diese dann zu jeder passenden oder unpassenden Gelegenheit von sich gegeben haben. Bei ihnen fand keine Veränderung, kein geistiger Prozess statt, es gab keine Entwicklung und Reifungsschritte waren nicht erkennbar. Sie verharrten in alten Denkweisen, ließen keine Entwicklung und Veränderung zu, ein Miteinander wäre sinnvoll und angebracht gewesen, wurde aber nicht akzeptiert. Somit hatte das ständige Gegeneinander Bestand. Ihr selbstgerechtes Verhalten, Verfallen und Verharren in peinlichen Phrasen, ihre anmaßende und wichtigtuerische Art ist durch nichts gerechtfertigt, im Gegenteil.

Diese Personen, die sich besser mit ihrem Leben auseinandergesetzt hätten, taten dies nicht, stattdessen sandten sie kleine, hinterrücks abgeschossene Pfeile aus, um Kollegen in Misskredit zu bringen. Dies empfand ich als ekelhaft, zeugte es doch nicht nur von schlechtem Geschmack, sondern auch von miesem Charakter.

Ich hingegen stellte während meiner letzten Haftzeit fest: Es gibt erfülltes Leben – trotz vieler unerfüllter Wünsche. Mein Leben ist und bleibt ein Fragment, trotzdem hat es viele erfüllte Abschnitte. Diese Überlegung, dass mein Leben nicht nur sinnlos, nutzlos und für manchen Mitmenschen eine Plage war – z. B. wegen meiner Einbrüche, Überfälle oder Diebstähle –, sondern dass ich auch glückliche und erfüllte Momente erlebe und erlebt habe, habe ich im telefonischen Gespräch mit der Psychologin meiner Ehefrau vertieft. Wenn ich heute darüber nachdenke, wie glücklich ich bei meiner Heirat war, bei der Geburt unserer Kinder, während unserer gemeinsamen Zeit im Urlaub,

dabei, meiner Tochter beim Ballett zuzusehen, meinem einen Sohn beim Judo und dem anderen beim Tennis, dann weiß ich, wie stolz und glücklich ich jeweils war. Leider waren dies nur kurze Momentaufnahmen in meinem Leben, doch ich möchte sie niemals missen.
Erwähnen muss ich hier, dass der Anstoß zu diesen Überlegungen die Gruppe Danek gewesen war. Es war auch kein Blitzschlag, der mich vom „Saulus zum Paulus“ machte – so weit bin ich heute auch noch nicht –, sondern es war ein jahrelanger Prozess. Allerdings muss ich hier klarstellen, dass die absolute, die bedingungslose Abkehr vom kriminellen Milieu in meinem Kopf erfolgte, und zwar durch die Tat meiner Ehefrau. Diese Tat hat nicht nur bei ihr vieles bewirkt, sondern auch bei mir. Meine Ehefrau hat so auf ihre Weise einiges ins Rollen gebracht; diese Tat, für die ich mich ursächlich verantwortlich fühle – egal was immer auch gesagt wird –, hat auch mein Leben total verändert. Heute bin ich hundertprozentig drogenfrei, hundertprozentig straffrei und ich versuche im Rahmen meiner Möglichkeiten anderen zu helfen. Ich weiß, ich bräuchte noch siebzig Jahre, um zahlreiche Mitmenschen von meinem jetzigen Lebenswandel zu überzeugen, aber ich kann sagen, dass mir diese ziemlich egal sind. Meine Familie und einige wenige, auf deren ehrliche Meinung ich nicht verzichten würde, möchte ich gern überzeugen, aber bei diesen brauche ich es wahrscheinlich nicht zu tun.

In der Bücherei gab es in der langen Zeit, die ich dort verbringen musste, zwei Gefangene mit einer lebenslänglichen Freiheitsstrafe mit besonderer Schwere der Schuld. Der eine, durchaus belesen und eloquent, hatte zwei Mädchen im Alter von vierzehn und fünfzehn Jahren bestialisch getötet (die Einzelheiten erspare ich Ihnen, obwohl sie mir bekannt sind) und hatte sich während seiner Haftzeit der Kirche zugewandt – ob aus Überzeugung oder nur, um sich eine letzte Chance auf Begnadigung zu ermöglichen (was durchaus legitim gewesen wäre), vermag ich nicht zu sagen.
Ich empfahl ihm für seine letzte psychologische Untersuchung den Gutachter, der meine Ehefrau und auch mich schon untersucht und den ich als einen sehr objektiven und korrekten Mann kennengelernt

hatte. Nachdem dieser Gutachter den Mann über mehrere Tage hinweg untersucht und begutachtet hatte, sagte er zu ihm: „Ich betrachte Sie als einen gefährlichen Serienkiller. Sie sind eine Gefahr für die Allgemeinheit und dürfen nie mehr die Freiheit genießen. Solange ich noch die Untersuchungen durchführe und Sie begutachten kann, werden Sie nicht entlassen." Bei diesem Mann ist jetzt nur noch eine Begnadigung möglich, er ist bereits seit knapp dreißig Jahren in Haft. Aber wenn diese Entscheidung nötig war, um Menschenleben zu retten, dann sollte es so sein.

Der andere Lebenslängliche in der Bücherei arbeitet seit fünfzehn Jahren nicht mehr dort. Er war einer von denen, deren Gehirn sich in Haft in einen „Gefängnisbrei" verwandelt hat. Er wollte oder konnte dies auch nicht ändern. Er hatte ein Mädchen im Alter von acht oder neun Jahren auf grausame, bestialische und unmenschliche Weise getötet (auch hier kenne ich die Fakten, aber die kann und will ich auf keinen Fall niederschreiben). Ein menschlicher Müllhaufen der ganz besonderen Art. Er lag auf der offenen Abteilung, auf der ich mich auch befand. Er kam nur ganz selten aus seiner Zelle, und nachdem einige Mitgefangene ihn in der Dusche übel misshandelt hatten – ihm wurde mit Gewalt ein Besenstil in den After eingeführt; er wird gewusst haben, warum die Mitgefangenen so mit ihm verfuhren –, kam er gar nicht mehr aus seinem Loch. Es dauerte Jahre, bis er wieder allein duschen ging. In der ersten Zeit wurde er regelmäßig gebracht und auch wieder abgeholt.

Dieses Thema soll hier nicht weiter vertieft werden. Jedenfalls war er ein fürchterlicher Mensch. Ja, ein Mensch, zumindest sah er wie einer aus. Dieser Mensch hatte sich, nachdem er fünf Jahre in der Bücherei gearbeitet hatte, als deren Chef gefühlt. Übrigens war das bei vielen Gefangenen der Fall, die in einer Position waren, in der sie entweder Putzmaterial, Essen oder eben auch Bücher, CDs und DVDs ausgaben – Gefangene, die sich arrangierten. Sie fühlten sich bemüßigt, jedem Inhaftierten zu sagen, was und wie viel er von diesem oder jenem zu bekommen habe. Zuerst war das ja noch angenehm für die Bediensteten, aber nach einer gewissen Zeit wurde es ihnen lästig und so wurden die Gefangenen wieder abgelöst. Diese hatten, wie alle anderen auch, ihre regelmäßigen Konferenzen, in denen die nächsten Vollzugsjahre besprochen wurden. Auf einer dieser Konferenzen sagte der oben genannte Gefangene: „In meiner Bücherei gebe ich denjenigen, die das Ausleihdatum überzogen haben, einige Zeit keine Bücher, ich sperre sie für eine gewisse Zeit.“ Er verzapfte noch mehr Blödsinn, woraufhin er als Büchereiarbeiter abgelöst wurde. Danach verweigerte er die Mitarbeit bei den Konferenzen. Ich möchte damit noch einmal aufzeigen, dass diese Gefangenen sich nach einiger Zeit als wertvoll und unersetzlich betrachteten. Es gab nur wenige, bei denen das tatsächlich gerechtfertigt war. Sie steigerten so ihr Selbstwertgefühl, bzw. bekamen überhaupt eines. Dies war für ihre Zeit nach der Haftentlassung sicher förderlich.

Zum Thema „Vollzugskonferenz“ fällt mir meine Ehefrau ein. Zwar ist zwischen ihr und den beiden eben geschilderten Inhaftierten kein Vergleich möglich, doch möchte ich folgenden Sachverhalt, den sie mir erzählte, nicht unerwähnt lassen.
Wie gesagt: Jeder, der längere Zeit inhaftiert ist, hat in regelmäßigen Abständen an einer Vollzugskonferenz teilzunehmen. Als die erste Konferenz mit meiner Ehefrau anstand, war sie schon Tage vor diesem Termin so nervös und aufgeregt, dass eine oder zwei Beamtinnen bei der Anstaltsleiterin anriefen und dieser mitteilten, dass meine Ehefrau vor Aufregung fast in Ohnmacht fallen würde. Aufgrund dieses Sachverhaltes bat die Anstaltsleiterin meine Ehefrau dann zu einem Einzelgespräch. Darin teilte ihr diese die Entscheidungen mit, die sie vorher mit einigen Beamtinnen abgesprochen hatte. Die späteren Konferenzen fanden dann in der vorgesehenen Runde statt. Obwohl meine Ehefrau ja wusste, dass es einige Beamtinnen gab, die ihr unvoreingenommen gegenüberstanden, wie beispielsweise die Anstaltsleiterin, war sie sehr nervös und aufgeregt, sie hatte regelrechte Angstzustände. Schuldgefühle plagten sie dann. Dazu sagte sie einmal zu mir: „Ich betrete diesen Raum, in dem etwa zehn Personen sitzen und mich anschauen, mich, den Delinquenten, mich, die verurteilte Mörderin. Alle, die dort sitzen, sind anständige Bürgerinnen und Bürger (das sagte meine Ehefrau und ich kommentierte: „Wer weiß das schon?!“). Sie schauen mich

an und ich möchte am liebsten im Erdboden versinken. Ich kann nicht sprechen, mir versagt die Stimme und ich habe das Gefühl, dass ich ohnmächtig werde, so sehr erdrückt mich meine Schuld."
Meine Ehefrau erzählte mir dann noch, dass die Leiterin der JVA sehr viel Verständnis für sie aufbrachte. Die weiteren Maßnahmen im Vollzug wurden bereits im Vorfeld besprochen und so brauchte sie meistens nur noch ihre Zustimmung zu den einzelnen Maßnahmen zu geben. Die Leiterin sah und erkannte, dass meiner Ehefrau das Ausmaß ihrer Schuld bewusst war und sie sich damit auseinandergesetzt hatte. Sie erkannte, dass meine Ehefrau nie mehr mit dem Gesetz in Konflikt geraten würde, egal was noch geschehen mochte.

Ein anderes Beispiel im Falle meiner Ehefrau war die Sozialarbeiterin. Meine Ehefrau war bestimmt fünfzig Mal bei ihr zu Einzelgesprächen und jedes Mal sagte die Sozialarbeiterin: „Machen Sie Aufzeichnungen über unser Gespräch und bringen Sie mir diese beim nächsten Gespräch mit. Die Frau war eine von denen, die nur dasaßen und quakten, die aber selbst nichts taten. Auf der anderen Seite wollen sie aber etwas zu sagen haben. Als die Beurteilungen von den einzelnen Beamtinnen und Sozialarbeiterinnen abgegeben werden mussten, weil über die Entlassung meiner Ehefrau entschieden werden sollte, war die Leiterin der JVA in eine andere JVA versetzt worden. Dies nutzte die sogenannte Sozialarbeiterin, um ihre wahre Meinung zum Ausdruck zu bringen. Ich – der Verbrecher – war ihr ein Dorn im Auge, und so klang dann auch letztendlich ihre Beurteilung. Es hieß, meine Ehefrau habe sie nur fünf Mal aufgesucht und mit ihr gesprochen, deswegen könne sie keine detaillierte Beurteilung abgeben. Dies war nicht nur für meine Ehefrau sehr verwunderlich, sondern für alle anderen Bediensteten, war doch allgemein bekannt, wie oft meine Ehefrau bei ihr gewesen war.
Eine andere Sozialarbeiterin war gelinde gesagt empört. Nun gut, dies ist weder für meine Ehefrau noch für mich besonders wichtig, weil wir beide miteinander klarkommen müssen und es auch tun, aber ich finde, es ist eine Erwähnung wert, weil dies die Einstellung dieser Person wiedergibt. Solange eine Aufsicht da ist, tuten sie in das Horn dieser Personen; ist diese nicht mehr da, passiert das oben Geschilderte.

Eine andere Beamtin war diese (ich nenne sie einmal) Frau Kuckuck. Sie war diejenige, die sich von den Inhaftierten die Beine rasieren ließ. Meine Ehefrau war ihr ein Dorn im Auge, denn sie legte eine Geradlinigkeit an den Tag, die Frau Kuckuck selbst sicherlich gern gehabt hätte. Meine Ehefrau kungelte nicht, mauschelte nicht, war also kaum angreifbar. So nutzte Frau Kuckuck jede Gelegenheit, ihr in irgendeiner Weise zu schaden.

Einmal brannte ein Teelicht ein Loch in den Tisch. Meine Ehefrau hatte dieses Teelicht entzündet und vor ihre selbstgemachte Ikone gestellt. Sie konnte froh sein, dass sie keine Rauchvergiftung erlitt, denn die Zelle war voller Qualm und es stank fürchterlich. Niemand schien dies zu stören, niemand bemerkte den Qualm und es gab auch niemanden, der beunruhigt war. Meine Ehefrau meldete den Vorfall und es kam eine neue Tischplatte auf den Tisch, der ein Stahluntergestell hatte. Kostenpunkt 20 Euro. So weit, so gut. Ein Jahr später erhielt meine Ehefrau auf Veranlassung von Frau Kuckuck eine Rechnung über einen komplett neuen Tisch – samt Stahlgestell!

Meine Ehefrau lebte Frau Kuckuck vor, wie sie selbst hätte sein sollen, und dies störte sie. Frau Kuckuck wollte ihr Verhalten nicht ändern, sie war schließlich die Chefin, die Beamtin, und es konnte doch nicht sein, dass eine Gefangene rechtschaffen war, während sie mitnahm, was sie kriegen konnte. Wer sich in ihrer Gegenwart als Gefangene noch den „Luxus" erlaubte, korrekt und gerade durch den Vollzug zu gehen, durfte sich nicht wundern, wenn ihm von jeder Seite Knüppel zwischen die Beine geworfen wurden. Aber auch dies überstand meine Ehefrau, es machte sie nur noch stärker.

In diesem Zusammenhang möchte ich nun das gern verwendete Wort „Resozialisierung" anfügen. Jeder benutzt es: die Gefangenen, um eine Verlegung in den offenen Vollzug zu erreichen (weil sie ja wieder in die Gemeinschaft eingegliedert werden wollen, der gute Vorsatz kann zumindest niemandem abgesprochen werden und der offenen Vollzug ist ein Schritt dahin), und die Anstaltsleitung, um aufzuzeigen, was sie alles für die Gefangenen tut. In Wirklichkeit ist dies alles eine einzige Luftblase. Anfang der 1970er Jahre war die Resozialisierung das Ziel, welches mit der Einführung des Strafvollzuggesetzes von der Justiz ausgegeben wurde. Allerdings wichen die Erwartungen sehr schnell der nüchternen Realität, als festgestellt wurde, dass eine Resozialisierung mit enormen Kosten verbunden ist und dass die schrittweise Wiedereingliederung von Straffälligen in die Gesellschaft nur über Schule, Berufsausbildung und danach über den offenen Vollzug geschehen konnte. Als allerdings einige Entweichungen aus dem offenen Vollzug stattfanden (diese finden immer statt, aber nicht alle erfahren ein großes öffentliches Interesse) und etliche Straftaten verübt wurden, die in der Öffentlichkeit Aufmerksamkeit verursachten, ging es zuerst schrittweise mit dem offenen Vollzug zurück und nach einigen Jahren kam wieder der Wegsperrvollzug. Das Strafvollzugsgesetz gibt es zwar immer noch und auch die Vorgabe des Vollzugs zur Resozialisierung, aber zwischen der Vorgabe und der Realität tun sich Weltmeere auf.

In den JVAs, in denen ich einsaß, wird ein Verwahrvollzug betrieben und kein Resozialisierungsvollzug, wie er vom Strafvollzugsgesetz vorgegeben wird, der letztendlich das Ziel haben sollte, den Gefangenen in die Freiheit zu entlassen, damit er in sozialer Verantwortung ein nützliches Mitglied der menschlichen Gemeinschaft werden kann. Mittlerweile sind die einzelnen Paragraphen des Strafvollzugsgesetzes so mit Verwaltungsvorschriften bepflastert, dass kaum noch ein Paragraph in seiner ursprünglichen Form Anwendung finden kann.

Aus meiner eingeschränkten Sichtweise gehe ich davon aus, dass vorhandene Gelder in SOTAs fließen. Also mehr Psychologen für Kinderschänder und zusätzliche Beamte, mehr Sozialarbeiter für Drogenabhängige und auch hier zusätzliche Beamte, während auf den „normalen" Abteilungen Bedienstete fehlen.

Es gibt Lehrer und es wird Deutsch für Ausländer angeboten, es gibt Grundkurse für das Nachholen eines Schulabschlusses, dies alles macht sich gut in der Präsentation dessen, was eine JVA anbietet, aber bei den einzelnen Gefangenen erreichen sie nichts (Ausnahmen bestätigen auch hier die Regel). Es sind dies Alibi-Funktionen: „Seht einmal, was wir alles für die Gefangenen tun!"

Nichts tun sie, weil sie der einzelne Gefangene überhaupt nicht mehr interessiert, und wenn überhaupt etwas geschieht, dann dies: Es wird

gequatscht (wie immer): „Was können wir für Sie tun? Wie können wir Ihnen helfen? Also, die ersten sechs Monate müssen Sie erst einmal die Füße stillhalten, in dieser Zeit machen wir eine Zugangskonferenz und da legen wir fest, wie es mit Ihnen weitergeht."
Dann wird festgelegt, dass der Gefangene eine Arbeit erhält, vorausgesetzt, es ist jemand, der eine lange Strafzeit abzusitzen hat. Später kann der Gefangene eine Ausbildung machen – oder erst einen Schulabschluss und dann eine Ausbildung. Theoretisch ist alles möglich, doch die Praxis sieht heute anders aus.
Das Alter muss stimmen. Das Arbeitsamt bezahlt Umschulungen nicht mehr einfach so wie zu meinen Ausbildungszeiten. Arbeitsleistung, Führung und der Wille müssen vorhanden sein. Dann stellt sich die Frage: Ist es ein Deutscher? – Viele Voraussetzungen müssen gegeben sein, und da ist es einfach besser, es wird wieder nur gequatscht und vertröstet. Ich schätze einmal, dass fünf Prozent der Gefangenen in den Genuss einer Ausbildung kommen (Erwachsenenstrafvollzug, bei Jugendlichen ist es etwas anders), wenn überhaupt. Resozialisierung ist ein hehrer Gedanke, ein guter, aber gescheiterter Versuch.

Alte Strafe – Psychologische Untersuchung – Gerichtstermine – Neue Strafe

Kehren wir nun zurück zu meiner letzten Haftzeit in meiner Mutteranstalt. Dort spielten sich dann auch die bereits in Band 2 geschilderten Sachverhalte ab.

Besaß man etwas, das nicht erlaubt war, ließ der Verrat nicht lange auf sich warten. Dabei wurde ich jedes Mal von der Arbeit abgelöst. Es fanden wöchentliche Zellenkontrollen statt. Die ersten Monate hatte ich Einzelbesuch, Lockerungen gab es für mich nicht. Als mein Mobiltelefon gefunden worden war, zog ich einen Schlussstrich und sagte mir: Schluss, Ende, aus, vorbei. Nichts Verbotenes gelangt mehr in meine Zelle! Von da an hatte ich meine Ruhe und für mich war alles im Reinen. Für die Anstaltsleitung aber offenbar noch lange nicht. Die für mich zuständige Leiterin des Flügels, in dem ich lag, sagte bei der Vollzugskonferenz: „Herr Massat, Sie können ja täuschen, wen Sie wollen, aber mich nicht. Sie kommen jetzt noch nicht in die Bücherei und Sie erhalten bei mir auch keine Lockerungen. Und bei unserer Zeitung können Sie mit Sicherheit auch nicht mitarbeiten, sofern sie denn überhaupt noch einmal gedruckt werden sollte (die Zeitung wurde übrigens nicht mehr gedruckt, die Redaktion wurde nicht wieder eröffnet). Sie sind ein alter Hase und kennen sich im Vollzug zu gut aus, bei mir haben Sie erst einmal Pause. Warten Sie noch bis ...“ Und sie nannte mir einen Termin in zwei Jahren.

Zwischenzeitlich hatte ich meinen Termin wegen gefährlicher Körperverletzung (siehe Band 2, dort habe ich den Sachverhalt geschildert). Das Verfahren wurde eingestellt. Außerdem fand der Termin wegen Kokainmissbrauchs und -einfuhr und unerlaubten Waffenbesitzes statt. Dabei erhielt ich eine Gefängnisstrafe von drei Jahren.

Obwohl ich bis dahin noch nie etwas mit Drogen zu tun gehabt hatte, beantragte die Staatsanwaltschaft eine Untersuchung durch einen Psychologen, weil zu den zu verurteilenden Taten ein unerlaubter Waffenbesitz gehörte sowie einige kleinere Einbruchsdiebstähle – unter anderem der, bei dem ich verhaftet worden war. Der Psychologe war ein verhältnismäßig junger Mann aus derselben Stadt, in der ich gewohnt hatte. Er hatte auch den jungen Mann untersucht, der mit mir im Geschäft gewesen war, als ich den Mann mit dem Baseballschläger niederschlug, und der mich bedrängt hatte, ihm einiges über Aufsperrtechniken mitzuteilen. Mit ihm hatte ich letztendlich diese kleineren Einbrüche ausgeführt. Dieser Psychologe hätte gern dafür gesorgt, dass ich in die Sicherungsverwahrung kam, ganz nach dem Motto: „Wes Brot ich esse, des Lied ich singe."

Die Staatsanwaltschaft hatte ihn natürlich über meine „grundsätzlich vorhandene Gefährlichkeit für die Öffentlichkeit" (die allerdings nur in ihrem Wunschdenken vorhanden war) unterrichtet und so versuchte der Psychologe, seinen Arbeitgeber nicht zu enttäuschen.

Er hätte mich allerdings gar nicht mehr untersuchen können bzw. dürfen, weil er vorher meinen Kollegen untersucht hatte. In einem vorherigen Gespräch hatte ich ihn darauf aufmerksam gemacht und ihn nach seiner Tendenz gefragt, ob er möglicherweise voreingenommen sei. Diese Fragen hatte er verneint. Er wisse nicht, wie seine Beurteilung ausfallen würde, dazu müsse er erst seine Untersuchungen durchführen. Ich wollte aber von ihm wissen, wie die Tendenz bei seinem damaligen Kenntnisstand war. Also machte ich ihm klar, dass ich, wenn er dazu neige, bei mir die Sicherungsverwahrung zu empfehlen oder gar als notwendig zu erachte, ihn leider ablehnen müsse. Die Gründe nannte ich ihm auch. Er könne nichts sagen, war seine Antwort. „Nun", sagte ich, „dann zeigen Sie es mit Ihrem Daumen an: Daumen hoch bedeutet keine SV, Daumen unten SV, und die dazwischen liegenden Variationen sind dann auch klar." Auf diesen Vorschlag ließ er sich ein. Der Daumen ging zu dreiviertel nach oben und so ließ ich die Untersuchung über mich ergehen. In seiner Beurteilung schrieb er, dass ich zwar nicht zu hundert Prozent ungefährlich sei. Ich galt in seinen Augen eben als „ein wenig gefährlich" und war eine sehr geringe Gefahr für die Öffentlichkeit. Eine andere Einschätzung war auch nicht möglich, denn kein Testergebnis zeigte eine Gefährlichkeit auf.

Meine Anwältin traf mit dem Gericht eine Vereinbarung, dass ich alles aussage, alles zugebe, keine Diskussionen beginne, keine Beweisanträge

stelle. Dafür sollte ich eine Strafe erhalten, die nicht über drei Jahre liegen würde. Meine Anwältin kämpfte hart, weil die Kammer zunächst vier Jahre vorgesehen hatte.
Vor Beginn verlas der Vorsitzende die Vereinbarung und ließ sie zu Protokoll nehmen. Danach gab ich alles zu, was man mir vorwarf, und die Verhandlung war an einem halben Tag beendet. Die Fragen des Staatsanwaltes nach der Herkunft der Pistole unterband der Vorsitzende: „Herr Staatsanwalt, haben wir nicht eine Vereinbarung?" Damit war aber wirklich alles erledigt, wobei ich auch noch erklärte, woher ich die Pistole hatte, nämlich aus Antwerpen in Belgien, wo ich sie auf dem Bahnhofsgelände gekauft hatte. Und damit hatte es sich.
Ich erhielt drei Jahre. Und dann wurde auf einmal eine Strafe, eine Bewährungsstrafe, widerrufen, von der ich noch nicht einmal wusste, dass es sie gab. Es war eine Strafe aus dem Jahre 1984, zwanzig Jahre vor der jetzigen Verurteilung. Mein Einspruch gegen diesen Widerruf half nicht und ich erhielt noch fünf Monate dazu. Ich hatte das Gefühl – es war mein subjektives Gefühl –, die Justiz wollte dafür sorgen, dass ich das Gefängnis nicht mehr lebend verlassen sollte. Eine geringere Strafe konnte ich nicht erreichen, denn meine Anwältin hatte das Optimum dessen erreicht, was möglich gewesen war. Für mich jedoch war es eine Katastrophe: für das, was ich gemacht hatte, es war einfach nicht zu glauben.
Es war am Ende so, dass ich acht Jahre und zwei Monate Gefängnis verbüßte. Das Seltsame an der Geschichte ist: Meine Ehefrau verbüßte ebenfalls acht Jahre und zwei Monate Gefängnis.

Bei meiner Ehefrau verlief die Hauptverhandlung allerdings alles andere als korrekt. Ein Beispiel: Ein Bruder des verstorbenen syrischen Ehemanns meiner Geliebten saß während der Hauptverhandlung im Zuhörerraum. Dieser Mann war aber auch als Zeuge geladen und sagte am zweiten oder dritten Verhandlungstag zur Sache aus, diese Aussage war allerdings eine Falschaussage. Er behauptete, meine Geliebte – also seine Schwägerin – hätte ihm gesagt, meine Ehefrau wolle meine Geliebte umbringen. Ich weiß jedoch, dass meine Geliebte zu keinem Zeitpunkt die Befürchtung hatte, dass meine Ehefrau sie töten wolle.

Es ging lediglich darum, meine Ehefrau zu belasten. Für mich war in diesem Zusammenhang sehr befremdlich, dass die Strafkammer keinerlei Zweifel an seiner Aussage hatte. Es wurde nichts nachgefragt oder hinterfragt.
Der Rechtsanwalt meiner Ehefrau wollte in Revision gehen, auch wegen dieses Vorfalls, aber meine Ehefrau lehnte dies strikt ab. Der Staatsanwalt beantragte elf Jahre, die Kammer verkündete ein Urteil von zwölf Jahren, alles nach dem Motto: „Seht her, wir sprechen Recht!" Mich wollten sie verurteilen, aber verurteilt haben sie letztendlich meine Ehefrau. Diese Voreingenommenheit meiner Ehefrau gegenüber – ihre zusätzliche Bestrafung dafür, dass sie mit mir verheiratet war und sich nicht von mir trennen wollte – zog sich bis zu ihrer Entlassung hin (siehe meinen Bericht zu ihrem Entlassungsgutachten bzw. dem Gutachter, der dieses Geschmiere verfasst hat), bis das Oberlandesgericht dem Spuk ein Ende setzte.
Meine Ehefrau möchte auch jetzt noch nicht, dass ich weitere Ungereimtheiten von ihrer Hauptverhandlung schildere. Daher umreiße ich das Thema nur grob und gebe einen Einblick in die Zeugenaussagen, die bei der Polizei gegen meine Ehefrau gemacht und die gern aufgenommen wurden.
Meine Ehefrau wollte nichts Negatives über die tote Frau sagen, nach dem Motto: „De mortius nil nisi bene." – Über die Verstorbenen soll man nur Gutes reden. Meine Ehefrau wiederholt zwar immer wieder, dass sie nicht mehr über diese Zeit reden möchte, doch ertappen wir uns fast jeden Morgen dabei, dass uns das Geschehene nicht loslässt. So reden wir beispielsweise darüber, wie ich die Frau kennengelernt habe und wie sie später zu meiner Geliebten wurde. Danach hat übrigens während der Hauptverhandlung niemand gefragt!
Die Mutter meiner Geliebten sagte aus, sie habe gar nicht gewusst, was ich doch für ein Mensch sei. Ja, hallo, was bin ich denn für Mensch!? Als sie wusste, dass ich vorbestraft war, war ich da ein anderer Mensch? War ich nicht immer noch derjenige, den sie kennengelernt hatte?
Ich sagte doch auch nicht, dass sie für mich eine andere Person sei, nachdem ich von meiner Geliebten gehört hatte, was diese Dame so alles gemacht hatte – insbesondere bei ihren Urlauben in Österreich.

Ich erfuhr sehr viel über die Familie meiner Geliebten, verlor aber nicht ein Wort darüber, warum immer wieder versucht wurde, auf jemandem, der bereits am Boden lag, auch noch herumzutrampeln.
Während der Hauptverhandlung wurde ich als Zeuge gehört und ich war der einzige von ihnen, der positiv über meine Ehefrau sprach. Ansonsten waren es nur ihr Rechtsanwalt und ihr Gutachter, die Positives zu berichten hatten.
Dass der bereits erwähnte Bekannte, dieser menschliche Müllhaufen, auf der Hauptverhandlung meiner Ehefrau als Zeuge gehört wurde, ist für mich die schlimmste Missachtung jeglicher moralischer und juristischer Grundsätze überhaupt. Er hat für mich Kokain in den Niederlanden geholt, er hat Kokain mit mir konsumiert und ich wurde deswegen bestraft. War er bei mir als Zeuge oder ich bei seinem Termin? Nein, er bekam überall den § 35 BTMG zugebilligt, weil er wer weiß wie viele Personen mit seinen Aussagen belastet hatte. Wenn er dabei bei der Wahrheit geblieben wäre, wäre es ja noch gut gewesen, aber das war nicht der Fall. Er machte eine Aussage gegen mich. In Ordnung, die stimmte in etwa. Dann eine zweite, worin er erheblich übertrieb, jeder neutrale Beobachter merkte sofort, dass hier im Sinne der „Erwünschtheit" ausgesagt wurde. Ja, und dann schloss sich noch seine Aussage gegen meine Ehefrau an, in der er behauptete, sie hätte zu mir gesagt, sie wolle meine Geliebte umbringen. Und ich hätte es ihm angeblich erzählt. Meine Herren!
Wurde ich zu diesem Vorwurf gehört? Nein, nichts dergleichen geschah. Wo blieb da mein Recht auf Gehör?
Sogar heute noch, wo ich dies niederschreibe, könnte ich dagegen vorgehen, so sehr ärgert mich die Missachtung meiner Person und die meiner Ehefrau. Bei uns kann das Gesetz, die Strafprozessordnung, mit Füßen getreten werden! Dieser Müllhaufen lügt, um sich ein halbes Jahr Gefängnis zu ersparen. Er würde dafür einen Menschen unter Umständen lebenslang hinter Gitter bringen. Dies muss man sich einmal vorstellen, und dies alles im Namen des Volkes!

Meiner Geliebten war es auch egal gewesen, wenn jemand kaputt ging. Sie hatte im Leben viel Leid erfahren und keine Rücksicht auf ihre

Mitmenschen genommen. Sie wurde ausgenutzt und oft von „ihren Männern“ verlassen, deswegen war ihr die Verfassung meiner Ehefrau auch so egal. Sie war der Meinung, ich wäre der Richtige, und davon ließ sie sich nicht abbringen. Zwischendurch lernte ich einige ihrer früheren Männer kennen, die nur dann zu ihr kamen, wenn sie wieder mit ihr ins Bett steigen wollten. Meine Geliebte brauchte dann nur mit ihnen zu trinken, es wurde nett erzählt, und schon schoben sie eine Nummer. Und war der Mann wieder in der Stadt, wiederholte sich die Geschichte. Als sie mit mir zusammen war, weigerte sie sich jedoch, mit ihnen ins Bett zu steigen, und so kamen diese Männer auch nicht mehr. Meine Geliebte klammerte sich immer mehr an mich, sie war einfach kaputt, glaubte an nichts mehr und ihre letzte Hoffnung auf ein „normales Leben“ war ich.
Was für ein Witz, denn mit ihr hatte ich alles andere als ein „normales Leben“. Vorher war es meine Ehefrau gewesen, die es mir ermöglicht hatte, dass ich in einer vernünftigen und normalen Familie lebte. Sie und unsere Kinder gaben mir nach einem Gefängnisaufenthalt immer Kraft und einen sicheren, ruhigen, stressfreien Hafen. Zumindest so lange, bis ich meine Geliebte kennenlernte ...

Es ist nicht von Belang, wann wer wie lange mit meiner Geliebten zusammen war. Fakt ist, sie hatte ein Faible für Ausländer und für Menschen, die nicht in das übliche Raster fielen. Fakt ist auch, dass sie jeden Tag Alkohol und regelmäßig Drogen konsumierte. Aus der Zeit, in der ich mit ihr zusammen war, weiß ich es aus dem eigenen Erleben heraus und aus der Zeit davor aus ihren Erzählungen. Dies alles war aber auf der Hauptverhandlung meiner Ehefrau kein Thema. Jeder Prozessbeteiligte kannte diese Fakten, doch Erwähnung fanden sie nicht. Es wurde auch nicht berücksichtigt, das der Alkohol und die Drogen ihre Aggressivität erheblich gesteigert hatten, vor allen Dingen die Aggressivität gegenüber meiner Ehefrau. Wurde dies im Urteil berücksichtigt? Nein, es hätte meine Ehefrau ja entlasten können.
Von ihrer Arbeitsstelle wurde auch niemand gehört, sie hatten – wie auch alle anderen von der Polizei vernommenen Personen – schon kräftig gegen meine Ehefrau ausgesagt. Dass meine Geliebte ihre

Arbeitskollegin dazu gedrängt hatte, meine Ehefrau in der Nacht anzurufen, habe ich schon erwähnt. Wurde dieser tägliche Psychoterror gegen meine Ehefrau in der Verhandlung überhaupt erwähnt?! Nein, warum auch, es hätte sie ja entlasten können.
Meine Geliebte trat meine Ehefrau, als sie sich auf der Straße trafen und meine Ehefrau ihr nicht die Farbe aushändigen wollte, die sich in meinem Fahrzeug befand.
Ein Wirt, bei dem sich meine Geliebte öfter aufhielt, sagte aus, dass meine Ehefrau meine Geliebte mit einem Baseballschläger bedroht habe. Meine Ehefrau hatte jedoch nur den Baseballschläger aus dem Geschäft mit nach Hause genommen. Der Wirt hatte einen Teil des Schlägers aus der aus der Tasche meiner Ehefrau herausragen sehen, als sie auf dem Weg nach Hause an seiner Gaststätte vorbeiging.
Bei mir wurde einseitig ermittelt, ebenso wie bei meiner Ehefrau. Der Unterschied war, dass sie noch nicht einmal protestierte – im Gegensatz zu mir.
Die Kammer hinterfragt nicht, eruiert nicht die Hintergründe. Warum auch? Die Angeklagte war geständig, stand zu ihrer Schuld, besser konnte es für eine große Strafkammer am Landgericht doch nicht laufen, nicht wahr?!
Doch, so etwas könnte erheblich besser laufen. Die Kammer kann die besonderen Umstände berücksichtigen, die zu dieser Tat führten, sie kann und muss meiner Meinung nach auch das Verhalten der Getöteten berücksichtigen, wenn es relevant ist. Hier war es sogar der Auslöser dieser menschlichen Katastrophe, und wenn dies nicht von Relevanz war, dann weiß ich nicht, was relevant sein sollte. Hier war es aber wie überall: Es wurde nach ökonomischen Gesichtspunkten gehandelt. Es war doch sowieso alles klar, sie hatte gestanden, also brauchte man der Sache nicht auf den Grund zu gehen. Ich meine jedoch, dass gerade eine große Strafkammer die Gründe eruieren muss, die zu einer solchen Tat führen. Da haben die wirtschaftlichen Interessen gegenüber den menschlichen zurückzustehen.
Ich will einfach nur aufzeigen, wo und wie unser Rechtssystem krankt, genau wie unser Sozialsystem und unser Bildungssystem. Und kommen Sie mir nicht mit dem Spruch: „Alle haben die gleichen Chancen."

Ich habe von meiner Ehefrau gelernt, von ihrem Verhalten, ihrer Demut. Sie diskutiert nicht darüber, was Gesetz ist, was in unseren Gesetzestexten steht und wer was wie auslegt. Nein, sie sieht, was recht und was unrecht ist, und danach verhält sie sich.
Ich habe mich mit den Gerichten herumgestritten und gedacht, ich verstehe etwas von der Jurisprudenz. Dies mag im Rahmen meiner Möglichkeiten auch so gewesen sein. Ich war und bin ein interessierter Amateur. Vielleicht bin ich den Herren auch ein Dorn im Auge, weil sie jede, aber auch jede Kritik (und dann auch noch von einem vorbestraften Rechtsbrecher, der meint, er könne die Jurisprudenz verstehen, weil er einige Bücher darüber gelesen hat) als Pamphlet betrachten. Diese Herren in Schwarz sind noch mehr als die Götter in Weiß erhaben über alles, sie erlauben auch nicht den geringsten Funken von Kritik, und sollte es doch einer wagen aufzumucken, so bekommt er schon seine Strafe, letztendlich dann mit seinem Urteil. Ist er auch noch vorbestraft, so wie ich es war, dann kann die Kammer davon ausgehen, dass eine Revision zu 95 Prozent verworfen wird, und so erlangen dann solche aberwitzigen Urteile wie bei mir – verurteilt für vier Einbruchsdiebstähle, gestützt auf Indizien und der Überzeugung des Vorsitzenden, mit einer Strafe von sieben Jahren und sechs Monaten Gefängnis – Rechtskraft. Und auch dies, wie immer, im Namen des Volkes.

Ich habe stets mit diesen Institutionen – Gericht und Strafkammern – gehadert, ebenso wie ich mein Leben lang mit dem Jugendamt und der Justiz gehadert habe. Ich habe nicht direkt die Schuld für mein Fehlverhalten, mein Versagen bei der Justiz gesucht, hatte aber stets folgende Gedanken:
Wenn ich damals nicht ins Heim gekommen wäre ...
Wenn ich in der Jugendstrafanstalt von der Bundeswehr übernommen worden wäre, obwohl mein rechtes Auge stark an Sehkraft verloren hatte ...
Wenn das Arbeitsamt damals anders gehandelt hätte ...
Wenn die Strafkammer korrekt gewesen wäre ...
Tja, wenn ...

Es ist alles richtig, es ist auch richtig, dass mein Zug vom Jugendamt aufs Gleis gesetzt wurde, aber während der Zug stetig bergab fuhr, hätte ich mehr als einige Male die Weichen anders stellen können.

Ich werde jetzt hier, mitten im 3. Band, noch kein Fazit ziehen, aber es ist heute so, dass ich die Dinge anders sehe. Und dadurch handle ich auch anders.

Wieder in der Auswahlanstalt

Im Folgenden berichte ich aus der letzten Haftzeit.
Wie bereits in Band 2 meiner Trilogie erwähnt, kommt jeder deutsche Staatsbürger, der eine Strafe von mehr als zwei Jahren erhält, in die Auswahlanstalt.
Ich kam wieder in die Auswahlanstalt, die mich beim letzten Mal so hervorragend beurteilt hatte, geeignet für den offenen Vollzug bei einer offenen Gefängnisstrafe von über sechs Jahren. Zwischenzeitlich hatte sich bei mir zwar sehr viel verändert, und zwar zum Guten. Meine Einstellung war meiner Meinung nach positiver geworden und ich wusste, ich würde nie mehr straffällig werden. Ich hatte mittlerweile auch über drei Jahre meiner offenen Haftstrafe verbüßt, was sollte also dagegensprechen, mich als für den offenen Vollzug geeignet zu beurteilen! Meiner Meinung sprach nichts dagegen, tja, meiner Meinung nach. Aber hier zählte alles, nur nicht meine Meinung ...
Die Auswahlanstalt war ein Gebäude, das aus vier Teilen bestand, die alle miteinander verbunden waren. In der Mitte verblieb ein Lichtschacht, der als Freistundenhof genutzt wurde. Jeder konnte auf der anderen Seite in den Haftraum – nein, hier muss ich Zelle sagen – eines Mitgefangenen schauen. Alles schallte ganz fürchterlich, es war ein Quadrat des Grauens.
Ich kam im Sommer dorthin, und zwar in die sechste Etage. Eine brütende Hitze empfing mich und ich war unterm Dach dreiundzwanzig Stunden am Tag eingepfercht in einen Raum von zwei Metern Breite und vier Metern Länge, versehen mit einem doppelt vergitterten Fenster, welches von oben mit einem schräg abfallenden Plastikstück bedacht war, das einen daran hindern sollte, auf das Dach zu klettern. Dies wäre allerdings nur möglich gewesen, wenn man es geschafft hätte, ein Stahlgitter und anschließend ein kleinmaschiges Gitter zu überwinden – was so gut wie unmöglich war.
Das Einzige, was durch diese doppelten Gitter tatsächlich erreicht wurde, war, dass kein Luftzug auch nur die geringste Chance hatte, das

Innere des Haftraumes zu erreichen. Zudem war der Haftraum – nein, die Zelle – hermetisch abgedichtet und abgeschlossen. Nicht ein einziger Luftzug – weder von draußen, also vom Innenhof, noch von drinnen, vom Flur.

In der Woche konnte ich zwei Mal duschen gehen und Wäsche tauschen. Die Duschräume befanden sich im Kellergeschoß. Es wurden jeweils etwa zwanzig Personen in den Duschraum geführt, der daraufhin abgeschlossen wurde. Dann ging die Hatz los, ein jeder beeilte sich mit dem Ausziehen, denn es gab Duschen, da tröpfelte es nur, und bei anderen Duschen erreichten einen zwei Wasserrinnsale. Wie dem auch sei, auch hier unten war es stickig heiß, Dampfschwaden waberten umher, und kaum hatte man sich abgetrocknet, war man auch schon wieder nass geschwitzt. Aus dem Duschraum kommend musste man sich im Kellergeschoß eine Jacke anziehen, so kühl war es, aber dann, vom zweiten oder dritten Stockwerk an aufwärts, wollte man sich am liebsten wieder alles vom Leib reißen.

Einmal in der Woche konnte ich die geliehenen Bücher tauschen, beim Frühstück die gelesenen rausgeben und am Nachmittag andere erhalten. Es gab noch die Möglichkeit des Umschlusses. Ein anderer Gefangener konnte an verschiedenen Tagen von 14.00 bis 16.30 Uhr zu mir auf die Zelle kommen oder ich konnte zu einem anderen auf die Zelle gehen. Allerdings nur jemand, der zu derselben Abteilung gehörte. Als später ein inhaftierter Arzt bei mir auf der Abteilung lag, nutzten wir so manches Mal die Möglichkeit des Umschlusses, unterhielten uns oder spielten eine Partie Schach.

Dann gab es noch die Möglichkeit, einmal im Monat einzukaufen, vorausgesetzt, man hatte Hausgeld (durch Arbeit im Gefängnis erwirtschaftetes Geld) oder Eigengeld. Ich weiß gar nicht, ob es dort auch einen Sozialeinkauf gab. Jemand, der weder Hausgeld noch Eigengeld besaß und unverschuldet ohne Arbeit war, konnte für etwa 30 bis 38 Euro einkaufen – je nachdem, wie viele Tage der Monat hatte.

Zum Frühstücksempfang, zur Freistunde, zum Mittagessenempfang und zum Abendessen wurden jeweils die Zellentüren geöffnet und dabei hoffte ich auf einen Windzug, und sei er auch noch so winzig. Diese Hoffnung war trügerisch, denn es gab zwar auf der gegenüberliegenden Flurseite kleine Glassteinfenster, doch diese waren geschlossen. Außer der Reihe wurde die Zellentüre lediglich zum Umschluss geöffnet. Ausnahmen gab es nur in der ersten Woche, als ich zur Kammer gerufen wurde, um meine Sachen zu holen, und als ich zum Krankenrevier musste oder mir die Unterlagen gebracht wurden, die von jedem Gefangenen auszufüllen waren. Ich wollte keine Berufsausbildung mehr machen, schließlich war ich zu alt für irgendwelche beruflichen Maßnahmen, und lehnte es ab, wieder an irgendwelchen Tests teilzunehmen. Ich hatte alles schon mitgemacht und richtige Intelligenztests, die ich durchaus gern mitgemacht hätte, wurden nicht durchgeführt. Die Post gab es während der Mittagskostausgabe.

Auf der Zelle hatte ich ein Fernsehgerät, ein Radio, eine Schreibmaschine, ein Schachspiel, einiges an eigenen Büchern, jede Menge Papier und allerhand Krimskrams. Einen Tauchsieder bekam ich nicht, aber meinen Wasserkocher, einen Trainingsanzug, eine Turnhose, Turnschuhe und Schreibutensilien.

Es gab auf dieser Abteilung zwei feste Abteilungsbeamte. Eines Tages, als es auf der Zelle nicht mehr auszuhalten war, fragte ich einen Beamten, ob er nicht die Zellentüre auflassen und auf der anderen Flurseite die Glasbausteinfenster auf Kippstellung öffnen könne, damit wenigstens ein kleiner Luftzug entstehe. Ich muss hier erwähnen, dass die Abteilungen zusätzlich durch Gittertüren geschützt waren. Wenn diese abgeschlossen waren, konnte niemand die Abteilung verlassen. Einen der Glasbausteine auf Kipp zu stellen, hätte also die Sicherheit nicht gefährdet. Und doch lehnte dieser nicht nur körperlich kleine Mensch entschieden ab. Originalton: „Was denken Sie eigentlich, wo wir hier sind. Bestimmt nicht in einem Luftkurort! Wir sind hier im Knast, und das sollen Sie schließlich wissen und auch merken." Nun, ich nenne diesen Menschen einmal „den Kleinen", denn das war er auch, im wahrsten Sinne des Wortes, ein kleiner Gernegroß. Aufgrund seiner augenblicklichen Schlüsselgewalt meinte er sich so aufführen zu können oder zu müssen. In Wahrheit kam hier seine geistige und moralische Engstirnigkeit zum Ausdruck. Ich bat ihn zwei Mal um diese Möglichkeit eines Luftzuges, doch beide Male lehnte er diese Bitte genüsslich ab. Nach der zweiten Ablehnung fragte ich ihn, ob er nicht langsam die

Unterernährung seines Gehirns beenden wolle. Danach war totale Konfrontation angesagt.
Übrigens entsprach der zweite Abteilungsbeamte meiner Bitte, und so war – wenn er denn Spätdienst hatte – die Zellentüre für zwei, drei Stunden offen. Es war eine körperliche Wohltat, Labsal für Körper und Geist.
In Gegenwart des kleinen Gernegroß bat ich um nichts mehr. Eines Tages – die Hitze war kaum auszuhalten – zog ich mich nackt aus und setzte den Zellenboden unter Wasser. Das Wasser schwappte nicht raus, weil es an der Zellentür eine kleine, zwei bis drei Zentimeter hohe Kante gab. Zur Abendkostausgabe zog ich meine Turnhose an. Ich hatte meine Kartons auf mein Bett gestellt und konnte mich so – versehen mit ein bisschen Kühlung „von unten“ mit Schreiben beschäftigen.

Dies waren die Haftbedingungen:
Morgens um 7.30 Uhr Freistunde. Bis zum Freistundenhof einhundertzehn Stufen, in der Freistunde Gespräche mit einem Mitglied der „Opa-Bande“, Bankräuber, die das siebzigste Lebensjahr weit überschritten hatten. Ansichten, Lebenserinnerungen und Lebensgefühl waren bei diesen Gesprächen für mich von Interesse, einfach die gesamten Lebensumstände. Etwa drei Monate führten wir diese Gespräche, solange ich dort war. Die Frage für mich lautete: Warum haben sie nicht aufgehört? Ein Täter war bei Ausübung seiner Taten bereits sechsundsiebzig oder achtundsiebzig Jahre alt gewesen. Bei den Strafen, die diese Männer erhalten hatten, war die Wahrscheinlichkeit groß, dass sie im Knast sterben würden. Für mich ein ganz schrecklicher Gedanke.
Dieser Mann – die anderen kannte ich nicht näher und von daher kannte ich auch nicht deren Einstellung – wollte sich nicht ändern. Er wollte seine Einstellung nicht ändern und so konnte er die Dinge auch nicht anders sehen. Nur wer seine Sicht auf die Dinge verändert, der kann sich selbst ändern. Das eigene Leben ändern und die Handlungsweise, nur so geht es, aber dazu muss man auch bereit und willens sein.

Wie dem auch sei, ich beantragte eine Verlegung in den offenen Vollzug und harrte der Dinge, die da kommen sollten. Ich wusste, auch wenn ich die anderen Untersuchungen und Tests nicht mitmachte, musste ich wie jeder andere mindestens zwölf Wochen dort verbringen. Dies wurde bewusst so gehandhabt, damit die Inhaftierten die Tests nicht ablehnten, um diesem Quadrat des Grauens früher zu entkommen.

Seltene Ausnahmen gab es auch hier. Was tat ich also? Ich las viel – wie immer –, schrieb und versuchte diese Zeit, die mir psychisch und physisch sehr zusetzte, unbeschadet zu überstehen.

Der Arzt, der zu mir auf Umschluss kam, war mir eine große Hilfe. Er hatte ein Buch über seine Zeit in Afrika geschrieben, war sehr gut in Latein und so diskutierten wir beispielsweise darüber, ob der Ausspruch „De mortius nil nisi bene“ – Über die Verstorbenen soll man nur Gutes reden – bei jedem Verstorbenen gelte. Ich hatte ihm von der Tat meiner Ehefrau erzählt und von meiner Geliebten. Die ironische Folgerung dieses Ausspruches könnte lauten: „Man soll von den Lebenden nur Böses reden.“

Wieder einmal bewahrten mich Bücher und die Gespräche mit dem inhaftierten Arzt vor dem alltäglichen Wahnsinn dieses Psycho-Knastes. Leider merkte ich bald, dass dies nur vorübergehender Natur war, denn der reale Wahnsinn holte mich bald ein, und zwar in der Gestalt einer sogenannten Psychologin.

Alle psychologischen Tests sind darauf abgestimmt, in der Psyche des Gefangenen irgendwelche Haarrisse zu entdecken. Hier ging es um meine Person und meine Psyche. Einige Jahre vor dieser Inhaftierung war ich ja schon einmal in der Einweisungsanstalt gewesen und vom Allerfeinsten beurteilt worden – geeignet für alles. Jetzt sollte ich erneuten Tests unterzogen werden, damit möglicherweise auch bei mir einige Haarrisse festgestellt werden konnten. Es war ja möglich, dass ich in der jüngsten Vergangenheit welche bekommen hatte. Früher hatte ich diese Tests, wie schon erwähnt, sehr gern gemacht, weil ich zwischendurch immer wieder diese Selbstzweifel hatte: Ist alles in Ordnung mit mir? Warum wirst du immer wieder strafffällig?“ Und weil mich Intelligenztests grundsätzlich reizten, denn ich war gut darin! Ich hatte bei

jeder Untersuchung einen IQ von über 120, in einigen Bereichen 138 – da war ich noch erheblich jünger. Es war gleichzeitig Selbstbestätigung und Streicheleinheit. Heute brauche ich das alles nicht mehr und außerdem sähe es heute auch anders aus.
Mir fallen immer einige seltsame Sprüche ein, die ich irgendwann einmal irgendwo gelesen habe. Beispielsweise dieser:

Das Verhängnis!
Das ist das Verhängnis;
Zwischen Empfängnis und Leichenbegängnis
nichts als Bedrängnis.

Mal abgesehen von den Intelligenztests waren mir die anderen Befragungen immer etwas suspekt, daher der Gedanke an diesen Spruch. Bei anderer Gelegenheit fällt mir ein anderer Spruch ein.

Eines Tages kam der Abteilungsbeamte namens Kleiner und verkündete süffisant, dass ich zu der Psychologin Frau Wirrger kommen solle. „Prima!“, sagte ich und fragte mich, warum dieser Mensch so spöttisch grinste. Ich sollte es bald erfahren. Ich erwartete die Mitteilung, dass ich wie gehabt für den offenen Vollzug geeignet sei und dass eine Empfehlung für diesen ausgesprochen bzw. festgeschrieben werden sollte. An diese brauchte sich zwar keine JVA zu halten, aber es ist immer hilfreich für sie, wenn sie ohne große Erklärungen etwas ablehnen oder genehmigen wollen.
Ich wurde also von diesem Beamten zu der Psychologin gebracht, betrat den Raum, sagte: „Guten Tag, Frau Wirrger“, hörte allerdings kein: „Guten Tag, Herr Massat“, sondern folgenden Ausspruch: „Warum sind Sie nicht in der SV?“
Ich war völlig verdutzt und im ersten Moment stumm.
Sie wiederholte die Frage: „Warum sind Sie nicht in der SV?“
Ich sagte: „Was ist mit Ihnen los? Ich bin verurteilt und stehe hier doch nicht vor Gericht. Ich frage mich, ob bei Ihnen noch alles klar ist im Oberstübchen!“ Und dann ging ich.

Draußen stand noch mein Abteilungsbeamter Kleiner und fragte: „Schon fertig?“
„Ja“, bestätigte ich, „ich bin schon fertig.“
Nun flog aber die Türe auf und Frau Wirrger sagte: „Kommen Sie wieder rein, wir sind noch nicht fertig.“
„Nein!“, entgegnete ich. „Ich komme nicht mehr rein, ich bin fertig. Sie wollen mich doch nicht mit Gewalt festhalten und zu einem Gespräch zwingen!“
Herr Kleiner stand voller Erwartung vor der Psychologin und fragte: „Sollen wir ihn vorführen?“
„Nein“, beschloss diese nach einem kurzen Moment des Überlegens. „Bringen Sie ihn in seinen Haftraum.“
Damit waren meine Gespräche erledigt, allerdings auch meine Hoffnung auf eine Verlegung in den offenen Vollzug. Ich erhielt später die Beurteilung der Psychologin in Kopie, worin sie ausführlich beschrieb, was ich für ein notorischer Rechtsbrecher sei und dass ich unbedingt im geschlossenen Vollzug verbleiben müsse. Auf gar keinen Fall käme eine Verlegung in den offenen Vollzug in Betracht, weil ich sofort entweichen würde, um neue Straftaten zu begehen. Auch in der Zukunft seien von mir stets neue Straftaten zu erwarten, dies hätte sie nach einem intensiven, mehr als zwei Stunden dauernden Gespräch festgestellt!
Ich legte natürlich gegen diese Beurteilung Beschwerde ein. Es ging bis zu dem zuständigen Gericht, aber mein Aufbegehren wurde schriftlich abgelehnt, weil ich gegen die persönliche Beurteilung dieser Person nichts machen könne. Über die Verlegung in den geschlossenen Vollzug könne ich mich zwar beschweren, aber die Beschwerde hätte keinen Erfolg, weil ich nicht zwingend eine Verlegung in den offenen Vollzug beantragt hätte. Das alleinige Vorbringen eines „Wunsches“ biete keine Möglichkeit, dagegen vorzugehen.
Ich unterhielt mich später mit dem inhaftierten Arzt darüber, welche Erkenntnisse nach der Phrenologie über diese Psychologin zu erhalten wären. Mittlerweile hat sich die Erkenntnis, dass aus den Schädelformen bestimmte geistig-seelische Veranlagungen zu erkennen seien, als irrig erwiesen, aber ich kam zu abenteuerlichen Erkenntnissen, welche

mich trösteten, denn ich konnte diesen Müll besser verarbeiten, indem ich mir sagte, dass diese Person nichts für ihr Verhalten könne.

Berichte aus der Subkultur

Bei der Rückkehr zur Mutteranstalt stellte ich fest, dass mir ein Trainingsanzug und ein Wasserkocher fehlten. Meine Nachfragen und Beschwerden blieben auch hier ohne Erfolg, ein Täter konnte nicht ermittelt werden und so hatte ich diese Kleinigkeiten billigend in Kauf zu nehmen.
In diesem Zusammenhang fällt mir noch eine Geschichte ein: Bei einer früheren Verhaftung kam ich in U-Haft. Während der Aufnahme in der Kammer wurde mir meine vollständig aus Silber bestehende Designeruhr von Gucci abgenommen mit dem Hinweis, die Uhr sei zu wertvoll und könne mir in der Haft entwendet werden. Nach vierzehn Tagen wurde ich aus der U-Haft entlassen, kam zur Kammer und erhielt meine Papiere und andere persönliche Dinge zurück. Meine Gucci-Uhr fehlte jedoch.
Ich fragte: „Wo ist meine Uhr?"
„Welche Uhr?", fragt der Kammerbeamte, übrigens derselbe, der die Uhr eingetragen und weggeschlossen hatte. „Hier steht nichts von einer Uhr. Sie haben keine gehabt, sonst wäre hier eine eingetragen."
Der Mensch hatte meine Uhr mit Bleistift eingetragen später den Eintrag ausradiert. So war er ganz einfach an eine Gucci-Uhr gekommen.
Meine Strafanzeige wurde nach sechs Wochen eingestellt und ich erhielt den Bescheid: „Da ein Täter nicht zu ermitteln ist, wird das eingeleitete Verfahren hiermit eingestellt."
Nun, was soll ich sagen: Wir sind alle Menschen und damit auch mehr oder weniger große Sünder, nicht wahr?

Hier muss ich noch eine kleine Episode erzählen: Bei mir wurden ein Tütchen mit Diamanten, eine goldene Corum-Uhr und eine neue Pistole sichergestellt. Alles kam in die Asservatenkammer. Als die Gegenstände nach zwei Jahren freigegeben wurden – es konnte kein anderer Besitzer ermittelt werden, also konnte auch nicht bewiesen werden, dass die Gegenstände aus Straftaten stammten –, fehlten die Uhr, die größeren Diamanten und die Pistole. Wohlgemerkt, aus der Asservatenkammer. Wieder erstattete ich Anzeige, aber seltsamerweise konnte auch in diesem Fall kein Täter ermittelt werden. Verschwunden aus der Asservatenkammer – dort sollten die Sachen doch eigentlich sicherer verwahrt sein als bei einer Bank. Aber auch hier gilt: Alles nur Menschen ...

Mir ist immer wieder aufgefallen, wie viele Personen, die in Diensten der Justiz stehen, „krumme Hunde" sind. Nicht, dass mir dies etwas ausgemacht hätte, aber heute, aus der Nachsicht betrachtet, stört mich dieses Verhalten schon sehr. Denn gerade diejenigen, die für Recht und Ordnung stehen sollten, die einem Inhaftierten Hilfestellung geben könnten und es auch tun sollten, sorgen dafür, dass die Inhaftierten möglicherweise noch tiefer in Resignation verfallen, noch mehr verzweifeln und jegliche Hoffnung verlieren.
Ich habe ja schon vieles über die bei der Justiz Beschäftigten geschrieben und nun füge ich noch zwei Beispiele aus der bitteren Haftzeit meiner Ehefrau an.

Meine Ehefrau arbeitete auf der Kleiderkammer und reinigte gerade ein Regal. Der Eimer mit Wasser stand auf dem Fußboden. Eine Gefangene, die eine lebenslange Haftstrafe verbüßte und ebenfalls dort arbeitete, kam zusammen mit einer Beamtin an diesem Eimer vorbei, blieb stehen und trat dagegen. Einige Liter Wasser schwappten auf den Boden. Die Gefangene sagte zu meiner Ehefrau: „Kannst du jetzt aufputzen" und ging mit der Beamtin weiter. Meine Ehefrau, damals noch in Untersuchungshaft, war sprachlos. Die Beamtin sagte nichts und meine Ehefrau war in dieser Situation einfach nur hilflos. Sie sprach mit ihrer ehrenamtlichen Betreuerin darüber und konnte so einiges auffangen und verarbeiten, was ihr allein sicherlich mehr als schwergefallen wäre.
Die Frage hier ist aber: Was unternahm die Beamtin? – Nichts unternahm sie und somit war meine Ehefrau eine „leichte Beute" für die anderen Gefangenen.

Nach ihrer Verurteilung war meine Ehefrau in der Haftanstalt, in der auch ich einsaß, natürlich im Frauenhaus, und arbeitete dort wieder in der Kleiderkammer. Und wer kam auch in die Kleiderkammer? – Richtig, diese Frau, die vorher auch in der Untersuchungshaftanstalt gewesen war. Und wieder versuchte sie meine Ehefrau zu schikanieren, diesmal allerdings ohne Erfolg.
Meine Ehefrau sprach bei einem ähnlichen Vorfall mit der Leiterin der Kammer und diese wies die Frau mit Nachdruck zurecht, sodass sich derartige Vorfälle nicht wiederholten. Die Leiterin der Kleiderkammer war eine der Korrekten, sie ließ sich nicht von irgendwelchen abgebrühten und abgefeimten Inhaftierten missbrauchen. Sie war eine derjenigen Personen, die meiner Ehefrau Halt gaben und ihr das Gefühl vermittelten, dass sie nicht allein sei und dass sie geachtet wurde.
Hieran erkennt man wieder die unterschiedlichsten Menschen. Es gibt neben denen, die alles gebrauchen können, die Gleichgültigen und die Intriganten, aber auch immer noch einige, die ihre „Arbeit" gut und sorgfältig machen. Der Umgang mit Menschen ist eine verantwortungsvolle Aufgabe und ich habe schon einigen gesagt, dass ich kein Brett bin, welches man einfach weglegt, sondern ein Mensch.
Denjenigen, die bei der Justiz beschäftigt sind, steht es nicht zu, über diejenigen, die sie betreuen oder meinetwegen auch nur wegschließen sollen, zu richten oder den Stab zu brechen. Ich kenne so viele, die den „Dreck vor ihrer Türe" kaum wegfegen können, so viel hat sich dort angesammelt, aber dies sind diejenigen, die am lautesten schreien, wenn ein Gefangener angeblich etwas nicht Erlaubtes tut oder getan hat.
In diesem Zusammenhang muss ich sagen, dass es auch Anwärterinnen und Anwärter bei der Justiz gab, die nach einigen Monaten der Beschäftigung in dieser JVA eine Weiterbeschäftigung ablehnten. Ihre Begründung lautete: „Auch die finanzielle Sicherheit, die durch diese Beschäftigung bei der Justiz gegeben ist, lässt es nicht zu, weiter hier zu arbeiten, denn dann müsste ich meinen Charakter verändern, mich verbiegen, und dies tue ich nicht."
Allerdings ist dieses Verhalten unter den Inhaftierten ebenfalls sehr verbreitet. Eine Erzieherin, die ihr Kind umgebracht hatte, weil sie Karneval feiern wollte, sagte zu meiner Ehefrau: „Was denkst du, wer

du bist? Du hast so viel Dreck vor deiner Türe, du dürftest überhaupt nicht mehr aus dem Knast kommen." Diese Frau wollte von ihrer eigenen Tat ablenken, sie glaubte von sich – weil sie Erzieherin war und die dementsprechende Ausbildung hatte –, keine Kriminelle zu sein. Sie hatte in einer Toilette entbunden, ihr Kind in einen Mülleimer geschmissen und war dann Karneval feiern gegangen. Ja, hallo, wo lebte diese Frau denn? Sicherlich in ihrer eigenen Welt, wie es die meisten Inhaftierten tun, weil sie so von ihrer eigenen Schuld am besten ablenken können.

So ist es nicht nur bei den Frauen, sondern auch bei den Männern. Fast jeder Inhaftierte versucht, jemanden zu finden, der noch schlechter ist als er selbst, doch dies liegt natürlich im Auge des jeweiligen Betrachters. Hier brauche ich gar nicht auf einzelne Taten einzugehen, es ist einfach so, wahrscheinlich geschieht dies noch nicht einmal bewusst.

In einer Zweiganstalt – diese wird von der Hauptanstalt aus versorgt und untersteht auch der Anstaltsleitung, wird allerdings im täglichen Haftalltag von einem dort tätigen Justizvollzugsbediensteten geleitet – war ein Gefangener, der mit mir zunächst auf einer Gemeinschaftszelle und später auf der halboffenen Abteilung lag. Dieser erzählte mir folgenden Sachverhalt:

Er war Verwaltungsreiniger in dieser Zweiganstalt, putzte die Büros, die Toilettenräume und dergleichen mehr. Eines Tages fand er auf einer Fensterbank die Dienstpistole eines Justizvollzugsbediensteten. „Stell dir einmal vor, Siggi, die Waffe wäre von jemand anderem gefunden worden?!" Dieser Mann war wegen Unzucht mit Kindern verurteilt worden, er sollte eine Beziehung mit einer vierzehnjährigen Schülerin und Geschlechtsverkehr mit ihr gehabt haben, hatte dies aber stets bestritten. Und dieser Mann hatte eine scharfe Waffe gefunden. Ich brauche nicht näher auf diese Situation einzugehen, denn jeder kann sich ausmalen, was alles hätte passieren können.

In dieser JVA verschwand auch einmal ein Gefangener spurlos, er war einfach weg. Es war Ende des abendlichen Umschlusses und jeder Gefangene musste wieder in seinen eigenen Haftraum zurückkehren.

Doch einer fehlte, ein türkischer Gefangener. Zuerst wurde der gesamte Gefängnisbau abgesucht und jede Zelle wurde kontrolliert (was sollte oder wollte er denn dort? Er hätte bei einem Umschluss auf jede Zelle gehen können, um sich auszutauschen oder ein Geschäft zu machen, da geht er doch nicht beim Einschluss irgendwo hin, wo sein Fehlen sofort auffällt!). Er war weder im Keller noch im Heizungsraum, hierzu hätte er auch einen Schlüssel haben müssen. Außerdem stellte sich die Frage, was er dort sollte. Er war einfach verschwunden. Später meldete er sich aus der Türkei. Von diesem Vorfall war kurz darauf auch in der Zeitung zu lesen. Ein Beamter hatte ihm die Türe aufgeschlossen.

Nun ja, alles Einzelfälle, nicht wahr? Einzelfälle hier und Einzelfälle da. Viele dieser Begebenheiten sind mir noch heute in bester Erinnerung.
Eine Zeit lang sammelte ich während meiner Haftzeit alle Zeitungsartikel, die sich mit irgendwelchen Vergehen oder Verbrechen von Personen beschäftigten, die bei der Justiz beschäftigt waren. Dazu noch die Missbrauchsfälle in den Kirchen und die Vorfälle, die sich mit dem Jugendamt befassten. Nach zwei Jahren wusste ich nicht mehr, wohin mit dem ganzen Geschmiere. Also entsorgte ich das viele Papier. Auch dies waren nach Aussagen der Justiz Einzelfälle, aber wie war es denn möglich, dass ich all diese „Einzelfälle“ nicht mehr unterbringen konnte? Heute finde ich manchmal noch einen Zeitungsausschnitt über diesen oder jenen Fall in einem meiner Notizbücher oder in meinen Unterlagen. In Zeiten des Internets habe ich alles entsorgt, aber diese „Einzelfälle“ würden eine Bibliothek füllen.

Ich habe nicht die Absicht, die JVA, in der ich etliche Jahre meines Lebens verbrachte, oder deren Bedienstete zu diskreditieren. Warum auch? Ich schreibe nur das auf, was sich dort abspielte und was sich wahrscheinlich in jeder anderen JVA auch so abspielt oder zumindest abspielen könnte.
Allerdings stellte ich gerade in dieser JVA die Veränderungen fest, die sich in Bezug auf eine Resozialisierung ergeben haben. Jeder geht davon aus, dass sich mit neuen Erkenntnissen über den Strafvollzug dieser positiv verändern könnte. Tja, ändern könnte sich schon etwas,

aber tatsächlich verändert hat sich nichts – oder besser geschrieben: Es hat sich vieles zum Schlechteren verändert. Nur durch ständige Präsenz und persönlichen Einsatz konnten gravierende Einschnitte bei den Ehrenamtlichen verhindert werden. Es wurde hier durch die Initiative von Günter Danek und später auch von seiner Ehefrau Margret Danek sehr viel im ehrenamtlichen Bereich getan. Allerdings sind die Aktivitäten der Ehrenamtlichen in vielen Gefängnissen nicht gern gesehen. Die Abteilung „Sicherheit und Ordnung" hat mehr als ein Auge auf die Ehrenamtlichen geworfen. Sie würde es gern sehen, wenn überhaupt keine Personen, die in Freiheit leben, die JVA betreten würden – abgesehen von den Bediensteten natürlich oder Angehörige, die zu Besuch kommen, diese allerdings notgedrungen. Diese Ehrenamtlichen sind einige der wenigen Lichtblicke im Gefängnis, es sind dies Ausnahmen, aber gerade deshalb muss man es immer wieder sagen, denn ohne diese Menschen wäre alles nur noch schlimmer in den Gefängnissen.
Ich weiß, ich habe diese Problematik hier und da schon erwähnt, aber aus der Situation heraus wiederholen sich einige Themen schon einmal.

Zurück zum täglichen Miteinander. Zu diesem miteinander Umgehen, gehören auch die Ausführungen. Ausführungen werden bei Inhaftierten mit einer längeren Freiheitsstrafe durchgeführt, damit der Gefangene langsam gelockert werden kann. Jeder Gefangene kann eine Ausführung beantragen, aber die Kurzstrafen werden dann in den offenen Vollzug verlegt und so erübrigt sich eine Ausführung. Bei Lebenslänglichen oder Gefangenen, die noch eine längere Strafe zu verbüßen haben, gehen zwei Beamte mit, manchmal ist die zweite Person ein Pfarrer. Die Beamten sind ausgerüstet mit Handschellen und Waffe. Es kommt jedoch nur selten vor, dass die Beamten diese Gegenstände zum Einsatz bringen müssen.
Ich kenne Gefangene, die zu einer lebenslangen Haftstrafe verurteilt wurden und die im Laufe ihrer Haftzeit bestimmt schon zehn bis zwanzig Ausführungen hatten, aber das war es dann auch, es passierte weiter nichts. Jedes Jahr zwei Ausführungen. In dem offenen Vollzug in dem ich mich befand, gab es einen Gefangenen, der sich schon über zwei Jahre im offenen Vollzug befand, aber noch immer nicht über

Nacht in Urlaub fahren durfte. Ausgang bekam er regelmäßig, aber Urlaub nicht.

Derjenige, der dies liest, möge sich doch bitte einmal Folgendes vorstellen: Da ist ein noch verhältnismäßig junger Mann zwischen vierzig und fünfzig Jahren. Er hat bereits siebzehn Jahre im geschlossenen Vollzug verbüßt und ist nun seit fast drei Jahren im offenen Vollzug. Er kann tagsüber überall hingehen, geht einkaufen, geht in die Stadt, geht Kaffee trinken oder unternimmt etwas anderes. Er arbeitet am Tage in einer Firma, aber des Nachts muss er schön im Körbchen bleiben! Wie lange soll es gut gehen, bis der Mann die Nerven verliert? Immer nur den Honigtopf sehen, aber nicht daran naschen. Ich weiß jetzt nicht, was dieser Mann gemacht hat, aber es bedarf schon fast übermenschlicher Beherrschung, nachts in seinem Körbchen zu bleiben. Er möchte ja vielleicht einmal zur Freundin, nach Hause, zu einem Freund oder wohin auch immer und dort die Nacht verbringen. Irgendwann werden sie ihn doch beurlauben oder entlassen – und was soll dann passieren? Warum zieht man einem solchen Menschen denn nicht eine elektronische Fußfessel an und überwacht jeden Schritt, wenn man ihm so misstraut?

Zurück zu den Ausführungen im festen Bau. Die Beamten unternehmen natürlich lieber mit jemandem eine Ausführung, der sie auch anständig bewirtet (das würde ich auch tun und es soll nichts heißen). Der Gefangene muss die Beamten aber nicht beköstigen, und da geht es los. Wenn ein Gefangener dies nicht tut, findet er kaum einen Beamten, der freiwillig seine Ausführung durchführt, und muss warten, bis die Gefängnisleitung jemanden dafür abstellt.

Ich lasse das jetzt lieber, sonst schreibe ich hier noch, wie die meisten Ausführungen ablaufen, und das wäre weder den Beamten noch den Gefangenen besonders dienlich.

Ich habe zwei Ausführungen erlebt, danach zwei Ausgänge. Ausgang heißt: Morgens kann ich die JVA verlassen, natürlich in Privatkleidung, und gegen 18.00 Uhr muss ich wieder da sein.

Wenn alles beanstandungsfrei verlaufen ist, kann Urlaub beantragt werden. In einer geschlossenen JVA sind jedoch Urlauber nicht gern gesehen und die Anstaltsleitung sorgt dafür, dass diese Personen schnellstmöglich in den offenen Vollzug verlegt werden.

Dazu ein Beispiel:
Ein Hausarbeiter – er lag auf einer anderen Abteilung als ich – hatte Urlaub. Im Urlaub geschieht es oft, dass man bezüglich der Einfuhr von Drogen von Dealern oder deren Mittelsmännern angesprochen wird. Und wenn der Urlauber kein oder wenig Geld hat, ist er schnell bereit, gegen Entgelt Drogen einzuschmuggeln. Und dieser Hausarbeiter war bereit, es war kein Süchtiger, sondern er tat dies wegen des zu erwartenden Gewinns.
Er hatte, als er vom Urlaub wieder in die JVA zurückkam, etliche Packs oder Bubbles mit Heroin geschluckt. Bei der Kontrolle wurde es nicht bemerkt und er kam ohne Beanstandung auf seine Zelle. Jetzt wollte er die Packs natürlich wieder aus dem Magen heraushaben, und zwar möglichst schnell. Ihm war mittlerweile klar geworden, dass er ein großes Problem hatte, denn ein Pack hatte sich aufgelöst oder geöffnet und begann langsam, aber sicher, ihn zu vergiften. Er betätigte nicht den Notruf, weil er hoffte, die Angelegenheit selbst regeln zu können. Er wusste, es wäre aus mit seinen Urlauben und mit seiner Beschäftigung als Hausarbeiter, wenn herauskäme, was er mit sich herumtrug.
Als der Abteilungsbeamte zu Beginn seiner Frühschicht die Türe des Hausarbeiters öffnete, lag der Mann tot in seiner Zelle und ein oder zwei Packs Heroin befanden sich auf seinem Tisch.
Es gab eine Ermittlung, aber viel kam dabei nicht heraus, obwohl es Gefangene gab, die diesen Mann beauftragt hatten, das Heroin einzuschmuggeln. Es war doch klar, dass sich diese Menschen nicht meldeten.
Ich sprach mit jemandem, der die Zusammenhänge kannte. Dieser erzählte mir davon – und das ist schon eine Besonderheit, weil über derartige Angelegenheiten sonst nur im involvierten Kreis gesprochen wurde. Zumindest blieb es zumeist unter den Beteiligten.
Dies war ein Beispiel dafür, dass Urlauber in einer geschlossenen JVA nicht gern gesehen waren.

Drogen ... Wie kommen sie in das Gefängnis?
Den einen Weg habe ich eben geschildert. Ein zweiter Weg ist der über Besucher, vor allen Dingen über Langzeitbesucher. Drogen werden an allen möglichen und unmöglichen Stellen versteckt, ebenso Mobilfunktelefone und Ladegeräte, allerdings sind diese nicht immer nötig. Es gibt Ladegeräte für Schachcomputer oder andere elektronische Geräte und diese können zum Teil auch als Ladegerät für Mobiltelefone benutzt oder dazu umgebaut werden.
Eine Frau brachte bei einem Besuch zwei Mobiltelefone in die JVA und der Ehemann hat diese auch vom Langzeitbesuch mit in seine Zelle gebracht. Ich muss nicht ausführlich erklären, wie sie jedes Mal transportiert wurden?!
Nun, und zum Dritten werden Drogen und Mobiltelefone durch Beamte eingeschmuggelt. Heute werden die Beamten schon genauso kontrolliert wie die Besucher – zumindest einige –, gefunden wird jedoch in den wenigsten Fällen etwas. Die älteren Beamten bringen auch kaum etwas rein, aber nicht alle sind so genau, denn diese anderen bringen Mobiltelefone oder Drogen in das Gefängnis. Ich kannte eine Beamtin, die Mobiltelefone an die Gefangenen verkaufte – und damit lasse ich es bewenden.
Weiterhin werden Drogen oder Mobiltelefone über die Zweiganstalten eingeschmuggelt, und zwar beim Essenstransport. Es fliegen kleine Päckchen über die Mauer und der Hausarbeiter oder Hofreiniger sammelt auf, was da liegt. Ein Teil davon gelangt über den Weg des Essentransports wieder zurück in die Hauptanstalt. Dies ist nur einer der möglichen Wege, es gibt etliche davon.

Ein ganz anderes Problem ist die Briefzensur. Sie ist ein großes Ärgernis für die Gefangenen. In den Untersuchungshaftanstalten wird die gesamte Post vom Untersuchungsrichter bzw. einer dementsprechend beauftragten Person überprüft. Dies ist auch logisch, könnten doch ansonsten Sachverhalte abgesprochen oder es könnte Einfluss auf Zeugen genommen werden.
Etwas anderes ist es in der Strafhaft. Dort werden die Briefe nur auf ihre Inhalte überprüft. Man schaut, ob Geld geschickt wurde oder

Ähnliches. In ganz seltenen Fällen werden die Briefe gelesen, nämlich wenn zu befürchten ist, dass der Gefangene seine Ehefrau bedroht, jemanden erpresst oder etwas in diese Richtung unternimmt. Allerdings muss es dafür einen konkreten Anfangsverdacht geben.

Anwaltspost darf nicht geöffnet werden, genauso wie Post von Landtags- oder Bundestagsabgeordneten, vom Europäischen Gerichtshof oder der Europäischen Menschenrechtskonvention.

Folgendes kann aber vorkommen: Wenn die Anstaltsleitung befürchtet, dass sich ein Gefangener über die JVA, in der er einsitzt, beschwert, erhält der Gefangene seine Post mit dem Vermerk: „Herr Meier, Sie müssen schon entschuldigen, aber Ihre Post wurde aus Versehen geöffnet." Ich bekam einmal einen Brief mit dem Vermerk zurück (nach vier Wochen), dass er nicht zugestellt werden konnte. Und warum nicht? Der Brief war verkehrt herum eingesteckt worden, die blanke Seite war im Sichtfenster ohne irgendeine Anschrift. Die Beamtin entschuldigte sich bei mir, aber das Thema war durch, weil es sich um eine Fristsache gehandelt hatte, und ehe man eine Beamtin oder einen Beamten in Regress nehmen kann, braucht man mehr als einen langen Atem.

Und was ist nun die Regel?

Die Briefe werden fast alle gelesen, auch hier muss ich sagen, dass die älteren Beamten nicht so neugierig sind und sich kaum für den Inhalt der Briefe interessieren. Mit den jüngeren Beamtinnen – es sind tatsächlich meist Beamtinnen – sieht es jedoch anders aus. Die Neuen machen sich beispielsweise einen Spaß daraus, Briefe genüsslich zu kommentieren oder den Gefangenen scheinheilig zu fragen, wie es denn mit seiner Verlobten, Frau oder Freundin aussehe, obwohl sie wissen, dass sie sich von dem Gefangenen getrennt und einen neuen Freund hat.

Meine Ehefrau eröffnete mir bei einem Besuch, dass sie mir keine Briefe mehr schreiben wolle, weil sie gehört habe, wie sich Bedienstete über den Inhalt ihres Briefes an mich unterhalten hatten. Früher hatte mir meine Ehefrau fast täglich geschrieben, doch nach dem geschilderten Vorfall erörterten wir unsere Probleme nur noch bei den zeitlich knapp bemessenen Besuchszeiten.

Auch hier gilt wieder: „Was kümmern mich die Probleme der Gefangenen? Drücken wir sie noch ein Stückchen tiefer in die Scheiße, die ihnen eh schon bis zum Halse steht.“

Gefangene, welche ein Problem haben – und welcher Gefangene hat keins?! –, können sich selbst kaum oder nur in geringem Maße helfen und erhoffen sich praktische Hilfe durch die Beamten. Die Beamten haben beispielsweise die Möglichkeit, einen Gefangenen zu einem Sozialarbeiter zu bringen, damit er telefonieren kann. Einige tun dies und befreien so möglicherweise einen Gefangenen aus einer momentanen – für ihn kritischen – Situation. Bei familiären Problemen ist meistens kurzfristiges Handeln erforderlich und kein Vertrösten.
An einen Beamten erinnere ich mich, der in solchen Situationen einfach unmöglich war. Folgendes spielte sich ab: „Ein Gefangener drückte die Notrufanlage. Innerhalb der nächsten zehn Minuten – manchmal dauerte es auch länger oder es kam niemand – erschien ein Beamter und fragte: „Was haben wir denn für ein Problem?“
Der Gefangene erzählte: „Mein Sohn liegt im Krankenhaus, er hatte einen Unfall. Ich würde gern anrufen, ansonsten mache ich mich ja verrückt. Und dann hätte ich gern einen kurzfristen Ausgang, damit ich mit meiner Ehefrau und meinem Sohn sprechen kann, eventuell auch mit dem Arzt. Können Sie – oder in diesem Fall: kannst du – mir in dieser Situation nicht behilflich sein?
Der Beamte antwortete: „Oh, das ist eine vertrackte Situation. Natürlich kannst du anrufen, aber nicht jetzt. Ich melde mich nachher noch bei dir und dann werden wir anrufen. Und mit dem Ausgang, da werden wir sehen, was sich machen lässt.“
Der Gefangene saß in seiner Zelle und wartete. Er hoffte ja, dass er bald etwas von dem Beamten hören würde. Doch was geschah? Nichts geschah! Dieser Beamte hatte Hofdienst und war nicht mehr auf der Abteilung. Er war ein solcher Schwätzer, nicht zu glauben! Er hatte für den Moment seine Ruhe gehabt, nur das war ihm wichtig. Die Sorgen und Nöte eines Gefangenen interessierten ihn nicht die Bohne. Der Gefangene – kurz vor dem Ausrasten, das ist eine Temperamtsfrage –

sprach noch am selben Abend mit einem anderen Beamten und bei diesem bekam er dann die Gelegenheit zu telefonieren.

Diese hier geschilderten Demütigungen, Beleidigungen und Erniedrigungen sind es, die den Gefangenen systematisch zerstören. Er wird jeder Selbstachtung beraubt und verliert auch noch den letzten Rest seines kaum noch vorhandenen Selbstwertes. Von diesen täglichen Schikanen bekommt kaum jemand etwas mit, und wenn der Gefangene sich dann beschwert, heißt es: „Mensch, was regst du dich auf? Es war doch nur ein kleiner Spaß, du musst nicht alles so ernst nehmen." Aber wehe, der Gefangene macht einmal einen „kleinen Spaß", dann heißt es: „Was erlauben Sie sich eigentlich? Wissen Sie nicht, wo wir hier sind und wer Sie sind!" Danach ist für den Gefangenen POP SHOP – Einschluss ist angesagt.
Es gibt Bedienstete, die für eine Arbeit mit und am Menschen nicht geeignet sind, sie werden es auch nie sein. Sie betrachten diese Arbeit als einen krisensicheren Job. Dabei versuchen sie ihre Zeit so angenehm wie nur möglich zu gestalten, und dazu haben sie leider in einer JVA reichlich Gelegenheit.
Ich habe mit etlichen Beamten über diese Problematik gesprochen und viele haben dies bestätigt und somit zugegeben.
Auf der anderen Seite gibt es aber auch Beamtinnen und Beamte, die ihre Arbeit ernst nehmen und sich für den Gefangenen die nötige Zeit nehmen, wenn er Probleme hat.
Meine Ehefrau lernte diese unterschiedlichen Charaktere in ganz besonderem Maße kennen. Sie hatte es mit weit mehr Bediensteten zu tun, die ihre Arbeit als wichtig erkannten und sich auch mit dem einzelnen Gefangenen und seinen Problemen beschäftigten. Allerdings fielen die Kolleginnen und Kollegen, die ihre Arbeit nur als Job betrachteten, umso mehr aus dem Rahmen (siehe Frau Kuckuck). Hier gilt aber wieder der bekannte Spruch: „Wie der Herr, so das Gescherr." Oder noch einfacher: „Der Fisch beginnt am Kopf zu stinken."
Wenn die Anstaltsleitung nicht konsequent ist, nur delegieren und verteilen will, sich nur für die Außendarstellung der JVA interessiert und nicht dafür, die Belange innerhalb der JVA in Ordnung zu bringen,

braucht sich niemand zu wundern, dass es drunter und drüber geht. In der Regel wird die Leitung einer JVA nur als Sprungbrett für eine Versetzung ins Justizministerium benutzt – eine Besoldungsstufe rauf, das ist wichtig. Wenn eine JVA alle fünf bis zehn Jahre mit einem neuen Leiter besetzt wird, lassen sich kaum Ideen oder Vorstellungen von einem progressiven Strafvollzug in die Tat umsetzen. Stattdessen wird delegiert oder alles so belassen, wie es vorgefunden wurde, egal ob es gut oder schlecht war. Die Außendarstellung ist wichtig, Pressetermine wahrzunehmen, dabei zu erzählen, was alles für den Gefangenen getan wird. Angeblich hat fast jeder eine Arbeit – dass ich nicht lache! – und die Gefangenen haben die Möglichkeit, eine Ausbildung zu machen. Sie können an schulischen Maßnahmen teilnehmen und es gibt eine psychologische Betreuung für Problemfälle. Drogen, so heißt es dann, gebe es in „seiner JVA" kaum, dieses Problem habe man gut im Griff.

Wer will etwas gegen diese Berichterstattung sagen?! Die Beamten sprechen unter sich oder mit einigen Vertrauten darüber und wundern sich, in was für einer gut geführten JVA sie doch arbeiten. Aber öffentlich sagt keiner etwas. Die Gefangenen bekommen von dieser Außendarstellung der Anstaltsleitung nichts oder kaum etwas mit. Einige wenige versuchen, nach ihrer Entlassung mit den Medien ins Gespräch zu kommen, um ihre Sicht der Dinge darzulegen. Und wenn so etwas passiert, heißt es von der JVA-Leitung: „Ein notorischer Querulant, einer, der die Dinge nur aus seiner Sicht wiedergibt (der Sicht des Gefangenen), ohne sie objektiv beurteilen zu können.

Auch hierüber könnte ich mich noch einige Seiten lang echauffieren, aber bringt es etwas?! Ich weiß nicht, ich denke eher nicht, aber auch bei mir stirbt die Hoffnung zuletzt.

Die Beamten untereinander sind sich ein Gräuel, der eine gönnt dem anderen nicht das Schwarze unter den Fingernägeln. Sie spannen sich gegenseitig ihre Frauen aus, wechselnde Verhältnisse sind an der Tagesordnung. Wenn es allerdings gegen Gefangene geht, sind sich die Beamten einig, und das muss auch so sein. Wenn beispielsweise Alarm gegeben wird, kommt jeder – aber auch jeder! – angerannt.

Mir haben die Beamten häufig von ihren Problemen erzählt. Ich weiß, wer wem die Frau ausgespannt hat, wer Schulden hatte oder wer spielte. Mir wurde sehr viel erzählt, weil ich nichts weitererzählte. Das tue ich auch heute noch nicht. Ich könnte über all das, was ich von den Beamtinnen und Beamten erfahren habe, ein eigenes Buch zusammenstellen. Ich habe in ihren Computern nachgesehen, welcher Gefangene welche Straftat begangen hat. Ich habe Akten gelesen, Privates gelesen und auch davon gehört, aber es ist auch logisch, dass ich nie sagen werde, wer mir all das ermöglicht hat. Es ist selbstverständlich, dass ich mein Wissen nie gegen die Betroffenen verwendet habe. Bei bestimmten Personen interessierte mich einfach ihre Tat, weil sie diese so offensichtlich verschleiern wollten. Sehr oft war ich der Psychologe oder Psychiater der Beamtinnen und Beamten. Ich hörte ihnen nicht nur zu, es war für mich eine Symbiose. Wir waren zwar keine ungleichen Lebewesen, aber ansonsten diente dieses Zuhören uns beiden, es war von gegenseitigem Nutzen. Und vielleicht waren wir ja doch ungleiche Lebewesen, zumindest für eine gewisse Zeit, nicht im wörtlichen Sinne, aber im Zusammenleben.

Ich habe dadurch meine Gefängniszeit – den Umständen entsprechend – ohne größere „Schäden" überstanden. Ich möchte niemanden „hinhängen" oder ihm nachträglich schaden, ich schildere nur, was ich während meiner Zeit im Gefängnis erlebt habe, und dadurch kommen diese Themen zwangsläufig mit zur Sprache.

Auf der halboffenen Abteilung, auf der ich lag, befanden sich zu 90 Prozent Langstrafen. Etliche davon hatten eine lebenslängliche Haftstrafe zu verbüßen, aber dazu komme ich später noch einmal. Zunächst einmal erfahren Sie mehr über meine Verlegung in den offenen Vollzug und die anschließende Rückverlegung in meine Mutteranstalt.

Der offene Vollzug

Die für mich zuständige Leiterin der JVA war ins Justizministerium versetzt worden und nun kam eine Regierungsrätin, die für etwa ein Jahr die Leitung über diesen Flügel übernahm. Mit ihr hatte ich ein längeres Gespräch, welches allerdings komplett anders verlief als das vorherige mit der anderen Leiterin. Sie war nicht voreingenommen, sondern machte sich selbst ein Bild von jedem Einzelnen, und obwohl es anders vorgegeben war, ging es nun sehr schnell mit meinen Lockerungen voran. Es kam zu zwei Ausführungen zu einem damaligen Bekannten, bei denen zwei Beamte mitfuhren. Danach hatte ich zwei Ausgänge. Ich konnte morgens raus und kam abends wieder zurück in die JVA. Dann folgten die Urlaube, ebenfalls zwei an der Zahl, und danach die Verlegung in den offenen Vollzug.

Der offene Vollzug entpuppte sich in den ersten Stunden als geschlossener Vollzug. Ich kam ins Zugangshaus, musste dort eine Urinprobe abgeben und warten. Die Urinprobe war natürlich negativ, denn ich nahm seit meiner Verhaftung kein Kokain mehr. Nach einigen Stunden gab es die erste kleine Konferenz und ich kam noch am selben Abend in ein offenes Haus. Dies war das übliche Prozedere bei den Zugängen. Die üblichen Anfangsschwierigkeiten streife ich nur.

Zunächst kam ich auf eine Vier-Mann-Stube mit drei Rauchern. Nachdem ich beim Beamten gewesen war und ihm gesagt hatte, dass ich Nichtraucher sei, kam auch hier wieder der übliche Spruch: „Wenn Sie den Qualm nicht vertragen können, sagen Sie es und die Raucher müssen draußen rauchen." Den dadurch entstehenden Stress und Streit hatte ich allein zu regeln.

Nach vierzehn Tagen kam ich in eine Zwei-Mann-Stube. Mein Mitbewohner rauchte zwar nicht, aber dafür stank er wie ein Iltis. Er war ein Betrüger und ein unwahrscheinlich dicker Mann. Einmal musste ich ihn in den frühen Morgenstunden – es war gegen 4:00 Uhr – zum Duschen bringen, sonst hätte ich es nicht ausgehalten. Warum um 4:00 Uhr? –

Ganz einfach, er weigerte sich, zu normalen Zeiten unter die Dusche zu gehen, eben weil er so dick war und so stank.
Dieser Zustand war einer der Gründe, warum ich mich für eine Verlegung in das Haus bemühte, das von einem Psychologen geleitet wurde. In diesem Haus sollten die Gefangenen auf ihre Entlassung vorbereitet werden – ein Witz, es kümmerte sich kein Mensch darum, was man tat, wenn erst einmal die Anfangsformalitäten überstanden waren.

Manchmal lesen sich meine Beschreibungen so, als ob ich immer nur ein bedauernswerter Gefangener gewesen sei, der ständig irgendeine Unbill zu erdulden hatte. Dem ist beileibe nicht so, ich war noch einer der Inhaftierten, die mit fast allen Schwierigkeiten mehr oder weniger gut zurechtkamen. Es gab ganz andere Gefangene, die richtig zu leiden hatten. Dagegen sind meine Schilderungen „Gutenachtgeschichten".

Es spielte sich folgendermaßen ab:
Zuerst hatte ich ein Einzelgespräch mit dem Psychologen Falschmann. Dieser hörte sich meine Geschichte an und meinte dann: „Also, was Sie schon alles durchgemacht haben! Bewundernswert, dass aus Ihnen kein Mörder oder Sexualstraftäter geworden ist. Sehr gut, wie Sie sich trotz Ihrer Straftaten im Leben behauptet haben, zwar nach Ihren Regeln, aber immerhin nach Regeln." Ein Thema war noch die Straftat und Inhaftierung meiner Ehefrau, aber in „seinem Haus" waren ja sowieso nur schwierige und problematische Fälle und von daher passte ich gut hier hinein. (Über diesen Psychologen finden Sie weitere Ausführungen in Band 2 meiner Trilogie.)
Für eine Verlegung musste ich allerdings warten, bis ein Einzelzimmer frei wurde, welches ich dann als in einem freien Beschäftigungsverhältnis Tätiger selbst bezahlen musste. Ich war bis dahin innerhalb der JVA beschäftigt und erhielt auch von dort mein Essen.
Nun bemühte ich mich um eine Arbeitsstelle und fand eine bei einem ehemaligen Kollegen. Gewöhnlich fuhren in einem solchen Fall zwei Beamte zu dieser Firma und sprachen mit dem Chef. Die wichtigsten Fragen wurden geklärt: Was verdient der Gefangene? Wie kommt er zur Firma und wieder zurück in die JVA? Konnten diese Fragen zur

Zufriedenheit der JVA-Bediensteten geklärt werden, wurde ein Vertrag abgeschlossen. Die JVA unterschrieb diesen und nach Beginn der Beschäftigung wurde der Lohn regelmäßig auf ein Konto der JVA überwiesen. Davon wurden die laufenden Kosten für das Zimmer und für den Parkplatz einbehalten. Den Rest konnte sich der Gefangene bei der Zahlstelle abholen.

Jeder Gefangene erhielt einen Betreuer (einen JVA-Beamten) zugewiesen. Mit diesem wurden Probleme besprochen, wenn es denn welche gab. Ich besprach mit meinem Betreuer meine momentane Problematik, wie oft im Monat ich Urlaub bekam und wie lange mein Arbeitstag dauerte. Ich konnte jeden Tag maximal fünfzehn Stunden die JVA verlassen. Um 6.00 Uhr ging es raus und spätestens um 20.57 Uhr wieder rein. Im Winter war 21.00 Uhr die späteste Einrückzeit und im Sommer 22.00 Uhr.

Mit dem Betreuer tauschte ich die Handynummern, damit ich jederzeit erreichbar war. Mein Arbeitsvertrag sah nämlich vor, dass ich zur Kontrolle von Baustellen ständig im gesamten Bundesland unterwegs sein konnte, und nur, wenn dort nichts zu tun war, befand ich mich auf dem Firmengelände bzw. in der Firma.

Dieses Haus wurde, wie bereits erwähnt, von dem Psychologen Falschmann geleitet. Der Leiter des Allgemeinen Vollzugsdienstes, ein gewisser Herr Entgeld, machte einen auf Verständnis, war aber in Wirklichkeit ein Gefangenenhasser. Er kehrte immer den Kumpel heraus, war ein jovialer Typ und hatte jederzeit einen Spruch auf den Lippen. Seine Sprüche waren jedoch trivial und stellten den Gefangenen immer in einem schlechten Licht dar. „Mensch, Siggi, früher war der Knast noch ein richtiger Knast, nicht wahr? Vor dreißig Jahren war alles anders."

Soll heißen: „Na, du alter Knastologe, mal wieder im Loch? Früher hättest du kein Zimmer, sondern eine Zelle gehabt. Und draußen arbeiten hätte es überhaupt nicht gegeben. Im Knast konntest du malochen und wärest froh gewesen, wenn du einen Zusatzeinkauf erhalten hättest."

Dieser Herr Entgeld, war und ist für mich der Übelste unter den Bediensteten. Er biederte sich bei den Gefangenen an, um sie auszuhorchen. Und die Gefangenen fielen auf so etwas auch noch herein. „Der Entgeld, der ist in Ordnung!", hieß es. Gelder kassieren war ihm wichtig, Stuben vermieten, Parkplätze vermieten ebenso, aber sonst?! Solange man zu den üblichen Arbeitszeiten aus dem Haus ging, abends pünktlich wieder da war und der Lohn regelmäßig bezahlt wurde – also zumindest so viel, dass man seine Mieten bezahlen konnte –, war alles in Ordnung.
Ich musste jeden Tag ca. 150 Kilometer fahren, damit ich zu meiner Firma und wieder zurück in die JVA gelangen konnte. Mich kontrollierte in der gesamten Zeit niemand und es kam auch keiner unangemeldet zur Firma. Warum auch? Solange ein Gefangener nirgendwo unangenehm auffiel, war alles, aber auch alles in Ordnung. Manchmal nahm ich einen anderen Gefangenen mit, wenn dieser das Geld für den Zug sparen wollte. Dies war aber offiziell verboten. Außerhalb der JVA sollte ich mich mit keinem anderen Gefangenen treffen, durfte also auch mit niemandem zusammen Kaffee trinken und mich auch sonst nicht mit anderen Inhaftierten unterhalten. Es war so gedacht, dass sich der Gefangene ein neues Umfeld suchte, das nicht aus Gefangenen bestand. Ich war aber nun einmal im Gefängnis und sprach mit Gefangenen, und draußen sollte ich selbst bei Regen an einen Mitgefangenen vorbeifahren und durfte ihn nicht mitnehmen?! Wenn ich ihn dann innerhalb der JVA wiedersah, sollte ich mit ihm sprechen, als ob nichts gewesen wäre. Da fragt sich doch einer: „Spinnen die?"
Nein, sie spinnen nicht. Dies alles war Taktik, überall nur Täuschen und Tricksen. Wenn dann ein Gefangener mit irgendeiner Sache auffiel, hieß es: „Ja, Sie wissen doch, dass dies verboten ist, und trotzdem haben Sie es getan. Wie konnten Sie nur ...?"

Ein Beispiel: Ein Betrüger, der wegen Immobilienbetruges, betrügerischen Konkurses und ähnlicher Feinheiten inhaftiert war, machte von dieser JVA aus eine Immobilienfirma auf. Er arbeitete als Makler, als Häuserverwalter und Ähnliches. Innerhalb kürzester Zeit fuhr er einen Q5 und stellte aus der JVA einige Leute ein. Einen Bekannten aus meiner Mutteranstalt, der für diesen Mann arbeitete, nahm ich in den ersten Monaten am Wochenende mit in seinen Wochenendurlaub. Dabei erzählte er mir haarklein von seinen Erlebnissen. Dieser Mann war ebenfalls ein Betrüger und gut in seinem Job – nur Leute wie ihn beschäftigte der Firmengründer. Nach vier Wochen hatte er seinen „Firmenwagen", er konnte sich sein Fahrzeug selbst aussuchen. Am Wochenende wurde ein kurzer Abstecher in die Schweiz gemacht, zur Ehefrau, wobei telefonisch auch schon einmal um einen Tag Urlaubsverlängerung gebeten wurde. Offiziell durfte man zwar nicht ins Ausland fahren, aber wo kein Kläger, da kein Richter. Gab es aber einen Kläger, dann war sofort die Hölle los.

In meinem Auto nahm ich auch den Drogenhändler mit. Mit ihm arbeitete ich in der Waschküche und seinetwegen wurde ich dann letztendlich aus dem offenen Vollzug wieder abgelöst. Später, als ich bereits wieder in meiner Mutteranstalt war, erhielt ich die Ermittlungsakten und erfuhr, dass die Staatsanwaltschaft immer wieder anonyme Hinweise erhalten hatte, die meinen Bekannten, also diesen Drogenhändler, belasteten. Allerdings nur dann, wenn man sein Vorleben betrachtete und wenn angenommen wurde, dass er wieder Drogengeschäfte machen würde oder könnte. Beweise für diese Annahme gab es nicht, nur Vermutungen und eben sein Vorleben, und das wird bei jedem Inhaftierten sowieso gewertet bzw. bewertet.
Immer wenn dieser Mann eine neue Handynummer hatte, erfuhr die Staatsanwaltschaft innerhalb von zwei Tagen davon. Nun, ich kann mich fragen – und vielleicht muss ich das auch: Warum brauchte dieser ehemalige Drogenhändler denn so oft eine neue Telefonnummer?
Der anonyme Zinker befand sich also in unmittelbarer Umgebung des ehemaligen Drogenhändlers und so geriet auch ich ins Visier der Polizei, weil ich diesen Mann zwei Mal mitgenommen hatte. Warum hatte ich das getan? Weil sein Auto in der Werkstatt gewesen war. Auch das wusste die Polizei aufgrund der abgehörten Telefongespräche. So wusste sie natürlich, dass ich nichts mit der Sache zu tun hatte, und doch löste mich die Führung dieses Hauses ab. In anderer Sache tele-

fonierte ich oft mit ihm wegen einer Wohnung, die er kaufen wollte. Auch davon wusste die Polizei, aber auch dies war nicht strafbar.
Hier wurde von der Staatsanwaltschaft ein Fass aufgemacht, nicht zu glauben! Sie verhörten den Direktor einer Sparkasse und was weiß ich wen noch alles. Es ging hier wohl um Immobilien, die überteuert verkauft bzw. noch nicht fertiggestellt waren. Ich kannte einen der Vermittler und der hatte mich gefragt, ob ich jemanden kenne, der eine Eigentumswohnung kaufen wolle. Ich fragte daraufhin meinen Bekannten und so kam diese Verbindung zustande.
Als ich wieder in meiner Mutteranstalt war, wurden die gegen mich erhobenen Vorwürfe wieder fallen gelassen. Soweit ich weiß, wurde alles eingestellt.

In diesem offenen Vollzug traf ich einige Inhaftierte, die ich aus meiner Mutteranstalt oder aus anderen JVAs kannte. Man sah sich, grüßte sich und damit hatte es sich meistens. Aber es gab auch andere, bei einigen verbrachte ich sogar meine Urlaube.
Meine Ehefrau war in Haft und meine Tochter in Niedersachsen. Einige Male machte ich diese Tour mit meiner Ehefrau. Ich holte sie ab, wir fuhren die rund 400 Kilometer bis nach Niedersachsen und dieselbe Strecke wieder zurück.
Eines Sonntagabends – ich war am Wochenende in Urlaub bei einem Bekannten gewesen – kam ich zurück in die JVA und wollte in mein Zimmer gehen, doch die Tür ging nicht auf. Zur Erklärung muss ich Folgendes sagen: Die Türschlösser waren von mechanischen auf elektronische Schlösser umgerüstet worden, sodass festgestellt werden konnte, wer zu welcher Zeit sein Zimmer verlassen hatte. Jeder konnte mit seinem elektronischen Schlüssel nur sein eigenes Zimmer öffnen. Allerdings hatte der berechtigte Vollzugsbeamte einen Generalschlüssel.
Ich wollte also mein Zimmer betreten, doch es ging nicht. Ich suchte eine Aufsichtsperson, die den Generalschlüssel hatte, aber auch da tat sich nichts, die Türe ließ sich nicht öffnen. Es wäre zwar ein Leichtes gewesen, sie gewaltsam zu öffnen, doch dadurch hätte ich sie zerstört und das durfte nicht passieren. Was war also zu tun? Mein Vorschlag,

mich vorübergehend in einem anderen Raum unterzubringen, wurde abgelehnt. Dann sagte der Beamte: „Fahren Sie wieder zurück in Urlaub und gehen dann morgen früh von da aus zur Arbeit.“
Ich entgegnete: „Ich weiß doch gar nicht, ob mein Bekannter zu Hause ist oder ob er anderweitig Besuch hat!“
„Na, dann gehen Sie eben irgendwo anders hin“, schlug der Beamte vor. „Hier kann ich Sie in keinem anderen Zimmer unterbringen und in Ihr Zimmer können sie nicht hinein. Morgen sind die Fachleute von der zuständigen Firma wieder da und reparieren Ihr Schloss, aber jetzt fahren Sie wieder zurück.“
Normalerweise freute man sich ja über eine zusätzliche Nacht, die man außerhalb der JVA verbringen konnte, aber in meiner Situation war mir das überhaupt nicht recht. Doch meine Einwände wurden zur Seite gewischt und ich erhielt ungewollt neue Ausgangsscheine.
Einer von 22.00 Uhr bis 24.00 Uhr, der nächste von 00.01 bis 7.00 Uhr. Und dann sollte ich direkt zur Arbeit fahren. Mittlerweile war es etwa 23.00 Uhr und ich wollte so spät nicht mehr in ein Hotel gehen. Es war mir auch zu teuer, nur fürs Schlafen 60 oder 70 Euro auszugeben. Also suchte ich mir eine einsame Straße und legte mich ins Auto. Ich kann von Glück reden, dass ich nicht zufälligerweise von der Polizei kontrolliert wurde. Dieses Theater hätte ich nicht erleben mögen.
Am nächsten Morgen fuhr ich zu der JVA, in der meine Ehefrau einsaß, und wollte sie zur Arbeit fahren. Doch sie lehnte das Angebot ab und fuhr mit dem Zug zur Arbeit. Sie war total durcheinander und dachte, ich sei aus der JVA geflohen. Als ich ihr zu einem späteren Zeitpunkt den Sachverhalt erklärte, konnte sie dies kaum glauben. So etwas gab es doch gar nicht! Ich konnte und durfte nicht im Gefängnis schlafen, obwohl ich ja inhaftiert war, und musste die Nacht im Auto verbringen.
Dies war ein einmaliger Vorfall, doch in diesem Gefängnis geschahen so viele seltsame Dinge, dass man sich irgendwann nicht mehr wunderte. Ich kann sie nicht alle wiedergeben, so viele Vorfälle waren es.

Mobiltelefone waren nicht erlaubt, und doch besaßen rund 70 Prozent der Insassen ein Mobiltelefon. Ich hatte eines innerhalb der JVA, damit

ich es nicht jeden Tag rein- und rausbringen musste. Ein weiteres Gerät hatte ich immer im Auto liegen. Dieses benutzte ich am Tage, und so handhabten es die meisten Insassen.
Die ersten vier Wochen hatte ich keinen Urlaub, aber im Anschluss daran konnte ich in regelmäßigen Abständen in Urlaub fahren. Zuerst fuhr ich ein Wochenende zu einem Bekannten ins Rheinland. Das nächste Wochenende zu einem weiteren Bekannten, einem Sinti, im Eifelvorland. Seine Ehefrau und seine kleine Tochter nahmen mich immer, wenn ich sie besuchte, gut auf und ich wurde jedes Mal fürstlich bewirtet. Es waren sehr gastfreundliche Menschen.
Diese Urlaubsbesuche schränkte ich ein, als ich meine Ehefrau abholen durfte. Wenn sie Urlaub hatte, verbrachten wir diesen gemeinsam, und wenn sie nur Ausgang hatte, fuhr auch ich abends wieder zurück in die JVA oder verbrachte die Nacht bei einem Bekannten.

Mittlerweile sollte der für mich zuständige Beamte einen Bericht für die zuständige Vollstreckungskammer schreiben, damit ich mindestens ein Jahr meiner Haft zur Bewährung erhielt. Aber dieser Mann ließ die Anfrage der Strafvollstreckungskammer einfach liegen und nach vier Wochen sagte er zu mir: „Mensch, Herr Massat, wir müssen demnächst miteinander sprechen. Ich muss noch Ihre Beurteilung schreiben. Ich habe dies noch nicht machen können, aber wir holen es in den nächsten Tagen nach.“

Einige Tage später – ich war, bevor ich zur Arbeit fuhr, noch in der Waschküche, trank dort eine Tasse Kaffee und gab Wäsche zum Waschen ab – ging die Türe zur Waschküche auf und zwei Beamte sowie drei Kriminalbeamte aus der Stadt, in der sich die offene JVA befand, betraten die Waschküche. Sie wollten zu Herrn Haschmich, dem ehemaligen Drogenhändler, und baten ihn: „Kommen Sie mit zur Wache, wir haben da einige Fragen an sie.“
„Wer sind Sie?“, fragten sie die dritte Person, die sich noch in der Waschküche befand. Es war ein älterer Mann namens Anonymus. Als sie seinen Namen hörten, baten sie auch ihn mitzukommen.

Danach fragten sie mich, wer ich sei. Ich sagte es ihnen und auch ich wurde aufgefordert: „Ah, gut! Dann kommen Sie auch mit."
„Nein", entgegnete ich, „ich muss zur Arbeit und kann nicht mitkommen. Oder bin ich verhaftet?"
„Nein, nein", beruhigten sie mich. „Sie sind nur ein Zeuge und können bald wieder gehen."
Auf der Wache änderte sich das alles sehr schnell. Ich stritt mich mit ihnen über irgendwelche Vorwürfe oder Behauptungen und auf einmal war ich nicht mehr Zeuge, sondern wurde als Beschuldigter vernommen. Ich hatte mit der Sache, egal welcher, nichts zu tun. Ich wusste genau, dass ich keine strafbare Handlung begangen hatte, von daher konnte ich meine Aussagen als Zeuge machen. Doch meine Zeugenaussagen waren auf einmal die Aussagen eines Beschuldigten. Wäre ich irgendwo oder irgendwie involviert gewesen, hätte ich die Aussage verweigert.
Zurück in der JVA erwartete mich ein Empfangskomitee vom Allerfeinsten. Es bestand aus dem Psychologen Falschmann höchstpersönlich, dem Leiter des Allgemeinen Vollzugsdienstes Herrn Entgeld und zwei weiteren Beamten aus diesem Haus.
„Sie kommen sofort in eine Arrestzelle und mit dem nächsten Transport werden Sie zurück in Ihre Mutteranstalt verfrachtet", eröffnete mir Psychologe Falschmann.
„Ich habe nichts getan!", verteidigte ich mich. „Warum werde ich zurückverlegt?"
„Halten Sie den Mund! Sie sind wieder straffällig geworden, für mich sind Sie ein gieriger alter Mann."
Das haute mich doch glatt um. Ich hatte nichts getan. Er hatte nichts vorzubringen, duldete aber auch kein Gespräch mit mir. Dieser Psychologe verfuhr nach dem Motto: „Im Zweifel gegen den Angeklagten." Hier war ich erst einmal der Beschuldigte und er haute volle Kanne in diese Kerbe. Was war das für ein Mensch?

Folgender Spruch geht mir in dem Zusammenhang durch den Kopf:

Schlechte Menschen sind immer schnell bei der Hand,

von anderen Menschen Schlechtes zu denken.

Und hier ein weiterer Spruch, und zwar von einer deutschen Gedenktafel aus dem Jahre 1938:

Hier starb einer, welcher an die Menschheit glaubte.
Er war dümmer, als die Polizei erlaubte.

Ich weiß gar nicht mehr, wann ich dieses Vertrauen in die Menschen endgültig zu den Akten gelegt habe – zumindest vorübergehend. Heute bin ich wieder so weit, dass ich vertraue. Zwar nicht mehr jedem und auch nicht mehr bedingungslos, aber mein Urvertrauen, welches ich schon immer besaß, ist einfach nicht totzukriegen.

Auf jeden Fall wurde ich ohne Verzug in eine Arrestzelle verbracht und dann trat Herr Entgeld in Aktion: „Gürtel ausziehen!“, befahl er.

„Wieso?“, wollte ich wissen.

„Du bist suizidgefährdet und deswegen gibst du jetzt deinen Gürtel und deine Schnürsenkel ab.“

„In der Arrestzelle befinden sich Laken, Decken und ich habe einen Pullover und auch eine Hose an. Wenn schon etwas zu entfernen ist, womit ich mich aufhängen könnte, dann bitte alles.“

„Wenn du jetzt noch aufmuckst, dann kommen wir dich gleich besuchen“, musste ich mir anhören.

„Ich möchte auf mein Zimmer gehen und mir mein Obst und etwas zu essen holen“, sagte ich.

Darauf er: „Halt dein Maul oder hast du mich nicht verstanden? Eine andere Sprache verstehen solche Leute wie du sowieso nicht. Ist das jetzt klar?“

Ich merkte, worauf die Sache hinauslief. Hatte die Polizei doch schon mehrmals meinen Widerstand gebrochen, auch wenn es überhaupt keinen Widerstand gegeben hatte. Also was tat ich? Ich tat nichts, hielt meinen Mund und entzog Herrn Entgeld somit jegliche Handhabe, gegen mich vorzugehen.

Übrigens: Mein Gürtel war beim Öffnen meiner Pakete in meiner Mutteranstalt nicht mehr vorhanden, er hatte sich wie einiges andere „in Wohlgefallen aufgelöst".

Als ich zu meiner Mutteranstalt zurückverlegt wurde, bekam der Beamte dieses Transporters einen Vermerk mit – den gleichen Vermerk fand ich auch in den Akten: „suizidgefährdet; muss immer unter Beobachtung stehen". Unterschrieben vom Leiter des Allgemeinen Vollzugdienstes Herrn Entgeld.
Dies war schon ein besonders „feiner Herr seines Berufes". Er tat dies, damit ich auf eine Gemeinschaftszelle kam, wo jede halbe Stunde kontrolliert wurde, ob ich noch am Leben war. Bei jemandem, der tatsächlich vorhat, sich umzubringen, mag das zwar gut sein, aber für mich war es Schikane. Es hat diesem Herrn allerdings nicht viel genützt. Nur auf dem Transport wurde sich an seine Anweisungen gehalten, in meiner Mutteranstalt kannte man mich und wusste, dass ich für alles Mögliche in Frage kam, nur nicht für einen Suizid.
Wo man auch hinkommt, es gibt solche und solche Menschen, doch diejenigen, die ich nur durch ihre Taten von den anderen unterscheiden konnte, machten mir das Leben zur Hölle.
Obst, Fleisch, Wurstwaren und andere Lebensmittel waren verschwunden, ein wunderschöner Pullover – einfach weg! Alles war durcheinandergeworfen und eigentlich wäre es nicht der Rede wert, über diese Personen auch nur ein Wort zu verlieren. Meine Beschwerde, die ich trotz allem vorbrachte, wurde von dem für mich zuständigen Beamten beantwortet, und diese Antwort kam verhältnismäßig schnell, schneller als meine nicht geschriebene Beurteilung. Es war klar: Der für mich zuständige Beamte hatte alles in Kartons gepackt und zur Kammer bringen lassen. Was dort geschehen war, wusste er natürlich nicht. Mein Stepper und meine Hanteln waren weg, einfach nicht mehr da! Hatte ich diese Gegenstände überhaupt besessen?! Den bereits erwähnten Gürtel und einen sehr guten Pullover sah ich auch nie wieder, um jetzt nur das Gravierendste zu nennen.

Zuerst wurde dann gesagt: „Ja, die Knackis, was die immer haben! Stimmt denn das überhaupt, was der da sagt? Hat der tatsächlich so etwas gehabt?“
Ich habe über diese Problematik ja schon einiges geschrieben und muss sagen, dass ich mich als Gefangener stets in einer schlechten Position befand. Ich musste den Beweis erbringen, dass ich die einzelnen Gegenstände oder Kleidungsstücke besessen hatte. Während meiner langjährigen Haftzeiten habe ich einiges erlebt, aber dieser Psychologe und der Leiter des Allgemeinen Vollzugdienstes übertrafen alles bisher Dagewesene. Der Beamte, der für mich zuständig war, war ein treuer Gefolgsmann seiner Vorgesetzten und daher erhielt ich auch keine Beurteilung. Warum sollte er sich abmühen, einen objektiven Bericht zu schreiben! Es war doch sowieso alles vergebene Liebesmüh, also konnte der Gefangene seine Zeit auch weiter „absitzen“.

Meine Ehefrau erzählte mir auch so einiges, vor allen Dingen, was auf der Kammer abging. Nicht nur, dass sich eine Beamtin die Beine epilieren und auch rasieren ließ, nein sie nahm sich auch noch blau karierte Bettbezüge mit nach Hause – meine Ehefrau musste ihr diese holen. Die Leiterin der Kammer wusste natürlich von solchen Vorkommnissen nichts, und wenn eine Gefangene ihr davon erzählt hätte, dann hätte diese für die Zukunft schlechte Karten gehabt. Die Beamtin – die wegen der geschilderten Vorkommnisse in der Position der Rechtfertigung gewesen wäre, hätte ihr das Leben zur Hölle gemacht.
Hier bewahrheitet sich wieder einmal der alte Spruch: „Wenn zwei das Gleiche tun, ist es noch lange nicht dasselbe.“
Über das „so korrekte Verhalten der Beamten“ habe ich ja schon einiges geschrieben, aber mir fallen immer weitere Sachverhalte ein, wenn ich von bestimmten Vorfällen berichte.

Zurück im geschlossenen Vollzug, weil Psychologe Falschmann es so wollte!

Nun komme ich wieder zu dem Vorfall, der mich bis zum heutigen Tag sehr belastet, weil ich die damaligen Ängste und Sorgen meiner Ehefrau und meiner Tochter nachempfinden kann.

Ich war telefonisch nicht mehr zu erreichen. Als meine Tochter nach tagelangen vergeblichen Versuchen den Psychologen Falschmann telefonisch erreichte, brach für sie und für meine Ehefrau eine Welt zusammen.

Der Psychologe sagte nämlich zu meiner Tochter: „Ihr Vater ist ein gieriger alter Mann, er ist schon wieder straffällig geworden. Er wird sich nie ändern und wird immer wieder straffällig werden. Deswegen musste ich ihn erneut in die geschlossene JVA verlegen."

Kann sich dies ein normaler Mensch überhaupt vorstellen?

Mein vorheriges Leben, all das, was ich meiner Ehefrau, meiner Tochter, meinen Kindern durch mein Verhalten angetan habe. Nach jeder Haftzeit, nach jeder Entlassung wieder Vertrauen aufbauen. Trotzdem mussten meine Ehefrau und meine Kinder mit immer neuen Enttäuschungen leben, leben lernen. Als ich dann endlich die Dinge anders sah, als ich mich wirklich und tatsächlich in meiner gesamten Einstellung geändert hatte, kam diese Geschichte, die uns fast in den Abgrund gestürzt hätte. Ich hatte endlich – „nach Kampf" – die Verlegung in den offenen Vollzug und somit auch die Urlaube erreicht und hatte dadurch wieder Vertrauen aufbauen können. Ja, meine Ehefrau und meine Tochter vertrauten mir wieder. Zu den Enkelkindern bekam ich ein gutes Verhältnis, es war alles auf einem guten Weg. Und dann diese Nachricht von dem Psychologen Falschmann!

Meine Ehefrau war auf so etwas, nachdem sie tagelang überhaupt keine Nachricht erhalten hatte, überhaupt nicht gefasst. Sie hatte an alles gedacht, nur nicht an so etwas. Sie machte sich Sorgen, dass ich eventuell im Krankenhaus lag, weil ich einen erneuten Herzinfarkt erlitten haben könnte, aber die tatsächliche Nachricht verursachte bei ihr einen Schock.

Folgendes spielte sich ab, als meine Ehefrau von ihrer Arbeitsstelle wieder in die JVA kam. Sie hatte noch nicht mit meiner Tochter gesprochen und kannte somit die Aussage des Psychologen Falschmann nicht.

Sie betrat die JVA, wo sie auf dem Flur von dieser unsäglichen Sozialarbeiterin erwartet wurde (diejenige, bei der sie mindestens fünfzig Mal zum Gespräch gewesen war und die in der Beurteilung geschrieben hatte, sie hätte fünf Mal mit ihr gesprochen und eine Entlassung könne sie nur bedingt befürworten). Eine Beamtin saß an ihrem Schreibtisch und betrachtete diese Szene, und diese begrüßte sie lautstark mit folgenden Worten: „Frau Massat, Ihr Mann ist schon wieder straffällig geworden und Sie glauben ihm noch immer alles. Aber er belügt und betrügt Sie immer wieder und immer weiter. Sie werden nicht schlau." Dabei hielt sie ihren Arm ausgestreckt nach oben.

Meiner Ehefrau knickten die Beine ein. Sie war kreidebleich und drohte umzufallen. Da rief die Beamtin Frau Robust, die zwar mir gegenüber voreingenommen, aber ansonsten korrekt war: „Setzen Sie sich erst einmal." Sie fuhr fort: „Ihr Mann ist wieder drüben in der Männer-JVA. Er wurde zurückverlegt, weil er wohl etwas gemacht haben soll."

Meine Ehefrau sagte: „Ich weiß doch gar nicht, was ihm vorgeworfen wird. Ich muss erst einmal mit meinem Mann sprechen und hören, was er sagt."

Da konnte meine Ehefrau sehen, wie sich diese Sozialarbeiterin aufplusterte wie ein Hühnchen und mit lauter Stimme sprach: „Frau Massat, ich sehe Sie auf einer Klippe und Sie stehen direkt am Abgrund. Wenn Sie Ihrem Mann weiter so bedingungslos vertrauen, dann werden Sie abstürzen."

Ich sehe nur eine Person, die mit ihren Vorhersagen abgestürzt ist, nämlich diese ohne soziale Kompetenz ausgestattete Sozialarbeiterin. Sie versuchte, einer gefestigten Frau, die mit Sicherheit nie mehr straffällig werden würde, die Entlassung zu versauen, genau wie der unsägliche Psychologe und die in Sippenhaft verfallende Staatsanwaltschaft.

Alle versuchten mich zu bestrafen und zeigten ihre Voreingenommenheit deutlich. Bestraft wurde leider nur meine Ehefrau. Dadurch erreichten sie aber auch ihr Ziel, denn durch die Bestrafung meiner Ehefrau wurde auch ich bestraft.
Das Oberlandesgericht hat später diese unmögliche Entscheidung der ebenso unsäglichen Richterin der Strafvollstreckungskammer aufgehoben und mit dem Vermerk „EILT!" veranlasst, meine Ehefrau sofort zu entlassen. Mehr brauche ich wohl nicht zu schreiben, oder?
Aber bis dahin gingen noch etliche Tage ins Land.

Die Situation ist doch ganz einfach. Ich, ein mehrfach vorbestrafter Rechtsbrecher, wurde verdächtigt, eine Straftat begangen zu haben. Und all diejenigen, die sagten: „Wir können ihn nicht in den offenen Vollzug verlegen", sind obenauf. Diejenigen wiederum, die sagten: „Wir können es versuchen", sind enttäuscht und sauer, weil sie sich ja offensichtlich getäuscht hatten.
Ich verteidigte mich: „Ich habe nichts getan! Ich habe einen Kollegen irgendwo hingefahren, wo er sich mit einem Mann getroffen hat. Jetzt sollte ich Kenntnis davon gehabt haben – dass die beiden Männer eventuell ein Drogengeschäft geplant haben?!" Meine eventuelle Kenntnis von einem eventuell zu planenden Drogengeschäft reichte aus, um auch mich zu verdächtigen.
Gegen meinen Bekannten aus dem offenen Vollzug wurde ein Ermittlungsverfahren eingeleitet, und damit auch gegen mich. Außerdem wurde ein Verfahren eingeleitet, weil zwei Immobilienkaufleute meinem Bekannten eine Wohnung verkaufen wollten oder verkauft hatten und ich diesen gefragt hatte, ob er eine Wohnung kaufen wolle. Wenn es geklappt hätte, hätte ich eine kleine Aufwandsentschädigung erhalten.
Auch da wurde eine Ermittlungsakte angelegt. Es wurden Ermittlungen durchgeführt und was weiß ich noch alles. Und warum das Ganze? – Weil zwei Rechtsbrecher aufgrund ihrer Vorstrafen für alles gut waren. Ich wurde zwar nie wegen Drogenhandels oder Betruges verurteilt, aber wer wusste schon, womit man bei mir zu rechnen hatte. Ich war für alles gut. Der Bekannte war wegen Drogenhandels verurteilt, also kam

er auch für einen erneuten Handel in Frage, weil ein Informant sich Vorteile auf Kosten anderer erschleichen wollte.

Die Staatsanwaltschaft, die Kriminalbeamten und auch die Vollzugsbeamten müssen sich darüber im Klaren sein, dass nirgendwo so viel „gesponnen“ und „fabuliert“ wird wie im Gefängnis. Und dass nirgendwo so viel gezinkt wird wie ebendort, um sich eigene Vorteile zu erschaffen. Von daher hat die ermittelnde Behörde erst einmal zu eruieren: „Wer ist das, der mich da anonym anruft und mir etwas von irgendwelchen Drogengeschäften erzählt, die eventuell irgendwann erfolgen sollen?“ Aber nichts dergleichen geschieht. Es treten wieder die üblichen Mechanismen in Kraft: Wer wird beschuldigt? Ach, der! Ja, das passt. – Und dann geht es los!

Das Ärgerliche an solchen Vorkommnissen ist, dass etliche der Beschuldigten dann tatsächlich wieder in irgendeiner Art und Weise straffällig werden. Und alle haben es gewusst, alle haben recht behalten. Der traurige Witz an der Sache ist, dass die Vollzugsbeamten und die Ermittlungsbehörden einfach zu faul sind zu hinterfragen: Wer ruft die Staatsanwaltschaft an? Warum ruft er an? Ist er auch inhaftiert? Woher kommt der Anruf? – Es ist sehr viel einfacher, einem anonymen Hinweis nachzugehen, als selbst zu ermitteln. Bei diesen anonymen Anrufen hat man ja immerhin schon einen Namen, eine Telefonnummer und die Adresse und braucht die verdächtige Person nur noch zu verhören. Vielleicht hat man dann schon ein Geständnis. Und wenn nicht, dann findet sich bei „so einem vorbestraften Menschen sicherlich noch das eine oder andere“.

Wer selbst ermitteln muss, hat es erheblich schwieriger, beispielsweise bei einem Raub oder einem Einbruch. Es sind Sachbeweise zu suchen und zu sichern, Befragungen durchzuführen und so weiter.

Ich weiß aus eigener Erfahrung, dass Raubüberfälle und insbesondere Einbrüche oft nicht aufgeklärt werden, weil die Ermittler zu faul waren, schlampig oder gar nicht gearbeitet haben. „Ein Täter konnte nicht ermittelt werden“, heißt es dann lapidar. Weitere Erklärungen sind in einem solchen Fall nicht nötig. Erst wenn eine gewisse Bevölkerungsschicht betroffen ist, kommt einiger Druck hinter eine Ermittlung. Oder wenn die Öffentlichkeit ins Spiel kommt.

Dies ist die Realität, wie ich sie kenne, aber meine Wahrnehmung ist für die zuständigen Personen wahrscheinlich so interessant wie „ein Sack Reis, der in China umfällt".
„Ein alter Rechtsbrecher, der versucht, mit dem Justizwesen abzurechnen. Er versucht, das gesamte Justizwesen in Misskredit zu bringen, vor allen Dingen die Vollzugbediensteten, die Jugendämter, die Gerichte, Pfarrer, Psychologen und Sozialarbeiter", könnten einige sagen und das werden mit Sicherheit auch einige tun. Aber dem ist nicht so. Ich habe schon mehrmals geschrieben, dass ich aus meiner Erinnerung heraus die Ereignisse so wiedergebe, wie ich sie empfunden habe. Natürlich ist meine Wiedergabe immer subjektiv gefärbt, das lässt sich nicht vermeiden, aber es ändert nichts an dem Sachverhalt. Nur wird diesen Sachverhalt sicherlich jeder anders empfinden und auch darstellen, obwohl es aus meiner Sicht oder aus der Sicht beispielsweise des Psychologen Falschmann derselbe Sachverhalt ist. Warum ist er eigentlich nicht zur Objektivität verpflichtet? – Bei mir kann und wird man sagen: „Ja, der biegt sich das schon zurecht", obwohl es der gleiche Sachverhalt ist.
Ich will niemandem schaden, aber wenn es irgendwie geht, dann wünsche ich mir, dass sich am System etwas ändert. Aber da bin ich wohl immer noch der Träumer, der ich schon immer war und wahrscheinlich auch immer bleiben werde. Der, der stets weiter an das Gute glaubt.

Aus dieser letzten Zeit in meiner Mutteranstalt gibt es auch Positives zu berichten, so zum Beispiel von der für mich zuständigen Sozialarbeiterin, von ein, zwei Beamten und einigen Gefangenen.
In jeder JVA, in der ich war, kam ich gut mit dem zuständigen Arzt aus. So war es auch hier – bis zu dem Zeitpunkt, als ich vom Justizkrankenhaus zurückkam und mit dem Arzt über eine Herzoperation sprach. Er sagte, eine Operation wäre nicht angedacht, weil sowieso nichts mehr zu retten bzw. zu reparieren sei. Meine Frage, wie es denn aussehe, wenn ich die Operation selbst bezahle, wurde eindeutig positiv beantwortet. Wenn ich zwischen 40.000 und 50.000 Euro nachweisen könnte, wäre das möglich. Auch eine Bankbürgschaft würde genügen und sie könnten sofort eine Operation durchführen. Er persönlich würde dann

mit dem Krankenhaus Kontakt aufnehmen und sich um alles kümmern.
„Aha“, sagte ich, „ohne Geld geht nichts, da bin ich der Justiz wohl zu teuer. Aber wenn ich selbst zahle, ist eine Operation möglich!“
Ich schaltete einen Anwalt ein, und auf einmal behauptete der Arzt, so habe er das nie gesagt. Er habe lediglich gesagt, eine Operation koste soundso viel, aber nötig sei sie nicht. Wenn ich unbedingt eine Operation wünsche, dann hätte ich sie eben selbst zu bezahlen.
Es war doch typisch: Wenn ich jemanden auf eine Aussage festnageln wollte, hieß es: „So habe ich das nie gesagt! Es ist aus dem Zusammenhang gerissen ...“ Und so weiter. Und da ich kein Aufnahmegerät besaß, galt ich auch noch als Lügner. Doch wie sollte ich das Gesagte beweisen?
Nachdem ich aus dem Justizvollzugskrankenhaus zurückgekommen war, sprach ich mit dem Arzt nicht nur über eine mögliche Operation, nein der Leiter des Justizvollzugskrankenhauses und dessen Stellvertreter sprachen sich auch dafür aus, mich in eine JVA zu verlegen – die für mich der Inbegriff des Schrecklichen war –, falls ich wegen Herzbeschwerden erneut vorstellig werden sollte.
Diese JVA wurde früher für lungenkranke Gefangene genutzt, also Tuberkulose-Kranke, die ja getrennt von anderen Gefangenen untergebracht werden mussten. Heute wird diese JVA für kranke Gefangene genutzt, für alle, die noch einige Zeit zu verbüßen haben und bei denen die Justiz davon ausgeht, dass sie in absehbarer Zeit sterben könnten.
In einer weiteren JVA gab es einen Bereich, der ebenfalls für kranke Gefangene reserviert war. Ich sollte mich dort stellen, jedoch war dies für mich ebenfalls eine schreckliche Vorstellung und letztendlich Grund für meine damalige Flucht.
All dies war für mich Anlass, mich wegen meiner Herzprobleme nicht mehr beim Arzt zu melden. Ich hatte einer Verlegung in diese JVA zudem schon im Vorfeld widersprochen.

Diese Abteilung, auf der ich lag, wurde von einem ehemaligen Sozialarbeiter geleitet, der als Leiter eines anderen Flügels Entscheidungen traf, die jeglicher Beschreibung spotteten. Es gab jede Menge Beschwerden

und so wurde er dann Leiter der Abteilung, auf der ich mich befand. Zudem war er Leiter der Lebenslänglichen.
Wie er die Leute in den Wahnsinn trieb, habe ich bereits im Vorfeld beschrieben, nämlich als er einigen Inhaftierten mit der Sicherungsverwahrung drohte.
Hier ist es leider wie in jedem großen Betrieb: Der Fisch beginnt vom Kopf zu stinken. Ich erwähne dies gern wieder, denn es ist doch logisch: Wenn ich als Beamter weiß, dass ich von „oben" nichts zu befürchten habe, lasse ich mit der Zeit auch in meinem Verhalten den Gefangenen über nach.
Als ich von meiner Mutteranstalt zur Anhörung gefahren wurde, und zwar zur für mich damals zuständigen Strafvollstreckungskammer (ich musste deshalb dorthin, weil die offene JVA in diesem Einzugsbereich lag), schrieb dieser Flügelleiter eine Beurteilung über mich, weil der Beamte, der für mich im offenen Vollzug zuständig gewesen war, keine geschrieben hatte. Er wusste nichts von mir, lehnte aber eine vorzeitige Entlassung vehement ab. Er schrieb, ich sei erneut straffällig geworden. Er schrieb nicht, dass der Verdacht bestehe, dass ... Nein, für ihn war es klar: „Er ist erneut straffällig geworden." Er verwies auf meine Vorstrafen und darauf, dass ich im offenen Vollzug erneut straffällig geworden sei.
Ich stellte ihn wegen seiner Beurteilung zur Rede, als ich ihn auf der Abteilung sah. „Wie kommen Sie dazu zu schreiben, ich sei wieder straffällig geworden?"
„Es läuft doch ein Ermittlungsverfahren gegen Sie und außerdem hat der Psychologe Falschmann das auch geschrieben und ich habe es nur so übernommen."
„Ein Ermittlungsverfahren", erklärte ich ihm, „bedeutet, dass ermittelt wird, nicht mehr und nicht weniger. Wenn anschließend ein Verfahren eröffnet wird und eine Verurteilung erfolgt, dann können Sie sagen, ich sei straffällig geworden. Ansonsten aber nicht."
Er fiel mir ins Wort: „Wenn ein Verfahren eröffnet wird, sorge ich dafür, dass Sie von dieser Abteilung fliegen. Personen, die aus dem offenen Vollzug abgelöst werden, gehören nicht auf diese halboffene Abteilung, das gebe ich Ihnen schriftlich!"

Und genau so führte er es auch aus. Er schrieb mir einen Brief, in dem er das oben Gesagte wiederholte. Dies tat er mit allen Gefangenen, mit denen er nicht persönlich sprechen wollte.

In diesem Zusammenhang ist noch Folgendes zu erwähnen:
Die Ermittlungsverfahren waren längst eingestellt und ich war kurz vor meiner Entlassung, als dieser Mensch zu mir in die Bücherei kam und mich fragte: „Sie werden ja bald entlassen. Möchten Sie nicht zur Vorbereitung auf die Entlassung in Urlaub fahren?“
„Nein“, sagte ich, „ich spare mir meine freien Tage auf, damit ich früher entlassen werden kann. Im Übrigen habe ich da noch eine Frage: Ich habe überhaupt nichts mehr von Ihnen darüber gehört, dass die Verfahren gegen mich eingestellt worden sind. Sie haben doch behauptet und geschrieben, ich sei wieder straffällig geworden.“
Er antwortete: „Ich habe das geschrieben, was mir mitgeteilt wurde.“ Und dann war er auch sofort wieder weg. Er konnte und wollte nicht mit Gefangenen diskutieren, die sich halbwegs artikulieren konnten.

Ich wurde also dem Richter der Strafvollstreckungskammer vorgeführt. Er sagte: „Was soll ich Ihnen vormachen, ich lehne Ihr Reststrafengesuch ab und muss Sie jetzt einmal fragen: Warum sind Sie nicht vor einigen Monaten zu mir gekommen, als ich die Stellungnahme verlangt habe?“
Ich erklärte ihm den Sachverhalt und er meinte: „Na ja, das kann ja alles stimmen, wie Sie es mir erzählen. Aber bei einem neuen Ermittlungsverfahren kann ich Sie nicht auf Bewährung entlassen. Drei Monate früher wäre alles in Ordnung gewesen, aber jetzt ...!?“
Die Ablehnung kam vier Wochen später und somit verlor ich ein Jahr meiner Freiheit, weil es dem Psychologen Herrn Falschmann so gefiel. Er hätte mich im offenen Vollzug belassen können und ich wäre ein Jahr früher entlassen worden. Ich weiß nicht, warum er so gehandelt hat, es ist heute auch müßig, darüber nachzudenken.
Nach einem halben Jahr versuchte ich es noch einmal, vorzeitig entlassen zu werden, aber hier war die Strafvollstreckungskammer mit der unsäglichen und unmöglichen Richterin tätig und da war der Versuch

von vornherein zum Scheitern verurteilt. Aber ich wollte nichts unversucht lassen.
Hier fällt mir wieder ein Spruch ein, nein, ein Gebet, und zwar eines von Christoph Friedrich Oetiger (1702–1782):

Gott gebe mir die Gelassenheit, Dinge hinzunehmen, die ich nicht ändern kann,
den Mut, Dinge zu ändern, die ich ändern kann,
und die Weisheit, das eine vom anderen zu unterscheiden.

Ich habe gelernt, Dinge hinzunehmen, die ich nicht ändern kann, aus der Not heraus. Ich musste es lernen, mir blieb nichts anderes übrig. Hätte ich dies nicht gelernt, wäre ich verrückt geworden.
Zu Beginn der letzten Zeit, die ich in dieser JVA verbringen musste, lag ich auf einer Vier-Mann-Zelle, war aber so wenig wie möglich in der Zelle und bekam auch schnell eine Einzelzelle.
In dieser Zeit, also nach der Rückverlegung aus dem offenen in geschlossenen Vollzug, gab es Personen, die mir meine Darstellung der Geschichte glaubten, unter anderem auch die für mich zuständige Sozialpädagogin. Sie setzte sich mit dem Gericht in Verbindung und sprach mit dem Richter der Strafvollstreckungskammer. Sie hatte immer ein offenes Ohr für meine Probleme und Nöte und verschaffte mir die Möglichkeit, meine Tochter und meine Ehefrau anzurufen. Menschen wie diese Sozialpädagogin sind dem Gefangenen eine große Hilfe und ohne sie wäre es trostlos.
Dann gab es noch den einen oder anderen Gefangenen, mit dem ich mich nicht nur über das übliche „Knast-Geschwafel" unterhielt, sondern auch über Kunst, Architektur und Geschichte. Ich habe von einem von ihnen, einem eloquenten und sehr belesenen Mann, viel gelernt. Ich war gern mit ihm zusammen und ein aufmerksamer Zuhörer seiner Vorträge.

Immer mal wieder gab es diese Kontrollen, bei denen eine ganze Abteilung auseinandergenommen wurde. Dies machen nicht die „normalen Abteilungsbeamten", sondern Beamte von anderen Abteilungen. Ich hatte meine Lektion schon lange gelernt, bei mir gab es nichts zu

finden. Aber eines Tages wurde bei meinem Kollegen, dem Lebenslänglichen, ein Mobiltelefon entdeckt.
Die Ursachen dieser sogenannten Zufallsfunde sind zu 90 Prozent Verrat. Irgendjemand, der gewusst haben musste, dass mein Kollege ein Mobiltelefon besaß, hatte diesen verraten. Es brauchte oft sehr lange, bis man so einen Zinker enttarnen konnte, aber auch hier war es nur eine Frage der Zeit.
Die Folge dieses Fundes war, dass mein Kollege von der Abteilung verlegt wurde und sich ein Jahr auf einer anderen Abteilung bewähren musste. Erst dann kam er wieder zurück auf die halboffene Abteilung.
Diese halboffene Abteilung war schon eine Abteilung für sich, offiziell hatte sie keine Bedeutung, doch die Gefangenen hatten gewisse Annehmlichkeiten. Es gab eine Waschmaschine und einen Herd mit Backofen. Wir konnten uns dort eine Pizza backen und auch kochen oder braten, natürlich nur, wenn die entsprechenden Zutaten beim Einkauf berücksichtigt worden waren.
Beim Durchblättern meines Kalenders entdeckte ich einen Eintrag, der mir die folgende Situation vergegenwärtigte: Es war Samstag. Die Gefangenen warteten auf die Mittagskostausgabe. Doch diese kam nicht. Vorn im Beamtenraum saßen vier Beamte und aßen Pizza, die zwei Gefangene für sie zubereitet hatten (natürlich von ihrem Einkauf). Es ging lustig zu, es wurde gescherzt und gelacht. Ich ging nach vorn und fragte den für diese Abteilung zuständigen Beamten: „Warum geben Sie keine Post aus? Wenn ich auch kein Mittagessen bekomme, dann kann ich wenigstens schon meine Zeitung lesen."
„Mensch, Massat", hieß es dann, „geh mir nicht auf den Sack! Suche dir deine Zeitung oder Post raus und dann lass uns in Ruhe."
Die festen Abteilungsbeamten, die in der Regel Dienst auf dieser Abteilung hatten, waren nicht so. Wenn schon einmal jemand etwas von einem Gefangenen gegessen hatte, dann brachte er mit Sicherheit ein Stück Fleisch für denjenigen mit, das dann bei einem gemeinsamen Essen verzehrt wurde.
Wie schon geschrieben gab es leider auch die andere Sorte, aber darauf werde ich nicht mehr eingehen.

Wir sind jetzt bei der Zeit kurz vor meiner Entlassung, also im Januar 2011 (im Februar wurde ich entlassen). Zu der Zeit besuchte ein Gefangener, den ich aus der Zeit in der Mutteranstalt und später aus dem offenen Vollzug kannte, den Gefangenen, der mit mir in der Bücherei beschäftigt war.
Ich nahm diesen Gefangenen, einen Betrüger, in meinem Auto mit und brachte ihn zu seinen Eltern. In meiner Mutteranstalt hatte er einige Beamte angeschwärzt. Sie würden nicht korrekt arbeiten, behauptete er. Zudem würden sie privat drucken lassen und Ähnliches.
Im offenen Vollzug war er immer in der Wäscherei und scharwenzelte um diesen Drogenfreak herum. „Du kannst bei mir als Hausmeister arbeiten", sagte er, „und bekommst einen Firmenwagen." Er fuhr auch während seiner Haftzeit in die Schweiz und schwärzte anonym den Drogenfreak bei der Staatsanwaltschaft an.
Er war ein frommer Mann, hatte Kontakt zum katholischen Pfarrer, log auf Teufel komm heraus, machte aber einen auf Ehrenmann. Er gehörte zu den Menschen, die für einen kleinen persönlichen Vorteil einem anderen Gefangenen das Leben zur Hölle machen konnten. Ich bin froh, dass diese Kapitel beendet sind und ich mir die Personen selbst aussuchen kann, mit denen ich Kontakt pflegen möchte. Das Traurige aber ist, dass diese Personen große Täuscher und Schauspieler sind und ihre Mitmenschen hintergehen.
Warum schreibe ich das? – Ich notiere es hier, weil sich dieser Mensch bei dem Mitgefangenen aus der Bücherei nach mir erkundigte. Auch darauf will ich nicht näher eingehen, aber es hätte ihm gefallen, wenn er etwas Negatives über mich hätte erfahren können.

Meine Entlassung konnte nicht mehr verhindert werden, sie rückte mit jedem Tag näher.
Ich machte meine Pakete fertig – sie mussten vorher abgeholt werden – und hatte trotzdem am Tage meiner Entlassung jede Menge Kartons mitzuschleppen.
Es waren nur wenige Personen, von denen ich mich verabschiedete: unsere Abteilungsbeamtin, der Abteilungsbeamte, die Sozialarbeiterin und zwei Gefangene.

Unsere Tochter holte mich ab und innerhalb kürzester Zeit dachte ich nicht mehr an das Gefängnis. Ich hatte schon während der Haftzeit mit der Gefängniszeit und dem kriminellen Milieu gebrochen und dieses Kapitel war und ist endgültig geschlossen. Trotzdem denke ich an einige Gefangene, genauer gesagt an zwei, aber ich denke an sie als Mensch und nicht als Gefangene.
In diesem Zusammenhang fällt mir ein: Diese Personen mussten, ebenso wie ich, eine DNA-Probe abgeben. Folgendes spielte sich ab:
„Massat, runter zum Revier!“
Na ja, dachte ich, es wird wohl um meine Krankheit gehen. Vielleicht soll ich Tabletten mitnehmen oder so ähnlich. Aber nein, es war einer der Polizisten aus der Stadt, in der ich früher gewohnt hatte. Dieser wollte eine DNA-Probe von mir!? Ich fragte, warum dies erforderlich sei. „Gibt es einen Mord? Werde ich irgendwie verdächtigt?“
„Nein“, sagte er, „aber Sie sind ein gefährlicher Gewohnheitsverbrecher und es ist zu erwarten, dass Sie in Zukunft noch erhebliche Straftaten begehen werden!“
„Wer sagt das?“ Ich war empört.
„Ich sage das“, erwiderte er voller Stolz, „ich sage das.“
Innerlich war ich wirklich wütend, aber ich blieb ruhig und sagte: „Wie uninteressant! Ob Sie das sagen oder ob in China ein Sack Reis umfällt, genauso wichtig ist das für mich. Mich hätten Sie fragen sollen, denn ich bin der Einzige, der weiß, ob ich jemals im Leben wieder straffällig werde oder nicht. Und ich sage Ihnen: Ich werde in meinem Leben nie mehr straffällig. Das ist Fakt, und was Sie sagen, ist eine Schwafelei, die niemanden interessiert, vor allen Dingen mich nicht. Es kann auch nur für Sie von Belang sein, aber das ist für mich ohne Belang, weil ich mit Ihnen nie mehr etwas zu tun haben werde.“
Jetzt war auf einmal er wütend. „Wo werden Sie wohnen?“, fragte er.
„Ich weiß nicht“, antwortete ich, „aber wahrscheinlich ziehe ich nach Patagonien.“ Ich merkte, dass er nicht wusste, wo Patagonien lag, und das bereitete mir in dem Moment große Freude. Ich weiß, es ist kindisch, aber in dem Moment machte es einfach Spaß.
Seit diesem Zeitpunkt habe ich nicht mehr mit einem Polizisten gesprochen, und das ist auch gut so.

Entlassen

Meine Tochter brachte mich nach Hause zu meiner Frau. Wir packten die Sachen in den Keller, ich schaute mir die Wohnung an und dann merkten wir beide, dass wir allein waren. Es gab – und es gibt immer noch – so vieles, was wir aufarbeiten müssen. Wir redeten zunächst mehr über belanglose Dinge als über die Themen, die uns auf der Seele brannten. Wir schauten einen Film an und gingen zu Bett, konnten aber beide nicht einschlafen, ebenso wenig konnten wir richtig miteinander reden. Natürlich haben wir geredet, endlos geredet, und zwar über die Zeit im Gefängnis. Darüber, wie es zu dieser Tat kommen konnte, wie ich meine Frau langsam, aber sicher in den Wahnsinn trieb, ohne es zu merken oder bewusst wahrzunehmen, redeten wir erst später. Wie wir nebeneinander lebten, ein jeder in seiner Welt. Heute frage ich mich so manches Mal, wie dies nur möglich gewesen war!

Und dann stellt sich die Frage: „Mein Leben, ist es ein Leben, war es ein Leben? – Natürlich war es ein Leben, aber war es ein lebenswertes Leben?

Dieser Frage versuche ich nun nachzugehen. Bis hier habe ich Ihnen, liebe Leserin, lieber Leser, das Leben im Gefängnis in vielen Facetten dargestellt, damit Sie sich ein Bild von diesem Mikrokosmos machen können, von dieser Schattenwelt, die gerade wegen ihrer Vielfalt ein Spiegelbild der realen Welt ist – komprimierter, aber nichtsdestotrotz sehr real.

War es ein lebenswertes Leben? – Ich kann und muss diese Frage bejahen, es war und ist trotz aller Unbill – die ich auch durch Selbstverschulden erleiden musste – ein lebenswertes Leben. Ich habe viele Jahre meines Lebens einfach weggeworfen, habe falsche Prioritäten gesetzt und mir die Anerkennung, die jeder Mensch braucht, bei den verkehrten Personen geholt. Wenn ich jetzt ein Fazit ziehen soll und es für mich selbst auch ziehen muss, komme ich zu folgendem Ergebnis:

Es war das Jugendamt, das mich auf dieses Gleis gestellt hat, aber die Weichen wurden in den Heimen gestellt. Hier nahm der Zug Fahrt auf und fuhr konsequent in die verkehrte Richtung. Ich bemerkte dies aber nicht und bei jedem Einbruch und später jedem erfolgreichen Raub nahm ich gar nicht mehr wahr, dass es ja noch die andere Richtung gab. Meine Versuche, die richtige Richtung einzuschlagen, waren wohl eher Alibiversuche: Seht her, ich habe es versucht, aber man schmeißt mir immer wieder Knüppel zwischen die Beine. Dies war der Grund, schnell wieder aufzugeben. Was folgte, waren erneute Einbrüche oder Raubtaten. Ich wurde ja auch mit jedem Mal ein wenig besser, ich lernte stets dazu.

Ich bedauere es, dass ich nicht stark genug war. Ich hätte mir meiner Verantwortung meiner Familie gegenüber viel mehr bewusst sein müssen. Ich habe meine Kinder nur zum Teil aufwachsen sehen, und wenn ich für eine Weile zu Hause war, versuchte ich mit Geld meine ständige Abwesenheit wiedergutzumachen. Dies ging natürlich nicht.

Ich liebe meine Kinder und meine Ehefrau, aber die Liebe war wohl nicht so stark, dass ich in der Lage gewesen wäre, mein kriminelles Leben aufzugeben.

Ich dachte, mit mehr Geld würde es wieder gut werden, und ich wusste, dass ich mit meiner Hände Arbeit im normalen Arbeitsleben nicht das Geld verdienen konnte, was ich meiner Meinung nach benötigte. Also machte ich weiter mit meiner kriminellen Arbeit, und weil ich darin gut war, bekam ich auch meine „Streicheleinheiten“. Ich war erfolgreich, „verdiente“ gutes Geld und erhielt somit auch Anerkennung. Aber da beißt sich die Katze in den Schwanz. Ich drehte mich im Kreis und kam aus diesem Teufelskreis über Jahrzehnte hinweg nicht heraus. Das Traurige an dieser Geschichte war, dass ich noch nicht einmal merkte, dass ich mich im Kreis drehte. Es bedurfte einer Katastrophe, um diesen Teufelskreis zu durchbrechen.

Ich muss mich auch fragen: Was ist mit den Opfern, die auf der Strecke blieben? War es das alles wert? War ich das wert?

Ich kann heute mit Fug und Recht sagen: Meine Ehefrau hat mir das Leben gerettet!

Auf die anderen Fragen kann ich nicht antworten und ich weiß, es ist müßig, darüber nachzudenken. Ich kann es nicht mehr ändern und ich kann auch nicht nur noch in Sack und Asche herumlaufen. Was mir möglich war, habe ich getan. Ich habe mein Leben geändert. Ich habe meine Einstellung geändert. Ich habe meine Sicht der Dinge geändert. Wir, meine Ehefrau und ich, haben einen hohen Preis bezahlt und wir werden auch den Rest unseres Lebens diesen Preis bezahlen. Dies ist unsere Schuld, mit der wir leben müssen. Niemand kann sie uns abnehmen. Wir wollen es auch nicht, wir wollen und wir werden damit leben.

Ich weiß, es gibt viele Kinder, die aus nichtigen Gründen damals in ein Heim kamen. Diese sind nicht so geworden, wie ich es wurde. Ich weiß aber auch, dass es viele Menschen gibt, die als Kinder ähnliche Erfahrungen gemacht haben wie ich und die als Erwachsene nicht mit ihrem Leben klarkamen. Sie wurden Alkoholiker oder schlugen später ihre Frauen und Kinder. Manche wurden sogar Mörder oder Totschläger, und auch dafür mache ich die „christlichen Heime“ der damaligen Zeit mit verantwortlich. Auch die Bevölkerung der damaligen Zeit trägt eine Verantwortung. Hier fehlte jedes Verständnis für die Heimkinder und ich kann dies nicht alles mit dem damaligen Zeitgeist abtun. Es gab auch in den fünfziger Jahren Pädagogen und Pfarrer, die wussten, was in den Heimen geschah. Und dies mit dem Zeitgeist zu entschuldigen, ist ein neuerlicher Schlag ins Gesicht der damaligen Heimkinder.

Ich fiel fast vom Stuhl, als ich bei meiner Recherche mit einer evangelischen Schwester sprach und diese sagte: „Ja, das haben doch alle im Dorf gewusst, was da im Heim abging.“

Ich bitte Sie, waren die Kinder, die dort im Heim sexuell missbraucht wurden, die den Gewaltausbrüchen des Pfarrers ausgesetzt waren, die den körperlichen und seelischen Misshandlungen der Schwestern wehrlos standhalten mussten, die seelische und körperliche Pein bis zum Gehtnichtmehr erdulden mussten, ja, waren diese Kinder keine Menschen?! Keine Bewohner der Bundesrepublik? Wobei – was heißt „Bewohner der Bundesrepublik“? Wir waren damals Menschen, kleine Menschen noch, Kinder, die irgendwann selbst eine Familie haben wollten. Was hatten wir getan, dass wir diese Qualen erdulden mussten!

Wir waren – aus welchen Gründen auch immer – dem Jugendamt aufgefallen, und das genügte in den fünfziger Jahren, um jemanden ins Heim zu sperren, ihn wegzureißen von seinen Geschwistern und seiner

Mutter, von seiner Umgebung, seiner Schule und seinen Freunden, und ihn in die Obhut eines evangelischen Pfarrers zu übergeben, eines sadistischen, Kinder schlagenden und Kinder missbrauchenden evangelischen Pfarrers.
Heißt das, dass ich deswegen diesen Weg einschlagen musste, den ich eingeschlagen habe? – Nein, natürlich nicht, aber in diesen drei Heimen, in denen ich war, und insbesondere in dem einen Heim, wurde alles dafür getan, dass ich kein nützliches Mitglied der menschlichen Gemeinschaft werden konnte.

Bei unseren morgendlichen Gesprächen mit meiner Ehefrau erzählte mir diese die folgende Geschichte:
In den fünfziger Jahren – meine Ehefrau war zwischen vier und sechs Jahre alt – wurde sie von ihrer Mutter regelmäßig zu einem Kinderarzt gebracht. Die Haushälterin dieses Arztes kaufte ihr ein Kleidchen (die Eltern meiner Ehefrau waren nach landläufigen Begriffen arm und dachten sich nichts dabei, im Gegenteil, sie freuten sich noch darüber). Dieses Kleidchen zog sie dann auch an und saß bei dem Arzt auf dem Schoß. Mehr war meiner Ehefrau nicht erinnerlich.
Sie erzählte: „Ich saß bei diesem Arzt auf dem Schoß und es war so weich und warm an meinen Oberschenkeln. Nach einiger Zeit hob er mich vom Schoß und das war es dann."
Sie war etliche Jahre lang immer mal wieder bei diesem Arzt in Behandlung. Ihre Mutter brachte sie nur bis zum Haus des Arztes und dann ging meine Ehefrau allein weiter. In ihrer Erinnerung nahm der Arzt sie etwa bis zu ihrem sechsten oder siebten Lebensjahr auf seinen Schoß, dann hörte es auf. Er fasste sie nicht an und forderte sie auch nicht auf, ihn anzufassen. Nein, es lief immer gleich ab: Er legte seinen Penis an oder zwischen ihre Oberschenkel, und ob er sonst etwas gemacht hat, erinnert sie nicht mehr.
In den fünfziger Jahren tat eine gewisse Klientel solche Dinge. Wer wollte sie daran hindern? Einem Arzt so etwas zu unterstellen ... Wer hätte diesem Mädchen eine solche Geschichte geglaubt? Ihrer Mutter konnte sie das schon gar nicht erzählen, diese hätte überhaupt nicht

gewusst, wovon ihre Tochter sprach. Im Nachhinein kann meine Ehefrau froh sein, dass nicht mehr passiert ist.
Was mich an diesen Erinnerungen so ärgert, ist, mit welcher Selbstverständlichkeit manche Menschen in den fünfziger Jahren ihren Gelüsten nachgingen. Eine gewisse Bevölkerungsschicht nahm sich bei den Kindern der finanziell nicht so gut gestellten Bevölkerung das, was sie meinte, sich nehmen zu können, was sich ihr zur Befriedigung ihrer sexuellen Gelüste bot. Und Kinder waren die bevorzugten Opfer.
Wie soll, wie kann man das erklären? – Ich weiß es nicht, ich habe bis heute keine Erklärung für dieses Vorgehen.

Eine andere Geschichte, die mir meine Ehefrau erzählte, waren die Fahrten nach Ostfriesland. Dort hatte ihr Vater Verwandte. Meine Ehefrau musste – auch da war sie etwa sechs bis sieben Jahre alt – sich zwischen ihre Tante und ihren Onkel legen. Diese berührten sie beide unsittlich und nahmen abwechselnd ihre Hand, damit sie die beiden auch an ihren Geschlechtsteilen berühren sollte.
In späteren Jahren weigerte sich meine Ehefrau, mit nach Ostfriesland zu fahren, aber sie konnte niemandem diesen Sachverhalt schildern. Wer hätte es denn glauben sollen? Die Frage lautet: Warum hätte man ihr nicht geglaubt? – Weil nicht sein kann, was nicht sein darf!?

Das Gefühl der Macht, das Menschen wie diese gegenüber Kindern hatten, einfach nur tun zu können, was sie tun wollten, lässt sie mit der Zeit immer brutaler vorgehen und niemand gebietet ihnen Einhalt.

Wie sollte ich als Kind Recht und Gesetz achten, wenn ich täglich sah, wie diese Menschen nach ihren eigenen Gesetzen lebten. Die Kirche und der Glaube an Gott waren für mich eine Qual, war doch der Stellvertreter Gottes auf dieser Erde derjenige, der sich alles nahm, der die Jungen schlug und die Mädchen missbrauchte. Der zwar von Nächstenliebe predigte und diese von anderen verlangte, selbst aber jedes der zehn Gebote missachtete und nach seinen Gesetzen lebte. Nicht nach dem Glauben der Kirche und auch nicht nach den weltlichen Gesetzen.

Und was macht ein Misshandelter, gedemütigter, missbrauchter, gepeinigter Junge?! – Es ist ganz einfach, er zerbricht oder er kämpft und beißt sich durch. Er fängt an zu zittern und pinkelt in die Hose, wenn er diesen Mann oder dieses Lehrerehepaar überhaupt nur sieht. Oder er wehrt sich, wird hart und erträumt sich eine Welt, die er in seinen Büchern findet.

So habe ich es gemacht. Ich hatte keine Angst mehr vor diesen Menschen. Ich hatte keinen Respekt, nahm mir das, was ich kriegen konnte. Damals fing ich an, nach eigenen Regeln und Gesetzen zu leben. Ich weiß nicht, ob ich dies als Erklärung oder als Entschuldigung anführen kann, aber für mich ist es der Versuch einer Erklärung. Ob diese Erklärung richtig ist oder nicht, wer mag dies zu beantworten? Ich kann es jedenfalls nicht.

Ehre, Moral und Ethik nahmen in den späteren Jahren – trotz meines Lebenswandels – einen großen Raum bei meinen Regeln ein. Für mich war das selbstverständlich. Ich hatte gesehen, wie derjenige, der die Macht hatte, sich nehmen konnte, was er wollte. Daraus ergab sich für mich folgende Schlussfolgerung: Nimm dir, was du kriegen kannst! Diejenigen, die viel Geld haben, geben dir nichts. Also hole es dir von ihnen und behalte es für dich.

Ich war beileibe kein Robin Hood oder Rächer der Witwen und Waisen, nein, ich machte mir selbst etwas vor, indem ich sagte: Diese Leute sind reich. Auf normale Art und Weise sind sie nicht zu ihrem Reichtum gekommen, sie beuten ihre Arbeiter aus und bereichern sich an diesen. Also kann ich es ihnen auch wegnehmen. Ich legte mir allerhand unausgegorenes Zeug zurecht, um eine Rechtfertigung für mein Tun zu erhalten, zumindest für mich selbst.

Auf der anderen Seite hatte ich für meine Familie und meine „Freunde" und Arbeitskollegen – oder wie auch immer man meine Tatgenossen nennen möchte – Regeln aufgestellt. Ethik, die Lehre vom sittlichen Wollen und Handeln in verschiedenen Lebenslagen, respektvolles Miteinander und absolutes Vertrauen in die Person des anderen hatten absolute Priorität. Loyalität untereinander war eine Grundvoraussetzung.

Diese, meine Regeln und Gesetze versuchte ich über dreißig Jahre zu leben, bis ich einige Male ad absurdum geführt wurde. Ich selbst konnte nach meinen Regeln leben, aber meine kriminellen Freunde hatten ihre eigenen Regeln und da waren Worte wie Loyalität, Ehre, Moral oder Ethik absolute Fremdworte.

Trotz allem lebte ich diesen, meinen Traum über dreißig Jahre und ich habe mich auch später sehr schwergetan, diese Regeln zu brechen.

Diese Rechtfertigungsgründe legte ich mir während meiner kriminellen Jahre zurecht. Bei den ersten Einbrüchen, also zu Beginn meiner kriminellen Laufbahn, dachte ich nur daran, was es zu erbeuten gab. Nicht einen Moment dachte ich daran, was ich dem Geschädigten zufügte, und das Traurige war, ich hatte überhaupt keine Angst vor den Folgen. Sie hätten mich erwischen oder bei einer Tat überraschen können. Doch da war nichts – keine Angst!

Das natürliche Gefühl von Angst, das jeder haben sollte, wurde mir vom Leiter des evangelischen Heimes genommen. Ich verlor die Angst vor Strafe, was sehr schlimm war, denn wenn ich mich fragte: „Warum habe ich keine Angst?“, war immer der Gedanke da, dass ich einen Defekt haben könnte, denn es ist nicht normal, keine Angst zu haben. Ich akzeptierte stets die Folgen meines Tuns, sprich die Bestrafung als solche, damit musste ich rechnen. Und damit musste ich leben. Ich wurde natürlich mit jedem Bruch, mit jedem Raub „schlauer“ und lernte aus vorherigen Fehlern.

Außerdem hatte ich gegenüber den meisten Heim- und Gefängnisinsassen einen Vorteil: Ich war die ersten elf Jahre meines Lebens zu Hause bei meiner Mutter und meinen Geschwistern aufgewachsen. Dort war ein stabiles Fundament für mein zukünftiges Leben gelegt worden. Es war später zwar zeitweise verschüttet, aber es war da und ich litt nie unter einem Deprivationssyndrom. Ich empfinde Empathie für geschundene Kinderseelen oder leidende Mitmenschen, habe mir Sozialkompetenz erworben und versuche meinen Enkelkindern die Sozialethik nahezubringen, und dies alles im Rahmen meines begrenzten Wissens.

Ich hatte einen weiteren großen Vorteil gegenüber meinen Mitbewohnern im Heim und im Gefängnis. Dies war mein immenser „Hunger“

nach Wissen. Im Heim wurde mir jede Möglichkeit, Wissen zu erwerben, untersagt bzw. es wurde auf ein Minimum beschränkt. Natürlich gab es die Schule, aber sobald eine Arbeit im Garten oder auf den Feldern zu erledigen war, hatte diese Priorität.

Im Heim und insbesondere im Gefängnis las ich alles und jedes, was ich in die Hände bekam. Erst in späteren Jahren suchte ich meine Literatur gezielter aus. Ich kann von mir behaupten, dass ich nach jedem Gefängnisaufenthalt klüger nach Hause kam – zumindest ein bisschen klüger.

Ich lernte im Gefängnis zwei Berufe und bestand diese mit der Note „Gut“ in der Theorie und „Befriedigend“ in der Praxis. Zuerst lernte ich Starkstromelektriker und einige Jahre später Energieanlagenelektroniker.

Im Gefängnis erwarb ich mir ein ziemlich gutes Allgemeinwissen und in manchen Bereichen darf ich mich einen Autodidakten nennen. Ich habe mehr oder weniger alles mitgenommen, was das Gefängnis in Bezug auf Lernen zu bieten hatte. Egal ob es ein soziales Seminar war oder eine Sportgruppe – alles nach dem Motto: „Mens sana in corpore sano“, ein Zitat aus den Satiren des altrömischen Dichters Juvenal: In einem gesunden Körper (möge auch) ein gesunder Geist (wohnen).

Ich habe bei den Untersuchungen zur Sicherungsverwahrung alles immer richtig mitgemacht, vor allen Dingen war ich stets begierig, die neurologischen Befunde zu lesen, weil ich auch Bücher gelesen hatte, in denen ich erfuhr, wie sich bei Kindern das Gehirn verändern konnte, wenn sie missbraucht oder misshandelt wurden. „Tatort Gehirn“ war eines der Bücher, bei denen ich zu grübeln begann. Zeitweise dachte ich: Es kann doch nicht normal sein – die Frage lautet: Was ist normal? –, immer wieder straffällig zu werden mit dem Risiko, immer wieder ins Gefängnis zu kommen und die Familie allein zu lassen.

Ich wurde drei Mal untersucht und jedes Mal wurde mir bestätigt, dass sich in meinem Gehirn keinerlei abnorme Veränderungen befinden, dass keinerlei Veränderungen da seien. Ich war so normal – auch hier wieder die Frage: Was ist normal? –, wie ein Mensch nur normal sein kann.

Warum also dieser Drehtüreffekt?

Wieso immer wieder rein und raus? War ich lernunfähig?
Nein, das war ich nicht.
War ich beratungsresistent?
Nein, das war ich auch nicht.
Also was war es denn?
Es war die erfolgreiche Gewohnheit. Ich als Mensch brauchte meine Streicheleinheiten. Ich war immer ehrgeizig gewesen, suchte den Erfolg. Und wo hatte ich meinen Erfolg? – Beim Verüben von Straftaten! Hier war ich erfolgreich. Und wenn ich erwischt wurde und ins Gefängnis kam, war ich trotzdem „einer". Auch hier war ich erfolgreich, kannte mich aus und es dauerte nicht lange, bis ich wieder einen „guten Job" hatte – den in der Bücherei – und mich in Sportgruppen und anderen Gruppen betätigte. Die Mitgefangenen fragten mich um Rat und ich war immer jemand, der im Rahmen seiner Möglichkeiten half.
Anerkennung und Erfolg – dies waren die Gründe für meinen „Drehtüreffekt".
Der Sozialpädagoge Günter Danek, der früher mit mir im Gefängnis und später als ehrenamtlicher Betreuer in meiner Mutteranstalt tätig war, sagte zu mir, nachdem er meine ersten Bücher gelesen hatte: „Jetzt, Sigi, jetzt glaube ich dir, dass du diesen Drehtüreffekt endgültig hinter dir gelassen hast, und zwar deswegen, weil du dir neue Betätigungsfelder für deine Anerkennung und deinen Erfolg gesucht hast. Und hier hast du beides – Anerkennung und auch Erfolg – gefunden."
Ich schreibe meine Bücher, habe eine Selbsthilfegruppe für ehemalige Heimkinder ins Leben gerufen, habe bei Sicherheitstagungen von Banken mitgewirkt und stehe in Kontakt mit einigen Personen dieser Branche.
Ich führe ein vollkommen neues, ein anderes Leben und es ist sehr interessant. Mein früheres Leben existiert nicht mehr, meine Sicht, die Dinge heute anders zu sehen, hat sich bewährt, und es ist nur traurig, dass eine Katastrophe herhalten musste, um diesen Neubeginn zu starten.
Ich habe mich auch mit der Psychologin meiner Ehefrau unterhalten. Auch diese ist der Meinung, dass ich mich spürbar verändert habe. Die beiden genannten Personen sind mir wichtig, denn sie kannten mich

vor meiner absoluten Umkehr und bemerken und spüren meine Veränderung. Wie ich schon erwähnt habe, interessiert es mich nicht, ob irgendein Polizist dies oder das von mir denkt, für mich ist wichtig, dass ich mich verändert habe, und eben die schon angesprochenen Personen, der Rest ist mir einfach egal.

Was aber sehr wichtig ist – und meiner Meinung nach auf den größten Teil der Gefängnisinsassen zutrifft und somit für ihre Inhaftierung verantwortlich ist –, ist die verweigerte Bildung. Und darüber gibt es einiges zu berichten. Eine bekannte Tatsache ist: Wegsperren fördert nur Aggression und Gewalt. Im Gegensatz dazu sind Bildung und Ausbildung das A und O, um Straffälligkeit zu verhindern. Ich kenne aus eigener Erfahrung die Klientel in den Gefängnissen, und da ist es leider so, dass mindestens 60 Prozent der Insassen keinen Schulabschluss und keine abgeschlossene Lehre haben. Sie haben keinen Führerschein und ich kann sagen, sie haben nichts, rein gar nichts zu Ende gebracht, selbst wenn sie vieles angefangen haben.
Dazu ein Beispiel: In der Ausbildungsanstalt begannen wir eine Lehre mit zweiunddreißig Personen. Bei der Zwischenprüfung nach einem Jahr waren es noch vierzehn Personen und nach zwei Jahren, also bei der Prüfung, waren sechs Personen übrig geblieben, von denen vier die Prüfung sofort schafften und die anderen beiden erst nach einer Nachprüfung mit der Ausbildung fertig waren. Sechs von zweiunddreißig! Ja, wie war das möglich, obwohl genug Zeit zum Lernen da gewesen war? Wir hatten eine gute Ausbildung erhalten, drei Mal in der Woche theoretischen Unterricht und zwei Mal Praxis. Später war morgens Theorie und nachmittags Praxis dran. Trotz allem beendeten nur sechs Personen von zweiunddreißig diese Ausbildung erfolgreich. Ja, wie war das möglich?
Viele Inhaftierte besaßen keine Ausdauer, konnten sich maximal dreißig Minuten auf eine Sache konzentrieren, dann fingen sie an zu stören, wurden zappelig und unruhig. Sie hatten es zu Hause nicht gelernt, bei einer Sache zu bleiben. Sie hatten es im Heim nicht gelernt, bei einer Sache zu bleiben – außer bei einer Arbeit auf dem Feld oder im Betrieb, doch dort wurde schlampig oder sehr schlecht gearbeitet. Es sei denn,

es war eine Pensum-Arbeit mit immer denselben Arbeitsgängen, da wurde bei manch einem den ganze Tag lang zügig durchgearbeitet und es wurde auch tatsächlich einiges geschafft – immer einen guten Einkauf im Blick. Sie lernten es im Gefängnis mit Sicherheit nicht mehr, selbstständig zu denken. Woher auch?!
Ich lernte solche Personen kennen, sie zeigten keinerlei Verlangen und auch kein Bedürfnis, irgendetwas zu lernen. Wenn etwas zu schreiben war, suchten sie sich einen Mitgefangenen, der das für sie erledigte. Und da las ich Geschichten, die einfach unmöglich waren. Es wurden Urteile zitiert, die ohne Bezug zu dem eigenen Sachverhalt waren. Ach, es ist müßig, dies niederzuschreiben, es bringt nichts.
Ich will damit nur aufzeigen, dass es lediglich bei circa einem Prozent der Gefangenen sinnvoll ist, sie etwas zu lehren, zwar deshalb, weil sie etwas lernen wollen.
So erlebte ich es, dass viele in eine Gruppe gingen, aber nur, um mal aus der Zelle herauszukommen. Das war durchaus legitim und gewiss nicht zu verurteilen, aber lernen wollten diese Menschen nichts.
Heute wird von den Gefangenen ein finanzieller Beitrag verlangt, wenn sie in eine Gruppe der Volkshochschule gehen, einen Computerkurs, einen Englisch- oder Spanischkurs belegen. Wer dies auf sich nimmt, von dem kann man annehmen, dass er etwas lernen will. Und das finde ich gut.

Ja, die verweigerte Bildung in den Heimen der fünfziger und sechziger Jahre ist meiner Meinung nach die Wurzel allen Übels. Ich las vor einiger Zeit eine ausgezeichnete Studie von Prof. Dr. Horst Entorf und seinem Assistenten Philip Sieger: „Folgekosten der Kriminalität durch mangelnde Bildung“. Der Untertitel lautete: „Kriminalprävention beginnt im Kindergarten“. Die Bertelsmann Stiftung gab eine Untersuchung über den Zusammenhang von Kriminalität und Bildungsmangel in Auftrag. Die von Prof. Horst Entorf und seinen Mitarbeitern an der Johann-Wolfgang-von-Goethe-Universität in Frankfurt am Main ermittelten Ergebnisse liegen in einer beachtenswerten Veröffentlichung vor.

Ist bei einigen der Schulabsolventen ohne Hauptschulabschluss die Gefahr größer als bei besser Gebildeten, auf die schiefe Bahn zu geraten und in Illegalität und Kriminalität abzugleiten? Führt nicht unter Umständen das Straffälligwerden in jungen Jahren zu weniger Zeit für Bildung oder schlechten Chancen auf Ausbildung, so dass Bildung nicht ursächlich für Kriminalität ist? Diese Fragestellung haben Prof. Dr. Horst Entorf von der Universität Frankfurt am Main und sein Mitarbeiter Philip Sieger in der vorliegenden Studie untersucht. Im Rahmen der Projektes „Folgekosten unzureichender Bildung" der Bertelsmann Stiftung ist es ihnen gelungen, erstmals für Deutschland zu belegen, dass es einen kausalen Zusammenhang zwischen unzureichender Bildung in Form eines fehlenden Hauptschulabschlusses und kriminellem Verhalten gibt. (Vorwort zur Studie)

Die Studie beschreibt dabei folgende Ergebnisse:

Die volkswirtschaftlichen Schäden durch Kriminalität werden auf ca. 4 bis 7 Prozent der nationalen Wirtschaftsleistung bzw. des jährlichen Bruttoinlandsproduktes (BIP) geschätzt (Entorf/Spengler 2002). Kriminelles Verhalten zu verhindern ist daher ein wichtiges gesellschaftliches Anliegen. Die vorliegende Studie versucht diesen Zusammenhang näher zu beleuchten und zu berechnen, wie viel kriminelles Verhalten durch bessere Bildung verhindert und welche Kosten der Kriminalität auf diese Weise eingespart werden könnten. Im Umkehrschluss werden damit die Folgekosten unzureichender Bildung ausgewiesen, d. h. die Kosten, die der Gesellschaft momentan alljährlich aufgrund unzureichender Bildung im Bereich Kriminalität entstehen. Auf der Grundlage der in der vorliegenden Studie durchgeführten sorgfältigen ökonometrischen Analysen kann erstmals für Deutschland belegt werden, dass es einen kausalen Zusammenhang zwischen unzureichender Bildung in Form eines fehlenden Hauptschulabschlusses und kriminellem Verhalten gibt. Die Analysen basieren dabei einerseits auf Individualdaten einer Bevölkerungsstichprobe von knapp 1.200 Probanden mit und ohne kriminelle Erfahrung und andererseits auf einem insgesamt fünfundzwanzig Jahre umfassenden aggregierten Paneldatensatz mit Daten aus den westdeutschen Bundesländern. Die Analyse der Bevölkerungsstichprobe weist eindeutig auf einen signifikanten Zusammenhang zwischen Bildung und Kriminalität hin, der auch nach Berücksichtigung anderer wichtiger Einflussfaktoren auf kriminelles Verhalten Bestand hat.

Wäre es im Jahr 2009 gelungen, die unzureichende Bildung um 50 Prozent zu reduzieren, hätte es in Deutschland mindestens 416 Fälle von Mord und Totschlag, 13.415 Fälle von Raub und Erpressung sowie 318.307 Fälle von Diebstahl weniger geben können. Dadurch hätten neben dem persönlichen Leid, das vielen Betroffenen erspart geblieben wäre, insgesamt 1,42 Milliarden Euro an Kosten der Kriminalität „eingespart" werden können. Anders ausgedrückt: Dadurch, dass es uns nicht gelingt, den Anteil der Jugendlichen ohne Hauptschulabschluss um die Hälfte zu reduzieren, entstehen der Gesellschaft Folgekosten in Höhe von mindestens 1,42 Milliarden Euro jährlich im Bereich Kriminalität.

Diese Studie simuliert die hypothetischen Auswirkungen einer Bildungsinitiative, die eine Reduzierung der Anzahl der Schulabgänger ohne Hauptschulabschuss beinhaltet. Sie beschränkt sich damit bewusst auf die prekäre Situation dieser besonders betroffenen jungen Menschen. Mit Blick auf eine wirksame Verhinderung von kriminellem Verhalten hat die oben gezeigte Bedeutung einer abgebrochenen Ausbildung bzw. des Hauptschulbesuchs gezeigt, dass bessere Bildungschancen für alle Jugendlichen noch viel weitergehende Effekte auf kriminelle Verhaltensweisen und mit Kriminalität in Zusammenhang stehende Kosten haben könnten. Wenn es gelingen würde, Jugendlichen bzw. jungen Erwachsenen eine Ausbildungsabschluss zu ermöglichen bzw. Veränderungen mit Blick auf die Chancen und Milieus von Hauptschulen (und Förderschulen) in Gang zu setzen, könnten noch deutlich höhere Einsparpotenziale möglich sein. Auch hier findet sich damit ein Beleg dafür, dass die in der Studie errechneten Einsparmöglichkeiten durch verbesserte Bildung lediglich eine konservative Untergrenze darstellen. (Prof. Dr. Horst Entorf und Philip Sieger, Einleitung der Studie: Unzureichende Bildung – Folgekosten durch Kriminalität, 2010)

Die genannte Untersuchung steht als Download zur Verfügung auf der Homepage des DBH: www.dbh-online.de

Ich habe ja bereits geschrieben, wie meine Erfahrungen in den Gefängnissen in Bezug auf Bildung waren. Ich brauchte keine Untersuchungsergebnisse, um diesen Zusammenhang in der Praxis persönlich kennenzulernen.

Es ist aber sehr gut, dass diese Untersuchung durchgeführt wurde, leider fehlt auch hier die Lobby, damit diese Ergebnisse auch von der Politik umgesetzt werden.
Solange hier wieder nur herumpalavert wird, kann und wird sich bei den Inhaftierten und damit auch bei den Kosten nichts ändern.
Für mich ist allerdings die Frage entscheidend: Was machen die Kirchen, was machen die Länder und was macht der Bund, respektive der Runde Tisch, mit der verweigerten Bildung der ehemaligen Heimkinder?
„Wie soll das gehen? Wir können doch eh nichts mehr machen, das ist doch alles schon so lange her."
Ja, aber hier liegt die Krux: Ich kann argumentieren, dass mein Lebensweg ein völlig anderer geworden wäre, wenn mir zumindest die nötige Bildung zuteilgeworden wäre. Das Jugendamt hingegen kann argumentieren: Wer weiß, wie mein Lebensweg verlaufen wäre, wenn ich nicht ins Heim gekommen wäre.
Es ist hypothetisch, in der einen oder anderen Richtung etwas anzunehmen. Unbesehen ist auf jeden Fall, dass mir und den anderen Heimkindern Bildung verweigert wurde, egal was ich vermuten oder annehmen werde.

An dieser Stelle möchte ich einen Bericht zur Situation der Nachkriegsheimkinder gestern und heute zitieren, und zwar von Thilo Andres: „Das Verbrechen gegen die Menschlichkeit".
Thilo Andres schreibt unter anderem:

Ein verheerendes Bild ergibt sich auch bei differenzierter Nachschau zur Situation der Nachkriegsheimkinder im Schulalter (sechs bis vierzehn Jahre). Immer wieder ist von Betroffenen zu hören, dass es nur den zeitlich halben Schulunterricht gegeben hat, um danach Kinderarbeit leisten zu müssen.
Eine bekannte Aussage aus diesen Kinderheimen: „Wer nicht arbeitet, soll auch nicht essen!" In solchen Heimen wurden Kinder im großen Stil bildungsmäßig vernachlässigt.
Es gab auch immer wieder Verbrecher im weißen Kittel, die den Kindern die Beschulungsfähigkeit abgesprochen hatten. Was da an Unrecht und Menschenver-

achtung den Heimkindern angetan wurde, kann und darf nicht vergessen werden. Der Staat hat aus den Pflegesatzverhandlungen den Tatbestand Kinderarbeit sehr wohl zur Kenntnis genommen und einkalkuliert.

Strukturell organisierte Arbeitseinsätze zur Selbstversorgung sind nicht mit üblichen Strafarbeiten etwa in Familien zu vergleichen.

Konnten Schulkinder in Heimen so schuldig werden, dass sie um ihre Zukunft gebracht werden durften?

Zwang zur Kinderarbeit unter Bildungsverweigerung war ein Verbrechen gegen die Menschlichkeit. Das Unrecht hat keine Würde. Es muss beim Namen genannt werden.

Es muss an dieser Stelle auch erwähnt werden, dass sich zahlreiche Patres, Pfarrer, Diakone und sonstige Betreuer auf perfideste Weise Kinder genommen und diese missbraucht haben. Selbstverständlich ist zu verurteilen, dass derartige Tatbestände sowohl vom Staat als auch von den Kirchen nach wie vor verdrängt werden.

Weiter muss gerügt werden, dass die Verantwortlichen die Opfergruppen (Heimkinder und Eliteschüler) auf höchst unanständige Weise hierarchisieren.

Nachkriegskinderheime für die Altersklasse sechs bis vierzehn Jahre waren sehr unterschiedlich, so dass sich auch hier eine Pauschalierung verbietet.

Die vielfach benachteiligten Heimkinder der 1950er und 1960er Jahre standen nach Vollendung des vierzehnten Lebensjahres sehr oft ohne Chancen da. Nach vielfacher Suspendierung der Schulpflicht ohne Rechtsgrundlage hatten die vierzehnjährigen Heimkinder zwangsläufig erhebliche Defizite. „Dumm und fromm“ – das sollte genügen. Anstatt ihnen die Chance zu geben, die Defizite auszugleichen, wurde sie häufig in die Landwirtschaft abgeschoben.

Eher selten hatten Heimkinder das Glück, bei einem Handwerksmeister eine Ausbildung zu erhalten und dort zu wohnen. Vielen Heimkindern blieb nur der bittere Weg in die Hände von Landwirten, die niemals kontrolliert wurden.

Man muss hier von einer regelrechten Sklavenhaltung in der Landwirtschaft sprechen.

Das Opfer Josef St. aus Osnabrück kam durch Vermittlung einer Nonne als vierzehnjähriger Schulabgänger auf einem Bauernhof ins Emsland. Dort musste er gegen Almosen und ohne Sozialabgaben völlig entrechtet aushalten, bis ihm mit einundzwanzig Jahren die Flucht nach Osnabrück gelang.

Dem Landwirt, der das Opfer Josef St. so rücksichtslos ausgebeutet hatte, ist auch die Pflegschaft angetragen worden. Schon in Ansehung der Interessenkollision hätte es so etwas nie geben dürfen.

Wenn dies kein Verbrechen gegen die Menschlichkeit gewesen sein soll, dann muss man von einer Verrohung des Rechtsgefühls unter den Verantwortlichen ausgehen. Wer hier von Einzelfällen spricht, der betreibt methodische Irreführung.

Das Unrecht hat keine Würde.
Wer es zulässt, ermöglicht neues Unrecht.

Ein weiteres Kapitel ist die menschenverachtende sogenannte Fürsorgeerziehung in Heimen, die häufig gefängnisähnlichen Charakter hatte. Die sogenannten Zöglinge befanden sich in einer Finsternis des menschlichen Nichts. Der absolute Grundrechtsverlust war gekennzeichnet durch totale Fremdbestimmung, zahlreiche Appelle, Zwangsarbeit unter Sanktionsandrohung, Religionszwang, Beleidigungen, Gewalt und Isolationshaft bei geringsten Anlässen. Dies alles wird heute unter dem Begriff „Schwarze Pädagogik" subsumiert.

Es galt als pädagogischer Erfolg, wenn die sogenannten Zöglinge hörig als Gebrochene alle Menschenverachtung hinnahmen. Und hierzu erachtete man die Zwangsarbeit als probates Mittel, meist unschuldige junge Menschen gefügig zu machen. Die Zwangsarbeit war allen staatlichen Institutionen bekannt, schließlich wurde der Erlös daraus im Rahmen der Pflegesatzverhandlungen stets einkalkuliert. Dass dies alles so angelegt worden ist, kann nicht ernsthaft bestritten werden.

Häufig wurde auch in den sogenannten Erziehungsanstalten die Berufsschulpflicht ohne Rechtsgrundlage suspendiert. Dass sich die Verantwortlichen von heute so schwertun, die damalige menschenverachtende Behandlung als seelische Grausamkeit einzuordnen, zeugt von sozialer Kälte und Unaufrichtigkeit.

Unverständlich ist auch das Schicksal so vieler heranwachsender junger Frauen. Sie hatten genauso unter Bildungsverweigerung und Zwangsarbeit zu leiden. Es gibt zahlreiche Berichte darüber, dass in den damaligen sogenannten Mädchenerziehungsanstalten ständig frauenärztliche Reihenuntersuchungen in kurzen Abständen und ohne erkennbare medizinische Indikation durchgeführt wurden. Viele Betroffene äußern nach wie vor den Verdacht, dass es Versuchsreihen im Auftrag der Pharmaindustrie waren. Gerade aus solchen verdachtsbefangenen Einrichtungen kommt immer wieder die Behauptung, es würden keine Akten mehr existieren. So etwas glauben zu sollen, ist unzumutbar. Selbstverständlich muss auch hier von Verbrechen gegen die Menschlichkeit gesprochen werden.

Das Unrecht hat keine Würde.
Jedes Unrecht ist ein Störfall der Zivilisation.

Nach all dem muss auch die Frage gestellt werden, wie die Betroffenen in so großer Zahl in ein dergestalt menschenverachtendes Heimsystem hineingelangen konnten. In den Jugendämtern der Nachkriegszeit hatten Verwaltungsbeamte meist ohne jede pädagogische Orientierung das Sagen.
Junge Sozialarbeiter von den Fachhochschulen mussten sich anpassen und konnten erst in den 1970er Jahren ihre Vorstellungen besser durchsetzen. Selbst vernünftige Berichte von damaligen Fürsorgerinnen wurden selten beachtet.
Fachlich ansprechende Betreuung auf ambulanter Ebene gab es nicht.
Kinder, die wirklich unter Deprivation und anderen seelischen Grausamkeiten gelitten hatten, blieben oft unerkannt, wenn die Eltern nur unauffällige Spießbürger waren.

Die absolutistischen Herrscher der Jugendämter handelten in aller Regel willkürlich aus ihrem diffusen Verständnis von Milieuschädigung und Verwahrlosung.
Es gab Lehrlinge, die sich nicht ausbeuten lassen wollten, oder junge Frauen, die ihren gewalttätigen Eltern davonliefen, Friseurboykotteure, Elvis-Fans etc. Sie alle standen den Eltern und Jugendämtern hilflos gegenüber, weil die Autoritätspersonen, ihrem Wiederholungszwang gehorchend, den Geist der freiheitlichen Grundordnung nicht aufgenommen hatten.

Alleinerziehende Mütter wurden besonders mit Argwohn bedacht. Es war eher selten der Fall, dass Kinder oder Jugendliche aus prekären Verhältnissen das Glück hatten, einen mit Weisheit gesegneten Vormund zu bekommen.
Jugendämter und Jugend hatten nie ein Vertrauensverhältnis zueinander. Es ist daher nur zu verständlich, dass die Sozialanamnesen in den Akten für Fachleute

unbrauchbar waren. Die Akten bestanden in der Regel nur aus Denunziationen, Verdächtigungen und laienhaften Bewertungen. Rechtliches Gehör gab es in der damaligen Jugendfürsorge selten.

Es bleibt als Ergebnis festzuhalten, dass sich die damaligen Jugendämter in Westdeutschland als Familien- und Jugendpolizei verstanden. Sie betrieben völlig autark mit oft abenteuerlichen Sozialanamnesen unter den Augen desinteressierter Vormundschaftsrichter an Staatsanwaltschaften und Jugendrichtern als zuständige Spruchkörper vorbei Strafverfolgung.

Sie redeten so viel von Verwahrlosung und missachteten dennoch immer wieder Schutzgesetze, Grundgesetz und Europäische Menschenrechtskonvention.
Viele Jugendliche, die sich strafrechtlich nicht schuldig gemacht hatten und nur wegen Autoritätskonflikten, eigenwilliger Moden usw. ins Visier gerieten, landeten in gefängnisähnlichen Einrichtungen. Es wäre einfach nur zynisch, derartige Formen von Willkür als geltendes Recht zu bezeichnen.

Das Unrecht hat keine Würde.
Lasst uns noch stärker für die Menschenrechte kämpfen.

Bewertung:
Das Schicksal der ehemaligen Heimkinder ist so tragisch, weil die ganze Gesellschaft weggesehen hat.

Von den Erzeugern vernachlässigt und verstoßen.
Von Mutter Kirche verachtet und misshandelt.
Von Vater Staat entrechtet und verraten.

Dass die Eltern als Erzeuger so oft versagten, ist bittere Realität. Manche belogen das Jugendamt nur, weil die Kinder den neuen Partnern im Wege standen. Andere konnten unbehelligt über Jahre hemmungslose Gewalt ausüben, so dass deren Kinder mit zunehmendem Bewusstsein allen Autoritätspersonen gegenüber Widerstand leisteten.

Gleichgültigkeit, Unwissenheit und seelische Grausamkeiten haben kindliche Charaktere so deformiert, dass sie als lebensuntüchtige und desorientierte Heranwachsende Probleme bereiten mussten.
Schon Goethe bemerkte: „Wären doch die Eltern erzogen ..."
Es ist dem Staat generell anzulasten, dass er die eindringlichen Warnungen der Wissenschaft missachtete.
Menschenrechte nach Kassenlage? Die Betroffenen schauen mit Verbitterung zurück.

Kinder die nicht geliebt werden,
werden Erwachsene, die nicht lieben.

Beschämend ist das Verhalten der Kirchen gegenüber den ehemaligen Heimkindern. Sie geben den Betroffenen unter berechnender Passivität nur Alibierklärungen ab. So sind die Kirchen denn auch nicht gut zum Volk. Sie haben sich stets den Mächtigen angedient, und um ihre Existenz Genüge zu tun, die Religion auf Kosten der Menschen prostituiert. Im Jagdeifer nach dem Mammon haben sie das Volk aus den Augen verloren. Heute starren sie kleingläubig auf ihren Reichtum und vergessen das Wesentliche. Wo der Schatz ist, da ist das Herz.
Im Theologischen zerstritten wie Hund und Katz, aber in Sachen Geld immer einig. Was ist das nur für ein Bild von Kirche, in der nur die Anständigen ihre Ämter aufgeben und die Übeltäter bestenfalls von Konkurrenten verdrängt werden.

Man kann in den Kirchen auch einige gläubige Christen antreffen. Sie leisten in aller Stille Gutes und ziehen sich bei Streitigkeiten demütig zurück. Viele aber betrachten ihre Rolle in den Pfarrämtern nur als Job. Sie wirken teilnahmslos bis reserviert auf die großen Sorgen der Menschen. Ihre Predigten mutieren immer mehr zu Selbstgesprächen.
In kritischen Fragen zur Kirche zeigt sich immer wieder, dass der Corpsgeist viel, viel stärker ist als die Bergpredigt. Wo sind die Anständigen? Die Bonhöfers, Niemöllers und Käßmanns sind nur in der Minderheit.

Besonders im Rahmen der Aufarbeitung zum Heimkinderskandal betreiben die Kirchen Obstruktion, Prolongation und laden oft zu heuchlerischen Alibiveranstaltungen. Dann dringt auch immer wieder nonverbal und doch sehr klar durch, dass die Opfer den Kirchen jederzeit zu Kreuze kriechen können. Kritikern gehen sie gerne aus dem Weg und hassen jene, die sie mit der Wahrheit beschämen. In offiziellen Gesprächen sind sie stets höfliche Meister der Unverbindlichkeit.

Von solchen Kirchen ist keine Einsicht in ihr eigenes Unrechtsgebaren zu erwarten. Wie wäre es mit einer neuen Reformation; denn gerade die Bergpredigt bietet doch grandiose Ansätze für eine gedeihliche Zivilisation.

In den Augen der ehemaligen Heimkinder ist auch Vater Staat nicht gut zum Volk. Für all die Schwächeren in der Gesellschaft schafft der Staat schon lange keine ausgleichende Gerechtigkeit mehr. Das Leben der Bürger ist der politischen Nomenklatura fern. Das Wahlvolk soll nur funktionieren. Dies wird besonders deutlich am Beispiel des Heimskandals der 1950er und 1960er Jahre.

Die rechtliche Würdigung zur Kinder- und Zwangsarbeit, wie sie vom Runden Tisch verlautbart wird, ist völlig inakzeptabel. Was Zwangsarbeit bedeutet, geht auch unmissverständlich aus Art. 12 GG hervor. Fehlsam ist die Annahme, dass gem. Abs. 3 zu Art. 12 GG Zwangsarbeit für alle Fälle von Freiheitsentziehung gelten sollte.

Wenn dennoch behauptet wird, mit Art. 12 Abs. 3 GG seien in der Nachkriegszeit auch Heimkinder positiv gemeint gewesen, so stellt dies einen Verstoß gegen die Denkgrundsätze dar, schließlich gleicht dies einem Toxikologen, der aller Welt erklären will, dass der Schadstoff vor seiner Entdeckung unbedenklich gewesen sein muss.

Ein dergestalt grandioser Irrtum kann einer verfassungsrechtlichen Prüfung nicht standhalten. Schon nach dem Gleichheitsgrundsatz gem. Art. 3 GG durften sogenannte Zöglinge nicht wie Strafgefangene behandelt werden; denn Ungleiches darf nicht gleich behandelt werden.

Allein die Tatsache, dass der sozialrechtliche Status der Heimkinder nie eigenständig definiert worden ist, rechtfertigte keinesfalls, dieselben mit totalem Grundrechtsverlust zu überziehen.

Dass Sozialstaatsprinzip wurde in der Nachkriegszeit zu Lasten der Heimkinder im großen Stil missachtet. Chancenwahrung wäre gemäß Art. 20 und 28 GG zwingend notwendig gewesen, um ein Leben in Würde und Selbstbestimmung für die Heimkinder zu ermöglichen. Tatsächlich aber ist die Zukunft der Heimkinder so schändlich veruntreut worden.

Ich bin zwar nicht mit allem einverstanden, was ich gerade wiedergegeben habe, aber es ist meiner Meinung nach sehr beachtlich, was dort zusammengetragen wurde. Der Autor war zusammen mit mir in der Selbsthilfegruppe für ehemalige Heimkinder. Dort stellte er mir seine Arbeit zur Verfügung, woraus ich mit seiner Einwilligung das Obige zitiert habe.

Was will ich mit dem Zitierten sagen?
Es geht einfach darum, aus den Fehlern der Vergangenheit zu lernen, und da müsste die Politik genau wie jeder Einzelne flexibler reagieren. Leider ist das gesamte Justiz- und Bildungswesen kein Thema für einen Wahlkampf. Da geht es in erster Linie darum, seine Pfründe zu behalten, also geben sie gängige Stammtischparolen zum Besten, und das heißt Wegsperren, ohne das Übel an der Wurzel zu packen. Dass dieses Wegsperren immense Kosten verursacht, ist dem Einzelnen doch egal.
Einmal die mangelnde Bildung und einmal das Drogenproblem. Wenn für beides nur halbwegs adäquate Lösungen gefunden würden, könnte der Staat, könnten die Länder Milliardensummen einsparen, die am Ende wieder der Bildung zugute kommen könnten.
Ich habe ja bereits erwähnt, dass ich ein unverbesserlicher Optimist und ein großer Träumer bin, trotz allem immer noch! Ich glaube daran, dass eine Besserung und Änderung in unserem Bildungswesen möglich ist. Vor allem dort, wo die Erwachsenen eine schlechtere Bildung besitzen, da müssen die Kinder besonders gefördert werden, dort muss der Hebel angesetzt werden, denn sonst geht es den Kindern wie den Eltern. Sie lernen nichts und wissen schon mit zwölf, dreizehn oder vierzehn Jahren, dass sie Hartz-IV-Empfänger werden wollen.
Ich möchte als Mensch respektiert werden. Ich möchte auch, dass bei der Behandlung von Kindern intensiver nachgedacht und gehandelt wird. Wenn sich die Mitarbeiter des Jugendamtes so bei fremden Kindern verhalten würden, wie sie es bei den eigenen Kindern tun,

dürfte doch wohl eine vernünftige Fürsorge gewährleistet sein. Ich gehe jetzt einmal davon aus, dass die beim Jugendamt Beschäftigten, die eigene Kinder haben, fürsorglich mit diesen umgehen.

Es scheint mir dringend geboten, dass ein Umdenken in der Politik erfolgen muss – in Bezug auf ein ausgereiftes Bildungswesen, insbesondere was die sozial schwachen, unterprivilegierten Familien und insbesondere ihre Kinder betrifft. Es muss eine Chancengleichheit hergestellt werden, sonst bleiben diese Kinder immer wieder auf der Strecke (Ausnahmen bestätigen nur die Regel).

In Bezug auf Vorbeugung und Chancengleichheit sind die Vorgaben der dementsprechenden Ministerien völlig unzureichend.

Die Arbeit, die Vorsorge, die Fürsorge insbesondere für das Kind muss vor Ort geleistet werden – in Zusammenarbeit mit den KITAs und ähnlichen Stellen. Kompetente Personen müssen zu den Familien gehen, beratend und helfend eingreifen, und zwar beim Ausfüllen von Anträgen, beim Ordnen der Vorgänge und Ähnlichem.

Weil das Potenzial der menschlichen Kapazitäten nicht einmal zu einem Bruchteil ausgeschöpft werden kann, gehen der Wirtschaft viele schöpferische und fähige Köpfe verloren. Aber nicht nur für die Wirtschaft ist dies von Belang, nein durch diese Förderung und durch die Veränderung des Lebensweges, die Betroffene aus der Randgruppe führt, wird auch der Sozialstaat entlastet. Sie werden und sind produktiv und verharren nicht lethargisch in Hartz IV oder Gelegenheitsjobs, unter Umständen sogar im Gefängnis. Dies alles entlastet die Staatskasse und die Betroffenen tragen zum Bruttosozialprodukt bei.

Hier muss die Politik ansetzen und eingreifen, und selbst wenn es zu Beginn als ein zu teures Projekt erscheint, wird es sich in jedem Fall rechnen.

Auch wenn ich einmal von der wirtschaftlichen Seite absehe, bin ich sicher, dass eine positive Veränderung beim Menschen eintreten würde. Das Kind wird sich seiner Bedeutung bewusst. Es greift eins ins andere, das Kind zeigt Leistung, erhält Respekt und Anerkennung und so wird es zum Selbstläufer.

Hier müssen die Hebel angesetzt werden. Das Kind darf nicht einfach zu einer anderen Familie abgeschoben werden, bei der das Jugendamt nicht weiß, was mit ihm passieren wird.
Die Sozialarbeiter vom Jugendamt müssen ihren Blickwinkel ändern, der Fokus hat sich auf das Kind, den Jugendlichen zu richten und nicht auf die Unterbringung. Hier sind Gespräche unumgänglich: Kind, KITA, Schule und die Personen, die das Kind beaufsichtigen. Aus allen Gesprächen erfolgt dann der Abgleich. Diese Gespräche haben nicht nur alle paar Monate stattzufinden, sondern unregelmäßig mindestens wöchentlich. Es ist Vertrauen zu dem Kind aufzubauen und keinesfalls darf dieses Vertrauen missbraucht werden. Zusagen sind einzuhalten und nicht nur von dem Kind oder dem Jugendlichen einzufordern.
Dies wären die Minimalforderungen, damit eine Änderung in unserem Bildungswesen erreicht werden kann.
Hier könnten auch Menschen wie ich tätig werden. Gefährdeten Jugendlichen hätte ich eine Menge zu sagen. Ich habe die Erfahrung gemacht, dass gefährdete Jugendliche oder Kinder mir zuhören, weil sie merken und auch nach einem Vorgespräch wissen, dass ich einer der ihren war und eine persönliche Veränderung selbst herbeigeführt habe.
Ich sehe allerdings schon wieder die Vorbehalte: „Wir können doch so einen Menschen nicht mit unseren Kindern arbeiten lassen! Der macht sie vielleicht noch krimineller."
Neue Wege gehen, etwas investieren – und zwar Vertrauen! –, scheint diesen Personen unmöglich zu sein. Hinzu kommt, dass sich die Mitarbeiter des Jugendamtes dagegen wehren. Ich weiß, man wird es abstreiten, aber es ist so.
Die Jugendlichen, die Heranwachsenden, sie hören mir zu, sind bei der Sache, während sie dem Vertreter des Jugendamtes zwangsläufig zuhören, weil sie es müssen; es ist eine gerichtliche Auflage, ansonsten gehen sie ins Gefängnis. Es ist für beide Seiten eine Alibi-Pflichtaufgabe. Die Mitarbeiter des Jugendamtes bekommen ihre Stunden bezahlt und die Jugendlichen haben ihre Pflicht zu erfüllen. Und es nützt niemandem. Aber so einen wie mich mögen sie nicht dabeihaben. Warum eigentlich nicht?

Ich denke nicht, dass man mir nicht abnimmt, dass ich mich geändert habe, aber vermutlich fragt man sich: „Wie kommt dieser Knastologe dazu zu glauben, er könne bei den Jugendlichen mehr bewirken als wir?! Wer hat denn Sozialpädagogik studiert, er oder wir? Wir sind die Fachleute, wir wissen, wovon wir sprechen (das wage ich in vielen Fällen zu bezweifeln).“ Nein, viele Mitarbeiter des Jugendamtes sind beileibe nicht so selbstbewusst, wie sie gegenüber den gefährdeten Jugendlichen oder deren Eltern auftreten.
Ich habe ja schon einiges über meine Problematik mit dem Jugendamt geschrieben und ich muss wiederholen, dass zumindest ein Drittel der dort Beschäftigten ihre Arbeit gut bis sehr gut macht. Über die anderen darf man aber nicht schweigen. Ich weiß, es ist alles meine subjektive Meinung, die sich nur aus meinen persönlichen Erfahrungswerten ergibt. Aber gerade deshalb schreibe ich darüber. Fragt sich nur, wer das so genau wissen möchte. Bei einer einzelnen Behörde mag es ja möglich sein, einen Versuch zu starten (wie bei mir), aber dann hört ohne eine weitere Erklärung die Zusammenarbeit auf.
Dass ich diese Arbeit nicht ohne eine minimale Vergütung machen kann, liegt auf der Hand. Mit Rückblick auf meine Gefängniszeit werden Sie ahnen, dass meine Rente, obwohl ich während meiner Gefängniszeiten immer gearbeitet habe, nicht überwältigend ist. Von daher wäre ich heute bei meiner derartigen Aufgabe auf Fahrgeld und eine Aufwandsentschädigung angewiesen. Möglicherweise wäre das der Behörde zu teuer. Das Jugendamt im Einsatz und zudem auch noch ich?! Da käme die Frage auf, ob ich dabei nicht überflüssig bin. Es gibt keine Erfahrungswerte und somit ist auch nicht geklärt, ob mein Wirken zu positiven Ergebnissen führen kann. Und schon drehen wir uns im Kreis, also lassen wir lieber alles so, wie es ist.
Die Frage, die nun zwangsläufig im Raum steht, lautet: Wer gibt einem Vorbestraften überhaupt eine Chance?

Kriminalität! Warum, weshalb, wieso?!

Kehren wir nun noch einmal ins Gefängnis zurück.

Ich bewarb mich auf eine Stelle als Gebietsvertreter bei einer schwedischen Firma und erhielt auch eine Zusage – zunächst einmal für drei Monate auf Probe. Ich hatte jegliche Art von Reinigungsgeräten im Programm, vom Bücherstaubsauger bis hin zu großen Reinigungsgeräten für Krankenhäuser und Banken. Es klappte gut, die Arbeit machte mir Freude und ich hatte vier Damen, die für mich avisieren gingen. Sie bekamen ein Grundgehalt und wurden dann prozentual an meinen Abschlüssen beteiligt. Ich war sehr erfolgreich und wir alle verdienten gutes Geld, auch der Bezirksleiter und der Landesleiter, denn bei dieser Firma partizipierten alle Leiter an dem Erfolg eines einzelnen Vertreters, wenn er denn gut war. Nach etwa sechs Monaten kam die erste Aufforderung, mein polizeiliches Führungszeugnis nachzureichen. Ich bestätigte, dass ich es mitbringen werde, wenn ich vorbeikomme. So hatte ich während der ersten drei Monate Ruhe, aber dann kamen die Aufforderungen wöchentlich. Ich kam in Erklärungsnot und sprach mit dem Bezirksleiter: „Mein polizeiliches Führungszeugnis ist nicht so, wie es sein sollte. Muss ich überhaupt eins abgeben? Es läuft doch alles prima, warum kann es so nicht weiterlaufen?" Nein, es konnte so nicht weiterlaufen, und mit einem wegen Eigentumsdelikten vorbestraften Rechtsbrecher schon mal gar nicht!

Ich war zu diesem Zeitpunkt bereits fast ein Jahr bei der Firma, aber einen Einbrecher wollten sie auf keinen Fall beschäftigen. Es ging dann alles ganz schnell: Mein Büro wurde gekündigt, meine Damen und ich erhielten die Kündigung und von heute auf morgen war alles vorbei. Es zählte nicht, was ich tat, wie ich arbeitete, ob ich gut war, nein es zählte nur mein Vorleben. Ich könnte ja in eine der Villen einbrechen, deren Besitzer gerade bei mir einen Staubsauger bestellt hatten. Was wäre geschehen, wenn die Polizei erfahren hätte, was für ein „böser Bube" bei so einer renommierten Firma arbeitete? Das konnten sie nicht zulassen, also blieb ihnen nur die Kündigung, egal wie gut ich war.

Die Moral von der Geschichte: Ich begann danach wieder in meinem „Beruf“ zu arbeiten. Heute weiß ich, dass ich auch in dem eben beschriebenen Fall zu schnell aufgegeben habe. Dies nur zur Erklärung, warum es so schwer ist, als Vorbestrafter in einem halbwegs vernünftigen Beruf Fuß zu fassen.

Noch ein Beispiel und dann soll es gut sein.
Meine Ehefrau arbeitete vom Gefängnis aus in einem freien Beschäftigungsverhältnis bei einer Reinigung. Auf der Arbeitsstelle durfte sie nicht sagen, dass sie aus dem Gefängnis kam, obwohl die anderen Frauen, die dort beschäftigt waren, sich wunderten, warum meine Ehefrau immer zur selben Zeit Feierabend machte. Diese Frauen wussten ja nicht, dass ihre Kollegin zu einer bestimmten Zeit im Gefängnis zurückerwartet wurde. Der Firmenchef konnte sie mit einem Sklavenlohn abspeisen. Dies war in Ordnung, war es doch auch mit Billigung der JVA geschehen, ohne deren Zustimmung nämlich gar nichts ging.
Dieser Firmenchef sagte eines Tages zu meiner Ehefrau: „Seien Sie doch froh, dass Sie hier arbeiten dürfen. Dadurch erhalten Sie die Möglichkeit einer Bewährung. Die Beleidigungen und Diskriminierungen, die dieser Mensch im täglichen Umgang mit meiner Ehefrau von sich gab, schreibe ich hier nicht nieder, denn dagegen sind meine Schilderungen aus den ersten beiden Bänden meiner Trilogie Vorlesegeschichten. Dieser Mensch durfte das, denn meine Ehefrau sollte seiner Meinung nach froh und dankbar dafür sein, dass sie bei ihm für einen Hungerlohn den ganzen Tag lang schuften durfte.

Warum ist das so? Warum ist es nicht möglich, einen normalen – was ist normal? – Umgang mit vorbestraften Mitbürgern zu pflegen?
Das ewige Gequatsche muss aufhören, die Politik muss einfach einmal anfangen, ihr Versprechen umzusetzen und Chancengleichheit herzustellen.
Trotz alledem stellt sich die Frage: Wird eigentlich jeder, der aus schwierigen Verhältnissen kommt, der vernachlässigt, misshandelt oder missbraucht worden ist, ein Straftäter? Auch heute noch gehen Sozio-

logen und Kriminologen von der These aus, dass der Weg vorgezeichnet scheint.

Dies ist aber nicht richtig. Es sind nicht immer die Lebensumstände, die einen Menschen zum Verbrecher werden lassen. Was ist es also dann? Gibt es den geborenen Verbrecher?

Meiner Meinung nach gibt es ihn nicht. Es gibt immer wieder nur den einzelnen individuellen Anlass, der dazu führt, dass aus einem „normalen“ Menschen ein Straftäter wird. Wobei auch hier die Straftaten eine große Rolle spielen, denn es gibt Straftäter, die in der Sicherungsverwahrung sitzen und noch nie einem Menschen körperliches Leid zugefügt haben, finanzielles Leid hingegen in großem Maße. Es sind Einzelne, aber es gibt sie. Dass zum Beispiel Betrüger in die Sicherungsverwahrung kommen, soll jetzt ja geändert werden.

Mörder, Totschläger, Vergewaltiger, Kinderschänder oder diejenigen, die Kinder töten, sind eine besondere Spezies. Da stimmt etwas nicht im Oberstübchen, wobei ich auch hier wieder differenzieren muss, weil es auch bei Mördern diejenigen gibt, die im Affekt oder wegen einer Beziehungstat töten. Das heißt nicht, dass ich dies gutheiße, aber es ist zumindest nachvollziehbar. Wenn da etwas im Oberstübchen nicht stimmt, stellt sich die Frage: Was ist es, das da nicht richtig tickt?

Auf der Abteilung, auf der ich lag, gab es einige Mitgefangene, die Straftaten verübt hatten, die ich noch nicht einmal schildern kann, weil sie so grausam waren. Und da gibt es für mich nur eine Erklärung: Es muss einen Kurzschluss im Gehirn gegeben haben und dabei sind einige wichtige Areale „verschmort“, sonst wären diese Taten nicht erklärbar, von nachvollziehbar will ich gar nicht sprechen.

Es ist dieses kranke Gehirn, es ist geschädigt und deshalb können solche Taten geschehen. Aus welchen Gründen die Gehirne diesen Kurzschluss erlitten, kann ich nicht sagen, aber eine andere Erklärung wäre für mich nicht fassbar.

Eine für mich nachvollziehbare Erklärung findet sich in verschiedenen Publikationen, die Neurowissenschaftler, Psychologen, Ärzte und Hirnforscher veröffentlicht haben, und zwar in Bezug auf eine Veränderung des Gehirns, wie sie durch Krankheit, Unfall oder Erziehung (Gewalt, Missbrauch) auftreten kann.

Der Philosoph Immanuel Kant (1724–1804) lieferte zum Beispiel folgende Erklärung für die Herkunft allen Übels. Er äußerte, der Ursprung des Bösen liege in der menschlichen Natur begründet. Der Mensch missbrauche seine Freiheit und erhebe aus Eigennutz die Selbstliebe zur Grundlage der Sittengesetze.

Allerdings ist der Begriff „der Böse" irreführend. In der Wissenschaft spielt der Begriff des Bösen keine Rolle mehr, auch nicht im Strafrecht. Kein Mensch ist mehr böse, höchstens eine Tat ist es.

Ein Beweis, wie ein durch einen Unfall verändertes Gehirn reagiert, ist das folgende Beispiel des Phineas Gage. Übrigens wird in rund 60 Prozent aller einführenden Bücher zum Thema „Psychologie" über diesen Fall berichtet. Im Jahre 1848 hatte der Gleisarbeiter Phineas Gage einen folgenschweren Unfall. Bei einer Explosion schoss eine rund ein Meter lange Eisenstange durch seinen Kopf. Der Unglückliche überlebte, doch aus einem verantwortungsbewussten, verlässlichen und respektierten Vorarbeiter war ein aufbrausender, von seinen Instinkten gesteuerter Mensch geworden. Die Wesensänderung dieses Mannes erregte das Interesse der Wissenschaft, weil es hier – erstmals dokumentiert – deutliche Belege dafür gab, dass bestimmte Regionen im Gehirn das soziale Verhalten steuern. Werden sie zerstört, wie bei Phineas Gage, so ist es mit der Verträglichkeit des Betroffenen dahin. Dieser Fall ist historisch belegt und gilt als Beweis für eine erworbene Soziopathie, doch damit verbinden sich eine Reihe äußerst aktueller und brisanter Fragen, die von Neurowissenschaftlern weltweit auf die gleiche Weise beantwortet wurden.

Die Fragen lauten:

- Liegen die eigentlichen Ursachen von Gewaltverbrechen im Gehirn?
- Ist unser Vermögen, das Gute und das Schlechte zu erkennen und entsprechend zu handeln, in den Schaltkreisen von Nervenenden kodiert?
- Kann eine mehr oder minder ausgeprägte Fehlfunktion in den Neuronen-Netzwerken das fein austarierte Gleichgewicht sozialen

Verhaltens so zerstören, dass der Mensch zu einem Außenseiter wird? Dass er im schlimmsten Fall zu einer Bestie wird, die kein Mitgefühl kennt?

Die Antwort aller führenden Neurowissenschaftler lautet: Ja!
Neurowissenschaftler haben eindeutige Zusammenhänge darüber zusammengetragen, wie die Schädigung mancher Regionen des Gehirns Persönlichkeitsveränderungen begünstigen. Bei den Untersuchungen geht es nicht um abstrakte Fälle des Sexualtäters oder des Gewaltmörders, wie er in Diskussionen verwendet wird. Es geht immer um einzelne Schicksale von Mördern, Totschlägern, Sexualverbrechern, Vergewaltigern, Räubern, Betrügern und deren Opfern. Um Menschen aus sozialen Brennpunkten, die mit Gewalt und Misshandlung aufwuchsen und nie die Chance hatten, ein selbstbestimmtes Leben zu führen. Die einzelnen Schicksale verdichten sich zu einer statistisch abgesicherten Gewissheit. Für Kapitalverbrecher oder solche, die eine regelrechte Verbrecherlaufbahn eingeschlagen haben, findet sich fast immer ein hirnbiologischer Hintergrund. Verbrecher sind mit anderen Worten „nicht normal".
Tja, und was ist mit mir?! Ich habe es schwarz auf weiß, dass ich normal bin – Sie kennen sie schon, die Frage: Was ist normal? – und habe trotzdem eine Verbrecherlaufbahn eingeschlagen! Darauf werde ich etwas später noch einmal eingehen. Für mich stellt sich nach diesen Erkenntnissen der Wissenschaft folgende Frage: Ist der Kriminelle für seine Tat verantwortlich? Bin ich, der eine äußerst schwierige Jugend zu bewältigen hatte, für meine Taten möglicherweise nicht verantwortlich, weil ich einfach nicht anders handeln konnte? Die Neurowissenschaftler meinen, ich wäre zumindest massiv eingeschränkt gewesen in meiner Entscheidungsfreiheit – zumindest laut der von mir durch Lesen erworbenen Erkenntnisse. Ich muss hier aber deutlich zum Ausdruck bringen, dass ich mich in meiner Entscheidungsfreiheit nicht eingeschränkt fühlte. Das Jugendamt, die Heime, der Betreuer, der Pfarrer und das Lehrerehepaar mögen in meinem Leben den entscheidenden Impuls für meine Entwicklung gegeben haben, weil ich der Gewalt und der Misshandlung ausgesetzt war, anstatt Liebe und Fürsorge zu erhal-

ten. Es ist leider so, dass dieses Würfelspiel der Natur Kriminelle, aber auch Neurowissenschaftler entstehen lässt. Für mich ist dies die Erklärung dafür, warum ich diesen Weg einschlug, aber nicht für die Frage, warum ich diesen Weg vierzig Jahre lang beschritten habe. Das viele Lesen hat mir allerdings wieder bestätigt – was ich mir selbst bewiesen habe –, dass mein/unser Gehirn sehr lernfähig ist und ich immer die Möglichkeit habe, einen korrigierenden Eingriff vorzunehmen. Bei mir erfolgte dieser sehr spät – ich habe den Drehtüreffekt ja bereits beschrieben –, aber er ist erfolgt.

Die vielen wissenschaftlichen Untersuchungen bestätigen aber letztendlich nur meine persönlichen Erfahrungen, und dies ist wieder mein Aufruf an die Politik, an die Gesellschaft: Wenn es gelänge, Kinder aus sozialen Brennpunkten so aufwachsen zu lassen, dass sie die Regeln des menschlichen Miteinander in einer behüteten Umgebung erlernen könnten, dann ließen sich Verbrechen wirksam verhindern. Für ihre emotionale und geistige Gesundheit brauchen Menschen Zuneigung und soziale Wärme. Dies ist Fakt und dies kann ich auch mit Nachdruck bestätigen. Ansonsten kann ich die Untersuchungen der Neurowissenschaftler nicht bedingungslos bestätigen:

„Wer geschlagen wird, der schlägt auch." – Ich habe es nicht getan.

„Wer missbraucht wird, der missbraucht auch." –Ich habe es nicht getan.

Durch diese Untersuchungen lässt sich sowohl das eine als auch das andere beweisen. Ich bin vielleicht die Ausnahme, die nur die Regel bestätigt. Letztendlich ist wohl jeder Fall individuell zu beurteilen. Weil aber meiner Meinung nach viele unterschiedliche Meinungen vonnöten sind, um ein Thema von allen Seiten zu beleuchten, muss neben dem Wissenschaftler und dem Verbrecher auch der Gefängnisarzt Gehör finden. Im Folgenden werde ich daher einige Zeilen von Joe Bausch, dem Gefängnisarzt von Werl, der größten JVA in Nordrhein-Westfalen, wiedergeben. Joe Bausch hat sich in seinem Buch „Knast" auch mit „dem Bösen" und mit „kranken Hirnen" beschäftigt.

Joe Bausch schreibt:

Wenn es aber nicht immer die Lebensumstände sind, die einem Menschen zum Verbrecher werden lassen, ist man recht schnell bei folgender Frage: Gibt es den geborenen Verbrecher, der das, was er tut, tun muss, weil er gar nicht anders kann? Jeder von uns kann wütend sein und Böses denken, wird aber noch lange nicht zum Mörder. Der Gedanke, dass in den Gehirnen der Menschen, die es tatsächlich werden, etwas schiefläuft, etwas anders funktioniert als bei normalen Menschen, beschäftigt Mediziner und Hirnforscher seit Langem.

Joe Bausch schreibt weiter:
Ist es das kranke Gehirn, das aus vermeintlich normalen Zeitgenossen ruchlose Serientäter und mörderische Psychopathen werden lässt? Oder gibt es das Gen für das Böse? Bei einem Großteil der Täter reicht ein kleiner Schritt, ein kurzer unkontrollierter Moment, eine Banalität, damit sie kriminell werden. Bei einigen wenigen, die geradezu zwanghaft den Weg des Grauens fortsetzen, scheint mehr dahinterzustecken. Aber was? Schwere Traumata während der Kindheit? Das Umfeld? Eine Störung im Gehirn?
Warum werden manche, denen Übles wiederfahren ist, zu Tätern, während andere trotz allem ein ganz normales Leben führen?
Eine aktuelle Schätzung besagt, dass wir vom täglichen Informationsstrom fünfundneunzig Prozent unbewusst aufnehmen und verarbeiten. Wenn dieser Wert auch nur annährend zutrifft, signalisiert dies, was uns im Leben leitet: nicht die Vernunft, sondern animalische Instinkte. Heißt das in letzter Konsequenz, dass Willensfreiheit eine Illusion ist? Dass es also auch nicht unsere freie Entscheidung ist, Gutes oder Böses zu tun?
Um diese Frage zu beantworten, muss man noch etwas tiefer in die Materie gehen: Seit Anfang der neunziger Jahre können Psychiater und Neurowissenschaftler mit Hilfe der funktionellen Magnetresonanztomographie (fMRT) dem Gehirn beim Arbeiten zuschauen. Während man Testpersonen Horrorbilder zeigt – etwa von Messerstechereien, Schießereien und Verstümmelungen –, wird die Aktivität in verschiedenen Hirnregionen gemessen. Bei normalen Personen zeigt sich dabei schnell eine starke Aktivitätssteigerung in den Bereichen des Gehirns, die für die Wahrnehmung und Bearbeitung von Gefühlen und die Erzeugung von Mitgefühl zuständig sind.
Bei psychopathischen Patienten bleibt der Bereich des Mandelkerns – jenes Hirnareals, das bei der Erzeugung von Mitgefühl eine wichtige Rolle spielt – häufig

dunkel: Die Aktivitäten waren gering oder gar nicht messbar. Das könnte bedeuten, dass einige dieser Menschen grundlegende Emotionen gar nicht erst aufrufen können. Oder im Umkehrschluss: dass die primitiven Killerinstinkte, die wir alle in uns tragen, von diesen Menschen nicht mehr in Schach gehalten werden können.
Was aber passiert, wenn im Gehirn die Bremse, die diese Instinkte eindämmen soll, nicht richtig funktioniert? Ist dann der Weg zu einer Gewalttat vorgezeichnet, weil nichts mehr da ist, das hemmt? Organveränderungen und Funktionsstörungen – so die Meinung der Forscher – bedingen, dass der Betroffene unfähig ist zu Empathie. Was bei fast jedem von uns Alarm auslöst, lässt diese Menschen kalt. Sie kennen kein Mitgefühl, kein Mitleid und Erbarmen, kein Gewissen. Sie haben weniger Angst, Furcht und Skrupel. In den Untersuchungen wurde festgestellt, dass es in bestimmten Hirnarealen dieser Personen zu „Fehlzündungen" kommt. Bei verschiedenen Gewalttätern konnten massive Störungen oder Veränderungen im Gehirn, vor allem in Bereichen des Stamm-, Mittel- und Stirnhirns festgestellt werden.

Nun liefert Joe Bausch einige prominente Beispiele. Einige für mich sehr aufschlussreiche Erkenntnisse aus dem Buch von Joe Bausch möchte ich Ihnen aber nicht vorenthalten.

Eindrucksvolle Ergebnisse liefert auch eine Studie der Universität Magdeburg, die Bernhard Bogerts, Kolja Schiltz, Joachim Witzel und ich (Joe Bausch) gemeinsam veröffentlicht haben. Sie beruht unter anderem auf meinen Untersuchungen von Gefängnisinsassen. Die Auswertung von über dreihundert Hirnuntersuchungen ergab: Gewalttäter haben im Vergleich zu nicht gewalttätigen Gefängnisinsassen und unbescholtenen Normalbürgern deutlich häufiger Hirnveränderungen. Und zwar in den Arealen, die für die Verarbeitung und Weiterleitung von Emotionen, Affekten und Instinkten verantwortlich gemacht werden.
Diese und andere Untersuchungsergebnisse sind jedoch kein Beweis dafür, dass gewalttätigem Verhalten zwangsläufig eine organische oder funktionelle Hirnveränderung zugrunde liegen muss. Ärzten und Psychiatern ist hinreichend bekannt, dass die Neigung zu gewalttätigem Verhalten oft aus der Kindheit der Täter hergeleitet werden kann.
Natürlich wird nicht jeder kriminell, der in einem problematischen Umfeld aufwächst. Aber es ist Fakt, dass viele Weichen für eine günstige oder ungünstige Entwicklung früh gestellt werden.

Menschen mit massiven Persönlichkeitsstörungen machen zwar nur weniger als fünf Prozent der Gesamtbevölkerung aus, begehen aber mehr als siebzig Prozent der schweren Verbrechen. Eine Studie der Universität Liverpool belegt, dass 63 Prozent der Serienkiller in der Kindheit sexuell missbraucht oder misshandelt wurden, 43 Prozent trugen schwere Kopfverletzungen oder andere massive körperliche Schäden davon. Diese Zahlen können auch durch Untersuchungen bei Sicherungsverwahrten in Deutschland bestätigt werden. Aus meiner persönlichen (Joe Bausch) Erfahrung weiß ich, dass im Knast der Anteil derjenigen, die Kopfverletzungen hatten oder an Epilepsie erkrankt sind, deutlich höher ist als draußen.
Und dann gibt es da noch die Frage nach der erblichen Veranlagung. Han Brunner, ein Molekularbiologe aus Nimwegen, entdeckte eine Genmutation, die das Verhalten des Menschen entscheidend verändern kann. Sie bewirkt, dass der Abtransport von Botenstoffen im Gehirn gestört ist und der Betreffende deshalb zu Aggressionen und Gewalt neigt. Allerdings gibt es nicht nur ein Gen, das für Aggressivität verantwortlich ist.
Einige Genetiker schätzen die Vererbbarkeit aggressiver Verhaltens auf fünfzig bis siebzig Prozent. [...] Viele meiner Patienten berichten von Vätern, die schon im Knast waren, von Brüdern, die einsitzen. [...] Doch nach allem was wir heute wissen, gibt es keine geborenen Verbrecher. Wer allerdings mit einer erblichen Vorbelastung zur Welt kommt, hat ein höheres Risiko, zum Täter zu werden. Vor allem dann, wenn er selbst Opfer von Gewalt wurde.
Die Ursachen für kriminelles Verhalten sind vielfältig. Sie reichen vom Erbgut über organische oder funktionelle Störungen im Gehirn bis hin zu den Umwelteinflüssen, also der Erziehung und der Liebe und Förderung, die ein Kind erfährt. Geht an irgendeiner Stelle etwas schief, kann jeder Mensch zum Verbrecher werden.

Joe Bausch kommt dann zu folgendem Ergebnis, dem ich in jeder Beziehung zustimmen kann und sogar zustimmen muss, weil es meiner Meinung nach zu einhundert Prozent richtig ist.

Joe Bausch schreibt:
Das Gehirn ist nicht nur der Ausgangspunkt von Verbrechen, sondern auch der Ort, wo Verbrechen die schlimmsten Spuren hinterlassen. Es müssen noch nicht einmal spektakuläre Taten sein, auch die vielen alltäglichen Unterlassungen richten großen Schaden an. Das beginnt bereits vor der Geburt.

Mütter, die während der Schwangerschaft nicht auf Nikotin, Alkohol und Drogen verzichten können, gefährden die gesunde Hirnentwicklung des Ungeborenen.
In frühkindlichen Lebensphasen haben fehlende emotionale Zuwendung und Reizarmut nachhaltigen Einfluss auf die Entwicklung des Gehirns.
Auch soziale Armut hat messbare negative Folgen. Das haben verschiedene Studien gezeigt.
Demnach sind die Gehirne von Kindern aus einkommensschwachen Schichten bei der Verarbeitung von Sinneseindrücken manchmal genauso eingeschränkt wie die von Schlaganfallpatienten. Manchmal schlimmer als bei Kindern von Crack-Konsumentinnen. Kinder aus „Bildungsfamilien" hören bis zum Alter von vier Jahren dreißig Millionen Wörter mehr als Kinder aus bildungsfernen und sozial problematischen Schichten. Kinder, die in Armut aufwachsen, haben einen niedrigen IQ, ihre Gedächtnisleistung und ihre Sprachfähigkeit sind weniger ausgeprägt. Nicht weil sie es nicht besser könnten, sondern weil sie nicht entsprechend gefördert werden. Solche Entwicklungsdefizite sind laut einer US-Studie nur bis zu einem Alter von vier Jahren reversibel: „Das Gehirn ist wie ein Gebäude. Ist das Fundament schon beschädigt, bekommt auch das Dach leicht Risse."
Auch die körperliche und seelische Gesundheit der Eltern hat messbaren Einfluss auf die Hirnentwicklung.
Hunger, Krieg, Vernachlässigung und womöglich auch ein unkontrollierter Medienkonsum können ebenfalls zu psychischen Fehlfunktionen führen. Und nicht zuletzt ein früh einsetzender Drogenmissbrauch. [...] Einem wachsenden, sich dauernd verändernden Gehirn kann so etwas nicht guttun.
Was Dauerstress in der Familie – selbst in gutbürgerlichen Verhältnissen – an den Gehirnen der Kinder anrichtet, ist messbar. Die Hoffnung, das verwächst sich mit der Zeit, trügt. Auch wenn das Hirn alles versucht, um die Verletzungen zu reparieren. Fehlentwicklungen können nur in einer Umgebung, die das Kind fördert, korrigiert werden.
Jedes Jahr werden in Deutschland immer mehr Kinder im Alter zwischen sechs und vierzehn Jahren aus desolaten Familienverhältnissen in staatliche Obhut genommen. Kinder, die von ihren Vätern und Müttern vernachlässigt oder sogar misshandelt wurden. Die nicht so umsorgt, geliebt und gefördert wurden, wie sie es verdient hätten. Allein im letzten Jahr (also 2011) waren es 36.000 KINDER IN DEUTSCHLAND, nicht etwa in der „Dritten Welt".

Fast hundert Kinder täglich. Eine erschreckende Zahl, wie ich finde. Und das sind nur die, bei denen die Folgen von Vernachlässigung und Misshandlungen im Kindergarten oder in der Schule bemerkt wurden. Die sprechen und sich mitteilen konnten. Wie viele Kleinkinder im Alter von wenigen Monaten bis zu sechs Jahren unter unerträglichen, die körperliche und seelische Entwicklung massiv gefährdenden Lebensbedingungen aufwachsen, lässt sich nur erahnen.
Wir entrüsten uns kollektiv, wenn wir von grausamen Kindesmisshandlungen erfahren, von Babys, die zu Tode geschüttelt, brutal geschlagen oder einfach wie Müll aus dem Fenster geworfen wurden. Wenn wir in der Zeitung lesen, dass Eltern ihre Kleinkinder über Monate langsam verhungern ließen. Doch das sind nur die extremen Auswüchse. In viel mehr Fällen erfahren wir nichts. Nichts von den Kindern, deren Hirne dauerhaft geschädigt werden. Solange wir das einfach so als gesellschaftspolitischen Kollateralschaden hinnehmen, werden wir mit den Folgen leben müssen. Entrüsten allein reicht nicht.

Was kann man tun?

Joe Bausch meint:
Prophylaxe ist nicht nur in der Medizin ein effektives Mittel.

Nun, Joe Bausch tut etwas, er begleitet Anti-Aggressions-Therapien für jugendliche Straftäter. Er hält Vorträge über die Hirnentwicklung von Kindern und Heranwachsenden vor Kindergärtnerinnen, Erziehern, Lehrern und Ärzten. Er setzt sich dafür ein, dass die Politik und einige Sponsoren Geld für die Behandlung früh auffälliger Kinder bereitstellen. Jeder Euro, der hier investiert wird, rechnet sich später erwiesenermaßen im Verhältnis eins zu acht.
Mit anderen Worten: Der beste Weg, die Allgemeinheit vor Verbrechern zu schützen, ist es, dafür zu sorgen, dass es weniger Verbrecher gibt und nicht nur das Gefängnis.

Warum kann man bei der Justiz oder anderen Behörden, wie beispielsweise beim Jugendamt, nicht über seinen eigenen Schatten springen und ehemaligen Gefängnisinsassen wie mir die Chance geben, in Jugendgefängnissen, Heimen oder Schulen vor Jugendlichen Vorträge zu

halten, den Jugendlichen klarzumachen, dass es so nicht geht, wie ich es selbst gelebt und erlebt habe.
Ein Anti-Aggressions-Training abzuhalten wäre auch eine Möglichkeit, sich einzubringen, Fragen zu und über Drogen zu beantworten: „Was bewirken sie? Was tun, damit ich sie erst gar nicht nehme? Es gäbe so viele Möglichkeiten, etwas zu bewirken, nur muss einem auch die Gelegenheit gegeben werden, etwas zu tun. Ich sehe es für mich so, dass es nicht ausreicht, was ich tue und was ich auch schon getan habe. Es gäbe doch noch so viel mehr zu tun!

Nicht nur Joe Bausch findet die genannten Zahlen erschreckend. Mir geht es genauso. Was hier in Deutschland täglich passiert, ist unvorstellbar, nicht wahr?
Nun, für mich ist dies nur die Weiterführung der unsäglichen Sozial- und Bildungspolitik, die in Deutschland praktiziert wird. Was denken sich die Politiker, wie viele der genannten 36.000 Kinder später im Gefängnis landen oder Hartz IV beziehen werden?

Joe Bausch schreibt:
Dissoziales und kriminelles Verhalten so früh und nachdrücklich wie möglich zu korrigieren, ist meiner Meinung nach der richtige Weg der Prävention.

Dies ist wohl richtig, aber besser wäre es, kriminelles Verhalten gar nicht erst entstehen zu lassen, denn dann bräuchte auch nichts korrigiert zu werden. Wir alle müssen besser hinschauen, und wenn wir sehen, dass Eltern versagen, muss eingeschritten werden, und zwar von jedem Einzelnen. Diejenigen, die nicht in der Lage sind, ihre Kinder vernünftig zu erziehen, die selbst keinen Schulabschluss und keine Berufsausbildung haben, die in einer Subkultur aufwachsen, müssen frühzeitig ihren Erziehungsberechtigten entzogen und sozialen Einrichtungen zugeführt werden, die für eine vernünftige Schulausbildung sorgen und später für eine Berufsausbildung bzw. weiteren Schulbesuch zuständig sind. Wenn wir warten, bis das „Fundament“ beschädigt ist, kann nur noch Flickwerk betrieben werden.

Jetzt frage ich: Was macht eigentlich das Jugendamt? Wenn nicht für solche Fälle, wofür brauche ich denn dann das Jugendamt? Um Kinder oder Jugendliche von einem schlechten sozialen Umfeld in ein Heim zu packen oder in eine andere problematische Familie zu schicken, brauche ich keine aufgeblasene Behörde, da genügen einige wenige Verwaltungsbeamte. Hier werden die Kinder und Jugendlichen auf ihr zukünftiges Leben im Gefängnis vorbereitet.
Soziale Einrichtungen mit Einzelzimmern, maximal vier Kinder für einen Betreuer, Geborgenheit, Sicherheit und ständiger Kontakt mit der Schule und der späteren Berufsausbildung können die Kinder auf ein normales Leben vorbereiten. Die Gelder, die für derartige Betreuungshäuser ausgegeben werden sollten, wären gut angelegt im Gegensatz zu großen unübersichtlichen Heimkomplexen, wo Kinder und Jugendliche einfach nur untergebracht werden.
Ich mache mir natürlich keine Illusionen, dass es in Zukunft vielleicht keiner Gefängnisse mehr bedarf. Selbst wenn alle Eltern, Politik, Schule – eben die Gesellschaft – zusammenarbeiten würden, gäbe es immer Verbrecher, Menschen, die sich jeder Eingliederung in die Gesellschaft verweigern. Aber damit müssen wir alle leben, und dies hat eine Gesellschaft wie die unsere auch zu verkraften.
Wenn wir allerdings alle zusammenarbeiten würden, blieben die Kollateralschäden, die unsere Ellbogengesellschaft jetzt verursacht, außen vor. Das rücksichtslose Streben nach Erfolg, ohne Rücksicht auf Verluste, der gnadenlose Egoismus, der Erfolg des Einzelnen – auch auf Kosten der Gemeinschaft – verursacht soziale Ausgrenzung, Armut und einen Mangel an Solidarität. Die Zivilcourage bleibt auf der Strecke, Verantwortung zu übernehmen, egal in welcher Position man sich auch befindet, wird kaum noch praktiziert. Keiner ist bereit, eine positive Entscheidung zu fällen, weil er befürchtet (bei Versagen des positiv Beschiedenen), zur Verantwortung gezogen zu werden. Jeder überträgt eine Entscheidung auf seinen Nächsten, überall wird nur noch delegiert, insbesondere beim Jugendamt und ähnlichen Behörden. Da will es nie einer gewesen sein.

Von mir wurden andere Autoren zitiert, und ich finde es gut, wenn Straftäter von verschiedenen Seiten skizziert werden, auch aus neurologischer Sicht. Bei einigen Gefangenen wird jegliche Therapie versagen, aber die meisten der Inhaftierten wären bei vernünftiger Behandlung im Kindesalter gar nicht erst im Gefängnis gelandet.
Ich versuche nur, verschiedene Meinungen und Thesen aufzuzeigen, die ergründen, weshalb Menschen im Gefängnis landen und immer wiederkehren.
Warum ich immer wiederkam, habe ich schon niedergeschrieben, ebenso weshalb ich stets begierig auf medizinische Untersuchungen – EEG oder Computertomographie – wartete, nämlich weil ich selbst schon Zweifel an meiner intakten Hirntätigkeit hatte. Dies alles hat sich gelegt. Ich weiß – und Sie wissen es auch –, welche profanen Gründe meiner Inhaftierung zugrunde lagen.
Während meiner Haftzeit stellte ich fest, dass es meist auch ganz profane Gründe waren, die für eine Inhaftierung sorgten. Bei manchen Taten ist es ganz einfach: Die Täter lassen sich von ihrer Gier leiten, egal ob diese sexueller oder finanzieller Natur ist, und da kann es sein, dass aufgrund von Erziehungsmängeln oder eigenen Gewalterfahrungen eine Hemmschwelle nicht mehr vorhanden oder nicht mehr so hoch ist, wie sie es sein müsste. Dies alles ist durchaus möglich, aber deswegen bin ich trotzdem für meine Taten selbst verantwortlich und kann nicht sagen: „Ich bin damals missbraucht und/oder misshandelt worden und deswegen kann ich nichts für meine Taten." Natürlich ist das Unsinn. Heute weiß jeder kleine Ganove – vor allem ein Sexualstraftäter –, wie er sich vor Gericht zu verhalten und was er auszusagen hat.
All diese Jammerlappen! Deren Gewinsel – wenn sie vor Gericht stehen, ansonsten, wenn sie ihre Taten verüben, sind sie machtbesessene Monster – ist nicht auszuhalten, aber bei den Gerichten kommen ihre Spielchen gut an und die Strafen fallen dementsprechend aus. Zumindest bei den ersten Verurteilungen, später sieht die Geschichte dann wieder anders aus, denn die meisten dieser Täter kommen wieder.
Ich machte mir früher keinerlei Gedanken über die Menschen, die ich bedroht oder geschädigt hatte. Nicht weil ich nicht über Empathie

verfügte, sondern weil sich diese Personen außerhalb meines sozialen Umfeldes bewegten. Sie gehörten nicht dazu, waren diejenigen, die das Geld hüteten, welches ich besitzen wollte. Wenn ich da Empathie zugelassen hätte, wären meine Taten überhaupt nicht möglich gewesen. Also ließ ich kein Mitgefühl zu, ansonsten hätte ich meinen „Beruf" aufgeben müssen.

Wie hätte ich eine Bank überfallen, einen Einbruch verüben können, wenn ich mir Gedanken über das Empfinden der geschädigten Personen gemacht hätte! Dies war nicht möglich und diese fehlende Empathie meinen Opfern gegenüber erwarb ich mir im Heim. Pfarrer Drangsal hatte mir aufgezeigt, wie ich in der Welt „zurechtkommen" musste, und ich habe mich weidlich daran gehalten.

Dies war nach meiner Veränderung ein Problem für mich, aber nicht lange, denn meine Zeit als Räuber und Einbrecher war eine andere Zeit, und da kann nichts mehr rückgängig oder wiedergutgemacht werden.

Heute ist diese Zeit meine Vergangenheit. Ich schaue zurück, schaue in diese Zeit hinein. Und dann muss ich mich so manches Mal fragen: Siegfried, was warst du nur für ein Mensch?

Wenn ich ehrlich bin, muss ich sagen, dass ich auch hier eher verwundert als schuldbewusst zurückblicke. Wenn ich bedenke, welche Risiken ich einging und mit welcher Energie manche Taten von mir aus- und durchgeführt wurden, kann ich mich im Nachhinein nur wundern. Hätte ich diese Energie, diese Ausdauer in einen Beruf gesteckt?! Meine Herren!

Es ist auch hier müßig, irgendeiner verpassten Chance nachzutrauern. Damals war damals und heute ist heute, und heute lebe ich ein anderes Leben. Ich habe meine Versäumnisse und meine Schuld akzeptiert und lebe damit, so gut es eben geht.

Über eines allerdings wundere ich mich sehr, nämlich wie schnell und radikal dieser Umschwung in meinem Leben erfolgt ist. Es ist ja nicht so, dass ich früher nicht auch vorgehabt hatte, keine Straftaten mehr zu begehen. Mit dieser Motivation entstand auch mein bereits erwähntes Konzept über Einbruchsicherung, welches ich beim Arbeitsamt einge-

reicht habe. Aber früher ließ ich mir immer ein Hintertürchen offen und das tat ich dieses Mal nicht.
Wenn ich daran denke, dass ich mit Bankdirektoren oder Sicherheitsmanagern von Sparkassen und Banken an einem Tisch sitze und darüber nachdenke, wie man Banküberfälle verhindern kann, muss ich mich über mich selbst wundern. Vor zehn Jahren dachte ich noch darüber nach, wie ich am besten an das Geld dieser Banken herankam.
Vor ein paar Tagen – auf der Fahrt zur Leipziger Buchmesse – saß ich im Bus und unterhielt mich mit einem ehemaligen Lehrer. Meine Gedanken schweiften ab und ich fragte mich: Was hätte ich vor zehn Jahren gemacht? Da wäre ich vielleicht auch nach Leipzig gefahren, aber im Auto. Und ich wäre nicht zur Buchmesse gefahren, sondern zu einer Bank oder einem Juwelier oder was weiß ich wohin.
Warum erwähne ich dieses alltägliche Ereignis? Eben weil es so alltäglich ist, ich erfreue mich heute an den ganz normalen – Frage: Was ist normal –, den alltäglichen Dingen.
Ich habe mich auf die Buchmesse gefreut. Aus diesem Grunde schreibe ich das. Ich genieße die heutige Freude an diesen eigentlich doch ganz alltäglichen Dingen.
Anhand dieser, meiner Wahrnehmung erkenne ich, wie weit die Veränderung bei mir inzwischen fortgeschritten ist. Ich bin wahrlich ein anderer Mensch geworden, und das ist gut so. Ich habe festgestellt, dass mir alle Konsumgüter dieser Welt zusammengenommen keinen fehlenden Lebensinhalt ersetzen können.
Was war denn früher mein Lebensinhalt? – Materielle Güter jeglicher Art, also Geld und alles, was damit zusammenhängt. Schmuck, Immobilien, Land, Haus und Kunst in vielfältigster Form. Natürlich war auch die Familie mein Lebensinhalt, aber die Gier nach den materiellen Gütern dieser Erde beeinflusste mein gesamtes Leben – und das ist es, was heute anders ist.
Der Vorsatz, etwas zu ändern, ist gut, aber diesen tatsächlich in die Tat umzusetzen, ist etwas ganz anderes, und deswegen freuen mich die alltäglichen Dinge. Auch wenn manchmal das Finanzielle etwas knapp ist, kommen keine Gedanken mehr auf, meine frühere Tätigkeit erneut aufzunehmen, um diese Knappheit zu beseitigen. Das ist für mich

heute normal und hier brauche ich nicht zu fragen, was denn eigentlich „normal“ ist.
Übrigens habe ich dann bei meinem Verlag – dem Engelsdorfer Verlag – auf der Buchmesse meine Bücher im Regal gesehen und ich muss schon sagen, dass es mich gefreut hat, sie dort zu sehen. Es hat mich mit Stolz erfüllt wie immer, wenn ich etwas geschafft oder geschaffen habe, was ich mir vorgenommen hatte.
Und jetzt ist der dritte und letzte Teil meiner Trilogie auch so gut wie fertig und ich freue mich, in Kürze mit dem Buch zum Schutz von privatem Eigentum zu beginnen. Ich habe noch einiges zu erledigen, was ich mir vorgenommen habe, und das möchte ich auch zu Ende bringen. Dies ist jetzt mein normales Leben, und ohne zu fragen, sage ich: Dies ist mein Leben und das ist einfach nur noch normal.

Ich habe oben die Erklärungen der Wissenschaftler und Ärzte wiedergegeben, habe zitiert, was an den Gehirnen von Kindern passiert, wenn sie misshandelt oder missbraucht werden.
Ich habe aufgeführt, was dieser unsägliche Psychologe, dem ich zunächst vertraute, zu mir sagte: „Bei dem, was Ihnen widerfahren ist, hätte mich keine noch so abartige Tat gewundert. Bei Ihrem Vorleben ist es verwunderlich, dass Sie noch so normal geblieben sind.“
Über meine Zeit im Heim habe ich vieles geschrieben. Diese Erlebnisse und das Verhalten des Lehrerehepaars und des Pfarrers Drangsal haben Fußabdrücke in meinem Gehirn hinterlassen. Diese Fußabdrücke habe ich mittlerweile verwischt, doch sie sind nicht weg, sie werden nie weg sein. Aber sie sind lange nicht mehr so deutlich zu spüren.
Trotz allem taucht aber immer wieder die Frage auf, warum ich kein Gewalttäter geworden bin. Bei dem, was mir wiederfahren ist, war ich doch prädestiniert, zumindest wenn man den sich immer wiederholenden Aussagen der Psychologen Glauben schenken soll. Aber auch hier gilt: Ausnahmen bestätigen nur die Regel. Oder war es bei mir so, dass mein Fundament zunächst in Ordnung war, es vorübergehend zugeschüttet wurde und sowohl die Mauern als auch das Dach nicht weitergebaut werden konnten? Die ersten elf Jahre meines Lebens war ich zu Hause und ich weiß, dass dort die Verhaltensregeln für ein soziales

Miteinander festgelegt wurden. Moralische und ethische Grundsätze wurden trotz der finanziellen Nöte vermittelt und diese halfen mir – obwohl vorübergehend verschüttet –, einen Weg zu gehen, der zwar von kriminellem Verhalten geprägt war, aber keinerlei Gewaltpotenzial erkennen ließ. Dies erkannten auch die Psychologen und Psychiater, die mich auf Anordnung der Staatsanwaltschaft für eine Unterbringung in die Sicherungsverwahrung untersuchen mussten. Nicht ein einziges Mal kam auch nur einer zu der Überzeugung, dass ich eine Gefahr für die Allgemeinheit darstelle.
Aus den oben erwähnten Gründen denke ich, dass einer, der von Drogenmissbrauch über Einbrüche bis hin zum Raub schon alles durchgemacht hat, prädestiniert wäre, gefährdeten Jugendlichen zu helfen, in welcher Form auch immer. Ich werde auf jeden Fall auch weiterhin versuchen, etwas auf die Beine zu stellen, meine negativen Lebenserfahrungen mit positivem Ergebnis irgendwo und irgendwie einzubringen. Wer könnte aufgrund seines Lebensweges besser als ich erklären, wie es nicht gemacht werden soll. Ich bin doch ein sehr gutes – abschreckendes – Beispiel.

Die Moral von der Geschichte: Ich sollte nicht versuchen, die Schuld für mein Versagen bei anderen zu suchen. Niemals! Denn damit fängt es an.
Ich habe mehrfach wiederholt, dass ich das Jugendamt für meinen Lebensweg verantwortlich mache. Dies mag in einem gewissen Rahmen auch so sein, aber nach meinen Heimaufenthalten und meiner ersten Jugendstrafe hatte ich mehr als eine Gelegenheit, die Weichen anders zu stellen. Aber ich habe es nicht getan. Und warum nicht? – Weil mir die Energie fehlte, die Ausdauer, etwas zu lernen. Durchzuhalten, um ein gestecktes Ziel zu erreichen.
Ich denke einmal, da waren die Ereignisse aus dem Heim und der Jugendstrafanstalt noch vorherrschend. Später, im Gefängnis und auch draußen, erreichte ich meine gesteckten Ziele zumeist.
Ich war offenbar nicht bereit für ein „normales“ Leben in Freiheit. Ich habe das Problem meines „Drehtüreffektes“ ja bereits erläutert. Ich wollte nicht auf Geld verzichten und war der Meinung, dass mir wegen

meiner Heimaufenthalte der Staat einiges schuldig war. Da ich dies nicht durch tägliche Arbeit erreichen konnte, tat ich immer nur das, was ich gut konnte. Bei dieser Arbeit erhielt ich meine Anerkennung, meine Streicheleinheiten und „verdiente" auch noch gutes Geld dabei. Vielleicht hätte mein Lebensweg eine andere Richtung genommen, wenn mir jemand die „Steigbügel" gehalten hätte, und wenn es nur in Form einiger Bücher gewesen wäre. Ich kann es nicht sagen, aber möglich gewesen wäre es allemal.
Deswegen ist es für mich so wichtig – und dies sollte für jeden Betroffenen gelten –, die Schuld nicht bei anderen suchen, egal ob beim Heim, der Kirche, dem Staat oder sonst wem. Das Problem liegt bei jedem Einzelnen selbst und kann auch nur von genau demjenigen selbst gelöst werden. Der Betroffene muss die Dinge anders sehen, das ist ihm möglich, er muss es nur für sich selbst tun. Ich kann – und möchte – ihm die „Steigbügel" halten, aber aufs Pferd setzen muss er sich allein.

Ich hoffe, dem geneigten Leser mit meinen ausführlichen Schilderungen über das Gefängnisleben und all dem, was ich sonst noch mit habe einfließen lassen, einen kleinen Einblick in die Subkultur dieser etwas anderen Welt gegeben zu haben. Sie sollten von der Ohnmacht des Einzelnen erfahren, von der Hilflosigkeit des Einzelnen im Umgang mit der Justiz. Davon, wie schwer es ist, gegen die tägliche Willkür anzukämpfen, sich nicht „hängen zu lassen".
Meine Bücher sind auch der Versuch, den eben schon genannten „Steigbügel" zu halten. Ich schreibe dies nicht aus Effekthascherei, sondern damit der Einzelne sieht, was ihn erwartet, sollte er einmal in einer Justizvollzugsanstalt landen. Vielleicht hilft ja die Lektüre meiner Bücher dem einen oder anderen, nicht in die Fänge der Justiz zu geraten. Das wäre wünschenswert.

Wenn ich sehe, wie ich heute in Freiheit lebe und wenn ich dann an die Zeit im Gefängnis denke, frage ich mich, was mich getrieben hat, immer wieder dort einzukehren! Ich habe versucht, es zu erklären. Mehr gibt es von meiner Seite aus nicht dazu zu sagen. Hinzufügen muss ich allerdings: Wenn ich das Rad der Zeit zurückdrehen könnte, würde ich vieles – sehr vieles! – anders machen. Ja, hätte ...

Heute bin ich neben meinem Engagement für die Selbsthilfegruppe ehemaliger Heimkinder beratend tätig, um Betroffenen helfend zur Seite zu stehen. Mit meinen detaillierten Erzählungen rund um meine Straftaten kann ich unter Umständen helfen, neue Straftaten zu verhindern. Dies wäre für mich eine große Genugtuung.

Für mich ist es auch bedeutsam, am Ende meines Lebensweges sagen zu können: Es war nicht alles schlecht, was ich in meinem Leben gemacht habe. Auf Positives zurückblicken zu können, ist schon wichtig. Zwar fand und finde ich persönlich positive Dinge im familiären Kreis, aber für meine Mitmenschen blieb in der Vergangenheit größtenteils nur Negatives übrig, und das möchte ich ändern.
Wie schon erwähnt, ist es mir ziemlich egal, was die Justizbehörden von mir denken, was die Polizei oder andere Menschen von mir denken. Aber mittlerweile gibt es Personen, bei denen es mir nicht egal ist, was sie von mir denken. Bei ihnen ist es für mich sogar von Interesse, was sie von mir denken.

Trotzdem sind meine Veränderungen in erster Linie für mich wichtig und für meine Familie. Erst dann kommen alle anderen.
Ich unterhalte mich heute mit Personen, bei deren Institutionen ich vor zwanzig Jahren „tätig" wurde. Diese Gespräche geben mir das Gefühl, angekommen zu sein und auch angenommen worden zu sein. Und dies, das kann ich Ihnen sagen, ist für mich ein besonderes, ein dankbares, aber auch ein sehr zufriedenes Gefühl.

So kann ich immer wieder nur sagen, dass ich heute nach langen Jahren endlich angekommen bin. Ich fragte mich früher oft, was ich bloß für ein Mensch war. Und heute weiß ich diese Fragen zu beantworten: Ich bin immer noch Ehemann, Vater, hilfsbereit und liebevoll. Ich war Räuber, Einbrecher und Dieb. Ich konnte charmant sein und war doch kein Ehrenmann. Ich war Liebhaber, konnte aber trotzdem ehrbar sein.

Wie war das alles möglich? Wer war ich? War ich dies alles oder immer nur ein Teil von diesem oder keins von allem?
Diese Fragen stellen sich nicht mehr, sie waren allesamt ein Teil meines Lebens und heute sage ich: Ich bin Ehemann und Vater, hilfsbereit und liebevoll.

Damit soll es gut sein. Dies ist, was zählt: ein spätes, zufriedenes, und erfülltes Leben.

Ein jeder meiner Leser möge sich nun fragen: War mein Leben ein Leben?!
Ich sage: Es war trotz aller negativen Erfahrungen ein Leben.
Rein theoretisch – und natürlich auch praktisch – wäre es ja möglich, dass meine negativen Erfahrungen jemand anderem zum Positiven gereichen. Dass dieser meine Gefängniserfahrungen nicht wiederholen will und meine Bücher als das betrachtet, was sie auch sein sollen: eine Lebenshilfe für Gefährdete. Ein Steigbügel, um aufs Pferd zu kommen. Dies ist mein Wunsch.

Aber mein größter Wunsch ist: Möge niemand meinen Weg gehen.

Die Sicht der Dinge aus der Feder meiner Ehefrau

Ja, womit fange ich an? Am besten mit dem Gespräch, das ich mit angehört habe, als ich eines Nachts auf unserem Telefon angerufen wurde.

Ich hatte mich schon schlafen gelegt. Wir – mein Mann und ich – wechselten uns im Geschäft ab. In der Nacht klingelte das Telefon. Ich ging an den Apparat, und was ich hörte, riss mir den Boden unter den Füßen weg. Ich dachte, ich sterbe. Alles stand still. Ich hörte eine Stimme und als weitere Stimme erkannte ich die meines Mannes, die da sagte: „Ich muss mich anziehen." Die andere Stimme sagte: „Ich bin abgefüllt bis oben hin."

Ich war wie erstarrt, wusste aber sofort, wessen Stimme das war. Ich konnte den Telefonhörer nicht aus der Hand legen und hörte, wie eine Tür geöffnet wurde, hörte, dass mein Mann eine Treppe hinunterging. Ich dachte nur: Gleich wird er nach Hause kommen. Und so legte ich mich wieder ins Bett.

Es dauerte eine Weile, bis mein Mann wieder zu Hause war und ins Bett kam. Mein Herz raste, und als er neben mir lag, fragte ich ihn, wo er denn gewesen sei. Er meinte, er wäre noch kurz bei einem Bekannten gewesen. Ich fragte mehrmals und bekam immer dieselbe Antwort. Dann sprang ich aus dem Bett, stellte mich an eine Seite des Bettes und fragte noch einmal. Als mein Mann antwortete: „Das habe ich dir doch schon einige Male gesagt", da schoss es aus mir heraus und ich erzählte ihm, was ich kurz zuvor mit angehört hatte.

Mein Mann wurde schneeweiß im Gesicht. Er saß auf einmal aufrecht im Bett und starrte mich an. Er versprach mir, das sofort zu beenden und beteuerte, dass doch nichts gewesen sei. Ab dem Tag verlor ich all meine Kraft. Ich konnte nicht verstehen, was da passiert war. Ich konnte an nichts anderes mehr denken. Ich kannte diese Frau. Sie kam zu uns in den Laden, kaufte bei uns ein.

Aber dann passierten so viele Dinge, die mich aus der Bahn warfen. Ich hatte Angst, Panik. Ich war nicht mehr ich selbst. Tägliche nächtliche

Anrufe. War ich mit meinem Mann unterwegs, klingelte das Handy, was kaum zu ertragen war. Waren wir unterwegs, fuhr mein Mann auf einen Parkplatz oder auf eine Raststätte und ich wusste, wer die Anruferin gewesen war. Wenn ich meinen Mann darauf ansprach, leugnete er alles. Doch ich wusste es besser. Ob im Geschäft oder zu Hause, ich versteckte den Telefonhörer unter dem Kissen im Wohnzimmer. Aber das war auf Dauer auch kein Zustand. Ich dachte an meine Eltern, für die ich erreichbar sein musste. Meine Mutter ging es gesundheitlich nicht gut und so musste ich ans Telefon gehen, wenn es klingelte. Auch für unsere Kinder musste ich erreichbar sein.

Eines Tages kam ein Kunde in unser Geschäft und sagte zu mir: „Ihr Mann ruft Sie doch immer an, wenn Sie vom Geschäft nach Hause gegangen sind.“ Ich bestätigte das. Der Kunde riet mir, dann doch einfach mal zurück in den Laden zu gehen und nachzuschauen, was sich da abspielte.

Das tat ich dann auch. Eines Tages ging ich zurück zum Geschäft. Mein Mann war gerade dabei, einen Kunden zu bedienen, als ich den Laden betrat. An seinem Gesichtsausdruck sah ich, dass etwas nicht stimmte. „Was machst du denn hier? Ich denke, du bist zu Hause.“ Ich ging weiter in den Nebenraum, der als Küche und Aufenthaltsraum diente. Ich dachte, ich würde meinen Augen nicht trauen. Die Frau stand hinter dem Tisch. An der Wand waren Regale angebracht, auf deren wir Zigaretten, aber auch andere Dinge für das Geschäft gelagert hatten. Auf diesem Regal stand ein silberfarbenes Tablett, auf dem Zuckerdose und Milchkännchen standen.

Mein Herz schmerzte. Was ich da sah, hatte ich noch nie gesehen. Nicht in meiner Nähe und auch nicht in meiner Umgebung. Auf diesem Tablett lag ein weißes Pulver der Länge nach verstreut und die Frau hatte zwei graue Stäbchen in der Hand.

In diesem Moment war eine Ruhe in mir und ich hatte das Gefühl, meine Stimme würde versagen. Es ist sehr schwer, diesen Moment zu beschreiben. Ich sagte, sie solle sofort den Laden verlassen. Aber sie setzte sich auf einen Stuhl. Mein Mann kam dazu, stellte sich vor den

Kühlschrank und fragte mich, was denn sei. Die Frau sagte zu meinem Mann: „Ja, sag du jetzt etwas."
Da konnte ich nicht mehr. Sie wollte den Laden nicht verlassen und so stürmte ich auf sie zu, fasste sie an den Haaren, schüttelte sie und wollte oder konnte sie nicht mehr loslassen.
Mein Mann schrie: „Lass sie sofort los! Lass sie los!"
Ich ließ nicht los und zog sie stattdessen aus dem Laden.
Aber sie kam immer und immer wieder.

Später kamen weitere Kunden und fragten mich, ob ich blind sei. Ob ich nicht sehen würde, was da los war.
Ich konnte nicht mehr essen, ich konnte nicht mehr schlafen. Ich hatte Magenprobleme, es kamen Magengeschwüre hinzu. Ich verlor sehr stark an Gewicht. Daran will ich nicht mehr denken.

Eines Tages kam ein Bekannter zu uns nach Hause und sagte: „An der Geschäftstür hängt etwas, aber ich weiß nicht, was es ist."
Ich zog Schuhe und Jacke an und ging zum Geschäft. Ich konnte nicht glauben, was ich da sah. Um die Türklinke war eine Herren-Unterhose gewickelt. Daneben die einer Frau. Wem diese gehörte, war mir sofort klar, denn die meines Mannes erkannte ich sofort.
Ich eilte wie ein getriebenes Tier nach Hause und mein Mann versprach mir, dass so etwas nicht mehr vorkommen würde. „Ich werde mit ihr sprechen. Da ist nichts mehr, das ist vorbei!"

Aber es war nicht vorbei. Es wurde nur noch schlimmer, es wurde unerträglich.

***

Ich habe eine ganze Weile nicht mehr geschrieben. Manchmal geht es nicht und ich brauche Zeit, um mich wieder von diesen Gedanken zu lösen. Wir sprechen über sehr vieles, was mich beschäftigt. Aber dann muss ich auch mit meinen Gedanken allein sein. Ich möchte in einer dunklen Ecke sitzen und mit meinen Gedanken allein sein. Was geschehen ist, tut mir unendlich leid. Auch jetzt, wenn ich dies schreibe, rast mein Herz und es kommen die Gedanken zurück, die mir die Frage aufdrängen: Wie konnte ich so handeln?

Ich höre in mich hinein und der Schmerz ist groß. Es tut weh.

Die Scham, die Schuld, die auf mir lastet. Sie geht nicht weg, sie ist da und bleibt mein Leben lang. Ich denke daran, dass ich einmal gesagt habe, dass es mir egal war, dass die Frau durch meine Tat ihr Leben verloren hat. Dieser Satz beschäftigt mich sehr oft. Immer wieder kommt die Erinnerung und lässt mich nicht los. Es macht mich traurig, so etwas gesagt zu haben. Dann will und muss ich für mich allein sein, dann möchte ich am liebsten laufen, immer schneller laufen, um wieder damit fertigzuwerden.

Eines der Bilder meiner Ehefrau.
Das Malen hilft ihr zu verarbeiten und abzuschalten.

Danksagung

Mein Dank gilt auch jetzt wieder meiner Lektorin Birgit Rentz. Auch bei diesem Buch hat sie sich durch die Subkultur der Gefängniswelt „gekämpft“ und wie bei den vorherigen Büchern diesen „Kampf“ mit Bravour bewältigt. Ich bin ihr zu Dank verpflichtet und werde ihr auch weiterhin meine literarischen Ergüsse antragen.

Besonders bedanken möchte ich mich bei meiner Ehefrau, die mir bei einigen heiklen Themen hilfreich zur Seite stand und im persönlichen Gespräch half, manche Unklarheiten zu beseitigen. Nach den Jahren der Qual, der Drangsal und der Pein haben wir durch unsere Gespräche zu unserem Frieden gefunden. Meine Ehefrau zumindest so, dass sie im täglichen Einerlei damit klarkommt. Nach vierzig Jahren Ehe sind wir hoffentlich bald wieder da, wo wir in den ersten zehn Jahre waren.

Durch ihr Verhalten hat mir meine Ehefrau das Leben gerettet. Und sie hat mir während ihrer eigenen Haftzeit aufgezeigt, wozu der Mensch – im positiven Sinne – in der Lage ist.

Neben meinen bereits geschilderten Ereignissen hat letztendlich die Tat meiner Ehefrau diese absolute Umkehr von meinem kriminellen Leben hervorgerufen. Ihre Tat und ihr Verhalten nach der Tat haben mir aufgezeigt, wie ich trotz schwerwiegendster Verfehlungen aufrecht und gerade durchs Leben gehen kann. Gegen alle Widerstände steht meine Frau seit knapp vierzig Jahren an meiner Seite und zu mir.

Ihr und meinen Kindern gebührt mein Dank, ohne sie wäre ich mit Sicherheit nicht mehr auf dieser Welt und ohne sie gäbe es diese Bücher nicht.

Ich liebe sie.

Für ihre moralische Unterstützung und für ihre Gelassenheit möchte ich mich bei Margret und Günter Danek bedanken, die sich mit ihrer Kritik nie zurückhielten, dabei aber den Zuspruch nicht vergaßen.

Danke auch an B. B., die als Ehrenamtliche meine Frau in einer schwierigen Lebenssituation hilfreich zur Seite stand und die uns bis zum heutigen Tage begleitet.

Voller Freude bedanke ich mich heute bei einer Angehörigen meines „Feindbildes" Jugendamt, Ingrid Kutschenreuter. Sie war und ist mir eine große Hilfe bei der Überwindung so mancher Hürde. Sie ist immer da, wenn ich der Hilfe und des Zuspruches bedarf. Ihr gilt mein besonderer Dank.

Meinen Kindern danke ich, weil sie immer viel Geduld aufbrachten, wenn es um computertechnische Dinge ging. Sie waren mit Rat, aber auch mit Tat stets zur Stelle, wenn ich dieser Hilfe bedurfte.

Ansonsten danke ich für die „moralische Unterstützung", die mir zuteilwurde.

Siegfried G. Massat